他从凛冬来
TACONG
LINDONG
LAI

"有个人曾告诉我，习武术不是为了有能力去争抢，而是有能力去守护。"

"心脏了，还配谈什么武术？"

肆意地不闯，从晦暗遍灰的世界，走向光线明朗的走廊尽头。

布丁琉璃 / 著

江苏凤凰文艺出版社
JIANGSU PHOENIX LITERATURE AND ART PUBLISHING

图书在版编目（CIP）数据

他从凛冬来 / 布丁琉璃著. -- 南京：江苏凤凰文艺出版社，2024.11
ISBN 978-7-5594-7339-4

Ⅰ. ①他… Ⅱ. ①布… Ⅲ. ①长篇小说－中国－当代 Ⅳ. ①I247.5

中国版本图书馆CIP数据核字(2022)第225311号

他从凛冬来

布丁琉璃 著

责任编辑	周颖若
出版统筹	曾英姿
特约编辑	刘思月　戴　铮
封面设计	黄　芸
封面绘制	王点点
出版发行	江苏凤凰文艺出版社
	南京市中央路165号，邮编：210009
网　　址	http://www.jswenyi.com
印　　刷	湖南天闻新华印务有限公司
开　　本	880mm×1230mm　1/32
印　　张	11
字　　数	382千字
版　　次	2024年11月第1版
印　　次	2024年11月第1次印刷
书　　号	ISBN 978-7-5594-7339-4
定　　价	45.00元

江苏凤凰文艺版图书凡印刷、装订错误，可向出版社调换，联系电话025－83280257

目录
CONTENTS

- 001　第一章　再逢
- 027　第二章　沈肆
- 055　第三章　裂痕
- 080　第四章　乌龙
- 113　第五章　礼物
- 140　第六章　跨年
- 166　第七章　嫉妒

193	**第八章**	燎原
219	**第九章**	惊喜
244	**第十章**	飞蛾
269	**第十一章**	回来
299	**第十二章**	封神
326	**第十三章**	朝朝暮暮
340	**番外**	校庆日

第一章　再逢

早高峰期，红绿灯路口堵了长长的车队。

在出租车后座上，一个皮肤白皙、长相清丽的少女靠着车窗呆坐着。夏末清晨的阳光斜斜透入，给她几绺轻薄的刘海儿镀上一层温暖的金光。

手机振动了几下，童妍点开跳出的信息。

妈妈：妍妍，到一中了吗？

童妍：还没呢，路上堵车了。

妈妈：做事情怎么这么没有时间观念？以后早点出发，开学第一天就迟到像什么样子！

隔着屏幕都能想象周女士严肃说教的样子。

童妍手托着下巴，白嫩的手指在手机键盘上跳跃：知道啦。

妈妈：到了新学校要好好学习，稳住年级前十名的成绩才行。妍妍，你是教师子女，多少双眼睛看着你呢，凡事要以身作则，给同学们树立一个好榜样……

信息一条接着一条蹦出，童妍长长地吐出一口气，索性将手机倒扣住，不去看。

有微凉的风灌进来，原来是司机大叔降下了车窗，他还顺手点开了车载广播。

嘈杂的电流声中，两名主播正在评论近期的体育新闻。

"在刚刚结束的武术套路锦标赛中，枪术组这位被寄予厚望的种子选手因涉嫌违规被取消成绩，无缘决赛，当真是十分可惜。"

"是的。这位十七岁的小将是本市一中的学生，当初一中引进这位颇有争议的武术运动员，也是想弥补学校在'体艺'这一块的短板，为评选全国重点中学做准备……"

司机大叔听了两耳朵，突然开口："小姑娘，在播你们学校的新闻啊！"

001

"什么新闻?"童妍被司机的大嗓门拉回现实。

大叔说:"你不是要去一中吗?刚新闻里说,你们学校派去比赛的武术生涉嫌违规,被取消参赛资格啦。"

童妍对体育不太感兴趣,随口应了一声:"武术也有竞技比赛吗?"

司机点头:"可不是吗!你们这些年轻人只知道'电竞',有几个关心我们中国人自己的竞技运动?"

听到这儿,童妍微微晃了晃神。

"武术是中华民族的国粹,它不应该被抛弃、被遗忘……"

似乎在很久以前,也有一个人对她说过类似的话。

大叔从后视镜里看了一眼甜美漂亮的少女,笑道:"不过像你这样的乖学生,应该不喜欢这种拳打脚踢的运动吧?"

周娴的短信适时蹦出,一锤定音:你是妈妈的乖女儿,以后把心思放在学习上,别再和一些乱七八糟的人交朋友。

乖学生吗?似乎每个人都对她如此期望。

童妍垂下纤长的眼睫,轻声说:"那可不一定呢!"

绿灯了,车子启动,窗外街景缓缓倒退。

时隔九年,再回到C市,这儿的变化让童妍觉得有些陌生。道旁的香樟树将阳光切割成金色的光斑,一如心事铺了满地。

妈妈周娴是老师,爱说教;爸爸童向阳是律师,性子强,夫妻俩这些年没少磨嘴皮子。

去年童向阳赌气将律师事务所搬回老家C市,周娴也因要评高级职称而远赴西北支教。夫妻俩为事业各奔东西,聚少离多。如果不是这样,童妍也不会在高三这个节骨眼上转学。

车子骤然一停,童妍从思绪中抽身,问道:"又堵啦?"

司机大叔伸出头朝窗外看了一眼,骂了一句:"前面交警在查车,堵了几十米。"

童妍拿起手机,点开导航。

距离一中很近了,过个马路走两分钟就到。要是坐车则要从前面红绿灯口掉头,少说也得堵上十来分钟。

"那您靠边停吧,我自己走过去。"童妍一边收拾书包一边提议。

"行!"司机给她指路,"你从地下安全通道过马路,再往前走一百米就到了。"

半分钟后,童妍站在安全通道入口处,陷入了沉思。

瓷砖脱落斑驳的墙壁，阳光照不进的角落，一股阴凉潮湿的气息扑面而来……

"这哪是地下通道？分明像是异世界的入口啊！"她犯愁地嘀咕。

可马上要迟到了，也顾不得那么多了，她只好深吸一口气，轻快地跑下楼梯。

不留神一个捏扁的易拉罐从通道里抛出，"哐当"一声砸在童妍脚下。童妍吓得心脏紧缩，抬头一看，有两个牛高马大的年轻人靠在墙角。

领头模样的黄毛肩上披着本市体校的红色校服，眯着眼睛打量人，像是一头阴森森的豺狼。另一个小弟模样的人蹲在通道口把风，手里拿着一根金属棒球棍。

而昏暗的通道里哐哐当当的，脚步纷杂，十几个体校的学生围住了一个高大的少年……

童妍愣在原地，没想到自己上个学都能撞见这等惊心动魄的场面。

那个人将棒球棍一下一下砸在自己的手心，阴狠地说道："抢了王哥的名额不说，还因违规禁赛，省队全军覆没，这样的人留着能有什么用！"

过道里很黑，年久失修的通道灯一闪一闪的。

中间那个少年穿着一中的蓝白校服，困在穿红色校服的体校学生中间，腹背受敌，仍不落下风，一脚踹开偷袭的混混。

"啊！"混混们的惨叫声回荡在通道里。

童妍心惊肉跳，踉跄一步踩到易拉罐，刺耳的声音在通道里被无限放大。

听到声音，混战中的少年抬起头，一双猩红的眼睛准确捕捉到墙后紧张的少女。

时间仿佛一瞬间凝滞。

就这么一瞬，一个混混瞅准机会，怒吼着抡起棒球棍砸去！

童妍的心跳都快停了，死死攥着衣服下摆，然后转头跑了出去。

棒球棍"哐当"一声掉在地上，偷袭的混混被踹出一米远，趴在地上痛苦地呕吐起来。

少年站在一群痛苦不堪的混混中间，像是一头永不战败的野兽。猩红的视线中，看到少女惊慌逃跑的身影。

童妍一口气跑出通道口，直到阳光倾泻，她僵冷的手脚才渐渐回暖。

那个身穿蓝白校服的少年，看起来也是一中的学生。

对方有武器，如今的情况看起来大不妙。

光靠自己是解决不了这些顽劣之徒的。犹豫两秒后，她停下脚步，左右四顾一番，看到前方路口正在执勤的辅警，不由得眼睛一亮。

"警察叔叔，那边巷子里有人在欺负我的同学！"童妍飞快地跑过去，手撑着膝盖上气不接下气道,"快要打死人了,快去救救他吧!"

辅警一听不是小事,立即拿着警棍跟着童妍跑了过去。

"你们在干什么?"辅警朝地下通道里混战的人群大吼,"住手!我是警察!"

黄毛见情况不对,愤恨地说道:"先撤!"

混混们捂着肚子,瘸的瘸拐的拐,如野狗般一哄而散。

和他们的狼狈样不同,那个被他们欺负的少年反而站得笔直。

如果不是他凌乱的衣服和急促的喘息,童妍险些以为被欺负的是那群人。

"同学,你没事吧?"

少年额头上的血流进眼睛里,童妍第一个冲了过去,伸手去扶那道紧绷的身影。谁料她的手才碰上对方的胳膊,就被一股大力攥住手腕,重重地压在了墙上!

"啊!"童妍的脑袋"嗡"的一声,下意识地闭上眼睛,试图躲避他挥来的拳头。

但想象中的剧痛并没有到来。

空旷逼仄的通道内,唯有少年沉重的喘息急促地喷洒在耳畔,带起一阵战栗。

童妍从指缝中悄悄抬头,只见通道内的灯光闪烁,将少年英俊的脸照得一片苍白,也照亮了他额角缓缓流出的鲜血,以及那双近在咫尺、凶神般猩红的眼睛……

有力的手指骨节下,少女的手腕纤细得仿佛一捏就断。

似乎察觉到自己误伤了人,他扬起的拳头僵在半空,漂亮又凶狠的眼中有了一瞬间的茫然。

"那个同学你干什么?"辅警也冲了进来,惊醒了对峙的两个人。

"同……同学,你先放手……"童妍声音轻颤,一半是疼的,一半是被他的样子吓的。

少年胸膛起伏,总算松开了对她的禁锢。

力气好大,吓死人了!童妍抿唇后退几步,揉了揉腕子。来自少年手掌的力量仿佛还烙在皮肤上,隐隐作痛。

"你是一中的学生吧?哪个班的?"辅警看着他身上脏污带血的蓝白校服,严肃地说道,"赶紧打电话叫家长过来,带你去处理头上的伤!"

少年浑身散发浓重的戾气,就像是没听见旁人的话一般,拾起地上散落的运动包拍了拍,径直越过辅警走了。

"站住!"被彻底无视的辅警气得脸发红,拽住少年的包,"你哪个班的?不肯说话就叫你老师过来说!"

少年猛地甩开辅警,眸色明显变了。

童妍猜测，他不肯说话，是怕学校知道了，会背上记过处分吧？算了，好人做到底吧！

准备离场的童妍又折了回来，朝辅警露出一个甜甜的笑："他跟我一个学校的，我们俩认识！现在没事了，谢谢警察叔叔帮忙，接下来的事我们自己可以处理了。"

她看了一眼浑身戾气的少年，鼓足勇气道："我们顺路，我这就送他回去处理！"

"能行吗？"辅警的语气温和了些，狐疑地站在原地。

"能行，能行！辛苦了！"

童妍朝辅警鞠了个躬，然后轻轻碰了碰少年僵硬的手腕，眼里闪烁着恳求，小声说："我们走吧，这位……同学？"

街边，阳光驱散一身阴寒。

少年抬起手臂，狠狠地拭去额头上的鲜血，校服上染了一抹刺目的红，惹来不少行人侧目。

童妍站在少年面前，努力替他遮挡住那些异样的目光。

刚才光线昏暗没仔细看，现在在阳光下，她才发现少年长得真不是一般的好看。

天空很蓝，乳白的云朵棉花糖似的堆积在天边。桀骜不驯的少年眉骨分明，鼻梁挺拔，紧抿的唇线很好看，眉目精致而不显女气，有点野。

就是他看起来戾气太重，冷冷的。

刚才他脸上有血，童妍没太看清他的脸，现在在阳光下一看，却莫名觉出几分眼熟感。

好像……在哪里见过？

童妍的记性很好，按理说这种长相的人只需一眼就能记住，可她死活想不起来是在哪里见过他。

察觉到她的视线，少年不耐烦地皱起眉，浑身散发"生人勿近"的阴沉气场。

童妍没敢多看，从书包里翻出一个创可贴递过去，轻声道："你还在流血……"

少年看也不看，绕过童妍朝前走去。

"等等，同学！"童妍追了两步，好心提醒，"那不是去一中的方向，你走反了！"

可那个人始终只留给她一个清傲孤高的背影。

自始至终，他连一个"谢"字也没说过。

童妍垂下攥着创可贴的手，只能安慰自己是救了一个哑巴。

可惜了，那么帅的一张脸。

童妍的手腕隐隐作痛，上面一圈淡青的指痕，衬着白皙细腻的皮肤，格外明显。

她脑中不禁回想起刚才在地下通道，自己被那个少年攥住手腕的一幕……

这个人吃菠菜长大的吗？手劲儿那么大！

童妍想了想，拆下头上扎着的红色蝴蝶结发带，将发带缠在手腕上绕了两圈遮住瘀痕，扎了个小巧的结。

这样，别人就看不出来了。

童妍紧赶慢赶，到达一中教务处时还是迟了几分钟，刚打了第一节课上课铃。

办公楼内，教务主任笑眯眯地说："童妍，你的情况你爸都和我说了，成绩很不错啊！对插班有什么要求呢，都可以跟王伯伯提。"

客套话而已，童妍当然不可能真提什么要求，只乖巧地点头："我都可以的，王伯伯。"

"那行，转学手续待会儿给你弄好，先送你去教室上课。"

教务主任领着童妍去教学楼，朝夹着书路过的一名男老师招手："陈老师，来！给你介绍一个好学生！"

男老师三十来岁，戴着眼镜，衬衣袖口随意挽到手肘处，闻言挂着懒散的笑踱步过来："老王，不是又要坑我吧？上次你塞沈大魔头来我班上时，也是笑得这样老谋深算的。"

"能者多劳嘛，那种复杂的问题学生只有放在你班上，学校才放心啊！"

王主任说话滴水不漏，给他们互相介绍："童妍，这是实验一班数学老师兼班主任，陈勉。陈老师，这是童妍，我老朋友的女儿，省会重点中学过来的尖子生，以后就交给你啦！"

"哟，手上造型别致啊！"陈勉一眼就看到了童妍手腕上绑着的蝴蝶结，笑着打趣。

"陈老师好。"童妍将手背在身后，微微鞠了个躬。

这个陈勉看起来年轻有亲和力，不像原学校的班主任那样整天绷着一张脸，她还挺喜欢的。

简单的交接后，陈勉朝童妍一偏头，依旧是懒洋洋的样子："跟我走吧，新同学。"

"好的老师！"童妍背着书包，小跑着跟上。

师生俩上了四楼，拐个弯，在走廊尽头的教室门前站定。

陈勉停下脚步，笑着示意："来，咱们班到了。"

说话间，陈勉已收起笑意，来了个班主任的传统技能——变脸。

只见他一只手插兜，一只手拿着试卷在门板上拍了拍，沉下嗓子："这到底是教室还是菜市场啊？在楼梯口都能听到你们的讲话声，高三了知不知道？"

教室里的嗡嗡声霎时平息。

陈勉踱步上讲台："不想读的就赶紧回家去，给咱新来的同学腾位子。"

听到"新同学"三个字，几十双眼睛齐刷刷地朝童妍望了过来。

童妍还没领到一中的校服，穿着简单的衬衣和及膝格子裙，衬衣下摆扎在裙子里，掐出一抹纤细的腰肢，马尾辫蓬松微鬈，让她整个人显得既精致又元气。

童妍的嗓音清甜偏软，在做自我介绍时，教室里响起一阵浮夸热烈的掌声，弄得她挺不好意思的。

陈勉拍了拍讲桌，示意大家安静，犹豫将童妍安排在哪儿坐比较合适。

童妍刚到新班级，只想先找个安静的角落慢慢观察环境。她一眼就看中了后排靠窗的两张空桌，打定主意，主动说："陈老师，我就坐那儿吧。"

顺着她手指的方向看去，教室里有一阵微妙的哗然。

陈勉欲言又止，顿了几秒，才委婉地道："坐那儿不方便听课……要不你把空桌搬前面来？"

"不用了老师，那个位子挺好的。"

童妍才不想坐讲台边上吃粉笔灰，何况转学生都坐后排，小说里都是这么写的。

她背着书包，脚步轻快地来到最后一排的空桌旁，在靠过道的位子上坐下，又迅速拿出课本和笔，做出认真听课的姿态。

"那先这样吧。"陈勉没再多说什么，都高三了，不能为这种小事浪费了宝贵的上课时间，他敲了敲黑板，"一个个都往后面看什么？沈魔王不在，我就是这个班里最帅的仔。都把头转过来，看我！"

教室里一阵哄笑，书页唰唰翻过，总算回到上课的正轨。

童妍用餐巾纸擦着桌面，心下好奇：这已经是陈勉第二次提及什么"大魔王"了，也不知道是何方神圣，绰号挺中二的。

她小小地吐槽了一下，刚翻开课本，就见前排一个戴眼镜的同学回过头来看了她一眼，目光很是同情。

"我建议你赶紧换个位子。"戴眼镜的同学一开口，童妍才发现他是个男生。刚才看他长得唇红齿白秀秀气气的，她还以为对方是个女孩子呢！

前桌男生扫了一眼她旁边空荡荡的桌子，低声补充："离这个角落越远越好。"

童妍还没来得及问"为什么",前桌就推了推眼镜,转过头去听课了。

奇奇怪怪的。

不过很快童妍就没有多余的精力分神,一中的教学进度比原先的学校要快,陈勉讲课更是跟坐过山车似的刺激。

不知不觉,时间飞逝而过。

后排的位子清静宽敞,窗外视野宽阔,班上除了雷昊那几个男生有些闹腾,整体来说学习氛围不错。

重要的是,在这里,她不再是"周娴老师的女儿",再不用承受妈妈的同事们过分沉重的关注。

她只是一个渴望自由空气的普通学生,童妍觉得自己有点儿喜欢上这里的生活了。

周三,高三年级的新书到了,早自习时教室里少了一半人,全被陈勉抓去当了搬书的"壮丁"。

明远楼大厅里人挤人,都是各班派来领书的。

童妍穿着新领的蓝白夏季校服,扎着马尾辫,领口露出一截白皙幼嫩的后脖颈。她坐在人群外的石阶上,单手撑着下巴,不时地抬手将被风吹散的细碎鬓发别至耳后。

她陪班长来领书单,人太多,等得有些久。

正百无聊赖,猝不及防,一阵严厉的训斥声传来:"你还知道回来上课?都几月几号了!"

路上的不少学生都被这吼声吓了一跳。

童妍顺着声音扭头望去,只见教导主任在校门口拦住了一个迟到的男生。

"别以为你是个什么运动员,学校就管不着你,穿着一中的校服就要守一中的规矩!整天惹是生非,有这么大能耐怎么不用到赛场上去啊!一中的脸都被你丢尽了!"

男生个子很高,劲瘦挺拔,单肩背着一个黑色的运动包,一只手钩着包的肩带,一只手随意插在校裤裤兜中,背影像是一把锋利的刀,透着一股说不出的冷漠狂妄。

童妍一愣,倏地坐直身子。奇怪,这个男生的背影……怎么有点眼熟啊!

"哎,这不是高三的那个沈……"有几个低年级的学生窃窃私语。

"除了他还有谁?教导主任凶得要命,同学们都怕死了,全校也只有他敢对着干,酷毙了好吗!"

"教导主任也真是势利!当初人家得奖的时候恨不能把他供着,还给他安排到了最好的实验班。现在人家不过是败了一场比赛,立刻翻脸不认人了!"

"毕竟国锦赛出了那样的丑闻,给一中的声誉带来了不少负面影响,学校领导肯定生气啊!"

另一个男生面露鄙夷:"话说回来,我还以为他要退学了呢,竟然还有脸来学校!"

议论声嘈杂,童妍也没听太仔细。

"看什么呢?童妍。"李语涵从人堆里钻出来,拍了拍童妍的肩。

李语涵就是班长,一个个子娇小却魄力非凡的女生,也是童妍转学过来后认识的第一个好朋友。

"啊,没什么。"童妍瞥了一眼校门口。

那个熟悉的背影和教导主任都不见了。

她压下心中的疑惑,拍拍裤子起身,看着书单上那一摞长长的名目,惊讶道:"这么多书!"

"是呢,高三一整年的选修和必修都会在这个学期全部发完。"李语涵解释,挽着童妍的手说,"辛苦你陪我跑一趟,回去吧。"

"不用帮着领书吗?"

李语涵摆摆手:"不用!这种体力活就交给男生好了,我们只要在书到齐后,核对一下有没有遗漏就成。"

两个人有说有笑地朝教学楼走去。

刚上到三楼,一位搬着作业本的女教师站在办公室门口,远远地朝童妍喊道:"童妍,过来一下!"

"好的,刘老师!"

童妍轻快地小跑过去,细软的马尾辫元气十足地在脑后甩动。她在语文老师面前站定,背影纤细窈窕。

李语涵看了看远处的童妍,又扯了扯自己松垮垮的校服下摆,自言自语:"唉!同样是校服,怎么穿童妍身上就那么好看啊?"

两分钟后,语文老师笑眯眯地将那摞厚厚的语文默写本转交到了童妍手中。

"童妍,老师是不是让你当语文课代表啦?"李语涵问。

"你猜?"童妍将下巴抵在作业本上,努力稳住。

"我们班原先的语文课代表去了小班,一直没找到合适的人选接任。这个时候语文老师把你叫过去,不用想也知道是怎么回事啦!"

两个人并肩进了教室,李语涵嘿嘿笑着:"恭喜啦!对了,你还不怎么认识班上的同学吧?我来帮你发。"

"谢谢,帮大忙啦!"

班上的人还没认全,哪个同学坐哪组,童妍还真不太清楚。

"嗐,多大点事儿!"李语涵豪爽地摆摆手,帮她分发本子。

本子还没发完,就见从门外冲进来六七个大汗淋漓的男生,各自提着两摞新领的教材,应该是被陈勉抓去当干活的壮丁了。

"我今天早上好像见着沈哥了,你们说他是不是要回来上课了啊?"一个黑皮肤高个子的男生气喘吁吁地将两摞书砸在讲桌上,发出哐当一声。

"雷昊!"李语涵暴喝,抄起一个组的作业本往雷昊腰上拍去,"马上就要上课了,你把书全堆讲台上,下面的同学还怎么看黑板?"

雷昊笑着躲开,痞兮兮地说:"姑奶奶,那你说放哪儿啊?"

高三整年的书实在太多了,如果放讲台地上,会影响老师上课的。

李语涵环顾教室一眼,目光定格在教室最后一排的座位上,那里距离墙还有一片空地。

"童妍,能不能先把书放在你的座位后面?等大课间操时间我再让他们发下去。"李语涵问。

"可以呀,你放吧!"

童妍说着,将自己的课桌往前挪了一点,腾出更多的空位来,又指了指身边的座位说:"实在不够,这里还有地方放。"

她想着,反正已经开学好几天了这张桌子的主人也没露面,占用一下应该不算什么。可李语涵的神情却变得很微妙。

"这个位子绝对不可以被占用,会出事的!"李语涵压低声音,仿佛那张空桌是个吃人的魔窟。

童妍偏了偏头,有点不明所以。

不过她没有纠结太久,下节是陈勉的数学课,得先把书上的习题过一遍。

童妍正用铅笔画辅助线,教室里的喧闹声忽然停了,四周温度仿佛降了几度。

童妍以为是班主任来了,没有抬头,专心研究书上的几何题。

直到一双长腿在她桌旁站定,云层遮挡阳光,落下一片阴影。

片刻后，一个冰冷的嗓音传来："让让。"

好耳熟的声音。

童妍顺着长腿抬头，看到一张熟悉清冷的脸，单手插兜站在过道上，有着与周围格格不入的散漫不羁……

竟然是那个在通道里遇见的桀骜少年！

童妍怀疑，自己这辈子的巧合恐怕都在今天用光了。

夏末，气温居高不下，童妍却被那双又冷又狠的眼睛刺得发怵。

她有些匆忙地起身让位，露出友好的笑容："不好意思，你进来吧。"

少年看了一眼被书籍包围的位子，皱了皱眉，将运动包甩在课桌上，抬腿跨了进去。

长腿碰到书摞，哗啦啦倒了一地，教室里不少人都望过来，窃窃私语。

始作俑者显然心情极差，眉间落着一层阴郁，并不打算将带倒的书扶起来。

"沈哥！"一声夸张的大叫打破沉静，雷昊兴奋地奔过来，"沈哥你总算来学校了啊！我刚还和唐也说今早……"

"滚。"少年冷冷地吐出一个字，伸腿将课桌往前踢了踢。

"好嘞！"雷昊熟练地刹车转身，滚开了。

教室里的温度瞬间又降了几度。

那些堆积的课本占用了教室后排太多的空间，童妍猜想，同桌或许在为这件事生气。

她蹲下身一本本拾起散乱的课本，向浑身散发低气压的同桌解释："那个……同学，这些书下节课就会发下去，不会挡路太久的。"

同桌背靠在椅子上，没有理她。

"童妍……"李语涵给童妍使了个眼色，也蹲下来和童妍一起捡书，借着课桌的遮掩说悄悄话。

"他呀，学校挖过来的武术天才，也是本校闻之色变的问题学生！不知道背了多少处分……"李语涵压低声音提醒童妍，"听说他今年打进全国赛前三，但是因犯规被取消了成绩，估计正没处撒气呢！这个时候，你千万离他远点！"

童妍整理书籍的手一顿。

原来体育新闻里说的"犯规选手"就是他啊，遇到这样的事，难怪他心情不好呢。

上课铃响了，李语涵不再多说，胡乱整理好书摞，对童妍说了句"你自己小心哈"，就回了自己的座位。

"新书下课再发,都回座位坐好……哟,我说怎么这么安静呢,原来沈同学回来了!"

陈勉调侃着,从腋下抽出一沓试卷甩了甩,慢条斯理地说:"为了庆祝咱们班人数到齐,这节课考试立体几何啊!赶紧把公式、笔记都收起来!"

教室里顿时哀鸿遍野。

等待试卷下发的那一分钟,童妍悄悄瞥了一眼侧首看窗外的同桌……

教室里的吊扇孜孜不倦地"呼呼"转动,童妍拨弄着笔盖,犹豫再三,还是没能抵挡住好奇。

"好巧啊,没想到你和我是一个班的。"她咽了口口水,朝沉默的同桌微微一笑,"你好,我叫童妍。"

少年敲桌的手指一顿。

他的视线扫过童妍桌上的草稿本,扉页上清晰地写着一个秀气的名字:童年的"童",鲜妍的"妍"。

"你叫什么名字呢?"清甜的气音传来。

阳光落在少年凛冽的双眸里,折射不出丝毫温度。

正当童妍以为他不会回应时,淡漠的嗓音终于响起……

"沈肆。"低得像是一声讯消,但童妍还是听清了。

这个名字像是一把钥匙,打开了尘封许久的记忆。

像是漆黑隧道尽头的一束光,短暂的刺目空白过后,就是零碎泛黄的一些回忆碎片涌上脑海——阳光落在小区绿油油散发清香的葡萄架上,知了不知疲倦地哀鸣。扎着双马尾的小女孩抱着一只松软的垂耳兔公仔跑过花园,然后踮起脚,敲响了邻居家的大门。

"嘎吱"一声,门开了,里头探出一个漂亮的男孩,深琥珀色的瞳仁,乌黑的头发,皮肤比女孩的还要白嫩。

"童妍?"

"沈肆!我们来办家家酒吧!"

夏末的风从半开的窗户溜进来,吹得桌上的草稿纸哗哗作响。童妍微微眯大眼,记忆中那张模糊漂亮的面孔似乎渐渐清晰,最终和同桌的模样融为一体。

沈肆……是她小时候认识的那个沈肆吗?可C市那么大,相隔九年还能成为同校同桌,未免巧合得过分了吧!

童妍说不出是欣喜还是难以置信,直到前桌转身敲了敲她的桌子,提醒她:"拿卷子。"

童妍回神，忙接过传下来的试卷，铺平卷面写上名字。

想到什么，她笔尖一顿，悄悄瞄了一眼同桌的试卷，想确认他的名字是不是自己想的那两个字。

然而同桌并没有写名字，他甚至都没有拿笔，只将试卷往抽屉里随意一塞，就选了个舒服的姿势趴在桌子上，面朝玻璃窗闭上了眼睛……

竟然直接在班主任的课堂上睡了过去！童妍望着他孤僻疏离的后脑勺，感到难以置信。

记忆中的小沈肆像个漂亮软糯的小王子，被沈叔叔教养得彬彬有礼，不可能是这样糟糕的性格！

应该，也许，大概……只是同名吧？

…………

这次小测试有点难度，下课铃声响起时，教室里一片抱怨声。

第二节课后是大课间，有二十分钟休息时间。李语涵站上讲台，指挥几个课代表分发教室后排堆积的新书，忙得不可开交。

童妍逐组分发语文选修书，发到最后一排位子时，她递书的动作微微一顿。

沈肆还在睡，眼睑下投着一层疲惫的阴影。他趴着霸占了一整张桌子，根本没地方放书。

"这到底是有多缺觉，才会在教室里睡成这样啊？"童妍拿着书，叫醒他不是，不叫醒也不是。

正犹豫着，另外几科的课代表也抱着书分发过来，一本本直接扔在同学们的桌上，发出刺耳的啪啪声。

"童妍，你的！"物理课代表将书扔了过来，但扔偏了，砸在了邻座的沈肆身上。

童妍还没反应过来，就见沈肆猛然睁眼，"噌"的一下站起来，浑身紧绷，阴沉沉地瞪向物理课代表。

因为用力过猛，椅子被带倒，"哐当"砸在地上。

"对……对不起！"物理课代表嗫嚅着，吓得话都说不利索了。

"别打架啊，不然我告老师了！"李语涵在前面拍了拍桌子。

"没有要打架，只是站起来活动一下而已！"童妍忙帮着打圆场。

她替沈肆扶起椅子，细白的手指搭在椅背上，仰头看着比她高一个头的少年："是吧，沈同学？"

教室里一片安静，有人趁机上前，把课代表拉走了。

沈肆眯眼看了看童妍，什么也没说，然后弯腰重重地扶起椅子，将桌上的书扫到一旁，又趴着继续睡起来。

教室里的人看得目瞪口呆：沈大魔王什么时候给过别人面子？难道这就是新同学的特殊待遇吗？

李语涵朝童妍竖起大拇指，用嘴型夸张道："可以啊，童妍！"

童妍松开沁出汗的手指，无奈一笑。

不知道为什么，她总觉得沈肆刚才那种反应不像是在生气，更像是惊吓之下本能的防备。

童妍整理好自己的新书，然后朝面面相觑的课代表们说："那个，他的书先放我这儿吧，等他醒来再给他。"

课代表们当然求之不得。

童妍数了数同桌的新书，确认一本不少后，将那摞崭新的课本搁在自己课桌的左上角，动作轻柔地往沈同学那边推了推。

做完这一切，童妍才拿出自己的那一摞书，翻到散发出纸墨香的扉页，认真地写上自己的名字。

她没发现，身旁趴着的少年悄悄睁开了眼睛，望向玻璃窗上少女的倒影。

阳光藏匿，他的眸中落着云翳的阴影，明暗不定。

脾气不好的冰山同桌一口气睡到了第四节课下课。

同学们陆续起身离开，童妍正在整理听课笔记，就见同桌皱着眉直起身，抬臂揉了揉酸痛的脖子。

玻璃窗外炎炎烈日，他不适应光线般眯着眼，脸上还印着一个红红的压痕，有些滑稽。

童妍没忍住发出一声极轻的笑。

"睡美人"立即横眼看过来。

大概是刚睡醒的缘故，"沈大魔王"的气场没有之前那么阴寒沉郁，但眼神绝对算不上温柔。

"搬走。"他盯着童妍的位子，满脸透着"领地被侵占"的不爽。

童妍偏头看了看他，好脾气地说："抱歉沈同学，我很喜欢这儿，暂时没有调换位子的打算。"

沈大魔王缓缓皱起眉头，眼睛在阳光下呈现一种通透的冷冽，像是冰做的。

不知道是不是因为他长得酷似童年玩伴，童妍并不像其他同学那样怕他。

都是肉体凡胎，有什么可怕的呢？

她主动将那摞新书搬到邻桌，又码齐整："这是你的书，我给你领了。你数数看有没有少？"

沈肆看也不看，直接将书"哗啦啦"塞进抽屉里，然后抓起运动包往肩上一甩，"噌"地起身大步离开。

椅子摩擦地板，发出一道尖锐的声音。

一直到晚自习结束，沈肆都没再回教室。

老师们似乎对他时不时就消失的行径早已经见怪不怪，没谁问他去了哪儿。

"童妍，回家了！"

李语涵不知什么时候凑了过来，伸手在童妍面前晃了晃："呆呆的，在干吗呢？"

"班长，我问你哟！"童妍指了指同桌的空位，"他的名字是哪两个字？"

李语涵拿起她桌面上的纸笔，"唰唰"写下两个大字：沈肆。

同名同姓，同音同字。

童妍忽然有种尘埃落定的感觉，这已经无法用巧合来形容了！

可如果他们是同一个人，为什么沈肆的眼神这么陌生，好像完全不认识自己？就……太奇怪了！

"你问他名字干吗？"李语涵打断她的思绪。

童妍神神秘秘地摇头，又问："老师不管沈肆的吗？我看他中午后就没出现过了。"

"不懂了吧？我们班的情况有些特殊，虽然大部分学生都是靠实力考进来的，但也有少数例外。比如雷昊那样的关系户，还有你同桌这样的特招生。他们特长生每天都要花大量时间训练，所以老师也就睁一只眼闭一只眼咯。"

李语涵看了一眼手表，催促道："时间不早了，咱们快些回去吧。"

"好。"

童妍背好书包，将自己的桌椅摆放整齐，这才和李语涵一起离开教室。

霓虹灯光暗淡，疲惫的高三学子一个接一个从身边离开，童妍还等候在校门口。

按亮手机屏幕，时间跳到了九点五十六分。最新一条消息是童向阳半个小时前发来的，说临时有点事要忙，晚点来接。

"又忙啊……"童妍吹了吹刘海儿，给童向阳发了一条微信，说自己走路回家了,让他不用来接了。

她点开导航,顺着提示朝自己家的方向走去。

前两天都是童向阳来接的,童妍还没来得及找到同路的朋友。好在童向阳特意买了学区房,路程不远,最短步行路线也就十来分钟,只不过要穿过一条长长的街巷。

放学已经半个小时了,错过了高三下课的高峰期,路上基本没人,只有几盏路灯亮着,童妍一个人走还真有点犯怵。

昏黄的巷子,前面一个少年斜斜地背着运动包走过,影子被路灯拉得老长。

沈肆?大半天不见,他怎么还在外头晃荡?

童妍迟疑了一瞬,鬼使神差地加快步伐跟了上去。

对她而言,有人陪着自己走一段路总归是件好事,哪怕他是人人敬而远之的问题少年。

何况,她真的挺想知道沈肆是不是她认识的那个人。

沈肆走得飞快,童妍不得不小跑才能跟上他。

一拐角,人不见了。

"人呢?"童妍茫然地看着空荡荡的街口,微微喘气。

高大的人影自身后笼罩,她猛地转身,就见一条有力的长腿劈下,"唰"地踩到墙壁上,挡住她的退路……

很好,一个漂亮的"腿咚"。

"跟踪我?"

沈肆保持着抬腿踩墙的姿势,手肘搁在膝盖上,欺身逼近,狠痞的眼神直直地盯着她。

"没有没有!"童妍摆摆手,笑着说,"就是远远看着像你,所以想……"

但很快,她就笑不出来了。

少年下巴处多了一条细小的划痕,渗着血,颧骨也有擦伤,腰侧校服上印着一个硕大的脚印,显然是遭遇不测。

夜的深沉落在他的眼中,像是一口没有希望的寒潭。

"你怎么又受伤了?"童妍有种说不出的滋味,拧起两条秀气的眉,试探着问,"是……上次那群人吗?"

沈肆的目光陡然阴沉下来。

看来是猜对了。

路灯下，少女双眸清亮，微鬈的发丝上落着毛茸茸的光，有些焦急地问："他们总挑衅你，为什么不告诉老师？"

沈肆眸光一冷，童妍意识到自己说错话了。

对于问题学生来说，没有什么比"告诉老师"几个字更令人讨厌的了吧！

"老师不管，还可以报警。"童妍很认真地说。

"报警？"沈肆"哈"了一声，眼里是藏不住的轻蔑和叛逆，"你当是过家家吗，大小姐？"

听到"过家家"三个字，童妍的心脏骤然一紧："等等，沈肆！"

童妍不知哪儿来的勇气，一把拉住了少年校服的衣角。

"我们以前……是不是认识？"她头脑一热，问出了困惑自己一整天的问题。

下一秒，沈肆一挥手，毫不留情地将衣角从她手中拽出。

"不认识。"他的声音又哑又冷。

童妍有点轴，好奇心一旦被勾起，就非要打破砂锅问到底。

她只愣了须臾，就又追了上去，试图唤起对方记忆的共鸣："我第一眼看到你就觉得眼熟，而且名字和我以前一个朋友一模一样！你是住嘉和香苑吗？门口有大花园的那栋……"

不知道哪句话惹到了他，前方快步疾走的少年忽地转身。

童妍只觉肩膀一紧，反应过来时，已被沈肆抓住书包肩带抵在了墙上。

疾风撩动碎发，沈肆冷峻的脸庞近在咫尺，路灯昏暗的光线透过缝隙洒入，将他们俩分成一明一暗两个世界。

"你是不是以为那天叫来了两个碍事的警察，我就该对你感激涕零了？"

童妍为自己辩解道："我不是这个意思……"

"看看你自己。"沈肆狠声打断她的话，视线扫过她精致的面容和干净的白球鞋，冷冷地说，"再看看我。"

小巷外的马路上，亮着灯光的汽车呼啸而过。车灯照亮了沈肆狠戾的眼睛，也照亮了他校服上脏污的灰尘，狼狈不堪。

他的嘴角挂着嘲讽的笑，一字一字问："我们像是一个世界的人吗？"

童妍嗓子眼像是被什么东西堵住了似的，答不上来。

这是第一次，她无比清晰地意识到：这个沈肆不是她想要找的那个儿时伙伴。

他是叛逆乖张，满身尖刺的沈大魔王。

回到家，童妍连开灯的力气都没有，摸黑趿拉着鞋进屋，将自己连人带书包一起扔到了柔软的床垫上。

童妍抬手遮住眼睛，满脑子都是沈肆那带着冰碴的质问："我们像是一个世界的人吗？"

瞧他说的什么话？都是在红旗下长大的，怎么就不是一个世界的人了呢？

童妍懊恼地在床上滚了一圈，当时被沈肆刺得一句话都说不出来，回来后才想起该怎么反驳。

钥匙转动锁孔的声音传来，童向阳总算回来了，被门口的鞋绊得"哎哟"了一声。

他"啪啪"按亮了客厅的灯，高声问："闺女，回来了吗？"

"回来了！"童妍把头埋在枕头里，瓮声回应。

"回来了怎么也不开灯啊？"童向阳敲了敲卧室的门，然后脑袋探进来，摁亮壁灯，暖黄的光线倾泻下来。

他看着面朝下趴在床上的少女，爽朗一笑："嚯，可怜见的，都累成这样啦？"

童妍叹了一口气道："心累……"

因为那个脾气不好的同桌，今天一天都过得心惊肉跳的。

"小小年纪叹什么气！"童向阳哭笑不得地揉了揉童妍的脑袋，"爸去给你泡杯牛奶，充充电。"

童妍点了点头，习惯拿不定主意的事就和父母商量。

她深吸一口气："爸爸，其实我今天见到……"

一阵电话铃声打断了童妍的话。

童向阳掏出手机一看，无奈一笑："你妈来查岗了。"

说完，他接通电话："喂，领导有何指示？"

周娴不知道说了什么，童向阳反驳："闺女不是住宿生，学校是不要求她上晚自习的，你干吗非得要她去？大晚上的多不安全，照我说在家复习也一样……"

"什么在家也一样，妍妍上高三了你知不知道？有老师点拨和自己在家瞎学能一个样吗？我说孩子的事你能不能上点心，让你接送一下就这么难吗？"

周娴愠怒的声音隔得大老远都清晰可闻，童向阳偏头离电话远些，皱着眉抱怨："有话好好谈成吗？总拿我当学生训呢？"

夫妻俩最近火气挺大，相隔大半个中国还能吵起来。

"爸爸，我来说吧。"童妍拿过手机放在耳边。

"放心吧妈妈，晚自习我会去的。"她给童向阳比了个"OK"的手势。

那头，周娴的情绪明显平缓了很多。

挂断电话后，童向阳拉着椅子坐在床边，问道："闺女，你真的要去上晚自习？"

"嗯，其他通学生也在上呢！最后一年了，大家都不想落后。"

童向阳想了一会儿，说："爸爸的事务所正处于事业上升期，很多人脉和案子都要跟进，忙起来昏天黑地的，怕顾不上你。"

"还有，爸希望你过得开心，而不是为了一个名次拼坏身体。"

童妍心中一暖，笑道："我知道您的意思，但学习是我自己的事。"

"那行，你自己拿主意。"

童向阳做出让步，伸手揉了揉童妍微潮的头发："对了，你刚才要说什么来着？"

童妍张了张嘴，复又摇头："算了，没什么。"

那个人不可能是沈叔叔的儿子，还是不要和爸爸说了。童妍想。

晨读课前，各科课代表要负责收齐该交的作业。

出乎意料，今天沈肆来得很早，照旧是一副"生人勿近"的疏冷表情，径直走到第八组最后一排的位子坐下。

他低头整理抽屉里的课本时，童妍看到了他眉骨和下巴的擦伤，有些红肿，一看就知道没有经过专业处理。

大概刚洗过冷水脸的原因，他额前的碎发湿漉漉地滴着水，使他整个人的气势看起来比昨天更冷。

一晚上过去了，都没人给他处理一下伤口吗？他的家长难道不管吗？

如果他是自己认识的那个沈肆，不可能没人管的。毕竟，沈叔叔和林阿姨很疼爱他们的儿子。

"童妍，一组的作业收齐了。"李语涵将一沓语文作业本递过来。

"噢，好。"童妍伸手去接，回过头来时，视线定格在少年英气的下巴上。

浸了冷水，那里的伤口裂开了，渗出一滴殷红的血珠。

童妍在心里告诉自己不要再多管闲事，可是纠结了很久，她还是没能忽视那个红肿的伤口。

那么好看的一张脸，挂了伤就太刺目了。

她深吸一口气，伸出一根食指，迟疑且轻柔地点了点同桌的胳膊。

肌肉紧绷，同桌立刻横眼看过来，眸子在晨曦中呈现出琥珀色的光泽，很精致也很好看。但他面无表情看人的时候，那双眼睛就显得又冷又狠。

"你这里，"童妍点了点自己小巧的下巴，告诉他，"在流血。"

沈肆抹了一把下巴，看到手指上的血，皱眉低咒了一声。

"哎，不能用手擦！"童妍小声说着，从抽屉里掏出一包消毒纸巾递过去，搁在他桌面上。

"还有，要交语文摘抄本……"童妍的视线落在沈肆桌上的语文本上。

本子崭新，封面上写了科目和名字，是很遒劲好看的硬笔行书。

见沈肆没动，她伸手去拿沈肆的本子。还没碰到，就见沈肆猛地抬手按在本子上，死死地压住。

他这便是拒绝交作业了。

童妍没法子，只好收手坐回座位上，趁沈肆不注意，偷偷在登记本未交一栏上写上他的名字。

"你疯啦，收他的作业做什么？"一起去送作业的路上，李语涵恨不能自掐人中，"'沈大魔王'的外号可不是浪得虚名，连老师都镇不住，谁敢管他？"

"他不交是他的错，但我不收，不就是我失职吗？"童妍搬着作业本道。

想了想，她又问："他一直是这样的性格吗？"

"谁？"

"沈肆。"

"哦，肯定呀！好像是从初中开始吧，他就已经是个问题很严重的学生了。不过他是武术天才嘛，据说只要拿了全国赛冠军，就有希望被中国最高学府录取！如果不是这样，一中早开除他了。"

"等等，不对啊……"李语涵手摸着下巴，露出八卦的表情，"童妍，你怎么这么关心他？"

"哪有？你想多了。"童妍无奈地说道，"我只是觉得，他很像我以前的一个朋友。"

"朋友？你和他？"

李语涵翻了个白眼："你怎么会和这种人有交集？不是你产生幻觉了，就是你认错人了。"

"认错吗？"

也许真是这样吧。

"班长，童妍！"办公桌后，陈勉端着保温杯，笑眯眯地朝两个人招手，"你们来得正好，把这份学生花名册带到教室去，让每位同学核对好个人信息，有问题就改，没问题就在后头签字，今天下午要送去教导处输机。童妍你是新转学过来的，表上没有你的住址、电话，你自己找个空白处补填一下。"

"好的老师！"童妍接过花名册，在最后补上自己的信息。

"不是吧童妍，你还没满十七岁啊？"

走廊上，李语涵指着童妍手写的个人信息，发出夸张的质疑。

"读书读得早，小学跳了一级。"童妍笑着解释，想到什么，又问，"可以把花名册再给我看看吗？"

"当然可以啊！"李语涵递了过来。

"谢啦。"童妍翻开花名册，对照着地址一栏一目十行地看起来。

"找什么呢？"李语涵凑过来问。

"我看有没有和我住一个地方的，晚自习下课后可以结伴走……"

说着，童妍嗓音一紧，手指停在某处，没了声音。

"锦夕嘉和香苑412号……"李语涵顺着她手指的地方念出声，"咦，这不是沈肆家的住址吗？有什么问题吗？"

"没什么……"童妍抿了抿唇，有些怔然地合上花名册。

锦夕路嘉和香苑是童妍八岁前的住址。

按双数排，她家住410号，沈叔叔一家住隔壁412。

下课铃声一响，沈肆就离开了教室。

同桌了两天，童妍也算是摸清了沈肆的一点规律。

童妍人缘挺好，有时同学过来搭话，沈肆会皱起眉头。

后来只要是下课时间，他干脆不待在教室里，总要打上课铃时才从后门进来，然后坐在位子上，开始新一轮的沉默。

他从不主动交朋友，也不许别人靠近，童妍总觉得他迟早会憋出病来。

教室后头，雷昊和几个男生以后仰投篮的姿势，轮流蹦跶着去摸教室后门的上门框。

这似乎成了班上男孩子们乐此不疲的项目，无论是出门还是上厕所，总要莫名其妙来这么一下。

"雷昊，你们怎么这么幼稚啊！"李语涵看着被摸掉漆的门框，吐槽道，"一个破门框，有啥值得你们上蹿下跳的？"

"这就是男人的快乐。"雷昊又蹦跶了两下，嘻嘻哈哈说，"管太多了吧？

班长。"

其实雷昊这个人心不坏，就是说话没个遮拦，常惹女孩子生气。

"对了童妍，"想起正事，李语涵将那份改了不少地方的花名册搁在沈肆的桌上，"待会儿你提醒一下沈肆赶紧核对信息哈，就差他一个人了。"

童妍顿了一下，说："好。"

摊开的花名册，上面的住址无比熟悉，但父母两栏却是空白。

是忘了录入沈叔叔和林阿姨的信息吗？

没揣测多久，上课铃声响起，沈肆果然踩着点进门。

"沈哥！"雷昊是沈肆的头号迷弟，门框也不摸了，自动为沈肆让路，"你武术那么厉害，就教我两招嘛！我拜师礼都准备好了，以后保证唯沈哥马首是瞻！"

要是以往，沈肆通常会是一个"滚"字打发。

但是今天他停下脚步，淡淡地问："你想学这个是为了做什么？"

他嗓音低低的，童妍却听出了比平时更沉的冷意。

也不知道雷昊哪句话戳到他痛处了，不过雷昊那张嘴吧，哪句话都有可能得罪人。

雷昊"嘿嘿"说："当然是保护自己啊！不然正常人谁学这个，我又不为国争光！"

这憨憨，每回都能在人雷区精准蹦跶！

童妍回头，打断雷昊说："老师来了。"

教室外果然响起了英语老师特有的高跟鞋声，雷昊这才灰溜溜地回到自己的座位上坐好。

沈肆拉开椅子，带着一身寒意坐下。

瞥见桌上的花名册，他顺手拿了起来。明明这么好看的一个少年，却总喜欢凶巴巴地皱着眉头。

童妍用笔抵着下巴，温声说："班长放桌上的，让你核对信息，把错误疏漏的信息改过来。"

沈肆没吭声，垂眼在堆满了试卷和书本的桌子里翻找着什么。这个角度显得他的眼睫很长，和小时候一样。

作业不交，试卷不写，找不到笔了吧？

见他眉头越皱越紧，童妍干脆把自己的笔递了过去："给。"

沈肆不耐地将掏出来的卷子塞了回去，坐了一会儿，伸手去接童妍的笔。刚好童妍也往他那边递了递，两个人的手指就猝然撞在了一起，坚硬的手指骨擦过柔软的指腹，带起一阵酥麻。

他唇线抿得更紧了，好像有些厌弃的样子。

童妍倒是坦然，淡淡地缩回手，看见沈肆转了转笔，然后"唰唰"划去那行原有的住址，在空隙处写上新的。

依旧是遒劲的硬笔行书，和他这个人一样漂亮。

恍惚间回忆碎片涌上心头，童妍仿佛看到了葡萄架下，小男孩坐在石凳上练字的情景。温婉的女子抓着他的小手，引导一笔一画，写得端端正正。

沈肆是真不记得小时候的事了，还是故意骗自己？

这个念头一旦冒出，就像微风吹皱的涟漪般难以平静。

"你家换新住址了吗？"她问。

沈肆现在的住址是个老旧的小区，和以前的嘉和香苑根本没法比。

这节课要进行听力训练，英语老师正背对着学生，用触控笔选多媒体中的听力素材。

"嗯。"很低的一声。

童妍有些惊讶地抬头看他，险些以为自己产生了错觉。

她还以为沈肆这辈子都不会和她好好说话了呢！

"这么说，你承认你以前和我是邻居了？"童妍露出一个"果真如此"的表情，放轻声音，"那昨晚你为什么要骗我说不认识呢？"

这回沈肆没回答。

他拿着花名册拍了拍斜前桌成斯文的肩，嗓音冷淡："帮忙递一下。"

花名册还没到成斯文手中，就被童妍截住了。

"等等，你还没填完呢。"她说。

沈肆眸中划过一抹隐忍的异色，童妍光顾着提醒，没太留意。

她将表放回了沈肆桌上，白皙的手指点了点上头空白的父母两栏："这儿，要填沈叔叔和林阿姨的信息……"

话还没说完，花名册就被沈肆夺了回去。

他眼中淬着寒霜，直接站起身，劲瘦结实的手臂越过童妍，将那份花名册拍在了成斯文的桌子上。

"啪"的一声，动静有些大。

童妍愣了一下，完全搞不懂他刚才还好好的，怎么突然又变脸了？

讲台上的英语老师转过身来,望向后方两个人的方向敲了敲笔,严肃道:"干什么呢这是?后面的同学赶紧坐好,有什么事下课后再解决!"

老师没有点名,童妍的脸却像是被人扇了一巴掌似的,泛起热辣的红。

唉,真是!自己这个多管闲事的爱好什么时候才能改改?

沈肆也坐下,一只手搭着窗台,另一只手搁在桌上,修长有力的手指飞速转动水性笔,看上去有些烦闷不安。

气氛是说不出的尴尬。

好在听力开始了,童妍抬起手背贴住绯红的脸颊,抿紧嘴唇,默默翻开 Unit 3 听力部分。

冷静,冷静。

她在心里默默念叨:他人生气我不气,气坏自己又何必。

"不填。"嘈杂的音响电流声中一道低沉的嗓音传来。

童妍眼睫一颤,没有理他。

转笔的速度越来越快。

"没必要填。"反正也没人管。

明明是青春热血年纪的少年,嗓音却枯寂得像是深井里的风。

这姑且……算是一个解释?

童妍转头看他,明明那么漂亮温柔的水杏眼,瞪起人来一点也不落下风。

她视线下移,在他瘦而有力的手上停留片刻:"我的笔。"

吧嗒一声,笔从他的手指间滑落,骨碌碌滚至桌子边沿。

下一刻,那只手老实地将笔拾起,搁在了她桌上。

这还差不多!

童妍拿起笔,将视线投回课本,飞速补写好情景对话的填空。

呼,舒坦多了。

晚自习前有一个小时休息时间,童向阳抽空订了学校对面的私家菜馆,准备带女儿改善一下伙食。

包间里,童向阳挽起袖子,连着给童妍夹了好几次菜:"你妈说你爱吃这个鱼,特意点的,来,多吃点!回头让你妈看见你瘦了,又得说我!"

"够了够了!爸!"童妍看着碗碟里高高堆起的菜,有些哭笑不得。

她其实不喜欢吃鱼,是周娴女士觉得吃鱼能变聪明,总变着法逼她吃,说隔壁家的谁谁谁就是爱吃鱼成绩才那么好的。

说到隔壁家的小孩儿,她隐约记得沈肆小时候似乎爱吃鱼?

太久远了,也不知道有没有记错。

"小脑袋里一天天想什么呢?吃个饭都出神。"童向阳用筷子点了点桌面。

童妍抿了一口汤,问道:"爸,你还记得沈叔叔一家吗?"

"谁?"

"就是我们以前在嘉和香苑时,住隔壁大花园里的那家。"

童向阳愣了一会儿,才恍然大悟:"哦!你说沈光宏啊,你那个时候不是最喜欢缠着他学'武功'吗?小拳头舞得有模有样的。"

"拳头?"

童向阳这么一提,童妍倒是想起一些片段来了。

邻居沈叔叔好像也是会刀剑拳脚功夫的,时常在院子里教一群小孩儿打拳,孩子们都挺喜欢这个爽朗高大的叔叔。

这么说来,沈肆算是子承父业?

"怎么突然问起这个?"童向阳问。

"我好像……见着沈叔叔和林阿姨的儿子了。"童妍想了想,又补充说,"和我在一个班。"

"哦,那真是很巧了!"童向阳似乎想起了什么有趣的事,笑着说,"我记得那小子小时候长得像个姑娘似的漂亮,性子也软。你就老欺负人家,扮家家时强迫他扮演公主,你反串小王子,整天挥舞着小树权说打怪兽。结果有一次被狗追着跑,反而是沈家那位'小公主'出手救了你,可逗了!"

噗!童妍呛咳了一声,觉得有些难以置信:"您确定是我让他扮演'公主'?"

她想起同桌那张冷酷的脸,怎么看都跟"性子软""小公主"之类的词不搭边呀。

"可不是!人家不愿意,你还生气,说什么他长得那么好看,就应该是公主!你整天黏着人家,沈家还提过给你们订娃娃亲呢!"

"爸!"

"当然是开玩笑了,看把你给急的。"

童向阳说够了女儿的童年糗事,随口问:"他现在怎么样啊?那小孩儿小时候可聪明了,你林阿姨教得好,你妈还经常拿你和他比来着。"

"他……变了很多。"

叛逆、桀骜不驯,是个十足的问题少年。童妍在心里叹息。

或许是回忆太过明媚,才会显得现实如此残酷。

童妍心里有种说不出的滋味:"不过他也在练武术,听说很有天分,大概是沈叔叔的遗传吧!"

童向阳乐呵呵地说道:"那挺好啊!对了,我记得当初还给你们拍了不少合照呢,搬家好几次也不知道搁哪儿蒙灰去了,回头爸爸给你找找啊!"

第二章　沈肆

童妍第一次看见沈肆训练，是在半个月后。

九月的阳光还有些热辣，体育课上，学生们都聚集在小卖部和树荫下乘凉，只有少数几个皮糙肉厚的男生在打篮球。

林荫道将一中的体育活动区一分为二，左边下台阶是主席台和偌大的足球场，右边则是室内体育馆和羽毛球场、乒乓球场等，不过下午一般都是给体育生用的。

童妍去买橘子汽水，一眼就看到了正在网球场地训练的武术队，一群练着高抬腿或长拳的黝黑少年中，沈肆挺拔清俊的身姿十分打眼。

他示范的是一组枪法。

一杆缀着红缨的银色长枪在他手中虎虎生威，扎绕挑刺，动作大开大合，行云流水。

阳光、绿荫，还有深绿色的围网，一切都像加了夏日滤镜般清新明朗。场地里的少年矫健无双，枪扫破空的呼呼风声不绝于耳，绕肩转身，晶莹的汗水从他鼻尖甩落，校服衣摆掀起，小腹紧绷的肌肉轮廓一闪而现……

配着他劲瘦挺拔的身形和那样一张祸国殃民的脸，真是有着突如其来的致命吸引力！

"童妍，你看得懂他练的枪法招式吗？"李语涵趴在护栏围网上，碰了碰童妍的胳膊。

童妍手握着清凉的汽水瓶，摇了摇头。

她对武术的记忆还停留在沈叔叔那模糊的几下拳脚上，从来没有一刻像现在这样觉得，武术的力量感和观赏度可以在一个人身上融合得这么完美。

"我也看不懂……"李语涵深吸一口气，"可就是觉得他这样帅呆了！"

沈肆练完了一套枪法，收势挺身，拿起一旁长凳上的毛巾擦汗，摇头甩了甩湿漉漉的头发。

他不经意间抬头，和童妍的视线撞了个正着。

隔着球场围网，光影交错，少女手里拿着一瓶橘子汽水，校服裤腿挽起两圈，露出一截纤细的脚踝，皮肤在斑驳的阳光下白得耀眼。

他的视线停了几秒，才若无其事地移开，擦着头发走开了。

上课铃声响了，体育委员召集同学们在足球场集合。

体育老师是一个将近一米九的北方汉子，姓尚，特别严肃，总能想出很多稀奇古怪的法子折腾学生，人赠绰号"刑部尚书"。

但他的课也有一个好处：只要熬过了前十五分钟的热身运动，剩下的时间就能自由活动，想怎么玩就怎么玩。

"几个仰卧起坐就把你们累成这副狗样，还是不是男人？读书读傻了吧？"

尚老师抬起四十六码的脚踹在偷懒的学生腿上，骂道："要是生在战争年代，你们连枪都扛不稳！"

"尚哥，救命啊！哪有刚开学就练仰卧的？"有男生哀号，"再说了，凭什么只要我们练，女生不用啊？"

"就是，太不公平了吧！"男生怨声载道。

"行，女生也要参与是吧？"尚老师背着手，墨镜下的眼睛眯了眯，沉声暴喝，"实验一班全体听令！男生女生各一横排，迅速整队！"

被连累的女生们狠狠地瞪了男生一眼，一个个愁眉苦脸，磨磨蹭蹭地列好队。

"全体女生，向后转！"

女生集体转身，和男生面面相觑。

"所有女生，和你对面的男生组队！女生帮忙压腿，男生仰卧起坐，计时一分钟！一分钟内低于三十个的组，同组女生罚跑八百米！"

"啊……不是吧！"

女生手足无措，红着脸抱怨。男生们则互相推推搡搡，眼睛都不敢看对方，但明显比刚才兴奋了很多。

"男女搭配，干活不累，这下公平了吧？"

尚老师皮笑肉不笑："高三了，马上就要各奔东西，趁着这个机会赶紧增进一下感情啊！让你们组队，又不是结婚！都扭扭捏捏干啥呢？"

"报告尚哥！我们男生多出来四个怎么办？"有人举手。

"怎么办？"尚老师从鼻腔发出冷哼，"自行组队！还指望我来给你们压腿不成？"

学生们都笑起来，尴尬气氛缓和了不少。

童妍站在最左边的第二个位置，对面是雷昊。

大概是沾了"沈肆同桌"的光，这富二代憨憨的，连带着对童妍也颇为尊敬，笑出一口白牙说："你放心，仰卧起坐我一分钟轻轻松松五六十个，保证不让你罚跑！"

见他胸有成竹，运动细胞为零的童妍还真松了一口气："那拜托你啦，合作愉快！"

相反的，童妍左边的那位女生显然不太开心。

女生叫孟静好，站在左边第一位，对面是一个戴眼镜的胖男生。看那满身的脂肪，别说是三十个了，做三个估计都困难。

孟静好长得好、会打扮，眼光也高，这次却偏偏对上一个满脸痘坑的胖子，脸一下子拉得老长。

胖男生估计也看出了孟静好的嫌恶，伸出一只萝卜手推了推眼镜，讪讪道："不好意思哈，我运动真的很差，怕是要连累你了！"

孟静好回了他一个白眼。

她看了一眼身边的童妍，又看了看四肢发达的雷昊，心里打起了歪主意。

"我系一下鞋带！"

孟静好后退一步，退出队伍，装模作样地系起并不松散的鞋带来。

然后她起身，"顺理成章"地"插"进了左数第二，将童妍挤去了边上。

这样一来，孟静好就对上了雷昊，而童妍则要和胖男生组队。

童妍被挤得一个趔趄，登时满脸问号，有必要做到这种地步？

"哎，你抢人童妍的位子干吗？"雷昊皱眉，看不惯孟静好耍心机的行为。

"什么抢？我比她矮，本来就应该站这儿！"孟静好嘟囔着，强词夺理。

"那边磨叽什么呢？再说仰卧也别做了，都滚去跑圈！"尚老师指着雷昊吼道。

算了，罚跑就罚跑吧！

童妍朝雷昊摇了摇头，然后才面向满脸是汗的胖同学，无奈笑道："你别紧张，尽力就行！"

"好……好的！"胖同学涨红了脸说。

一排垫子整齐地铺开，体育老师大声道："都准备好了吧？那四队一组……"

"报告。"一个熟悉冷冽的嗓音打断了老师的话。

沈肆刚训练完洗过脸,额前碎发往下滴着水,慢吞吞地走过来。

阳光中和了他冷冽疏离的气场,白皙清俊,一点也没有体育生的黝黑粗糙,微微眯着眼的样子带点桀骜的散漫,乍一看很是惊艳。

好几个女生眼睛都看直了,包括孟静好。

"走T台呢沈肆?赶紧归队!"体育老师挥了挥手。

沈肆像是巡视军队的少年将军一样,在大家的注视下缓缓走到男生横队的末尾,然后随意补在了左边最后一位……

对上童妍。

阳光不要钱似的铺洒下来,温暖、明亮,童妍愣了一会儿才荡开轻柔的笑意。

"好巧。"她不知道是第几次对沈肆说这句话了。

童妍合理怀疑,是不是有人在暗中操纵她的命运。

一旁的胖子男生很自觉地往右移了一个位子,又对上了孟静好。

"看来咱们俩有缘啊!"胖子同学笑着说。

"有缘个鬼!"孟静好姣好的脸蛋发黑,简直要气炸了!

她好不容易用计换了个好队友,结果还是竹篮打水一场空!

孟静好情不自禁看了一眼沈肆,这样烈马般强悍的男生,本来是该和她组队的!

"鞋带又松了?"雷昊见她眼珠子乱转,嘲笑道。

孟静好瞪了雷昊一眼,然后换上一副笑脸,对童妍说:"童妍,我们还是换回来吧好不好?回头我请你喝奶茶!"

她觉得以童妍的好脾气,一定不会拒绝。

童妍看了一眼孟静好,微微一笑,用最温柔的语气说:"不用啦!你还是用买奶茶的钱去买一双鞋带不会松的鞋吧。"

孟静好的脸霎时一阵青一阵红的。

童妍懒得和她多说,刚转过头来,就与沈肆的目光撞了个正着。

他目光中似乎带些玩味,等她要仔细看时,对方又淡淡地移开了视线,仿佛刚才的一幕只是错觉。

他不会以为自己是个对同学小气刻薄的人吧?童妍突然想。

一班的男生读书在行,运动就实在是差了些,好几轮仰卧起坐比试下来,合格的才一半。

不过紧锣密鼓的比试将气氛彻底调动了起来,操场上热血沸腾。受连累要罚跑的女生们也不生气,最多笑着抱怨打闹一番,就退至一旁看热闹去了。

童妍和沈肆被分到最后一批,围观的人越来越多。

"预备——"尚老师掐着秒表高声喊。

雷昊和胖同学率先躺下,手掌枕在脑后做好预备动作。

目光汇集的中心,沈肆按着后脖颈撇了撇头,也在软垫上坐下。

童妍主动向前蹲下,伸手替他压脚。

她的手还没碰上他的裤腿,就被沈肆攥住了腕子拿开。

"不用。"

在童妍诧异的目光中,他冷淡地拒绝配合。

"计时一分钟——开始!"

随着体育老师一声令下,秒表启动。在女队友的鼓励下,旁边的几位男生疯狂地上下仰卧起来,唯恐在女同学面前失了面子。

一阵热火朝天的加油声中,童妍这边就显得安静许多。

时间以秒流逝,童妍保持着蹲下的姿势对沈肆说:"我是不介意罚跑啦,但别人都是队友相互帮忙,要是只有我什么也不做,多尴尬啊!"

见沈肆没说话,她又放轻声音:"要是你不喜欢别人碰你,我就不按你脚踝那儿,好不好?"

沈肆沉默着躺下,挺起,再躺下……清隽韧劲的身姿一上一下,像是装了弹簧似的轻盈。

"你不说话,我就当你答应了。"童妍一边在心里帮他数数,一边伸手替他压紧了双脚。

她动作很轻地将手压在鞋子上,没有直接接触沈肆的身体。

果然,这次沈肆没有拒绝。

一旁的孟静好暴跳如雷。

"哎呀,王子暄你扭得这么恶心干什么,赶紧起来啊!"孟静好不想被罚跑八百米,嫌恶地看着涨红了脸扭动身躯的胖队友。

"你以为……我不想……起来啊!"王子暄本就太胖,已经用尽吃奶的力气在努力,还要被孟静好这么谩骂奚落,顿时自尊心受挫。

他索性往垫子上一躺,自暴自弃道:"我不做了,爱咋的咋的吧!"

"你!"孟静好气得脸发黑,在胖子腿上拍了一巴掌。

自己不会是这一组中唯一被罚跑的女生吧？她最讨厌跑步了，风和汗水会让她精心化的淡妆花掉，太丢脸了！

直到她看到了旁边才刚刚开始的沈肆，心里瞬间有了安慰。

沈肆落后了十几秒呢，肯定垫底！

她甚至幸灾乐祸地想：沈肆那样的烈马就不是童妍这种甜系乖乖女能驾驭的，活该！

但很快，她脸上的笑容渐渐僵住，因为沈肆实在太快、太敏捷了！

后三十秒的时候，别的男生多少都会有些体力不支，沈肆却像是不知疲倦似的挺身起落，动作毫不费劲似的。再后来连雷昊都龇牙咧嘴地撑不住了，沈肆居然神色如常，还能保持和最初一样的节奏！

"赶上雷昊了！厉害厉害！"围观的同学们兴奋极了。

阳光耀眼，少年的额发随着动作扬起又迅速落下，晶莹的汗水从下巴滴落，浸湿了锁骨，每一次挺身都能听到他粗重的呼吸声。

因为动作轻快剧烈，他的校服下摆往上卷了几寸，露出了矫健匀称的腹肌线条，也露出他腰侧的几道伤痕。

瘀青，痂痕，还有两道交错的旧伤，又细又长，泛着经年累月后的白。

童妍感觉自己的心被狠狠地揪了一下。

她参加过急救夏令营，知道这样的伤只有可能是利器造成的——就伤在人体没有骨骼保护的、最脆弱的地方。

从伤痕的颜色来看，他受伤时可能才十二三岁吧，是谁会对那么小的少年下这样的毒手？

沈叔叔和林阿姨知道这些情况吗？

想起上次沈肆身上的伤一天一夜都没人处理，童妍的心情又有些沉重：难道沈家夫妻都不管自己的儿子了吗？

本来沈肆的名声就不太好，要是再让人看见这些触目惊心的伤痕，怕是忌惮排挤他的人会更多。

童妍没多想，顺手替他将校服下摆拉下来。

碰上他腹部的那一刻，她很清晰地感觉到少年的肌肉忽地一僵，猛然坐起，挺身的幅度格外大。

阴狠的眸光直直地刺过来，那一刻，童妍险些以为他要揍人。

但他什么也没说，只是急促喘息着，盯着童妍看了两秒才慢慢放松下来，继续起卧。

童妍松了一口气，在心里捏了一把汗。

一分钟很快结束，雷昊拼了命也只做了五十七个。

沈肆比他多一个，五十八个，还是在迟了十几秒的情况下。要是给足他一分钟时间，至少还能多做二十个。

雷昊痛苦地瘫软在垫子上，朝沈肆比了个大拇指，输得心服口服。

而孟静好的搭档呢？零个。

她哭丧着脸去罚跑了，因为偷懒走了好长一段路，还被体育老师加跑了一圈。

童妍拿着冰镇汽水跑回来时，沈肆正屈起一条腿坐在软垫上平复呼吸。

"刚才谢谢你了，沈肆。"说着，童妍迟疑了一会儿，朝他伸出去一只白嫩纤细的手，"要我拉你起来吗？"

刚才他那么快速地做仰卧起坐，其实很伤腰腹，不知道回去后会不会痛。

沈肆看了一眼她落着阳光的手指，然后垂眸，自己撑着垫子站起身来。

童妍只是笑笑，自然地收回手。

"等等，这个给你！"她将那瓶凝着清凉水珠的汽水塞到沈肆手里，杏眼弯弯，大大方方说，"多亏了你那么拼命，我才不用罚跑。"

不给沈肆拒绝的机会，她转身朝台阶上跑去。

"沈肆那条好腰啊！"

李语涵在水龙头边洗手，回顾刚才的比赛，兴冲冲地感慨。

童妍知道沈肆的身材很好，但当时她真的没想太多，满脑子都是他腰上狰狞的伤痕。

不知道他当初经历了什么，才从一个衣食无忧的精致男孩变成了这个浑身是伤的冷酷少年。

童妍不喜欢挖人隐私，却也真的挺不想沈肆再继续堕落下去。如果他爸妈能多关心关心他就好了。

她叹了一口气，原本轻松的心情也莫名增加了些许沉闷。

而另一边，操场上热闹刚散，几个男生正在收拾体育器材。

沈肆独自靠在主席台下的阴凉处，默默看着手里那瓶冰凉的橘子汽水。

是她从小就爱喝的口味。

他拧开瓶盖，仰首喝了一口。冰的，气泡入喉带起一线刺激的灼烧，而后从舌尖缓缓蔓延出清新的甜味来。

他眯了眯眼，深琥珀的眸中清清冷冷，映不出阳光的温度。

还是太甜太干净了，不适合他。

不知想到什么，他勾起一个自嘲般的轻笑，汽水瓶在掌心被捏得变了形，然后抛出一个弧度，"哐当"坠入一旁的垃圾桶中。

高三生周日有半天假，上完第四节课就能回家休息。

童妍背着书包回家，一进门就看见童向阳坐在沙发上翻看一个陈旧的纸箱子。

"爸，你在看什么呢？"童妍换好鞋问。

"哟，闺女回来了啊！你之前不是想看小时候在老房子那边的照片吗？今天阿姨大扫除，都给你找出来了。"童向阳拿起相簿，指着其中一张说，"还有一张两家人的合影呢，我和你妈那会儿都年轻！"

"真的假的？"童妍瞪大眼睛，书包都没来得及放就扑到沙发上，伸出手说，"爸，快给我看看！"

硬壳相册很沉，里头的相片也没过塑，早泛起斑驳的黄。

看照片似乎是在小区的小公园里，漂亮的小男孩和扎着马尾辫的小女孩手拉手坐在秋千上，一左一右站着两对年轻夫妇，各自微笑着望向镜头。

右边的那对童妍认识，她的爸妈。

而左边穿着旗袍的女子则是一个五官精致的大美人，像是二十世纪九十年代的女星。即便是泛黄模糊的照片，也掩盖不了她身上那种温婉绮丽的气质，反而如陈年佳酿般，有种历久弥新的风华。

童妍只需一眼，就知道沈肆那张脸是随谁了。

相反，相片中笑得爽朗的沈叔叔则相貌平平，顶多只能算五官周正。

除去那双过于冷冽锋利的眼睛，沈肆真的是百分百遗传了林阿姨的美貌啊！

她心里说不出是平静还是兴奋，只突然冒出一个念头：不知道沈肆看到这些承载了过往记忆的照片，会是什么反应呢？

午休时间，教室里没什么人，只有吊扇吹动书页发出哗哗的声响，窗边明亮得像是发光的水晶。

童妍一眼就看到了趴在桌子上睡觉的沈肆。

大概是窗户那面的阳光太刺眼，这会儿他转过头来，面朝童妍的方向背光而睡，后脑勺的头发上镀着一层淡金色的光。

奇怪,平时下午他要去训练,都不怎么来教室的。

童妍在心里嘀咕了一声,走过去拉拢窗帘,替他遮挡住铺天盖地洒进来的刺目阳光。

她动作很轻,但沈肆还是立即就醒了。

"吵到你了?"童妍抱歉地笑了笑。

从窗帘缝隙漏出一线微光,打在童妍的侧脸上,也溜进了沈肆的眼中。

他像是被光晃到一般眯了眯眼,抹了一把微乱的额发,靠着椅背坐起身来。

大概是尚老师那节饱含"破冰文化"的体育课起了作用,童妍总觉得她和沈肆之间的同桌关系没有之前那么剑拔弩张了,就很神奇。

她回到位子上,找了一个话题问:"今天怎么没去训练?"

沈肆迷蒙了一会儿,说:"学校把球场给了田径队。"

大概是刚睡醒,他格外好搭话,嗓音带着微微的沙哑,很性感。

童妍有些诧异,不过这些日子她也听说了武术队很久没有取得实质性的成绩,之前沈肆好不容易打入了国锦赛的决赛,却又因为"违规"被取消了参赛资格,背了一身骂名。

相反,今年田径队表现比较突出。

童妍有些替武术队打抱不平。学校就是这样,哪个队成绩好就把资源向哪个队倾斜。

"你也别着急,我虽然不太懂竞技武术,却也知道非体校的武术生能打入全国前三已经非常了不起了!你有实力,迟早会赢回来的。"

这回沈肆没答话。

童妍也觉得自己太啰唆了,有点儿周娴女士说教的意思。

似想起什么,她将挂在书桌侧面的书包取下来,拉开拉链翻找道:"对了,我给你看个有意思的东西。"

沈肆转过头来,看见童妍从书包夹层里摸出一小沓旧照片。

"看,这是谁和谁?"她拿出一张晃了晃,照片上露出一双眼睛,盛着细碎的光。

照片中一个扎着马尾辫的女孩蹲在地上哭,张开的嘴快有半张脸大。另一个年纪稍大一点的、穿着背带裤的漂亮男孩则弯着腰,伸手很有男孩气概地抚摸女孩的头顶,似乎在安慰她。

沈肆明显愣了一下,似乎没想到童妍能拿出这么久远的"证据"来。

"我爸说,那天我拿着一根小树杈乱舞,结果被小区的流浪狗追得满世界跑,要不是这个勇敢的小伙伴挺身而出,我可能会被咬出两个窟窿。"

童妍抿着嘴笑,要不是这张照片里有沈肆,她是万万不会拿出来的,毕竟她哭得太丑了。

她说得起劲,回过神来才发现沈肆一点反应都没有。

"我知道你不喜欢回忆过去,但这些老照片里有你出镜,我就都给你带过来了。"童妍解释。

见他没有抵触,她又大着胆子继续给他展示下一张:"这张呢,是在你家小花园拍的!那时候你家花园好漂亮啊……"

照片一张一张摆在沈肆桌上,无声、寂静,却依旧能感受到溢出画面的纯真与温柔。

沈肆安静地垂眸看着,从不回应,仿佛只是在旁听别人的故事。

最后一张照片,是公园秋千上的合照。

稚嫩的孩童手牵手朝着镜头微笑,两旁各自站着自己的父母。

童妍介绍:"这是六一儿童节拍的,大概是两家人唯一的合照……"

话说到一半,她停下了。

她发现沈肆的眼神变了。

刚才那么多照片,他的眼神始终是淡淡的。唯有这一张,他看得格外仔细认真。

照片上,健硕爽朗的沈叔叔一只手牵着大美人妻子,另一只手轻轻搂着儿子稚嫩的肩膀。小沈肆一只手拉着童妍,一只手握住秋千绳,乌黑的额发飞起,笑得纯真,一家三口亲密得像是一幅画。

可以看得出,沈叔叔和林阿姨真的很爱他们的儿子,至少在照片中是。

风撩动窗帘一开一合,沈肆的眸光也变得明暗不定。光影交错中,有太多童妍看不懂和猜不透的情愫。

她想了想,把照片递到沈肆手边,柔声说:"你喜欢的话,这张就送给你了。"

沈肆压着凉薄的唇线,伸手接过照片。

这是少有的一次,他没有拒绝她。

童妍这一阵子都在准备月考,晚上复习得比较晚,中午会有些犯困。何况她刚才单方面和沈肆回忆了二十分钟的童年,精力消耗了不少。

"看中哪张照片你就自己拿,我先睡一会儿。"

童妍跟沈肆打了声招呼,然后将桌上的书本码整齐,空出一片来趴着,闭上了眼睛。

没睡多久,教室里就陆陆续续进来人了。

翻书的、讲话的,脚步声来来往往,童妍实在睡不下去,索性睁开了眼睛。

这一睁眼,让她愣住了。

沈肆低着头,还在看那张泛黄的合照。

孤独的角落,少年侧颜线条完美,手指一寸一寸抚过照片中父母的脸,神情是那么温柔,又是那么忧伤。

高三第一次月考成绩出来后,童妍平静的生活起了波澜。

她这次考了全年级第三十七名,在班上也才排第六,主要是数学拉了分。

"这次月考数学卷的确有难度,却也不至于考成这样吧?你们是实验班啊同志们,不是放牛班!全班就成斯文打满分,再就是沈肆一百三十五分,一百二十五分以上优秀的才八个,我这血压一天天地往上蹿啊……"

陈勉一个一个分析成绩,公开处刑,学生们都老老实实垂着头,准备接受暴风雨的洗礼。

童妍也低着头,默默攥紧了手中的试题卷。

上次数学小考,沈肆名字都不写就直接睡觉,童妍还以为他是不会写。原来学霸不是不会,而是不屑于写。

一百三十五分的分数和成斯文的满分比起来可能不算什么,但沈肆是武术生呀,一天也就上午能坐在教室里听一会儿课,都能考出这样惊人的分数,真的很厉害了!

倒也不奇怪,他小时候就很聪明。

童妍想起自己那可怜的一百零八分,只觉乌云罩顶。

"童妍,别不开心了!你的语文还是年级第一呢,数学差一点又有什么关系!"下课时间,李语涵拍了拍童妍的肩,安慰她。

"人家沈肆都有一百三十五分呢。"童妍趴在桌上叹气。

李语涵扑哧一声,小声说:"我告诉你,他也就数学行,其他科目加起来都没有一百分,全是空白卷。"

"为什么?"童妍抬头问。

"不知道,也有人说他其他科目那么差,数学肯定是抄的。"李语涵耸耸肩,"不过我不这么认为!陈老师对沈肆一直挺照顾的,要是没有陈老师帮忙周旋,沈肆早不知道被学校开除多少回了。我相信他是真的喜欢陈老师，所以每逢大考都会认真考数学。"

童妍"哦"了一声，不知道为什么又想起了沈肆认真抚摸照片的那一幕。虽然满身尖刺，但他骨子里一定还留有温柔的一面吧。

晚上回到家，周娴女士的电话果然如期而至，将童妍狠狠地唠叨了一顿。

"我不是故意没考好的，这次数学真的很难……"童妍握着发烫的手机，小声辩解。

"你难别人也难，那为什么别人能考满分，而你只有一百零八呢？"周娴的声音在电话里显得冰冷严肃，"妍妍，妈妈和你说过多少回了，要端正心态，不要总为自己的失败找借口！你现在唯一的目标就是高考，高考！"

"知道了，妈妈。"

"还有，我今天和你班主任通电话了。听说你主动要求坐到最后一排？最后一排能听清楚课？妍妍，你到底怎么想的？是不是妈妈不在身边了，你就可以搞一些乱七八糟的想法放纵自己了？"

周娴喘了口气，下了最后的铁令："周五下午开家长会，让你爸和班主任提意见，将你换到前排来！"

童向阳进来送热牛奶，听到这一句，无奈地说道："后排也是要有学生坐的嘛，如果每个父母都去向老师提意见要求坐前排，那老师多难处理啊？领导你自己也是老师，相互体谅一下吧。"

手机是外放声音的，周娴听见了童向阳的抱怨，顿时火冒三丈。

"不是，童向阳你就爱跟我唱反调是吗？有你这样为孩子着想的？妍妍考砸了就是你给惯的！我跟你说，周五的家长会你不给我好好开，我和你没完！"

"吧嗒"一声，周娴挂断电话。

夫妻俩多少年来都是这样，一碰上孩子的教育问题就要吵架。

童妍无奈："爸，妈妈性子急，你就多哄着点嘛，干吗每次都气她？"

"好，爸爸下次注意。"童向阳有些尴尬地摸了摸脖子。

童妍喝了牛奶，洗漱上床，躺在被窝里滚了好几圈都睡不着。

一百零八分……

她想：这个分数真的有那么差劲吗？

可是她语文考了一百三十九分啊，全年级第一，为什么妈妈看见的永远是她的短处呢？

不过周五的家长会，她也不是完全没有期待的。

至少，她可以看见沈叔叔或者林阿姨，也不知道他们还记不记得自己。

周五，家长会如期召开。

天公不作美，下午开始就下起了小雨，阴沉沉的，班里的气氛也跟着莫名沉重。

家长会安排在第八节课，那会儿家长们基本已经下班，不会耽误赴会的时间。

教室提前打扫得干净又整洁，班长李语涵和学习委员一起安排接待家长的事宜，因为人手不够，又临时拉上了童妍来帮忙。

第七节课是自习课，已经有家长陆陆续续到达教室门口。按照陈勉定的规矩：来一个家长就走一个学生，家长还没来的，学生必须坐在座位上自习，这也是为了方便统计到场情况。

童向阳直到第七节课下课才匆匆赶来，一边收伞一边对着童妍笑道："不好意思啊闺女，下雨堵车，没迟到吧？"

"没迟到，您快进来吧！"童妍将童向阳领到自己座位上坐好，又给他倒了一杯热茶。

"这是你同桌啊？好俊的小伙儿，跟那什么电视上的少年偶像团成员似的！"童向阳望着身边安静的美少年，朝童妍使眼色。

童向阳没认出这个"俊小伙儿"就是沈叔叔的儿子。

毕竟童妍只告诉了他沈肆和自己一个班，却没有说他们俩是同桌。

"爸，你快喝茶吧。"童妍压低声音示意。

她知道，沈肆的心情一定很不好。

窗外小雨淅淅沥沥，在玻璃上留下道道水痕。

周围的人熙熙攘攘，每个学生都笑着同自己的父母交接位子，只有沈肆一直无人问津。

也只有他的家长还没来。

还有两分钟就要开会了，沈叔叔和林阿姨怎么还没有出现？

童妍不禁替他着急起来。

"童妍，你在想什么呢？"李语涵将茶叶一撮撮放入一次性纸杯中，安慰道，"放心啦，你爸不会骂你的。"

童妍笑着摇了摇头，她并不是在担心自己。

她又看了一眼孤零零坐在一群家长中的沈肆，只觉那身蓝白校服太过扎眼，扎得她胸口闷闷的。

刚巧陈勉拿着家长会的资料过来了，童妍放下热水瓶，迎上去说："陈老师，我觉得这个安排不好。"

"有什么不好？"陈勉纳闷。

"让学生坐在位子上等家长，这一点不好。"

童妍皱着眉头，很认真地说："那些来得晚或者不来的家长，他的孩子一个人坐在位子上，看着别人的父母谈笑风生，心里该有多失落。"

陈勉朝教室里望了一眼，明白是怎么回事了。

"你说得对，是我考虑不周。"陈勉笑着说，"那你去和沈肆说一声，让他不用等了，早点回家去吧。"

"谢谢老师！"童妍笑了起来。

她朝沈肆走去，还没走到位子边上呢，就听见身后传来一个笑吟吟的男声："小妹妹，麻烦让一下哟！"

童妍回头，看到了一个……古怪的年轻男人。

的确古怪。

男人大概二十七八岁，很清秀，穿着一身改良的黑蓝色对襟男装，袖口挽至手臂处，露出一截米白的内衬，长头发在脑后扎成很低调的一束，狐狸眼眯起来，让人感觉蔫坏蔫坏的，有点古风的韵味。

就……很复古，很有个性。

她侧过身，男人从她身边走过，径直朝着沈肆走去。

"小肆。"男人笑眯眯地拍了拍沈肆的肩。

"师兄。"沈肆低低地叫了一声，漠然地提起书包，起身给男人让座。

师兄？原来沈肆还有师兄？可是这么重要的家长会，为什么不是他的父母来呢？

童妍提着热水瓶，和李语涵一起把招待家长的用品还回办公室。

走到楼梯拐角那儿，隐约听见几个男生在厕所边聊天。

"沈肆的爸妈早死了，你们不知道吗？"说话的是王沛，他一直看沈肆不顺眼。

童妍心一紧，双脚像是被狠狠地钉在了地上。

"他爸酒驾出车祸死了，他妈是个神经病，经常发疯。有一天沈肆放学回家，就看见他妈躺在浴缸里，啧……一池子血！"

见有人不信，王沛笑出声："真的！初中那会儿我和他一个班，这件事全年级的人都知道。一家都是疯子，难怪他也是个疯子！"

残酷的真相，带着嘲笑的字眼，一寸一寸攫取了童妍的温度。

她站在那儿，气得浑身发冷。

"这群人吃饱了撑的，人家的私事跟他们有什么关系！"李语涵也听到了这些刺耳的话，愤恨地说道。

"班长，帮我拿一下手机。"

童妍打开手机按了个键，然后提着热水瓶快步走进了厕所。

李语涵拿着手机一愣，忙喊道："哎，童妍！"

"背后议论人的身世很光彩吗？"

童妍站在那群洗手打闹的男生身后，一字一字认真地说："林阿姨是个很好的人，我不许你们这么污蔑她。"

"什么？谁？"

王沛转身，打量了一眼面前甜美的少女，甩甩手说："童妍，这里是男厕，你想干吗？"

他手上的水珠甩到了童妍脸上。童妍皱眉，加重语气说："林阿姨，沈肆的妈妈……我不许你这么说她！"

"哦，那疯子是你认识的人啊！"

"她不是疯子！"

她是全世界最美丽、最温柔的林阿姨，不是他们口中所说的那个女人！

"不是，你有毛病吧？别以为你是女生我就不跟你计较啊，我说我的关你什么事？"王沛被损了面子，语气重了起来。

"王沛，今天开家长会呢！给你爸妈积点口德吧！"李语涵冲了过来，挡在童妍面前。

另外几个男生见气氛不对，也纷纷拉着王沛往外走，并劝道："算了算了，王哥！"

"我又没撒谎！有本事你去附中问问，沈肆家里的事谁不知道？我撒谎了吗？你凭什么给我甩脸子啊！"

王沛甩开拉着他的男生，梗着脖子大声道："初二上学期期末考试前一天，下大雪，他送他妈去医院时，还是我妈接诊的呢！送到的时候人都凉了，手腕上的刀伤见骨，这是正常人能划出来的力道吗？抢救都免了，直接送去太平间。沈肆就像是从血水里捞出来似的，蹲在医院走廊上哭呢！怎么，要我再给你形容一下他怎么哭的吗？"

温暖明亮的照片，浴缸的血水，还有医院里独自哭泣的少年……

童妍光是想象都无法承受，仿佛生生吞下了一块冰，喉咙一阵阵哽咽。

王沛还在讥笑，她提起手中的暖壶朝男生挥去："你闭嘴……"

"我去！你来真的？"王沛躲开，但手臂还是被暖壶擦了一下，顿时火大，"沈肆一家都是神经病，你也是神经病……呃！"

话还没说完，就见一道身影从身后冲了过来，将王沛推到了墙上。

童妍被李语涵拉得跟跄了一步，双双愣在原地，眼睁睁看着面前一出慌乱的景象。

"快叫老师！"

尖叫声、呻吟声，周围闹哄哄一片。

"童妍，保护好自己！别惹事！"李语涵抱住童妍。

"不……不行！"

童妍死命挣脱开李语涵，也不知从哪里来的力气，冲上去一把抱住沈肆："沈肆，别打了！今天开家长会，你这么打会出事的！"

她不想让沈肆被开除，她不想他失去最后一个容身之地。

但她的手臂实在太纤细了，沈肆心里最致命的伤痕被人反复撕开践踏，早就失去了理智。

那些男生也来拉架，混乱中，童妍不知道被谁的手推了一下，猛地撞上洗脸池，顿时捂着后腰闷哼一声，疼得缓缓蹲下身子，半晌站不起来。

"童妍！你没事吧！"

李语涵发出一声惊呼，沈肆高高扬起的拳头僵在了半空中。

他回过头，看着咬牙蹲在地上的童妍，脸上的戾气瞬间凝住。

他抿紧嘴唇，重重地丢下鼻青脸肿的王沛，半跪着蹲在童妍面前，手臂动了动，似乎要触碰她纤细脆弱的腰肢。

"你们别碰她了！"

李语涵狠狠打开沈肆的手，将童妍护在怀里。

关起门的教师办公室里，传来一个女人咄咄逼人的叱骂声。

"谈？还有什么好谈的！我儿子可是要考985的，脑袋打出问题了你们能负责吗？"

女人语气强势："这种惹是生非的问题学生为什么会出现在实验班？你们学

校今天必须给我一个说法!要么开除他,要么我报警处理!"

开除?

童妍轻轻拧起了眉头,明明先招惹人的是她儿子才对!

班主任是个什么说法,童妍听不清楚,不过照王沛妈妈的态度来看,似乎不会轻易放过沈肆。

"差不多就行了,还在这儿凑什么热闹呢?"童向阳拍了拍女儿的肩,心疼道,"走,爸带你去医务室看看腰。"

"不用了,就磕了一下而已,没什么大问题。"童妍左右四顾一番,看到了那个被遗落在墙角的热水瓶。

她灵机一动,提起瓶子朝童向阳笑道:"爸,今天辛苦你了,你先回去吧!我还要把东西还回办公室。"

"这个时候你去还什么东西啊?哎,马上到饭点了!"

童向阳话还没说完,童妍已经敲了敲办公室的门,轻轻闪身进去。

这丫头!童向阳无奈地手叉腰。

办公室里气氛凝重,鼻青脸肿的王沛坐在沙发上,朝天仰着头,鼻孔里塞着两团可笑的棉花,一副完全受害者的委屈嘴脸。

沈肆靠墙站在窗帘边,冷冷的,没什么表情,侧颜映着窗外的光,眉峰桀骜。而他对面,坐着陈勉和双方家长。

见童妍溜进来,沈肆的目光在她身上顿了一下。

童妍将热水瓶搁在角落的桌子上,磨蹭了一会儿,听见陈勉一反平时的随性,沉声道:"王沛妈妈,请你先冷静。现在不是说不处理,而是要先弄清楚事情的来龙去脉。"

"我同意。"沈肆师兄交叠着双腿,慢条斯理说,"如果是我家师弟单方面惹祸,那我尊重校方的处理。"

王沛从青肿的眼皮下瞥了沈肆一眼,声音瓮瓮的:"就……我和几个同学在厕所聊天呢,姓沈的就突然从背后冲出来打我,我都不知道什么原因……"

"大家都听见了?"

女人伸手朝沈肆一指,厉声说:"这种学生就是危险的暴力分子!我儿子绝对不能和这样的人待在一个班!"

"沈肆,是他说的这样吗?"陈勉问。

良久的沉默。

043

"不是。"他的眼神中透着疏狂轻蔑。

"什么'不是'？打了人还这么贱，你什么语气？"见沈肆不服软，女人的情绪更加激动，"我儿子从不撒谎，可不像某些人那样没有教养！"

沈肆师兄轻笑一声，显然不敢苟同。

"王沛妈妈，你这样说一句打断一句，这个问题怕是永远也解决不好。"

陈勉抬手示意女人少安毋躁，然后转向沈肆："那你说说当时是怎么个情况？"

这次是更久的沉默。

时间一分一秒过去，陈勉皱起了眉头，

佯装整理暖水壶的童妍捏紧了手指。她抿紧嘴唇，有些焦急地看向沈肆，比在场的任何一个人都希望他说出原因。

但她也清楚地知道，他宁可沉默地背负一切，也不会再当着大家的面，亲手将伤疤鲜血淋漓地撕开。

童妍想起了那天中午，沈肆在位子上独自抚摸照片的温柔神情。在他心底，林阿姨一定还是那个温婉美丽的女子，值得他用生命去维护。

"说不出来了吧？这样的人你们如果不立刻开除，我就报警，让媒体曝光！"

女人一副"果然如此"的神情，冷哼一声："莫名其妙打人，我看他就是个疯子！"

听到"疯子"两个字，沈肆目光一冷。

女人被他的眼神刺得一愣，咽了口口水，色厉内荏地说道："你……你瞪着眼睛想干什么？"

"你儿子撒谎。"一道清灵的嗓音打断了女人的话。

大家的视线不约而同地朝角落望去，落在干净甜美的少女身上。

童妍向前几步，不卑不亢地对陈勉说："陈老师，那个时候我也在场，我知道事情的来龙去脉。"

她又看向王沛，一字一字无比清晰地问："王沛同学，你为什么不敢告诉老师你在厕所里聊天聊的是什么呢？你为什么不敢承认是你先侮辱、挑衅沈肆的呢？"

"我没有！"王沛咬牙瞪着童妍。

"这位同学，你说话要有证据！"女人也跟着帮腔。

"我当然有证据。"童妍拿出了自己的手机。

多亏了有个当律师的父亲，童妍耳濡目染也知道遇到冲突时要留个心眼，及时保存证据。所以，当她冲上去找王沛理论时就已经打开了手机录音软件，交到李语涵手中帮忙保管。

毕竟涉及沈肆的身世,不到万不得已时,她并不想拿出来,但王家实在是欺人太甚!

点开录音播放按键,嘈杂的声音立刻传来。

"林阿姨是个很好的人,我不许你们这么污蔑她!"

"哦,那疯子是你认识的人啊!"

"初二上学期期末考试前一天,下大雪,他送他妈去医院时,还是我妈接诊的呢!送到的时候人都凉了⋯⋯"

童妍没敢当着沈肆的面继续播放下面的内容,她手指快速一划,拖动进度条跳过最难听的几句。

"沈肆一家都是神经病,你也是神经病⋯⋯"嘈杂刺耳的录音,以拳头砸在皮肉上的闷声结束。

紧接着就是一片混乱。

整个办公室陷入了沉寂,可王沛那些尖锐的嘲讽仿佛阴魂不散似的,还一句句回荡在耳边。

沈肆浑身紧绷,眼底戾气翻涌,童妍甚至能清晰地看到他手背上的青筋一根根突起。

她轻轻碰了碰沈肆紧攥的拳头,朝他摇了摇头。

那一眼中有担忧,也有最温柔坚定的安抚。

沈肆靠着墙,缓缓闭上了眼睛。

童妍关了录音,看着气焰明显低迷的女人:"我年纪小,不确定作为医生的王阿姨暴露病患隐私是不是有违医德,又该不该被追究责任⋯⋯我只知道,要是有人敢这样说我的父母,我也一样会冲上去和他拼命。"

女人狠狠瞪了一眼目光躲闪的儿子,然后才优雅地理了理鬓发,强撑道:"再怎么样也不能打人,打人是犯法的!"

"打人是不对,但王沛同学造谣生事,辱骂别人的母亲就对了吗?"童妍看向陈勉,挺直身板认真地说道:"陈老师,这件事两个人都有错,如果要罚,不能只罚沈肆一个人。"

"你!"女人呼吸急促,已经有些慌了。

拿着病患的隐私当谈资宣扬的确违反了医院规定,如果事情闹大了,她今年的职称评定多半会受到影响。

"童妍说得有道理。"陈勉点头,表情是从未有过的严肃。

沈肆的师兄眯了眯眼,对女人说:"王妈妈,我们重新谈谈?"

处理完冲突,已经快到晚自习的时间了。

雨停了,空气还很潮湿,将马路边的霓虹灯映得模糊难辨。

"停课几天再赔点钱而已,这已经是最好的结果了。"许知书眯着狐狸眼,伸手按了按沈肆的肩,"这样也好,这一阵子你就安心准备半个月后的表演赛。"

"不去。"沈肆漫不经心地说。

"为什么?"

"给一群根本就不懂武术的领导表演,和在街头卖艺有什么区别?"

"当然有区别了。卖艺有钱赚啊,表演赛又没钱。"许知书眨眨眼,笑着说,"我知道,以你的能力自然看不上这种小比赛。但是小肆,中国最不缺的就是武术人才,要是没有曝光率,纵使有再大的本事也没用,不出一个月就会有人取代你。"

"去吧小肆,就当是随便拿个第一玩玩。"

沈肆别过头,表示不想接他的话茬儿。

今天一整天,他的心情都很暴躁,一闭眼就看到浴室里满池猩红的血。

许知书叹了一口气道:"小肆,我知道你的难处,可运动员的黄金年龄只有那么几年,难道你打算一直这样下去?"

沈肆眼中明暗不定。

"那个人……已经害死了我爸妈,不会放过小敛的。"他几乎用尽全部的力气,才能压制住内心深处的阴暗和仇恨。

"师兄,小敛就继续拜托你了。"他背抵着潮湿的墙壁,隐忍地说道,"其他我自己解决。"

"你……唉!"许知书欲言又止,"放心吧,小敛在我的道观里绝对安全。"

"走吧,我送你去训练馆。"许知书说。

"你先走。"沈肆拒绝了。

许知书顺着他的视线看了一眼,了然一笑:"躲在这儿,是等人?"

沈肆别过头,没答话。

"行,那我先走了,你注意安全。"

许知书压低声音说:"有事打我电话,别和姓霍的硬着干。"

许知书走了,沈肆又等了一会儿,才看见一辆白色的私家车停在马路边,车门推开,下来一个熟悉的窈窕身影。

他站直身子。

童妍伤了腰,被童向阳带去菜馆强行补了一大碗老母鸡汤,回到学校时已经打了晚自习的预备铃。

安静的校门口,英俊清冷的少年背着单肩包站在那里,身形镀上电子屏幕的红光,有点像香港电影里的某个剪影。

童妍停下脚步,迟疑地唤道:"沈肆?"

少年头发上蒙着一层水汽,也不知在夜色里等了多久。

他"嗯"了一声,很低,很好听。

"你在这儿是等谁吗?"童妍离他更近了。

他沉默了一会儿,不答反问:"你的伤没事吧?"

"啊?"童妍微微睁大眼,有些惊诧。

"你的腰,有没有事?"

沈肆重复了一遍,骨节分明的手捏了捏书包侧袋,里面鼓鼓囊囊似乎装着什么东西。

童妍觉得,沈肆一个月来的好脾气,大概都在这一刻用光了。

她笑了起来,眼睛弯弯的,没有阴霾:"没事没事!已经上了药,还被我爸逼着喝了好多鸡汤,不好也得整好啦!"

沈肆捏着书包侧袋的手缓缓松开,"嗯"了一声。

他的话很少,嗓音低而清冷,带着金属的质感,在潮湿的雨夜中显得格外迷人。

他说了句"挺好",似乎就无话可说了,松开手理了理书包肩带,转身就走入了无边的夜色中。

"沈……"童妍想问问他的处理结果,却被响起的上课铃声打断了。

人群中,高大的少年像是一尾逆流的鱼,到了没人看见的拐角,随手将一个装着散瘀喷雾的塑料袋抛入垃圾桶。

她父母健在,承欢膝下,哪里轮到他来关心?

之后好几天,沈肆都没有出现在教室里。

小长假前一天,陈勉给班上学生重新调了位子,按照每个大组前三排和后三排划分,形成八个学习小组。

不知道是不是父母提了意见的原因,童妍从最后一排调到了中间的位子,和数学学霸成斯文一个组。

办公室里,陈勉分析道:"童妍,你转学前的成绩我也看了,其他科目都很突出,只有数学是你的弱项。而成斯文呢是语文拉后腿,把你们放一个学习小组正好可以互补,以后互相学习请教啊!"

童妍抿着唇,没有立即答应。

"怎么?有别的想法?"陈勉笑着问。

童妍双手放在身后绞了绞,随即抬起头大方地说道:"老师,能不能还让沈肆跟我坐?他的数学也好,解题步骤很清晰,对我来说更有帮助。"

这么多天不见沈肆,她还挺担心的。

"这个……恐怕不行。"

陈勉转了转手中的红色墨水笔,皱着眉说:"上次沈肆惹事,学校虽然没对他进行大的处罚,却也不同意他继续待在实验班。"

"小长假过后,沈肆就要调去平行班了。"

童妍现在的学习小组一共六个人。

新同桌成斯文是一个唇红齿白的纤细美少年,之前坐她前桌。转学过来的第一天,童妍还差点将他错认成女孩子。因为大家比较熟悉了,相处得倒也融洽。

唯一比较头疼的,是新加入组里的雷昊和唐也。

雷昊就不说了,童妍对唐也还是印象挺深的:目测身高一米七五的美飒御姐,发型是很酷的公主切。听说她是武术队刀术组中的一姐,性子也大大咧咧,十分豪爽,在班上人缘挺好。

人缘太好的结果,就是和雷昊同学一拍即合,狼狈为奸,成为课堂上被老师点名批评的重点对象。

自习课时间,听着后桌不断传来的打闹声,童妍轻叹一声戴上耳塞,无比怀念以前和沈肆做同桌的日子。

沈肆……真的不会再回一班了吗?

平行九班是一个全校闻名的渣滓堆,惹是生非的学生一大堆,老师也是只求自保,无所作为。

沈肆去了那儿,无异于是被所有人放弃了。

一旦涌起这个念头,童妍心里就像是被塞了一团棉花,有一股说不出的憋闷。

因为小长假的到来,发下来的卷子特别多,各科老师像是铆足了劲儿,唯恐少发一张就输在了起跑线上。

童妍数了数，截止在放学前，已经发了整整二十七张大小试卷，整个教室里只听得见整理试卷的哗哗声。

班主任陈勉来放学，看着沈肆的空桌上堆满了雪白的试卷，神情是惋惜多过无奈，问道："班上哪位同学顺路的，帮个忙，把沈肆抽屉里的书和试卷给他带回去。"

童妍想也没想，抢在雷昊前面举手："老师，我顺路。"

陈勉有些犹豫："你一个女孩子，能行吗？"

童妍再一次抢在雷昊前头："能行能行！一定完成任务。"

"那行，别耽误太多时间了。"陈勉叮嘱了几句，准时放了学。

同学们在一片欢呼声中陆续散去，童妍认真整理好沈肆留下的书本和卷子，又去办公室核对了沈肆家的地址，这才抱着书，踏着一地夕阳离开了学校。

沈肆住的地方和童妍家一个方向，只是路程更远些。

二十分钟后，童妍从出租车上下来，看着面前老旧拥挤的小区居民楼，心里一阵心酸。

到处是嘈杂的麻将搓洗声，她抱着书绕了几个弯，才找到沈肆所在的单元楼。

楼道十分昏暗，偏偏二楼的声控灯还坏了，童妍不留神被脚下的杂物绊得一个踉跄，忙抓住栏杆，却摸到满手厚重的灰尘。

磕磕绊绊到了五楼，她定了定神，抬手敲响了502的防盗门。

敲了好久才听见屋里有沉稳的脚步声靠近，继而门被猛地拉开一条缝，一张阴鸷凶狠的俊脸出现在门缝间，与童妍四目相对。

还没来得及爆发的戾气就这样僵在了他的脸上。

厚重的防盗门，里头还挂着一条防盗链，充满了对不速之客的戒备。

"沈肆……"隔着门缝，童妍看到了他手里那把明晃晃的水果刀，咽了口口水，小声说，"你别误会，是老师让我来给你送卷子。"

沈肆僵了一会儿，"哐当"一声关上了门。

过道里的感应灯亮了又灭，童妍抱着一摞沉重的书站在门前，心想：沈肆好像……不太欢迎自己呢！

她看了看积灰甚重的过道，正犹豫着要不要把书和卷子搁他门口算了，就听见门后传来防盗链被解开的窸窣声。

下一刻，门再一次被打开，温和版的沈肆垂着纤长的眼睫，低声说："进来。"

"嗯……"

峰回路转，童妍有些受宠若惊，小心翼翼地迈入大魔王的领地："那……打扰啦。"

两室一厅的屋子，面积不大，却因家具极少而显得单调空荡。冷色调的地板和窗帘，一排沙发、一张茶几，还有一个没有电视的电视柜，就是客厅的全部装饰。

感觉有点儿冷清，童妍没忍住问："沈肆，你没有装电视吗？我一个人在家的时候，就喜欢开着电视做事。"

不然家里静悄悄的，总觉得有些孤单。

"原来有。"沈肆关上门，顺手接过她手里的课本和卷子搁在茶几上，淡淡地说道，"后来被砸了。"

童妍没敢问电视是怎么被砸的，也知道有些事不该追问下去。

她抵了抵脚尖，岔开话题："那个……拖鞋在哪儿？"

"直接进来，不用换鞋。"

"哦……"

童妍将那句"那我就回去了"咽回肚子里。

她坐在沙发上，能看到沈肆在厨房切水果。不知道是不是放松下来了的原因，他现在的样子有点随性慵懒。

正想着，次卧的门"吧嗒"一声从里面拧开了。

童妍吓了一跳，立即站起来。

她没想到沈肆家里还有人！

一个穿着绿色恐龙连帽睡衣的小孩从里面走出来，先是腼腆地看了童妍一眼，发现是不认识的客人，就迈开小短腿躲去了沈肆身后。

小孩儿大概五六岁，长得虎头虎脑的，后脑勺留了一绺细软的长头发，大眼睛眨呀眨的十分可爱。

童妍只一眼就看出来这小孩儿是沈肆的什么人了。

如果说沈肆完美地继承了林阿姨的美貌，那这个小孩儿就是沈叔叔的翻版，一样浓眉大眼的，只是小孩儿的皮肤更白些。

"我弟，沈敛。"

沈肆的语气没什么起伏，单手抓住沈敛的兜帽将他拎出来，命令道："叫人。"

不知道为什么，童妍觉得现在的沈肆格外有人情味，不像在学校里那样冷冰冰的。

"姐姐好。"

"小恐龙"很听他哥的话,奶声奶气地跟童妍打招呼。

童妍愉快地应了一声,心都要化了。

她翻遍了书包,找出几块没来得及吃的巧克力,蹲身递到沈敛面前,柔声道:"初来乍到,姐姐没来得及给你准备礼物,这个给你!"

小孩儿偷偷瞄了沈肆一眼,才伸出胖乎乎的小手接住,童音轻快了很多:"谢谢姐姐!"

童妍没忍住摸了摸小孩儿的脑袋,轻笑道:"我都不知道你有个这么小的弟弟呢,沈肆。"

她从心底里为沈肆感到高兴,因为有弟弟在,他就不再是孤零零的一个人了。

沈肆没接话茬儿,将一盘切好的水果搁在童妍面前,问道:"吃过饭了吗?"

童妍脱口而出:"没有……"

而后她反应过来,这话说得好像是要来蹭饭吃似的,不太礼貌。

她改口一笑:"我不饿。"

话还没说完,肚子就传来一声不合时宜的咕噜声。

童妍低下了头:跑这么远来送书,说不饿肯定是假的。

沈肆则戏谑地看着她。

半晌后,他淡淡地问:"糖醋排骨吃吗?"

"吃。"童妍没骨气地妥协了。

沈肆转身进了厨房。

童妍有点不真实的感觉,放在二十分钟前,她怎么也不会想到自己竟然能有被沈肆主动留饭的一天。

她甚至不知道沈肆会做菜!

童妍当然不能吃白饭,基本礼貌还是懂的。她放下书包跟着进了厨房,热情地说道:"我来帮你打下手吧。"

厨房很小,站两个人显得很拥挤,沈肆一转身差点就和童妍贴上。

少女低头摆弄料理台上的蔬菜,头发上的花香柔软,充满温暖干净的气息。

沈肆立即转移视线,皱眉说:"出去。"

他的声音低沉仓促,听上去有些凶。

童妍以为是自己碍事了,轻轻"哦"了一声,放下摘洗了一半的蔬菜说:"那你需要的时候再叫我。"

她抿着唇擦干净手,轻轻地退了出去。

不该让她进门的,不该让她卷入自己的不幸……

沈肆望着洗碗池里的水,仿佛又回到了初二那年的冬天,眼底一片翻涌的阴霾。

客厅里没有电视的吵闹声,干坐在沙发上等待开饭的童妍就显得有些尴尬。

她顺着敞开的卧室门看了看,次卧布置得很温馨,有星空灯和成堆的恐龙公仔,是弟弟沈敛的房间。

而另一间房里除了堆积的书籍就是训练用的沙包和枪剑,另一边靠墙的玻璃书柜中放着不少荣誉证书和武术奖章……很明显,是沈肆的房间。

和他这个人一样冷硬的风格。

正想着,有人轻轻拉了拉自己的衣角。

童妍低头,看到"小恐龙"仰着小小的脑袋,认真地说:"姐姐,你是哥哥的同学吗?"

童妍弯下腰和小孩儿平视,点头说:"是的哦。"

"哥哥一定很喜欢你,"沈敛眨眨眼睛,突然蹦出这么一句,"因为怕有坏蛋找到这里来,哥哥从来不让别人进门。"

沈敛满眼都写着"你是第一个哟,所以哥哥一定喜欢你"的潜台词。

童妍一愣,无奈地笑道:"小弟弟,'喜欢'这个词不可以随便乱说的。我和你哥哥小时候是很好的朋友,又帮他送书过来,所以他才留我吃饭的。"

沈敛撇撇嘴,然后眼睛一亮,不知道从哪个角落里翻出一把木剑,献宝似的提溜到童妍面前:"哥哥给我做的剑!"

小孩儿的思维单纯跳脱,挺有意思的。童妍配合地惊呼一声:"好酷的剑!小弟弟是要用这把剑打谁呀?"

谁知沈敛看了她一眼,一本正经地告诉她:"哥哥说了,男孩子手里的剑是用来保护人的,不是用来打人的。"

有那么一瞬,童妍被沈敛的这句话击中了内心。

她不敢相信这句话是从那个浑身冰冷的少年嘴里说出来的。

看得出,沈肆将沈敛教育得很好。即便满身尖刺,他仍将最干净、柔软的一面留给了家人。

沈肆端着炒好的菜走出来,看到的就是一大一小在沙发上玩闹的场景,冷寂的空气仿佛一下子变得鲜活起来。

越是明亮,越是提醒他身上背负着怎样阴暗肮脏的过往。

童妍没想到沈肆的手艺这么好，一点也不输外面的厨师。

可一想到为什么他的菜做得这么好吃，童妍又涌起一股心酸。

十二三岁就要独自带着弟弟生活，这么多年来，他一定过得很辛苦吧。

吃过饭，童妍坚持洗完碗，才背起书包准备回家。

已经很晚了，她再不回去爸爸会着急的。

沈肆也换了鞋出门，童妍忙摆手说："不用送，我可以自己走。"

沈肆蹲身系好鞋带，声音清冷地说道："我去丢垃圾。"

说着，他提起门口的黑色垃圾袋，率先下了楼。

好吧，又自作多情了……

童妍吁舒了一口气，跟着沈肆的步子下楼。

感应灯一盏接一盏亮起，像是在给童妍铺路。到了声控灯坏了的二楼，沈肆停下脚步，打开手机的手电筒，侧身示意童妍先走。

手电筒的光一直稳稳地铺在童妍脚下，直到台阶的最后一级。

"我回去啦。"童妍停下脚步，转身看着站在楼梯口的沈肆，"谢谢你的招待！"

"嗯。"沈肆靠着铁门说，"不送。"

嘴上说着不送，还不是送到了楼下？

童妍想着，低头看着自己的脚尖，两个人之间只有夜晚的凉风穿过。

"那个……"童妍下定决心似的，深吸一口气，抬起头看着冷峻高大的少年，"你还能回实验一班吗？"

沈肆被她问得一愣，撇过头嘲讽道："我在哪里都一样。"

"不一样。"童妍反驳，眼里泛着星星点点的碎光，告诉他，"沈肆，你值得更好的待遇！"

微弱的灯光下，沈肆的睫毛抖了抖。

"以后别来这儿了。"他淡淡地说道，"也别来找我，就当不认识沈肆这个人。"

"沈肆……"

"我说认真的。"他眼里像是藏了很多事，将垃圾袋往桶里一扔，疏冷地说道，"今天过后，离我远点。"

黑魆魆的楼道口像是一张巨兽的嘴，吞噬着他孤冷的背影。

童妍莫名生出一种感觉，仿佛他就会这样一点一点消失在自己的视野，被无尽的黑暗吞没。

没由来的一股冲动，想要留住什么似的，她说："陈老师、雷昊、唐也，还有我……"

她的声音低了下去,但很坚决:"我们很多人,都想让你回来!"

沈肆停下脚步,没有回头。

"下周见!"她高声道。

沈肆靠着画了涂鸦的楼道墙壁,看着少女离去,直到她的身姿消失不见。随后他拿起手机,拨打了一个号码。

"喂,师兄。这个月的表演赛,给我报名了吗?"

"嗯,我去。"

第三章　裂痕

小长假还剩两天，高三学生就得提前返校上课了。

放假时学生有多开心，返校时就有多蔫。早自习时间，班主任都去会议室开早会了，教室里只有一点细微的、死气沉沉的读书声。

后桌的雷昊不知道从哪里掏出一对高脚玻璃杯，里头倒上可乐冒充红酒，和唐也一人一杯，嘻嘻哈哈地闹着。

童妍这两天正感冒着，头晕乎乎的，被两个人一闹更加头疼了。

成斯文皱眉，几次回过头提醒他们不要闹了。但他这个组长的存在感实在太低了，俩学渣根本没拿他当回事。

"哟，唐总。"

"嚛，雷总。"

"来，为我们的友谊干杯！"

"叮"的一声，两个人跷着二郎腿，优雅地碰了个杯。

碰完一转头，就见陈勉那张皮笑肉不笑的脸出现在了教室窗外，正阴恻恻地盯着他们俩。

雷昊当即一口可乐从鼻腔里呛咳出来，教室里顿时爆发出一阵哄堂大笑。

一分钟后，俩人被陈勉拎到讲台边去站着了，一左一右端着红酒杯，活像两尊门神。

笑不出来的只有成斯文和童妍，才刚分小组不到一周，他们组的量化管理分就已经扣成负数了，下周多半得罚打扫卫生了。

早自习下课，童妍去办公室送作业本，回来时顺便把听写本给带上了。

大概是感冒了的原因，她觉得今天的这摞本子格外沉重，没走两步就喘不上气来，脑袋晕乎乎的。

到了教室门口，没提防同学从里头冲出来，两个人撞一起，童妍连人带作业本往后一仰，撞到一个结实的怀抱里。

身后那人一声不吭，顺手在她后腰上托了一把，稳住她踉跄的身子。

"哎哟，不好意思哈！"

男生连忙道歉，却在看到她身后那道冷冰冰的视线时一抖，灰溜溜地跑回教室里了。

"抱歉，有没有撞到你？"

童妍竭力扶住摇摇欲坠的本子，抱歉地回头，与那双熟悉的深琥珀眸子撞在一起，顿时一愣。

"沈肆？"她有些难以置信，"你……你回来上课啦？"

而后她又想起，沈肆已经不在一班了。

他大概……只是路过而已。

沈肆垂下眼睑，捡起散落在地上的本子。

"谢谢你，麻烦给我放上面吧。"童妍抬起小巧的下巴，朝自己手中那摞高高的作业本扬了扬。

沈肆随手将作业本搁在最上面，下一秒，童妍感觉自己双臂一轻，整摞本子都到了沈肆手里。

少年的臂膀强健有力，轻松抱着一摞作业进了教室，高高瘦瘦的样子格外清爽。

他这是主动给自己搬作业？

童妍愣了一会儿，然后眉开眼笑地跟上少年的步伐。

沈肆不知道已经重新换过位子了，还以为童妍是坐他旁边，就直接将本子搁在了七组最后一排。

然后他在全班同学惊诧的目光中，将书包往桌上一扔，拉开椅子坐了下来，一举一动气势十足。

他……他还愿意待在一班！

童妍微微睁大眼睛。

最后一排，窗帘随风微微摆动，孤冷带刺的少年身上落着一层细碎的阳光，一如开学初遇那天。

心脏一阵鼓噪，童妍顿时头不晕、鼻子也不堵了，心里像是落下了一块石头，充斥着轻盈的暖意。

那天在沈肆家时她就知道,他这样的人,是不会轻言放弃的。

"他不是被丢去平行班了吗?怎么又回来了?"

反应最大的是王沛,他与沈肆有过节不说,还刚好是第八学习小组的组长。沈肆一回来,就得和他一个组。

"有他没我!我才不想看见他那张脸!"王沛嘀咕,也不敢当着沈肆的面吵,就烦闷地摔了书。

"既然你不愿意,那我们俩换个组吧。"童妍按捺住微起波澜的情绪对王沛说。

她想也不想,径直走到自己的位子上,把所有的书本清好,尽数搬回了七组最后一排的位子,坐回了沈肆身边。

放书包的声音打搅了少年神游,他转过琥珀色的眼睛,见到是她,看了几秒,复又安静地垂下眼睫。

"决定回来了?"童妍声音里透着鼻音,却毫不掩饰自己的开心。

沈肆动了动睫毛,许久才轻轻"嗯"了一声,尘埃落定。

雷昊和唐也见状,对视一眼,也提着书包搬了过来。王沛正求之不得,忙和另外两个不满沈肆的同学一起收拾东西,搬去了童妍他们的位子。

成斯文本来在写作业,扭头一看身边的人换成了王沛,顿时皱起了好看的眉毛。

他不喜欢王沛的自大,遂也收拾好书本和笔,回到了童妍的前桌。两个组算是对调了位置,重新组合了。

"组长挪了位子,我们哪能不跟着挪啊!"

雷昊笑嘻嘻地朝闻讯赶来的陈勉解释。

陈勉从后头给了雷昊一掌,看了看眼里满是恳求的童妍,又看了看服服帖帖的雷昊和唐也,眼镜片后闪过一抹睿智的光芒,嘴上却不饶人:"行吧,就允许你们换这一次,下不为例!"

"谢谢老师!"童妍笑起来。

陈勉又看向沈肆,虽然脸色很严肃,但童妍知道沈肆能回来,他心里一定是欣慰的。

"沈肆我告诉你啊,一班不是你想来就来的,你想坐稳这里的位子,不管是文是武,都得拿出成绩来说话!"陈勉向来嘴硬心软,手叉着腰道,"一个月,我只保你一个月啊!"

这周的评比,童妍的小组果然是倒数第一。

尤其是雷昊上课玩手机，被政教处抓了两回，硬生生给班级扣了十分的量化管理。

班级量化分毕竟是期末评优评先的重要指标，陈勉将它看得比命还重，当即当着成斯文和童妍的面下了死命令，要求他们组想办法在月底前把扣的分补上。

"我的想法很简单，谁扣的分谁补。"

中午的小组会议，成斯文抱臂，凉凉地瞥了一眼始作俑者。

雷昊这会儿也急了，苦着脸说："怎么补啊？我就算是天天帮忙扫男厕所，也加不了几分啊！"

"我倒是有个办法，"同组一个女生缓缓举手，提议道，"童妍的作文不是写得很好吗？咱们可以给广播站和校刊写稿，一旦采纳，广播稿一篇加两分，发表在校刊能加五分呢！然后雷昊再去做一周的义务劳动，这样月底前就能补回分数了！"

"这个可以！"雷昊如见救星，忙点头附和。

"我是没问题啦，但是据我所知，广播站和校刊每周接的投稿很多，我们要想保证被选上，最好是能有新颖的题材。"童妍用笔在草稿纸上分析，"音乐之声、影视热点，还有青春杂谈都是热门投稿栏目，我们不占优势。"

每排除一项，她就划去相应的栏目，最后在仅剩的一栏上画了个圈："只有周三下午的'窗外采风'一直没什么人投稿。"

"窗外采风"聚焦的是校外热点，因为需要大量时间去采访搜集，所以投稿的人很少，能被采用的概率大大增加。

成斯文问："你们知道本市最近有什么大的活动开展吗？我们可以定个方向，周末出去采风，写两篇新闻稿。"

四周一阵沉默。

众人你看看我，我看看你，忽然异口同声："省武术套路表演赛！"

比赛那几天刚好碰到周末月假，童妍穿着简单的娃娃领衬衣和米色短裤，早早地打车赶到市体育馆和成斯文会合。

票是雷昊负责弄来的，童妍和成斯文一人一张，在门口排队等候安检。

而一旁的VIP通道，工作人员正领着一批年轻的武术运动员入场。

童妍一眼就看到了走在最前方的沈肆。

少年身形劲瘦挺拔，斜背着运动包，红白二色的运动服飒爽无比。他将拉链拉到最上，立起的衣领遮住了他的下巴，露出来的半张侧脸冷冷的，显得格外落拓不羁。

"沈肆！"童妍眼睛一亮，在长队中努力跳了跳，朝对方挥手。

但排队现场实在太吵闹了，少年似乎没有听见，踩着红毯径直入了场。

那只挥舞在头顶的纤白细手，又慢慢地垂了下来。

上午九点半，唐也所在的女子器械组最先比完，以0.003分的差距位列第二，斩获女子刀术组的银牌。

童妍先采访了唐也，眼睛一直留意着时间。

九点五十分，她停了笔，微笑道："隔壁场馆沈肆的比赛快开始了，我们先过去吧，有什么要补充的边走边聊。"

"不对劲啊，无忌。"唐也还穿着比赛用的大红对襟武服，反手将训练刀负在身后，凑过来问，"我怎么觉得一提起沈肆的比赛，你比我还兴奋呢？"

"无忌"是唐也给童妍取的专属昵称，典出"童言无忌"的谐音。

"哪有？我对你们的关注一样多呀！"童妍笑得更明媚了些，饱含胶原蛋白的脸上，一双杏眼扑闪扑闪的。

三个人说说笑笑地朝隔壁男子组比赛的场馆走去。

沈肆正在候场区热身。

他穿的是一件黑色的对襟比赛服，扎紧的腰带勾勒出劲瘦的腰肢。他轻松一抬就将长腿搁在栏杆上，下压拉伸，黑色的武服将他的皮肤衬得格外白皙。

其他运动员多少有点黝黑粗糙，只有沈肆身高腿长、精致英俊，浑身透出一股子干净冷冽的少年气，格外惊艳。

连唐也都不禁感慨："沈肆这脸、这身形，光是气质分就已经赢在起跑线上了。"

童妍在心里举双手赞同：沈肆的气质太绝了！

场下，沈肆热完身，一抬头就瞥见了趴在观众席栏杆上的童妍。

两个人四目相对，沈肆明显愣了几秒。

在场馆灯光的照射下，少女垂肩的锁骨发拉出温柔的银丝，见到他望过来，她眼睛明显一弯，立刻绽放一抹大大的笑颜，努力倾身朝他挥了挥手。

"哎，看上面挥手那女孩儿，好甜！"同组的运动员显然也注意到了童妍，路过沈肆身边时闲聊。

"看起来有点儿小，还是个高中生吧？"

一个轻佻的声音说道："这种脸甜身材好的妹子就是稀有品，下手得趁早！"

说话的是今年武术套路国锦赛的季军张文磊。这个人虽然本事平平，但因为长相不错且会立"男友"人设，一向很有女人缘。

"这个还得是我们张哥最有话语权，现场的女观众得有一大半是冲着张哥来的吧，估计那甜妹也是张哥的粉丝……"

有人笑着怂恿张文磊："比完赛去要个电话呗！"

张文磊轻哼一声，眯眼盯着观众席上的童妍，一副志在必得的神情。

他正做着梦呢，肩膀就被人从后面撞了一下。

张文磊一个趔趄站稳，瞪着擦身而过的沈肆骂道："路这么宽，你故意的吧！"

"故意的又怎样？"

少年眼里淬着冰，如同在看一只阴沟里的臭虫。

队员们七手八脚地按住张文磊，不让他冲动。

观众席上的童妍对这场小冲突一无所知。

她找到自己的位子，安静又期待地等着沈肆上场。

004号上场的运动员叫张文磊，不知道为什么，他的名字才刚显示在大屏幕上，观众席上的女孩子就跟疯了似的欢呼起来。

童妍被吓得一跳，捂着耳朵问唐也："她们在叫什么？"

"那个人，张文磊。世锦赛男子枪术组的季军，长得好，会撩妹，到哪儿都跟着一大群脑残粉，整得跟明星似的……"酷姐唐也翻了个白眼，语气很是不屑，"要不是国锦赛沈肆出了意外，哪轮得到这个人威风？"

童妍"哦"了一声，拿出手机放大焦距一瞧，顿时不懂时下审美了。

就这？还没沈肆一根眉毛好看呢。

张文磊比完了，拿下9.68的高分，现场又是一阵女孩们尖锐的欢呼声。

唐也也傻了，没想到一场省级的表演赛还能打出这样的高分！张文磊的队友已经提前庆祝金牌了，看着沈肆时的眼神中充满了蔑视和挑衅。

童妍情不自禁地握紧了手。

下一个就是沈肆上场了，要想赢张文磊，他必须拿出超越国锦赛的水平来，压力之大可想而知。

沈肆上场时，观众席窸窸窣窣的，还沉浸在张文磊造就的狂热中，没有一个人为他加油呐喊。

他太年轻了，又有过"黑料"，几乎没有人看好他。

现场太安静了，安静得令人心疼。

童妍握紧手中的笔,深吸一口气,腾地站起身来。

"沈肆,加油!"清脆的少女音回荡在场馆上空,击破了所有沉寂。

"沈肆,加油——"她双手拢在嘴边,用尽全身力气。

唐也反应过来,也跟着声嘶力竭地喊:"沈肆加油!"

成斯文比较含蓄,没好意思跟着呐喊,却也在默默鼓掌支持。

休息区,张文磊看着不断为沈肆打气的少女,黑着脸捏爆了手中的矿泉水瓶。

竟然是沈肆的人!

不过没关系,自己的分数已经很高了,不可能再被超越!

场上,黑袍少年闭目深吸,耳畔清甜的少女音仿佛穿过荒芜的旷野而来,涤荡心神。

定了神,他持着银枪,抱拳行了潇洒大气的礼,而后上台站定,以枪尖点地。

万籁俱寂,童妍也情不自禁地屏住呼吸,紧张得心都快蹦出来了。

下一秒,沈肆抬手,枪尖缓缓上移。接着他的眼神忽然变得凌厉,满场都是枪扫破空的呼呼风声。

一旁的唐也适时地给童妍讲解战况。

"扎枪和抛接很稳啊,沈肆的腕力一向很绝!"

"空中劈叉!侧空转体!漂亮!"

"旋风脚接旋子转体720跌叉!厉害厉害!"

沈肆的动作干脆连贯,高难度招式一个接着一个抛出。唐也兴奋得两眼冒光,讲解到最后,几乎只剩下满嘴会被哔哔消音的粗鄙之语了。

沈肆太稳了,若是放在古代,就定是"翩若惊鸿,矫若游龙"的少年将军,每一个动作、每一片飞起的衣角都极具力量美!

最后一个动作落下,少年利落地收势抱拳,负枪下场。

出分数的那几十秒,童妍紧张得心跳都快停了,不太敢看大屏幕,又舍不得不看。

终于,屏幕上亮出鲜红的数字:9.80分。

童妍睁大眼,时间仿佛定格,继而热血上涌,心脏像是死过一回般狂跳起来。

现场安静了一秒,继而爆发出一阵山呼海啸般热烈的掌声。

台下,张文磊的脸都快被打肿了。但没人在乎败者是什么心情,所有人都在为沈肆鼓掌。

"赢了!沈肆第一!"唐也"唰"地起身,激动得一把捞过身边的成斯文,狠狠抱在怀里。

沈肆倒是十分平静,仿佛这个分数在意料之中。

他确认了分数,趁着那群记者还没围堵上来,就拿起运动包和水壶从VIP通道离开了。

成斯文被唐也抱在怀里,挣不开也逃不脱,一张清秀的脸涨得通红,也不知道是憋的还是羞的。

他拼命朝童妍挥手,红着脸艰难地说道:"快去……追沈肆!采访!"

太过兴奋,童妍险些忘了还要赛后采访拍照,忙收拾了纸、笔和手机,抄近路朝沈肆离开的通道追去。

通道里挤满了电视台的记者,童妍被裹挟在人群中,脚都被踩了好几下,疼死了!

正进退两难,一道清冷的嗓音自头顶传来:"麻烦让让。"

沈肆不知道什么时候又折回来了,皱眉拨开拥挤的记者和等候签名的观众。

童妍还没反应过来,就被沈肆一把抓住了手腕,强行拖出了人群。

工作人员也及时出现,迅速疏散了快要失控的人群。

沈肆的步伐很快,童妍不得不小跑才能追上。

"沈肆,慢……慢一点!"童妍气喘吁吁。

没人的后门拐角处,沈肆总算停下了脚步。

他在武服外面套了件红白二色的运动队服,肩阔挺拔,手插兜的样子漫不经心中带着几分冷酷,转身问童妍:"你怎么会在这儿?"

"来看你比赛!"童妍脱口而出。

大概是跑急了,她呼吸有些不稳,讲起话来有很轻软的气音。

沈肆看着她,缓缓眯起了眼睛,有点痒痒的感觉。

"还有……要写新闻稿,想做一下采访。"童妍小声补充。

刚才她就看出来了,沈肆似乎很不喜欢记者采访。

见沈肆不说话,她抿了抿唇,带着些许忐忑问:"可以吗?"

沈肆看了一眼手机时间,冷淡地说道:"三分钟。"

童妍的眼睛亮了起来!

说好的三分钟,沈肆这个小气鬼一秒都没有多给!

时间到后,也不管人家有没有采访完,他背起运动包就要走。

"沈肆等一下!"童妍叫住他,眼中闪烁着细微的期许,问道,"能不能给我你的手机号码，要是有什么需要补充采访的，我再联系你，好吗？"

沈肆没说话，只是转身取走了童妍的笔，低着头，直接将电话号码写在了她手中的笔记本上。

童妍手里拿着本子，少年俯身靠近的那一瞬，她有些蒙了。

这个姿势沈肆离得很近，两个人几乎额头碰着额头。

枫叶打着旋从头顶飘下，落地无声。沈肆垂着眼认真书写，童妍甚至能感受到他滚烫的呼吸喷洒在纸张上，撩过她的指尖。

遒劲漂亮的行书字体烙在纸页上，沈肆的背影已经远去。

童妍还在原地站着，脑中全是沈肆凑过来写字时抖动的眼睫和温热的呼吸。

和赛场上的凌厉不同，刚才的沈肆温柔得……像是幻觉。

"童妍，你站在这里干什么？"成斯文找了过来，问道，"采访做了吗？"

童妍点点头。

虽然只来得及问几个问题，不过没关系，明天沈肆还有一场比赛，剩下的采访明天再补上也一样。

"那行，先回家吧。"成斯文说。

童妍摇了摇头："我要以校刊小记者的身份给校长打个电话。"

"打给校长？"成斯文讶异，"为什么？"

童妍神秘一笑。

十分钟后，童妍笑吟吟地点开手机通信录音。

"学校对为校争光的运动员都是十分优待的，比如能有进入实验班学习的机会，能优先享受学校体育场地的使用权。"

"但是黄校长，我听说学校将球场给了田径队，武术队现在根本没有合适的场地训练，请问有这回事吗？"

"这个……球场的确给了田径队做体能训练，但学校是不可能忽视武术队的，你们放心，我会和体育组的教练协商，将学校的室内体艺馆给武术队训练用……"

录音到此为止，成斯文明白了："你做这些是为了沈肆？"

有了校长的保证，沈肆不仅可以安安稳稳地留在实验一班，训练场地也要回来了，而且要了个更好的室内场地。

童妍心满意足地收起手机，有点期待下周沈肆知道这两个好消息后会是什么样的表情。

第一天的赛事结束后,许知书打了个电话来,一是对沈肆今天的成绩表示肯定,二是叮嘱他好好休息,准备明天的第二场比赛。

第二场比的是拳术,沈肆选了太极。

挂断电话,沈肆深吸一口气,手插着兜慢慢上了单元楼。

他走到第三楼时,就发现了不对劲。

感应灯昏昏沉沉地亮着,照亮了躺在楼梯台阶上的一只沾满灰的、脏兮兮的恐龙公仔——属于沈敛的恐龙公仔。

沈敛卧室里的东西出现在这儿,只有一种可能……

沈肆目光陡然一寒,三步并作两步,冲上五楼。

防盗门虚掩着,门锁显然被人撬坏了。推门一看,屋里一片狼藉,几乎所有东西都不在它原来的位置上。

柜子里的东西全翻了出来,奖章和证书散落一地,连玩偶都没被放过,一只只剪坏,掏出雪白的棉花来。

看来姓霍的没有找到他想要的东西,已经发疯了。

隔壁501的女人听到他的脚步声,打开门骂道:"你们家今天是搞装修还是干吗?一直哐哐当当没个消停,再这样我就报警了!哎我跟你说话你聋了啊?"

沈肆脸色阴鸷,将门"砰"地一关,门外的骂声总算消停了。

车祸现场沈光宏血肉模糊的样子,浴缸里面色苍白的母亲……猩红的画面肆意吞噬理智,拉扯着他的神经。

恨意难平,沈肆发狠地将运动包往地上摔去,那枚刚拿到的金牌奖章从包里掉出来,骨碌碌滚到一片狼藉的废墟中。

冷静下来后,他给许知书打了个电话。

"小敛还好吗?"

"挺好的,刚吃了晚饭在跟方士玩呢。"许知书听出了他情绪里的不对劲,似乎走到一个安静些的地方,"怎么了,小肆?"

"看紧小敛,别让他回来。"沈肆踩在满地碎渣上,靠墙闭目。

电话那头似乎明白了什么,语气严肃起来:"是姓霍的又找来了?"

沈肆没有回答,挂断电话。

他不想连累师兄,只要知道沈敛安全就可以了。

四周黑暗,没有一点光,少年站在被毁掉的"家"中。

而一公里外的童妍家,却是一派温暖明亮。

少女趴在干净整齐的书桌上，对照着笔记本上遒劲的数字，将沈肆的号码输入手机里。

我是童妍，微信也麻烦通过一下哟！

明天的比赛加油！

信息一条接着一条发出，却如石沉大海，没有激起一点波澜。

嘈杂的雨夜，潮湿黏稠的黑暗四面侵袭，撞毁的车子无力地翻倒在护栏外，耳边满是救护车的尖鸣。

沈肆又梦见沈光宏出事的那天。

男人浑身是血地被人抬上救护车时，瞳仁已经开始涣散，却死撑着不肯闭眼。他望向沈肆的方向，口鼻溢血，眼里满是不舍和哀求。

"一定要……保护好你妈妈……"

"答应我，藏起来……别让霍家……找到她！"

男人气若游丝，用尽全身力气也只动了动粗粝带血的手指，碰了碰小少年哭红的眼睛。

"别哭啊，儿子……"

这是沈光宏留在世上的最后一句话。

下一刻，画面陡然翻转。

十四岁那年冬天，大雪，鲜血浸透了他的校服，怀里的林绮安静得像是睡着了。

原来一个人绝望的时候，连空气都是窒息的。

眼泪大颗大颗砸下，十四岁的少年满身鲜血，倚靠着冰冷的走廊缓缓滑下。

"对不起……"他捂着眼，如涸泽之鱼般喘息，一遍又一遍无助地重复，"对不起，对不起……"

他答应了沈光宏要保护好妈妈，可他没有做到。

要是没有去训练馆就好了，要是早点回家就好了，要是……

他甚至想，自己这样流着肮脏血液的灾星，要是没有被生下来就好了。

谩骂、讥讽、不公、疼痛……尖锐的人声如潮水般涌来，沈肆从噩梦中惊醒，猛地坐起来。

清冷的光线从破损的窗户照入，满地玻璃狼藉，提醒他噩梦还没有结束。

"今天人好多啊！"童妍有点惊诧。

和昨天相比,今天到场观众的人数明显翻了个倍。

"'武术'是相对冷门的竞技,又是地方赛,能来这么多人已经是奇迹了。"成斯文分析道:"昨天沈肆那场枪术打得实在太漂亮,估计有不少人是冲着他来的。"

童妍表示赞同,心里不禁为沈肆感到自豪。

昨天那一场枪术太稳太帅了,就是像她这样的门外汉也看得热血沸腾,灵感迸发,回去就趁热打铁写了一篇两千字的新闻特写。

可直到比赛快开始了,沈肆却迟迟没有出现。

童妍偷偷看了好几次手机,心底的期待渐渐化为不安。

"童妍、成斯文,你这边能联系到沈肆吗?"唐也刚从女子长拳组的赛场赶过来,身上的武术服都没来得及换,"赛前三十分钟要参加检录,现在他电话没人接,短信也不回,教练都快疯了!"

太极拳组还有六分钟就要检录了,要是沈肆没有按时到场检录,就会被当成弃权处理……

"我打个电话试试。"童妍说。

打了好几次,电话里都只有"嘟嘟"的忙音。

童妍放下手机,朝唐也摇了摇头。

现在再着急也得保持冷静,童妍二话不说收拾东西道:"你们能不能想办法拖一下时间?我知道他家在哪儿,马上去找他……"

话还没说完,就见一个熟悉的身影出现在通道入口。

是沈肆!

"大哥啊,你总算来了!"

唐也长松一口气,拿起手机拨了个号码,估摸着是给教练报告去了。

童妍心里一块石头落地,轻快地呼出声,背着小挎包跑到观众席的栏杆处,和昨天一样,半倾着身子朝少年挥手。

沈肆停下脚步,抬头看了她一眼。

场馆内的灯光很亮,他的眼里满是疲倦的红血丝。

童妍才放下的一块石头又提了起来。

眼睛这么红,是昨晚没睡好吗?

"沈……"

没等她开口,沈肆就垂下眼睑,大步走开了。

虽然他平时也很冷酷，但极少像今天一样，充斥着浓厚的厌世和躁郁。

童妍有点担心，立即掏出手机给沈肆发了一条信息：你还好吗，沈肆？

依旧没回。

不过马上就要比赛了，沈肆大概交了手机和随身物品，没工夫和她寒暄，也能理解！

候场时，沈肆换了一身白色的武术服。

如果说昨天他是凌厉刚猛的黑袍小将，今天则更像是飘如飞雪的清俊少侠。

场下的他穿着立领的对襟长袖上衣，布料飘逸很有垂坠感，盘扣扣到最上一颗，束袖扎紧的手腕线条也十分好看，一袭白袍充满了清冷禁欲的少年气。

童妍今天特意带了相机，调整焦距，趴在观众席栏杆上给他拍了好几张照。

每一张都像是精修图一样，自带滤镜，特别帅气！

就是……状态看起来没有昨天精神，神情冰冷。

童妍提前看了上场名单，沈肆抽的十号签，倒数第二个上场。

比过赛的都知道，开头和末尾几签都不太好，开头评委容易压分，末尾评委审美疲劳，需要有特别出彩的地方才有可能得高分。

终于熬完了前九位选手，沈肆上场时，童妍的心都提到了嗓子眼。

沈肆选了一首冷门的古琴伴奏，琴音响起时，他两条腿微微岔开，抬手起势，揽雀尾和后插腿低势平衡的动作十分漂亮。

但他的眉头始终皱得很紧。

渐渐地，观战的唐也的眉头也皱了起来。

"沈肆的情绪不对，绷得太紧了！"唐也语气凝重。

童妍心里一咯噔，问道："怎么说？"

"太极练的是拳法，更是心境，心如止水，外柔内刚，做出的动作才漂亮。但他表现出来的杀气越来越重，抢了配乐的节拍……"唐也双手抱臂，喃喃说，"太极是沈肆的长项，不应该啊！他到底怎么了？"

听她这么一说，童妍挺为沈肆揪心的："这么糟糕吗？有没有回旋的余地呢？"

"不好说。"唐也解释，"武术套路毕竟是表演性竞技项目，主观性很大。沈肆这种剑走偏锋的打法，可能有些人觉得好看，有些人觉得不行，是好是坏很难下定论。"

童妍只能在心底祈祷评委们能高抬贵手。

可屏幕上亮出的刺目的 8.42 分，打破了童妍最后的幻想。

沈肆暂居第七，已经注定与奖牌无缘了。

其实这个分数也没有那么糟糕，但和昨天的枪术相比，落差实在太大，观众席上已经有人开始喝倒彩抱怨。

沈肆在一片嘘声中离场，背影萧索孤冷，看得人心里一阵阵揪着疼。

俗话说"胜败乃兵家常事"，童妍不明白：为什么人们总喜欢揪着一两次失误，就抹杀掉一个人所有的光环呢？

"今天就别采访他了吧，让他一个人静一会儿。"成斯文低声提议。

童妍咬了咬下唇，匆匆收拾东西说："你们先走，我去看看他。"

她不顾一切地拨开人群，跑下楼梯，像是一尾逆流而上的鱼，坚定地朝沈肆离开的方向追去。

童妍追到了市体艺馆外，才远远地看见了沈肆的背影。

"沈肆！等一下！"

她跑得额发乱飞，气喘吁吁地追上状态不对的少年，拦在他面前。

秋天的风有点冷，她呛了声，咳得脸颊绯红，可望着他的眼睛依旧是温柔晶亮的。

沈肆眼底一圈淡淡的青黑，皱了皱眉问："你也要来采访我的失败感言吗？"

童妍一愣，有些无奈。

在他心里，自己就是这样落井下石的人吗？

"不是，这次我不是来采访你的。"童妍摇了摇头，嗓音清甜柔和，"何况'不以成败论英雄'，我并不觉得你是什么失败者，能站上赛场，你就已经比大多数人要优秀得多了……"

"说完了吗？"沈肆看着她，满是血丝的眼里没有什么温度，"既然不是采访，那就别耽误我的时间。"

他真的不对劲。

"沈肆！"童妍坚持，"我就多问这一句……你看起来很累，没事吧？"

沈肆脚步微顿，半晌后，声音低哑地说道："没事。"

"那……"

"还记得那天在我家楼下，我对你说的话吗？"

沈肆打断她的话，哑声问道。

童妍当然记得。

他说"就当不认识沈肆这个人"。

他说"从今往后，离我远点"。

"离我远点。"

现在，他压着嗓子重复了一遍，格外刺人。

童妍有点没反应过来，不是昨天给号码时还好好的吗？

"这有点难度。我们是同班同桌呀，能远到哪里去呢？"她笑了笑，温声说，"沈肆，我觉得有什么疙瘩还是不要憋在心里，摊开说清楚比较好。"

正说着，停车场内一辆黑色小车朝着两个人缓缓驶来，停在前方路边，正对着沈肆的方向，像是已经等在那儿很久了。

低调的车身，却有着普通人穷其一生也买不起的高昂价格。

沈肆也看到了那辆车，身形立刻绷紧。那一瞬间，童妍清楚地感觉他的气场完全变了……

像极了一头嗅到了危险的困兽。

驾驶位的车门打开，下来一个秘书模样、戴着金丝边框眼镜的男人，朝着沈肆的方向点点头。

"沈……"

"别出声！别过来！"

沈肆没有回头，微颤的声音是从未有过的嘶哑和凌厉。

童妍被他的语气吓到了，情不自禁地后退两步，攥紧包带躲到体艺馆楼梯的拐角后。

沈肆的神情阴郁冷漠，朝着车子和男人走去。

童妍一开始以为他是去和那车里的主人打招呼，直到他顺手从花坛中拾起一块板砖。

下一秒，那块板砖狠命地砸在了小车后座的车窗上。

蛛网纹裂开，玻璃碴迸裂，暴力少年眼里带着血，张狂而又叛逆。

玻璃碎裂的声响刺进了童妍的耳膜，那是沈肆赐予对手最轻蔑的"问候"。

她看到了沈肆手指上的血，心里跟针扎似的。

那得是多恨一个人，才能让这个干干净净的少年变成一个十足的破坏分子？

金丝边框眼镜大概对这种情况习以为常，只是皱眉推了推眼镜说："如果不想再被取消比赛成绩，我劝你冷静一点，霍总有几句话问你。"

听到"如果不想再被取消比赛成绩"这一句，童妍心里咯噔，什么都明白了。

看来车子里的人，就是断了沈肆全国冠军梦，且让他背负了几个月骂名的罪魁祸首。

难怪沈肆这么恨他。

阴沉沉的天，秋风瑟瑟，少年狠狠地将砖砸在车身上，紧攥的拳头上青筋突起："我手里没有你要的东西！"

车里的人似乎说了句什么，沈肆哈哈大笑起来，那是压着喉咙发出来的笑声，嘲讽、喑哑、疯狂，听得人格外揪心。

"是，你这么有本事，怎么不把我也一起弄死啊？"他看着车里的人，咬着牙说，"我这辈子就是躺在地狱烂泥里了，你不弄死我，迟早我也会弄死你！"

沈肆的语气不像是在开玩笑。

他从来不开玩笑。

"千万别打架，千万别打架！"

童妍紧紧盯着沈肆濒临失控的背影，不断地在心里祈祷。

市体育馆的记者还没走，路上随时有人来往，沈肆已经砸了人家的车玻璃，要是再打架，可是要被抓起来拘留的！

她知道车里的人一直在挑衅折辱沈肆，肯定不是什么好人。但她更知道，沈肆的一辈子不能就这么毁了。

从台阶拐角后冲出去时，她并没有想太多，只是想拉那个孤独暴戾的少年一把。

秋风的凉意从指间穿梭而过，她从后握住了沈肆紧攥的拳头，温暖柔软的指腹包裹着那个铁铸般坚硬的手指骨。

沈肆浑身一僵，猛地扭过头看她，布满血丝的眼中满是震怒。

"沈同学，你怎么跑这儿来了？"童妍假装偶遇的样子，极力保持着声线的平稳，扭头说，"教练有急事正找你呢，赶紧的吧！"

她轻轻拽了拽，没拽动。

沈肆盯着她，连瞳仁都在微微抖动，嘴唇压成苍白的一条线。

童妍还没来得及分辨他的反常从何而来，就见砸了个窟窿的车窗里伸出一只夹着烟的手来。

那只手瘦削修长，西装衬衣袖扣，一丝不苟，手腕上戴着一块顶级名表，露出的皮肤是一种冷而病态的苍白。

沈肆眸光一寒，立刻将童妍拽到身后，用自己的身体挡住她。

他力气很大，攥得很紧，童妍有点疼，但忍着没吭声。

她知道沈肆不怕车里那个人，他挡在自己面前，大概……是怕那个人会伤害自己。

　　手的主人漫不经心地弹了弹烟灰，连声音都是苍冷的，像是毒蛇吐信。

　　"交朋友了啊，怎么也不给我介绍一下？"车里的人发出一阵神经质的低笑，听得人瘆得慌，不紧不慢地说，"要是你母亲知道你这么受欢迎，一定会很高兴吧？"车里的男人刻意压低了"母亲"两个字，明显是故意刺激。

　　沈肆整个人抖动起来，像是一头堕入绝境的困兽。

　　童妍只想快点拉着他离开这个鬼地方，声音也沉了下去："沈同学，教练在催了，我们回去吧。"

　　她加大了力度，不管不顾地拉着沈肆离开。

　　她始终感觉一道阴凉的视线刺在背脊上。

　　童妍定了定神，步伐越来越快，没去管车里的人是什么表情。

　　直到过了楼梯的拐角，确定那辆阴魂不散的小车掉转方向离开了，童妍才谨慎地停下脚步。

　　松了一口气后，她看向身后沉默的少年："沈肆，你……"

　　话还没说完，她就被人反攥住手腕，狠狠地压在了墙上。

　　童妍闷哼出声，她已经记不清这是第几次被沈肆掼在墙上了。

　　"谁让你过去的？"他看起来特别生气，连呼吸都在颤抖，"不是不让你出来吗？不是让你离我远点吗？"

　　童妍从来没见过沈肆这样的表情，哪怕是最开始见面的那两次冲突，他也没有这么……这么脆弱和绝望。

　　"对不起，沈肆。"童妍不知道说什么了，好半响才从疼痛中找回一丝理智，仰头看着眼神可怕的少年，"我只是有点担心，今天的事要是被人抓到把柄，会对你很不利……"

　　"这和你有什么关系？"沈肆整个人处在失控的边缘，颤抖着手指冷声问，"你以为你救得了谁？"

　　童妍抿唇，眼里跳跃着未明的火焰。

　　"沈肆，我从来没有把自己当圣母。今天就算惹上麻烦的人是成斯文，是唐也，我也一样会冲上去。"她胸膛微微起伏，一字一顿，倔强而又温柔地告诉他，"更何况，你是我从小到大的朋友。"

　　"哈，朋友？"不知道哪句话刺激了他，沈肆猩红的眼中没有一丝温度，从上至下俯视童妍说，"你知道我最讨厌你什么吗？就是你现在的样子——以一副局外人的嘴脸，一遍又一遍地提醒着我失去了什么。"

"沈肆，我不是这个……"

"你谁的忙都肯帮是吗？我们是朋友是吗？那我爸被人撞死还被污蔑成酒驾的时候，我妈走投无路被人逼疯的时候，我的朋友又在哪儿？"

沈肆嘴角挂着嘲弄，当着她的面亲手将伤口血淋淋地撕开："我爸出事后我求遍了所有的亲戚，下跪，磕头，最后实在没办法，想起了当年你搬走前给我留下的手机号码……"

那是童向阳给童妍买的第一部儿童手机，她搬家前珍重地将电话号码输入了小沈肆的手表里，告诉他以后也要经常联系，做一辈子好朋友。

省会城市太大也太繁华了，她认识了很多新朋友，没几个月就将那部儿童手机遗忘在了不知名的角落。

"我爸死了，我妈也……我哭着一遍又一遍打你家的电话，打了很多很多遍……"

沈肆冷冰冰地看着她，眼角微红，哑声问："你为什么不接？"

童妍像是被一只无形的大手掐住了喉咙，说不出话来。

她的眼睛也渐渐红了，胸腔涨得发痛，有点难过。

那时候她还太小了，不明白一个承诺的重量，也不知道沈家会发生那么多惨烈的意外。

"对不起……之前真的不知情，说了很多自以为是却让你难受的话，是我不对。"童妍低声说。

"对不起，你别生气。"她又认真地重复了一遍。

沈肆胸膛起伏。

他移开视线，压着嗓子隐忍道："现在知道了，可以走了吗？"

从刚才她露面开始，沈肆的反应就躁郁得近乎反常。

"沈肆！"童妍想也没想，伸手拉住他的衣角。

薄薄的红白二色运动队服，没有拉链，轻轻一扯就滑到了肩膀，一张泛黄的照片从沈肆胸口的内口袋里掉了出来。

两个人俱一愣，视线顺着飘飘荡荡的照片落下。

是之前童妍送给他的，九年前两家人的合照。

她以为沈肆会随便找个地方收着照片，却没想到他一直将它藏在胸口，放在离心脏最近的地方……

这是沈肆最珍贵的留念了。

童妍轻轻蹲下身,将照片捡起来,仔细认真地拂去沾染上的灰尘,然后递给沈肆。

"给,没有弄脏。"她努力笑了笑。

沈肆眼中情绪翻涌。

照片上的两家人甜甜地笑着,但和他关系最亲密的,都在一个接一个地从世上消失。

所有和他扯上关系的,总会面临不幸……

他抿紧嘴唇,伸手接过照片。

下一秒,只听一声纸张裂开的脆响,令童妍难以置信地睁大了眼睛。

照片在沈肆手中裂成两半,再当着她的面丢进垃圾桶,转身冷冷地离去。

"哎……好好的为什么要撕了?"

"沈肆!"

她不甘心,可还没碰上沈肆的衣角就被他大力挥开。

"离我远点!"

他红着眼低吼,绷紧的下巴轻颤,像是用尽了全身的力气。

童妍的脚步被钉在了原地。

一道裂痕横亘在两个小孩紧紧牵着的小手之间,从中裂开,将照片中的两家人分成两个部分,也将现实中的她和他分开到两个世界……

成斯文出来的时候,刚好看到这一幕。

"童妍,你没事吧?"

成斯文小跑过来,看着沈肆冷冰冰离去的身影,皱起眉头。

虽然不知道前因后果,但再怎么样也不该对女孩子动粗啊!

成斯文推了推眼镜,安慰道:"不要惹沈肆,他就是个长得帅的神经病。"

"不要这样说他。"童妍轻声制止。

没人比她更清楚,沈肆有多讨厌"神经病"三个字。

"算了,我们走吧。"童妍叹了一口气,努力让自己的笑看起来轻松些。

出了体育馆前坪,在站台等车时,童妍的心里依旧乱糟糟的。

今天沈肆的情绪的确反常,但他对自己的坏脾气,是从与车里那个男人正面对上后才彻底爆发的。

童妍还记得他眼睛赤红,浑身颤抖的样子。

与其说是在生气,更像是在害怕什么……

童妍猛地起身，攥紧挎包背带对成斯文说："我不和你一起走了，突然想起忘了点东西，我回去拿一下。"

不待成斯文回答，她扭头就跑，不要命地往体育馆楼梯边的垃圾桶跑去。

她找了根小树杈，忍着味儿弯腰努力在垃圾桶里翻找。可她把垃圾桶里外翻了个遍，却怎么也找不到那张被撕成两半的照片。

"怎么就找不到了呢？明明是丢在这里了呀……"

碎碎念叨着，一股酸涩涌上眼眶，视野起了雾水。

童妍擦了擦额角的汗，耐着性子又把旁边的垃圾桶也翻了一遍，只觉心情糟糕透了，闷闷的，喘不上气。

"现在的年轻人都有翻垃圾桶的癖好吗？"一旁有清洁工阿姨推着推车路过，嘀咕道，"刚走一个，翻出两张碎纸宝贝似的带走了，这会儿又来了一个……"

"爸，你说如果有一个未成年人长期遭受别人的威胁，要怎么处理？"

吃饭的时候，童妍突然蹦出这么一句。

童向阳的第一反应是宝贝女儿受欺负了，放下筷子严肃地问："学校有人欺凌你了？"

童妍嚼着饭粒抬头，既暖心又好笑："不是我，我这种性格有谁忍心欺负啊？是我的……一个朋友。"

童向阳"哦"了一声，紧绷着的脸放松了一些："那得告诉他家长啊，收集整理好证据，这种事千万不能忍！"

"要是他没有家长呢？"

"一个小孩儿怎么可能没有家长？就算父母不在身边，总有监护人吧？再不济还有老师、警察……"童向阳扭头看了一眼心事重重的女儿，建议道，"你那个朋友我认识吗？要是他愿意的话，哪天你带他来见见我？"

童妍想起被沈肆砸了玻璃的那辆豪车。

从车子里那个人的穿着打扮来看，威胁沈肆的根本就不是什么三教九流的混混，不然以沈肆的能力，他肯定自个儿就解决了。

童妍叹了一口气，沈肆都说了那样伤人的话，她还眼巴巴挂念着他干吗呢？

想到这儿，童妍心里一阵惆怅："嗯……他可能不是很愿意，到时候再说吧。"

周一去学校上课，沈肆果然还生着气。

大早上的，他除了冷着脸发呆就是皱着眉睡觉，不说话也不理人。

童妍好几次想和他说话都没找着机会，心里也挺不好受的，觉得两个人好不容易缓和的关系又回到了开学时⋯⋯

不，比开学那会儿还要糟糕，至少那个时候沈肆还愿意看她两眼。

这两天唯一的好事，就是她写的广播稿和征文都被采用了。

武术竞技的那篇征文刊登在了校刊上，配的是她给沈肆拍的几张赛场图，后来又被公众号转载，沈肆的人气竟有点破圈的趋势。

周三下午六点，广播站在播放童妍写的广播稿。

"竞技武术并没有影视剧中飞檐走壁的本领，也没有横扫千军的壮烈，在体育新闻铺天盖地的网络时代，我们甚至很难找到属于武术的一席之地。

"有人说，侠客已死，英雄的年代早成过去，那是因为他们没有到过竞技武术的赛场。少年长剑破空，剑指苍穹，刻在中国人骨子里的温度仍在薪火相传⋯⋯"

因为广播播放时正好是学生吃晚饭的时间，基本没几个人会留下来认真听。

没人发现教学楼的天台上，有个孤冷的少年坐在没有人的角落里，垂着眼，认认真真地将广播听完了。

一个星期没说上话，童妍终于认清现实：她和沈肆的友情大概真的走到尽头了。

下了一场秋雨，气温骤然冷起来。

晚自习下课，昏暗的巷子里湿漉漉地泛着冷光，童妍穿着长袖秋季校服，还是觉得手冷得慌。

她将手揣在兜里，呼出一口热气，加快了步伐。

正埋头走着呢，就见前方迎面走过来一个穿着风衣和拖鞋的男人。

放学时间走这条路的人不少，童妍以为那个男人是路人，也没太在意。直到与对方擦肩而过时，那男的忽然朝放学的女孩子们猥琐一笑，然后猛地敞开了风衣⋯⋯

巷子里就只有几个女学生，都被吓得尖叫着落荒而逃。

童妍从来没遇到过这种事，大脑宕机了一秒，才明白她们这是遇到变态了！

现在前面的女生都跑光了，那变态就"嘿嘿"笑着转向童妍。

童妍知道自己越是惊慌害怕，就越是会给变态带来满足感。她强装镇定，绕身走开。

那男的见她不害怕，好像突然没了兴致，站在原地不动了。

可没等童妍松一口气，令人毛骨悚然的脚步声又从身后响起。

那变态竟然追了上来！

童妍心一紧，哆嗦着掏出手机拨打童向阳的电话，竭力稳住声线假装打电话："爸爸，你在巷子口等我吗？我快到了……"

那男的仿佛拆穿了她的伪装，非但没有停下，反而"嘿嘿"笑着跟得更紧了！

这下童妍没法保持冷静了，她攥着手机朝着巷子出口不要命地狂奔起来。

泥水飞溅，耳畔尽是呼呼风响，从未有过的恐慌和绝望浮上心头。她想要呼救，灼痛的喉咙却像是被掐住了似的发不出一丁点声音……

眼睛也被糊住了，雾蒙蒙的看不清楚。她凭借本能一把抓住了一个路过的男生，像是抓住救命稻草般死命地揪住！

她大口喘息着，在男生惊诧的目光中颤巍巍地恳求："同学，帮个忙……"

童妍哽住了，视野渐渐清晰，浮现一张熟悉冷峻的脸。

"沈……沈肆？"

童妍睫毛一抖，眼泪"吧嗒"就落了下来。

沈肆刚从训练馆出来，还未拭去细软头发上的汗珠，就被惊慌失措的少女一把攥住了手腕。

她看上去被吓坏了，眼睛红得像兔子，和小时候被狗追的那次一模一样。

沈肆将视线投向她身后的巷子，一个捂着风衣的男人在鬼鬼祟祟地张望，见到童妍扑到他怀里，才慢吞吞地退回黑暗中。

他眸光一寒，立刻明白是怎么回事了。

身后跟踪的脚步声消失了，可那种瘆人的恐慌依旧笼罩在童妍心头。

她不确定那个变态还会不会跟上来，只能将希望寄托在沈肆身上。

巷子口，沈肆眯着好看的眼睛，脸色阴郁严肃。

"沈肆，能不能让我……跟着你走一段路？"童妍硬着头皮说。

她知道沈肆讨厌自己，这些天的冷漠疏离已经说明了他的态度。但她没有办法，她现在光是看见穿着风衣路过的男人，都会手脚冰凉发软。

"你家住哪儿？"沈肆的嗓音带着夜的冷。

这是距离上次在市体育馆分道扬镳后，沈肆第一次和她说话。

"锦泰华庭。"童妍眼巴巴地看着他，低声说，"和你一个方向。"

沈肆拉上口罩，转身就走。

童妍看着他疏冷的背影，仿佛看到手中的救命稻草"吧嗒"一声断了，心蓦地沉了下去。

前方,沈肆停下脚步,皱眉回头:"还不跟上?"

沉下去的心又插上翅膀,扑腾着飞了起来。

童妍笑起来,应了声,忙步履轻快地跟上去。

大概是有点冷,沈肆戴了个黑色的口罩,始终与童妍保持着一定的距离。童妍快他也快,童妍跟不上时,他就放慢脚步等候。待童妍朝他靠近,他索性走在了非机动车道上。

这样来回几次,童妍总算明白了,他只是在履行"陪她回家"的职责,并不想和她有过多交集。

沈肆说让她离自己远点,不只是说说而已。

两个人一前一后,将距离精准控制在两米外。安全而又疏离的距离,于旁人看来,他们大概只是两个"恰巧"顺路的同校生而已。

尽管这样,童妍还是觉得格外安定,冰冷的手脚渐渐回暖。

气氛太沉默了,她觉得自己应该说点什么。

"谢谢你……如果刚才没有遇见你,我还真不知道该怎么办了。"她声音轻轻的,带着点劫后余生的心悸。

马路上的汽车灯光呼啸而过,霓虹光影斑驳,少年露在黑口罩外的眼睛漂亮又清冷,侧脸帅气而又冷酷,看不清他是什么表情。

"你不用上自习的,怎么这么晚了还在外面?"见他没吭声,童妍换了个话题。

"训练。"沈肆嗓音低沉,没什么起伏。

虽然只有简短的两个字,但至少他已经愿意搭理自己了!

童妍仿佛看到了和平的曙光,趁热打铁道:"这么晚了还要训练吗?挺辛苦的。"

沈肆垂下眼睑,"嗯"了一声。

武术队只训练到晚上八点半,但他心情不好的时候,会一个人待到很晚,汗水挥洒,是最好的发泄精力的方式。

回家的路就那么远,到了小区门口,童妍的步子慢下来。

"我家到了。"童妍真诚地向他道谢,"谢谢你送我回家。"

"只是顺路。"沈肆淡淡地纠正。

"好吧。"童妍背着手,磨磨蹭蹭地踢了踢脚下的小石头。

沈肆没有走,就站在路灯下看她磨洋工。

"沈肆,"童妍下定决心似的,深吸一口气后抬头看他,"我们能不能和好啊?"

沈肆挑眉。

"你看，我们每次都能在意外的场合遇见，还……还挺有缘分的。"童妍终于逮着机会将这些话说出口了，一秒也不想耽误，"你要是烦我，我以后就少打扰你，但是能不能不要继续冷战了？我们还要做很久的同桌呢，这样多难受啊！"

沈肆看了她很久，露在口罩外的眼睛深邃清冷，蕴藏着太多她看不懂的情绪。

"不行。"他说。

简简单单的两个字，直接给两个人从小到大的情谊宣判了"死刑"。

童妍轻轻"哦"了一声，说不失落肯定是假话。

不过她只失落了几秒，很快就打起精神来，朝着沈肆明媚一笑："不管怎样，今天还是谢谢你！我上楼了，你也回去吧。"

她朝着沈肆挥了挥手，转身进了小区的电梯。

电梯上到八楼，童妍按了指纹锁进门，将自己丢到柔软的床上。

房间里没有开空调，又黑又冷，童妍也懒得去拿遥控器。今天晚上发生了好多事，又是被吓又是被救，完了求和还被沈肆直接拒绝……她脑袋里空空的，说不出是怅惘还是空虚。

她躺了一会儿，想起或许应该给沈肆发条信息报平安。

他应该不稀罕吧？

不稀罕也要发的，这是最基本的礼貌。

简单的思想斗争后，她拿起手机，找到沈肆的号码，按着屏幕快速编辑了一条短信："我到房间啦，你也注意安全！"

她叹了一口气放下手机，起身开灯去洗漱。

沈肆站在小区门外的路灯下，垂眸看着手机，屏幕的冷光映在他的眼中，跳跃着微微的亮度。

屏幕上是童妍刚刚发来的信息，轻快的语气，他能想象敲下这些字眼时，她的嘴角有着怎样上扬的弧度。

他在凛冽潮湿的冷风中等了一会儿，直到八楼的房间亮起了暖黄的灯光，这才拉了拉口罩边沿，转身往回走，劲瘦挺拔的身影很快融入无边的夜色中。

十五分钟后，巷子岔道里。

穿着风衣的男人还在游荡。

他对这片区域很熟悉，换着地方乱窜，显然是个惯犯。今天吓了不少落单的女孩子,可他心里那点变态的欲望始终没有得到满足。

刚才倒是碰见一个称心如意的女学生,细细的腰、甜美的脸蛋,又青春又漂亮……可惜没来得及下手,就被一个不知从哪里冒出来的男学生给带走了。

男人一肚子邪火,打算再弄一个猎物就歇手。

他捂着风衣跌跌撞撞走着,忽然,前方的巷子口传来不紧不慢的脚步声。

猎物来了?

男人心下大喜,猥琐地舔了舔嘴唇,鬼鬼祟祟地朝着那个逆光的人影走去。

转过巷子岔道口,却见戴着黑口罩的少年手插兜站在阴影中,狼一般的眼睛正冷冷地盯着他。

那是一种目空一切的强大,仿佛他看的是一堆死肉。

见是个少年,风衣男人脸上的笑容僵住,暗道倒霉。他悻悻地将敞开一半的风衣合拢,朝路边吐了一口唾沫……

下一秒,身后长腿破空的呼呼风响扫过耳畔。

那个男人还没反应过来是怎么一回事,只觉自己的脑袋"嗡"地一响,肥硕的身体就像是沉重的沙袋一般打着旋朝一旁倒去,脸朝下砸在他刚吐出的那口唾沫上。

他还没叫唤上两句呢,就见黑色的阴影笼罩下来,魔鬼般的少年一脚踏在男人肥厚的后背上,以碾死一只臭虫的姿势将他的脸又踹回了泥水中。

"我是精神病,你不能打我!"男人手脚乱动,颠三倒四地挣扎起来。

"精神病吗?"头顶传来一声嗤笑。

戴着黑口罩的少年攥住男人凌乱的头发,强迫他抬起头来说:"好巧,我也是。"

男人瞪大惊恐的眼睛,昏迷前的最后一幕看到的就是少年阴狠的眸子。

第四章　乌龙

"学校也是提倡劳逸结合的素质教育，所以这个月呢，给咱们年级安排了两个大型活动。"都打了下课铃了，陈勉还在讲台上宣布事情，"一个是市教育电视台和我们学校广播站联合举办了一场'天台心声'的告白栏目……"

陈勉话还没说完呢，听到"告白"两个字，教室里的同学就开始起哄。

"都嚷嚷什么呢？一天天咋咋呼呼的。告诉你们啊，此'告白'非彼告白，是让你们把内心积压的烦恼啊，难题啊，以及给学校的建议，当着同学的面在天台上喊出来，释放一下高三学子的压力……可不许整那些不健康的东西，谁要是上去瞎喊，别怪我秋后算账！"

"喊——"教室里的起哄声变成了一片嘘声。

陈勉敲了敲桌子，继续道："第二个活动呢，是月底的'校园文化节'，为期一天，每班两个展台，活动赚来的钱会以班级为单位，统一捐给贫困山区做慈善基金。这个活动结果是要计入期末评优评先的，你们得认真准备……班长！"

李语涵立刻举手："到！"

"这两件事就交给你去策划了。"安排完一切，陈勉才慢悠悠地挥手，"下课。"

拖了五分钟堂，食堂估摸着得人挤人。

李语涵转身朝童妍招手："童妍，和我一起去吃炸鸡吗？"

童妍一边收拾书本，一边摇头说："不啦，我定了别的地方吃饭。"

开学没多久，童向阳就在学校对面那家私房菜馆定了包月的会员，童妍中午和下午的饭菜一般都在那里解决，比吃食堂营养均衡些。

下课时沈肆还在睡觉，可能是昨晚熬夜了，没睡好。童妍没打搅他，轻手轻脚地放好椅子，出了教室。

午饭时童妍特意多点了几个菜，又去楼下买了奶茶，一起打包偷偷带回了教室。

沈肆果然还坐在教室里，桌子上摆着一碗正在焐着的方便面。

陈勉拖了堂，他赶去食堂的时候应该没什么吃的了。

童妍一落座就被泡面的味道冲得头晕，问道："你午饭就吃泡面吗？"

沈肆看着窗外的街景，没回答。

"高三学业辛苦，你训练强度又那么大，总吃那些东西对身体不好，以后落下胃病就更麻烦了。"

童妍声音轻软，说这些琐事也不会让人觉得心烦。

她将手里打包的餐盒和奶茶轻轻搁在沈肆桌上，笑着说："我给你带了饭菜，都是干净的，你别吃这个了。"

沈肆抬手，将餐盒和奶茶又原原本本地挪回了她桌子上。

这便是拒绝了。

"我没别的意思，就是想感谢你昨天晚上帮我解围。"童妍其实挺想跟他和好的，又说，"还有，以后晚上……我能不能和你一起回家？"

沈肆立即看向她，冷淡地说道："不能。"

"为什么？"童妍抿了抿唇，想赌一把沈肆会心软，"我找不到其他顺路的人，要是晚上回去再遇上什么变态……"

"不会。"

"什么？"

"那个变态不会出现在你面前了。"沈肆的声音清冽低沉，有种令人信服的力量。

"你怎么知道他不会出现了？"童妍眨眨眼，偏着头问。

沈肆漫不经心地转着泡面叉子，没有回答。

"算了，还是先吃饭吧，要是冷了就不好吃啦。"童妍眼睛一弯，伸手将餐盒又推了回去，顺便将他的泡面也端走了，"这个，我先替你收着。"

沈肆皱眉，那是他不耐烦的前兆，起身去夺她手中的泡面碗。

他身高腿长，手臂轻轻一横就能越过她的头顶，她不得不后仰着将泡面碗举高些。结果一不留神，汤洒出来了。

那面是用滚烫的开水冲泡的，油乎乎的汤顺着少女嫩白的手臂淌下来，烫得她低呼一声，端着泡面碗丢也不是，不丢也不是。

她是傻子吗？烫着手了还不把那破碗给丢了！

沈肆冷着脸夺过泡面，连汤带碗丢入了垃圾桶。

才一会儿，童妍的手腕处就泛起一片烫红，衬着皮肤格外明显。

沈肆抿紧嘴唇，明显更生气了，抓着她的手腕一路拖到教室后的储物室。

童妍被他攥得一个踉跄，像是一只做错事的小鸡崽似的缩着脖子，任由怒气冲冲的少年将她拖进了小黑屋。

她以为沈肆会狠狠地将她摁在墙上，但对方只是一声不吭地撸起她的长袖，又重重地打开水龙头，将她的手用力按到水龙头下冲洗起来。

"啊……"

童妍倒吸一口凉气，下意识地使劲儿缩手。可她那点软绵绵的反抗哪里拗得过沈大魔王？

打霜的季节，冷水冲在皮肤上跟针扎似的，童妍宁愿被他摁在墙上揭不下来，也好过被冷水刺得直打哆嗦。

"够……够了！沈肆！"童妍冻得说话打战，可怜得不行。

等烫着的地方冲得差不多了，沈肆才冷冷地松开钳制。

童妍立刻在校服上擦干水，把手缩回袖子里取暖。

两个人的视线胶着了一分钟，童妍率先败下阵来。

她也不知道该说什么，脑子都快被冷水冻住了，只好轻叹一口气，低着头闷闷地走了。

阴沉的天，窗外一片萧索。

空无一人的教室里，沈肆走到课桌边，将还热着的餐盒打开，荤素搭配，色香味俱全。

还有他小时候最爱吃的炸鱼块。

但他们俩，谁也回不到小时候了。

童妍去医务室处理了一下伤口，回来时沈肆已经不在教室里，饭菜和奶茶也不见了踪影。

体育课，刚跑完八百米热身，童妍提前回到教室休息。

今天是她值日，她得赶在下节课前擦好黑板并整理好讲台。

黑板上写满了化学公式，化学老师个子很高，连黑板最顶上的位置都写了字。童妍一只手捂着鼻子，一只手拿着板擦，蹦跶着伸长手，却还是擦不到最顶上的字迹。

粉尘乱飞,手臂好酸,她仰着脖子叹了口气,正寻思着要不要拿一张凳子踩上去,或者踮踮脚,就见身后一道阴影笼罩,拿走了她手里的板擦。

童妍吓了一跳,匆忙转身,却险些撞上沈肆的胸膛。

玻璃窗外,初冬的阳光懒懒散散地照着。沈肆的下巴离她的额头只有几厘米的距离,童妍嗅到了沈肆薄薄的校服外套上洗衣液的清香。

很干净,很好闻的气味。

他抬手一抹,轻而易举地擦去了顶上的字迹,然后随手将板擦丢在讲台上,荡起的细碎粉尘飘浮在空气中。

"谢谢。"沈肆下了讲台,童妍才想起来道谢。

沈肆照旧没说话,从屉子里拿出水壶仰头喝了个干净,然后背起运动包从后门走了。

他永远那么冷酷,可童妍知道,他的心永远比他表现出的要温暖。

临近下课,上体育课的学生们满头大汗,陆陆续续回到教室。

"童妍,给!"李语涵扔给童妍一瓶汽水。

童妍接住,朝李语涵弯眸一笑:"谢谢啦。"

"你我之间,客气这些干啥?"李语涵凑过来,伸手戳了戳童妍的嘴角,"你终于笑了啊,最近我看你总是心事重重的样子。"

班长不愧是班长,观察力挺强。

童妍望向那块被擦得干干净净的黑板,心里起了微微的波澜。

她其实有点不明白,为什么每次在她以为能离沈肆更近一步的时候,总会被沈肆推得更远。

如果说,开学时她想和沈肆交朋友是源于儿时记忆的滤镜,那现在她想挽回这段友谊,则是真真切切发自眼前、发自肺腑地被他吸引。

她想靠近这个孤岛般的少年,却总是不得要领,碰了一鼻子的灰。

"班长,假设你小时候有一个很好很好的朋友,本来约好了要经常联系的,结果她搬家去了外地后,转身就把你给忘了……"童妍手托着下巴,顿了一下问,"你会怎么办?"

"忘了就忘了呗!"李语涵无所谓地摊了摊手,"她养鱼塘,那我也当海王,相忘于江湖算了。"

"那要是几年后你家遭遇了很大的危机,你在走投无路之下只能打电话给那个好朋友求助,但她因为各种原因一直没接到电话,你又会怎么办?"

"那得看是,多大的危机?"

童妍想了想,小心翼翼地说:"大概……人命关天的那种……"

"谢谢,拳头硬了。"李语涵气愤地说道,"这也太过分了吧?这种朋友不绝交,还留着过年吗?"

"有……有这么过分吗?"童妍的声音低了下去,"她只是手机丢了,也不是故意不接……"

"当然过分了!不管她是什么原因,能让我在生死关头想到的,肯定是我心里最重要的那个朋友!但她居然把我忘得一干二净,这也太薄情寡义了!"李语涵狠狠地咬了咬饮料吸管,"不说恨死她吧,至少我是一辈子都不想再见到她了!"

李语涵的话犹如闷头一棒,将童妍彻彻底底敲清醒了。

沈肆叛逆、脾气差,但沈肆从来没有对不起她,自己需要他的时候,他从来都没有逃避推辞过。

可是相反,她又为沈肆做过什么呢?

当初沈肆家遭受那么大的变故,他在走投无路的情况下哭着给自己打电话,得到的却只有电话里冰冷的忙音时,他该有多么伤心绝望。

自己小时候辜负了那样深厚的一份友谊,现在轻飘飘地几句道歉就想和好如初,换谁谁都不乐意。

毕竟不是每句"对不起",都可以换来一句"没关系"的。

多年前那无数个未接通的电话,永远都会是横亘在他们之间的一根刺。童妍一直在等沈肆自己去适应和容忍这根刺,却不知有句话说得好:解铃还须系铃人。

明白了这一点,童妍仿佛拨开了心头长久压着的浓雾,整个人充气般轻盈起来。

风从窗户缝隙溜进来,一股莫名的力量在心里翻滚,驱使她做出决定。

童妍深吸一口气,又缓缓吐出,眼神是从未有过的温柔坚定。

"班长,那个'天台'活动的报名表还在你那儿吗?"她轻声问。

"不是吧童妍,你真的打算参加天台喊话啊?"

晚自习下课,李语涵难以置信地看着童妍递过来的活动报名表。

童妍收拾着满桌的试卷,笑了笑:"嗯!"

"这个是要在集会上当着全年级师生的面喊出来的,还有电视台的记者录像报道,超级丢……"

李语涵硬生生将涌到嘴边的"丢脸"二字吞了回去,憋了半晌,真诚地朝童妍竖了个大拇指。

"你真的很勇敢！不过，你是想上台说什么心里话呢？"李语涵八卦之魂熊熊燃烧，满眼写着兴奋，"表白吗？哪个班的？我认不认识啊？"

童妍递给她一个无言以对的眼神："陈老师说了，不许弄那些不健康的东西。"

李语涵眯了眯眼："不对，肯定有猫腻！你看你不仅长得漂亮，成绩好、人缘也好，看起来好像没有别的什么烦恼……我实在想不出还有什么理由能让你下定决心站到天台上去。"

"秘密。"童妍眨眨眼，背着书包走了。

"小妍妍，你就告诉我嘛！"李语涵"啪啪"关了教室里的照明灯，追了上去。

夜色黛蓝，商业广场灯火辉煌，来来往往过马路的行人中，一辆山地自行车轧着斑马线掠过去。

骑车的人穿着一中的蓝白长袖校服，斜背运动包，戴着黑口罩的侧颜熟悉无比。

"沈肆？"

童妍忙降下车窗玻璃，将头探出去一点，可骑车的少年已经走远了。

"瞧见谁了这么激动？"童向阳问。

童妍迟疑了一会儿："没什么，应该是我看错了。"

这里是毗邻休闲娱乐的商业街，而沈肆的训练馆在相反的方向，他不应该出现在这里才对。

童妍想起一件事，手搭着驾驶座的椅背问："对了爸爸，之前我们家和沈叔叔家的那张合照，就是六一儿童节在公园秋千上拍的那张，还有底片吗？"

童向阳"呵"了一声，说："十年前的老照片了，怎么可能还留着底片？"

童妍最后的那点希冀也被扑灭了："太可惜了。"

要是将来沈肆后悔了，却找不到一点寄托思念的碎片，该多难过啊！

沈肆骑车路过那条巷子时，下意识捏紧了刹车，长腿从踏板放下，在地上一点，自行车便稳稳地停在了巷子口。

他朝昏暗的巷子里看了一眼，零星几个高三学生结伴走着，没有童妍的身影。

口袋里的手机一直在振动，他看了一眼来电人的名字，按了接通键。

"喂，小肆。"许知书的声音自电话那头传来，"我听教练说，你今晚没去训练馆？"

沈肆"嗯"了一声："我找了份兼职。"

电话那头，许知书沉默了几秒。

"小肆，有难处可以跟师兄说。反正你师兄我啊，穷得就只剩下钱了。"

"这是我自己的事。"

虽然因为自己武术运动员的身份，一中给他减免了所有的学杂费，队里每个月也会发一点津补贴，但这些远远不够。

姓霍的为了逼他屈服，动用权力几乎卡死了所有含金量重的正规比赛，没有比赛，就没有未来。

竞技运动就是这样，队里那么多人，谁关系好谁上，上级不肯用你，纵使本事再强也没用。

寒风呼啸而过，夜路曲折看不到尽头。

沈肆停了好一会儿，漠然地说道："师兄，我不想练了。"

许知书很惊讶，压低声音："你什么时候有的这个念头？"

全国锦标赛后的每一天。

"小肆，别被仇恨支配了理智。"许知书仿佛看出了他的想法，"你还年轻，想清楚再做决定。我记得你说过，拿一个全国冠军不仅是你的目标，更是……"

更是沈光宏一辈子的梦想。

这是沈肆坚持这么久的唯一理由，可现实太冷，这点微光也快被心底的黑暗蚕食了。

许久，他哑声问："上次给你的U盘，破解得怎么样了？"

"找了好几个信得过的黑客，都不敢下手。"许知书说，"这东西采用了国际最先进的加密技术，稍有错误里头的资料便会立即销毁，并且对方会立刻循着蛛丝马迹反黑过来……除非有十足的把握，否则冒险的成本太大。"

"小肆，这棘手的东西你怎么弄来的？"

沈肆捏紧了车把手，手指骨节发白。

林绮用这个东西换了三年的安宁，却也只是三年而已。

"谢谢师兄，剩下的我自己去解决。"

沈肆挂断电话。

他单手扶着车把手，仰头看着无尽的夜空，侧脸被暗淡的霓虹灯镀成一道孤寒的剪影。

周五终究还是来了。

下午三点，上完第五节课，高三年级的学生就在班主任的组织下，前往广播楼前的小操场集合。"

广播楼天台上,市教育台的记者和摄像已经准备就位。

天台的围栏后搭了一个临时的平台,摆着话筒架。主持人冗长的励志发言后,就到了学生上台喊话的环节。

这个活动在一中是第一次举行,所有学生既兴奋又期待。

学校从所有报名的学生中筛选出了二十名,童妍排在最后一位。同班的孟静好则排在她前面一位,正嚼着口香糖,挑衅地看着她。

童妍假装没看见,她现在根本没心情关注其他人。

之前还没什么感觉,可当她真正站上天台,看到楼下操场上密密麻麻的一两千人,一想到自己的话会被全校乃至全市人民听到,心里还是止不住地打鼓。

她悄悄趴在栏杆上看了一眼,在实验一班的列队中找了几圈,好像都没有看到沈肆的身影……

他没来吗?没来也没关系,到时候她可以拿电视台的转播给他看……虽然这样做有点厚脸皮。

前面几个上天台的学生喊的都是"食堂的饭菜太难吃""希望我妈不要再羡慕别人家的孩子",以及什么"××老师能不能不要再拖堂"这样的话题,因为喊的都是学生的心里话,大家在操场上笑成一团,看热闹的人也越来越多。

空荡荡的教室里,沈肆手插兜靠着窗户,背后镀着一层淡金色的阳光,有着与操场喧嚣格格不入的冷寂。

天台的话筒是连着教学楼广播的,学生在天台声嘶力竭的喊话被教室里的音响无限放大,聒噪又无趣。

雷昊偷溜回教室拿手机,看到窗边孤僻的少年,愣怔道:"沈哥,操场上热闹着呢,你怎么不去现场啊?"

沈肆脸上没什么表情,雷昊觉得他现在的样子就好像……好像窗外那棵孤零零的枯树。

雷昊形容不出那种感觉。

广播里换人了,清朗的男声,用播音腔一板一眼地介绍:"我是实验三班的周嘉扬,我有几句话,想对实验一班的童妍同学说……"

沈肆眉头一皱,视线透过窗户,投向广播楼的方向。

"童妍同学,我知道你想考B大,如果我能和你考上一所大学,你能不能——和我交往!"

整个操场沸腾了!

周嘉扬身为三班班草,成绩好,人也周正,谁都没想到他竟然会说出这些话!

雷昊觉得,沈肆那棵"枯树"有黑化的迹象。

他丈二和尚摸不着头脑,从挖空的字典里掏出手机,傻笑着说:"你别说,学霸对学霸,还挺配的哈!"

不知道哪句话没对大魔王的胃口,冰冷的视线刺过来时,雷昊仿佛看到了沈肆身上缭绕的黑气,可怕得很!

雷昊只好把自己伪装成一缕青烟,遁了。

在广播站楼道里候场的童妍,对外面发生的事一无所知。

楼道十分安静,没有装音响,所以她并没有听到刚才周嘉扬同学说的话,只看到政教员气急败坏地冲上天台,把情绪激动的周同学给"请"了下去。

下一个是孟静好。

看到周嘉扬因为当众表白被政教员带走了,孟静好突然变得迟疑胆怯起来。

学校举行这样的活动,已经明文规定不能涉及"早恋"等话题,就算是周嘉扬那样的学霸违反了规定,也一样会被校领导带走,更何况是她呢⋯⋯

为了沈肆这样丢脸,值得吗?

孟静好思绪纠结,打起了退堂鼓。

主持人催了好几遍,孟静好才支支吾吾地说:"我⋯⋯我弃权!"

说完,她低着头飞快地跑了。

"十九号同学弃权,请二十号同学补上。"主持人拿着名单念道,"下一位,请实验一班的童妍同学上台!"

同一刻,不同的空间。

教室里的少年和天台上的少女俱屏息以待,等待命运的裁决。

天台上风很大,阳光照得人睁不开眼睛,天空仿佛触手可及。

少女背映着蓝天暖阳,发丝飘动,目光坚定地望着操场黑压压的人群,深吸一口气——

尖锐的电流音响起,少女轻轻握住话筒,从广播里,能听到她柔软的、细微的呼吸声。

沈肆闭上眼睛,这一刻还是来了。

她即将奉上所有的勇敢和赤诚,对一个陌生的男人表白心迹。

一想到这儿,心里那股躁动越发浓烈,几乎淹没了理智。

他知道自己不该躲在阴暗的角落听下去，可他控制不住嫉妒，嫉妒那个陌生的男生夺走了他记忆里仅存的一线光。

"今天我站在这儿，是想对当年那个给我打电话的男孩儿说……"

轻软的嗓音跨过操场、穿过嘈杂的电流，稳稳地落在了沈肆的耳朵里。

他倏地抬头，沉寂冰封的心像是被人凿开了一条缝隙，有温柔的光照进来。

"其实一开始我有点不适应你的变化，后来才慢慢了解到，你真的是个内心很温柔的人！你做菜很好吃，在我连自己都照顾不好的时候，你已经能独自将弟弟教育得很好！还有，你拿奖的样子像是在发光，真的超——了不起！"

广播里，少女呼吸微颤，却无比坚定认真。

操场上议论沸腾。

"谁啊？哪个打电话的男孩？"

"这是赶上嗑糖现场了吗？"

天台上，童妍脑子里一片空白。

她原本准备了很多腹稿，可一站上天台，一想起沈肆有可能躲在人群里倾听……就什么都忘了。

童妍索性闭上眼睛，凭着本能喊道："不用理会脚下的坎坷，我知道，以你的实力，未来一定会光环璀璨！如果你能原谅我，我想和你重新认识——"

她想说：我还想和你做朋友。

可她太紧张了，脱口而出的竟是无比响亮的一句："我想和你谈——朋——友！"

万籁俱寂。

操场安静了一秒，然后彻底炸了。

教室里，少年听到这一句，睫毛微颤。

沈肆不自觉地站直身子，心像是死过一次般活了过来，猛力撞击着胸腔。

他冲出了教室，校服衣摆翻飞。

他把风抛到了身后，朝着广播楼，朝着童妍所在的方向跑去。

天台上，童妍也蒙了，短暂的空白过后，脑袋里是一片山呼海啸的羞耻！

啊啊啊！自己这张嘴为什么会将"做朋友"说成"谈朋友"！

啊啊啊！一字之差，却是天壤之别！

啊啊啊！我是谁？我在哪儿？

操场上掌声、口哨声一片，童妍脸颊烧红，颤巍巍地后退一步。

不用等政教员来押，她没脸再待下去，忙用手背按着通红的脸颊降温，逃也似的朝楼梯口跑去。

太丢脸了！

楼梯盘旋向下，童妍不管不顾地往下冲，只想找个没人的地方将自己藏起来，不用面对这大型的社死现场……

有光，出口就在眼前。

童妍手捂着脸颊冲出去，却和清冷的少年撞了个正着。

云影移动，风从缝隙间穿过。

少男少女相对而站，世界一刹那寂静，只能听见彼此急促的呼吸声。

沈肆就站在面前，校服外套下只有一件薄薄的白色T恤，呼吸声略微有些粗重。

他……他怎么会出现在这儿？

童妍像一个做糗事被抓了现行的孩子，刚降下去的温度又升了起来，仰头愣怔地回望，连耳尖都是烫的。

在她过往十六七年的人生里，没做过几件离经叛道的事，今天绝对是可以载入史册的一天。

沸腾的操场，无时无刻不在提醒她刚才闹了什么笑话。

"我刚才，在天台上说的话……"童妍咽了口口水，不自觉地捏手指，"你……你听见了吗？"

少女白皙的脸上浮现一层浅淡的绯红，眸中映着温暖跳跃的碎光，有些忐忑地看着他。

过了很久，沈肆淡色的嘴唇动了动。

"没听见。"他轻声说，语气是连他自己都没有察觉的温和。

童妍长舒一口气。

太好了！沈肆没有听见那个乌龙大口误，不然自己以后还真不知道该怎么面对他。而且，她刚才在天台上太紧张了，说话颠三倒四的，没有发挥好。

童妍抬起头来，看着他的眼睛。

"那我重新说一遍，我刚刚是想说，我……"

话还没说完，身后便传来政教员的声音："那个女同学，跟我去办公室一趟！"

"完了，政教员来抓我了！"

童妍急得左顾右盼，正想该找个什么地方藏起来才好，就觉手腕一紧。

"跑。"沈肆抓住她的手。

少年步履带风，童妍被他拉得一个趔趄，整个人身体前倾，被迫飞跑着跟上他的步伐。

操场的喧嚣、政教员的怒吼，整个世界仿佛都被抛到脑后，耳畔只听得到鼓噪的心跳声和呼呼的风声。

童妍一开始觉得跑得喘不上气来，肺部好像快要炸掉。可渐渐地，在沈肆的牵引下，她的脚步越来越轻松，越来越恣意，所有的枷锁束缚都被青春的热血冲破，前所未有地畅快！

光影掠过，校服衣角翻飞，沈肆就在眼前。

两个人一直跑到体育器材室才停下来，沈肆熟稔地将童妍拉入储藏室里，轻轻地掩上门。

狭小逼仄的小房间里堆满了篮球、排球和垫子等物，空气中浮动着细微的尘埃，童妍又闻到了沈肆衣服上那股淡淡的洗衣液的清香。

门开了一条缝，沈肆躲在门缝后往外看。下午的阳光漏进来，在他完美的侧脸留下一道浅金色的光痕。

教导主任没追上来。

沈肆抵着门板的膝盖松开，转过身来。

随即他一愣，呼吸有了细微的停顿。

器材室里杂物堆积，能站立的地方很窄，一转身，两个人几乎面对面贴在了一起。

童妍眼中落着门缝里溜进来的一线光，杏眼是很通透的浅褐色。大概是跑急了，她清透的额发微微散乱，脸颊红扑扑的，手叉着腰胸膛急促起伏。

安静晦暗的小房间里，呼吸被无限放大，沈肆低头就可以闻到她细软发丝上的花香。

"甩掉他们了吗？"童妍揉着细细的手腕，上面仿佛还带着少年掌心的温度。

沈肆动了动喉结，低低地"嗯"了一声。

"那就好，吓死我了。"童妍如蒙大赦，双手撑着膝盖大口大口地平复呼吸。

她弯腰时，高高绑起的马尾辫从脸颊旁垂下，露出校服领子里的一小块后脖颈，白得扎眼。

心脏"咚"地一跳，沈肆盯着那块地方，目光沉了沉。

童妍全然没有察觉到什么不对，忽地直起身子说："对了，差点忘了……"

猝不及防和沈肆的视线对了个正着，童妍眨眨眼，迟钝地摸了一下自己的脖子："我脖子上有脏东西吗？"

"没有。"沈肆背靠着门板,不自在地移开了视线。

童妍"哦"了一声,从兜里掏出一张照片,递到沈肆面前:"这个送给你。"

沈肆以为又是哪张小时候的旧照片,淡淡地睨了一眼,随即微微一愣。

照片上是童妍自己。看年纪大概是十二三岁,穿着水手服,挑染的粉紫色齐耳短发,手拿汽水瞥向镜头,眉眼里透着冷漠与叛逆……

和她现在的性格之间,至少差了十个沈肆。

"这是我初二的时候的黑历史,是不是很中二?"童妍强忍着脚趾抠地的尴尬,低头解释,"你知道的,我妈是老师,我在她的工作单位上学,所有老师都是她的同事,所以管我管得特别严格。有时候我妈班上的学生犯错被罚,他们会把怨气发泄在我身上,骂我妈是母老虎、灭绝师太……渐渐地,我就真的以为妈妈是世界上最坏最坏的人,也就越来越叛逆,她不让我做什么我就偏要做什么。"

她晃了晃手中的照片,叹了一口气道:"于是我就变成这个样子了。"

直到某次母女俩大吵完,她看见强势的周娴被气到躲在卧室里偷偷抹眼泪,才意识到自己的生活轨迹偏航得有多离谱。

她用了两年时间,一点一点将自己拉回正轨,然后转学到一中,再次遇见沈肆。

童妍说:"沈肆,其实我没有他们想的那么优秀,每个人都会有一段不愿触及的过往。我们唯一能做的,就是不要被过去绊住前进的脚步。"

明明在天台上时,她说的不是这些废话。

沈肆挑眉:"跟我说这些做什么?"

"这是我的诚意。"分享秘密,是拉近友谊的最好方式。

童妍心里的小算盘打得啪啪响,将照片轻轻塞到沈肆的衣兜里,继续说:"我本来是想重印一张我们两家的合照的,但是实在找不到底片了。这张照片给你,你也算是有我的把柄了,以后我要是再让你失望,你就曝光我的黑历史好啦……"

这是什么奇怪的逻辑?

"你在天台上喊的就是这些?"沈肆保持姿势没动,好整以暇地看她。

童妍耳尖红了,视线飘忽了几秒,脚尖磨蹭着地板说:"看在我这么有诚意的分儿上……"

她抬头,抿唇笑了笑:"你能不能……原谅我啊?"

她大概不知道,横亘在他们之间的并非那几通电话。

沈肆看着她,轻声说:"不能。"

"为什么呀?"

童妍心想：我都出这么大丑了，黑历史也给了，沈肆怎么就这么难搞呢？倔死了。

她有点破罐子破摔的味道："要不我再上天台给你重新喊……"

话音未落，她就感觉头顶传来轻柔温暖的力度。

沈肆抬手，漂亮的手指骨节修长，在她柔顺的发顶轻轻按了按，像是给猫儿顺毛似的力度。

童妍像是被点了穴似的，满肚子恼羞的牢骚瞬间忘了个一干二净。

沈肆什么也没说，可目光安静，神情是从未有过的温柔平和。

回过神来时，他已经收回手，推开器材室的门走了出去。

阳光铺了满地，童妍一个人在器材室站了很久。

她愣怔地抬手碰了碰被沈肆摸过的地方，可无论她怎么碰，都复原不了沈肆的手指撩过发丝的那种奇妙的触感……

她脑子里唯一冒出的念头是：还好今天洗了头发。

与此同时，沈肆靠在体育馆的墙角，从兜里掏出那张巴掌大的照片。

稚气的少女五官漂亮，巴掌脸，大眼睛，肤色在阳光下显得很白，即便顶着一头挑染的粉紫色短发也不显得俗气……

明明就……挺可爱的。

用这种方法求和，亏她想得出。

这些年他在泥泞里挣扎，遭遇不公，受过冷眼。最艰难的那段时间，他的确对世间的一切都充满了厌恶和怨恨……

人走茶凉，但要说有多恨，也不至于。

从来没有恨过，又谈何原谅呢？

放学前，童妍还是被陈勉叫到办公室教育了一通。

"童妍，看你平时挺懂事听话的，原来是物极必反，憋着放大招呢？犯了校规还跑，都跟谁学的？"

"没谁。"童妍捏着衣服下摆，无论如何都不会将沈肆供出来。

陈勉坐在椅子上，看着面前低着头乖巧站立的少女，笑眯眯地开始套话："来，别紧张，咱们随便聊两句……就聊一聊那个要和你谈朋友的'电话男孩儿'？"

这真是跳到黄河也洗不清了。

"陈老师，不是你们想的那样，我真的没有谈朋友！"童妍抿着唇，小心翼翼地解释,"如果说我只是因为太紧张口误了,您信吗?"

"我刚教书那会儿,也有一对学生在办公室和我说过这种话,现在他们的孩子都快能打酱油了。"陈勉懒洋洋地啜了一口热水,眼镜片后闪着睿智的光,"老师吃过的盐,比你吃过的米都多。"

童妍看了一眼也不过三十出头的年轻老师,没忍住"扑哧"一笑:"那您平时应该吃得挺咸的。"

"哟,拐着弯骂我闲呢?"

童妍立刻低下头。

陈勉放下杯子:"我也不是'谈早恋色变'的那种老师,谁的青春期没个喜欢的人呢?这个年纪把喜欢藏在心里,那是一种诗意的美好。可要是闹得尽人皆知,反而变得庸俗了不是?谈恋爱或许改变不了你的命运,但学习能,我相信你能分清孰轻孰重。"

陈勉没有说一句重话,可就是能说到点子上。

他这个年纪就能把实验一班的孩子管理得服服帖帖,也不是没有本事的。

但这场乌龙的风波并没有得到平息。

刚进教室,童妍就接受了一片掌声的洗礼。埋着头快速冲到座位上,本以为能就此清静一会儿,谁知雷昊竟然将她的天台发言录了下来,正听得津津有味。

童妍听到那句重复播放的"我想和你谈朋友",吧嗒一声按断了手里的铅笔芯。

"雷昊同学,麻烦你把视频删掉!"童妍起身去抢雷昊的手机。

"删了干什么?你那会儿多酷啊!"雷昊牛高马大,站起身将手机举起来,童妍就够不着了。

顿时,"我想和你谈朋友"的世纪宣言清晰地回荡在教室的每个角落,惹来一阵哄笑。

童妍知道雷昊和同学们没有什么恶意,也知道肯定会有人议论嘲笑,嘴巴长在别人身上,她也管不着。但她脸皮薄,架不住这样当面行刑,还是觉得有点难堪的。

她正不知道该怎么办好,却见沈肆低头进了教室。

他看了一眼举着手机的雷昊,又看了一眼耳尖微红的童妍,眉头一皱,大步走过来,从身后拿走了雷昊的手机。

"谁啊?还我……"雷昊猛地回头,然后就蔫了,讪讪一笑,"原来是沈哥啊!要玩手机也不说一声,吓我一跳!"

沈肆一言不发,将视频删除,清空回收箱,然后将手机抛回雷昊手里。

"怎么给删了？"雷昊手忙脚乱地接住手机，点开空空如也的视频文件一看，彻底消停了。

沈肆还是挺有威慑力的，渐渐地，教室里的笑声也停止了。

童妍回到位子上，朝沈肆感激一笑："干得漂亮。"

沈肆背靠着椅背，拿了一支笔漫不经心地转着，表情很淡，但童妍能感觉到他心情不错。

"无忌，坦白从宽！"唐也从斜前桌回过头来，严肃地敲了敲童妍的桌面，"那'电话男孩儿'是哪根葱？哪个班的？"

童妍侧首，笑吟吟地望向同桌——"电话男孩儿"本人。

沈肆垂下了视线，睫毛还抖啊抖的，简直要命了！

唐也是个招猫逗狗的性子，看到漂亮的同龄人，无论男女都喜欢逗弄一下。她抬脚踩在成斯文的凳子边沿，酷酷的马丁靴，十足的御姐范，"咔嚓咔嚓"捏了捏手指关节："我跟你说，电话调情的都不是什么好鸟，你可千万不要被骗了！报上名来，姐姐替你揍他！"

"那你可能……打不过他。"童妍憋笑。

唐也不信："谁啊？这么跩！"

童妍又扭头看向沈肆，眨了眨眼："是啊，他超——厉害的！"

沈肆移开了视线，嘴角的弧度稍纵即逝。

童妍愣住了。

他……他刚刚，是笑了吗？是吗？

同桌这么久了，这还是童妍第一次看到沈肆笑。

他笑起来真的挺好看的，虽然浅得几乎看不出的弧度，却如春风破冰，特别惊艳。

沈肆小时候倒是常笑，无论外貌还是品性，都是人们交口称赞的"别人家的孩子"。不知道他经历了多少坎坷，才会像现在这样连笑一笑都感觉奢侈。

她看得挺认真的，沈肆转笔的动作停了停，修长的手指开始无意识地捏笔杆。

"看什么？"他淡淡地问。

窗外淡蓝的天空是最好的背景板，少年坐在那儿，额头饱满，从眉骨到鼻尖再到下巴，侧颜线条优美流畅，赏心悦目。

童妍笑吟吟的，视线明明落在沈肆身上，却偏要说："看天空呢，很漂亮。"

于是沈肆跟着转过头去。

流云疏朗,他明明是对着窗外,眼睛却没有看天空,而是望向玻璃上倒映的童妍的身影。

他眼睛一眨不眨地看了很久,暗自认同:嗯,很漂亮。

今天一早童向阳就去外省出差了,晚上下课后,童妍又恢复了步行回家的生活。

才刚出学校呢,就听微信"叮咚"一响,周娴扔了个视频文件过来。

视频画面是自己站在天台上握着话筒的样子,不用点开都知道里面是什么内容。

童妍有一种不好的预感,还没来得及回复,下一秒,周娴的电话就打了过来。

童妍心里咯噔一下,手指悬在屏幕上几秒,认命地按了接通键。

"喂,妈妈?"她问,"那视频谁发给你的啊?"

"你甭管是谁发的!妍妍,先给我解释一下,那视频是怎么回事?"

电话里,周娴的语气有点沉重。

童妍将下巴往衣领里埋了埋,轻声说:"没怎么回事,就是……参加了学校和电视台的一个活动。"

"活动?什么活动得让你大张旗鼓地上去宣扬谈恋爱?"

"我没有!我是想说交朋友的,结果一紧张就说错话了……"

"行了,妍妍,不管真相是什么,你都不该把宝贵的时间浪费在这些没有意义的事情上。"

周娴打断她,语气严厉了些:"你知不知道你的老师将这个视频发给我的时候,我有多震惊?这是你这个年纪该干的事吗?"

童妍一直知道周娴和各科老师保持着密切联系,但没想到这种学习以外的事也能传到她耳朵里。

在周娴面前,她永远是个没有秘密的小孩儿。

视频应该不是班主任揭发的,陈勉不是那种当面一套,背地里一套的老师。可其他科目的老师嘛,那就不好说了……

不过现在纠结是哪位老师揭发了自己也没什么意义了,做了就是做了。

"对不起,妈妈。"童妍知道自己说什么都没有用,索性先认错。

电话那头的人叹了一口气。

"妈妈也不想让你觉得烦,但高考对一个学生而言实在是太重要了,妈妈宁可你现在怨我,也不想将来你后悔。"周娴的声音缓和了一些,问道,"妍妍,你不会再变回初二那个样子吧?"

童妍睫毛一颤，握紧了手机。

"不会。"她轻声说。

那边，周娴心满意足地挂断电话。

晚上风很冷，童妍用力吸了一口气，感觉整个胸腔都是凉的。

李语涵曾羡慕她说："你长得漂亮，成绩好、人缘也好，看起来没什么烦恼……"

这个年纪的学生，谁会没有烦恼呢？

这几年童妍努力学习，与人为善，无论什么时候都是乐观积极的样子，努力成为父母和老师眼中最省心的孩子……

她知道父母和老师都没有错，可偶尔她还是会突然感觉茫然，觉得好累。

就像此时她看着路灯下的影子，觉得自己越来越面目模糊，却没时间思考自己究竟丢失了什么。

童妍将手揣在兜里，沿着大路的人行道往前走。

她骤然抬头，却看见前面巷子口停着一辆山地自行车。

戴着黑色口罩的少年单脚点地，身子前倾握着车把手，扭头看着巷子的方向，好像在等什么人似的。

童妍的眼睛一下子亮起来，手攥着书包肩带小跑过去，朝少年挥手："沈肆！"

沈肆回过头来，看到她出现在身后的大路上，十分意外的样子。

他愣怔的样子有趣极了，没有一点攻击性。

童妍在他面前停下，呼出一口白气："真的是你啊！你在这儿等谁呢？"

沈肆看了她几秒，才敛眉问："怎么不走巷子了？"

"走大路安全些，虽然要绕大半个圈。"童妍看了眼他座下酷炫的山地车，想起那天在商业街前一闪而过的身影，问道，"你呢，是从哪里回来的？我记得，训练馆好像不在这个方向。"

"在外面，有点事。"沈肆没有细说。

童妍轻轻"哦"了一声。

在巷子口，两个人安静地对视了几秒，像是找不到话题了，可谁也没有先一步离开。

"你怎么了？"沈肆看着她的眼睛问。

这句话问得没头没尾的。

童妍一脸不解地摇了摇头，马尾辫一甩一甩的，落着毛茸茸的灯光。

她说："没怎么呀，我能有什么？就是看到你了，来打声招呼。"

沈肆还是盯着她，慢慢皱起了眉头。

童妍也不知道该说什么了，就小幅度地摆了摆手，弯着眼睛笑："那……你先回家吧！明天见！"

沈肆没再说什么，脚尖点地一推，轻巧地踩上脚踏朝前行去。

童妍望着他离去的背影，在冷风口打了个哆嗦，忽然觉得路灯的光暗淡了不少。

整理好心情，她正准备继续走回家，忽然又听到一声极轻的刹车声。

前面几米，沈肆停了山地车，然后双脚点地倒退回童妍身边。

童妍一脸莫名："你怎么又回来了？"

"坐车吗？"沈肆言简意赅。

"啊？"童妍眨眨眼，没反应过来。

沈肆用脚尖钩了一下自行车支架，停稳，然后抬腿下车，顺手取下搁在后衣架上的黑色头盔，一声不吭地走到童妍面前。

下一秒，阴影笼罩，黑色的头盔扣在了童妍的脑袋上。

头盔有点大，沈肆就弯腰低头，耐心替她调整头盔扣子的长度。

昏黄的光温柔地倾泻，鼻端萦绕着熟悉而干爽的淡香，童妍睁大眼睛，下意识放轻了呼吸，满眼都是沈肆那张毫无瑕疵放大的脸……

太……太近了！

她站着一动也不敢动。

为了方便调整扣子系带，沈肆微微偏着头，睫毛在眼睑投下一圈淡淡的阴影，黑色口罩下鼻梁凸起的轮廓格外好看。

大概是骑车的缘故，沈肆的手指有些凉，手指骨节硬朗清晰，碰到下巴时童妍没忍住"嗯"了一声，他的睫毛也跟着抖了抖。

帮忙戴好头盔后，他抬起头来，与童妍的视线撞在一块儿。

少女双眸明亮水润，像是万千星华揉碎在那一汪秋水中，认真而又信任地望着他。

两个人都停滞了一会儿。

沈肆动了动喉结，再开口时微微有些哑，示意她："上车。"

他强势又冷酷，当真是一句废话也不肯说。

这辆山地车是改装过的，车座后面加了个能承重一百斤的载物架，平时用来放放行李或是杂物。

童妍听话地侧坐在载物架上，等了半天也没见沈肆发车。

"如果不想半路掉下来,最好换个姿势。"清冷的嗓音在前头响起。

"好的好的。"童妍调整姿势,脸朝前,两条腿撇在两旁。

这个姿势坐得稳妥些,沈肆脚一蹬,踩着踏板朝前驶去。

童妍被惯性甩得身体后仰,下意识地伸手揪住了沈肆的校服保持平衡。

沈肆好像偏头瞥了她一眼,但什么也没说,脚下使劲,骑得飞快。

这是童妍第一次坐男孩子的自行车,手指布料下能感受到沈肆滚烫的体温,听着他略微急促的呼吸声,自己的心跳也跟着加快了节拍,舒服又刺激,是从未体验过的奇妙感觉。

这个时候路上的车很少,马路空空荡荡,呼呼的风从耳边吹过,仿佛能带走一切烦恼。

她以为沈肆会送她回家,可到了下一个路口,沈肆却掉转车头朝相反的方向骑去。

"哎!方向错了,我家不在这边!"童妍扯了扯沈肆的衣摆,提醒他。

沈肆一点也没打算停下,低声说了句什么。

"你说什么?"风太大,童妍根本没听清。

"带你去一个地方。"沈肆稍稍提高了音量,短促地说道。

童妍正要问去哪儿,就听见沈肆将车停在一个长长的斜坡前,回头看她:"抓紧。"

"啊?"

"抓紧我。"

他重复一遍,抓住童妍的手腕,将她的手搁在自己腰上。

摸上那劲瘦结实的腰,童妍彻底蒙了,不知道为什么想起了体育课仰卧起坐时惊鸿一瞥的腹肌,脸颊忽地一热!

来不及反应,沈肆目光沉静如炬,目视前方,踩着脚踏猛地一冲。

在童妍的惊呼声中,自行车载着两个人如离弦破空的箭一般,朝着坡下迅猛地冲了下去!

心几乎跳出嗓子眼,强烈的失重感让童妍顾不上害羞,伸手紧紧地箍住沈肆的腰肢,身体八爪鱼似的紧贴他宽阔的后背,在拍脸的冷风中"啊啊啊"地尖叫起来,是前所未有的刺激爽快。

不知道冲了多久,可能是一瞬间,也有可能是一分钟。

山地车在平地一个甩尾,终于稳稳地停下。

深沉的夜,寂静的坡道下,安静得只听得到彼此急促的呼吸声和鼓噪的心跳声。

十七岁，有人带你追过风吗？

童妍想：她有。

"你……"

沈肆拉下口罩，喘息着回头看她："还打算抱到什么时候？"

童妍从空白的刺激中醒过神来，才发现自己一直紧紧箍着沈肆的腰。

他穿得很单薄，掌心甚至能感受到清晰的肌肉轮廓，有着他这个年纪的少年少有的蓄势待发的力量感。

童妍被风吹得冰冷的脸又燥热了起来，不好意思地松开手，同手同脚地下了车。

刚才那个冲坡太刺激了，她落地时手脚有些发软，膝盖一弯，及时被沈肆一把扶住。

虽然沈肆表情不多，但童妍还是在他眼睛里看到了极浅淡的笑意。

她在沈肆的搀扶下蹒跚地站稳了，低着头，不好意思看着自己的脚尖："我是不是胆子挺小的？刚才叫得那么大声，吵着你了吧？"

沈肆没回答，只看着她的眼睛。

许久，他问："心情好了吗？"

童妍猛然抬头看他，张着嘴愣愣的。

沈肆抬手碰了碰她的头盔，什么也没说，转身朝前面卖夜宵的摊子走去。

童妍解下头盔抱在怀里，站在路灯下很久很久才回过味儿来，胸腔里被什么温暖的东西填得满满当当。

沈肆知道她心情不好，所以才专程带她来兜风发泄的吗？

可是自己一直掩饰得很好，他是怎么看出来自己心情有点压抑的呢？

这个问题直到沈肆提着一袋吃的回来了，童妍也没想明白。

沈肆买了热乎的红豆饼，分了一份，顺手搁在她胸前抱着的头盔里，冷酷的，却又十分暖心。

"谢谢。"童妍笑得很灿烂，心里最后那点烦恼残渣也荡然无存了。

路灯下，自行车安静地搁在路边，乖巧的少女和恣睢的少年并肩坐在马路牙子上，呼出的气在夜色中凝成白雾。

"沈肆，"童妍咬着红豆饼，歪着头追问，"你怎么知道我今晚不太开心啊？"

沈肆屈起腿坐着，手随意搭在膝盖上，侧首看了她十来秒。

然后，他抬起修长有力的手指，隔空在她眼前轻轻一点。

"你的眼睛。"他说。

空荡荡的家,第一次让她觉得不孤寂寒冷。她关了灯躺在床上,满脑子都是今晚发生的事。

夜空黛蓝,长长的坡道,沈肆载着她一路俯冲,穿梭于路灯照耀的光河之中。

短暂的心悸刺激过后,就是无限酸麻的感觉漫上四肢百骸,整个人变得无比舒畅。

沈肆说,他从她的眼睛里看出了不开心。

他怎么能这么厉害呢!

童妍真没想到,自以为完美的心情伪装,在沈肆面前却宛如透明般无处隐藏……

难道这就是两小无猜建立起来的默契吗?

她没忍住翻了个身,拉高被子盖在鼻尖下,捂住嘴角勾起的弧度。

闭上眼睛,梦里都充斥着红豆饼的香甜。

自那以后,童妍惊喜地发现,她放学路上遇见沈肆的概率明显提高了。

放学同行的路上,虽然大多数时候是童妍在找话题闲聊,沈肆还是以冷酷沉默居多,但至少不会像以前那样凶巴巴地拒人于千里之外了。

两个人谁也没再提那个疯狂恣意的夜晚,那是他们藏在心底的,心照不宣的一个秘密。

月考在即,数学依旧是令童妍头疼的科目。

"沈肆,这道题目怎么解,你知道吗?"

课间操时间,童妍轻轻地将"五三"推了过去,白皙的手指点了点上面一道函数题。

沈肆不太喜欢开口说话,先歪着头扫了一眼题目,然后拿过笔直接在纸上演算给她看,重要的公式和步骤就在下头画一条双横线,提醒她要特别注意。

沈肆握笔的手指修长,指腹带着常年习武的一点薄茧,垂眼认真验算的样子特别帅气。

童妍有时候也会想,如果他家里没有遭遇那么大的变故,如果他没有选择成为武术运动员,是不是也会是个风靡全校的超级学霸?

第三次月考结束,童妍看着手机上查到的成绩单,长舒了一口气。

这一个月来,同桌帮扶策略初见成效,她考了一百二十六分,语文照旧是年级第一，其他各科也稳住了一贯的水平，冲进了年级前十五，班级第二。

第一名是成斯文，数学满分，理综第一，只有语文还在一百分出头徘徊，气得他坐在位子上咬了一上午笔杆。

"我看了一下，你的基础题和默写都不错，只阅读稍微差了点。就拿这道题来说，下定义和作诠释两种说明方法你完全弄混淆了，下定义是对事物的本质进行全面的概括，而作诠释只是就事物的某一个方面做出解释……"

见成斯文皱着秀气的眉，一副"好像懂了，又没有完全懂"的迷茫状态，童妍只好献出绝招："告诉你一个区分它们的最好捷径：你将那句话倒过来，如果意思不变就是下定义，如果意思变了、说不通了，就是作诠释。"

童妍用笔画出文中的某一句，笔尖点着那句说："以这句为例，'碳酸钙就是一种常见的无机化合物'……咱们把它倒过来，'一种常见的无机化合物就是碳酸钙'，意思变了吗？"

"当然变了。常见的无机化合物很多，不止碳酸钙一种……"说到这儿，成斯文恍然大悟，"倒过来不成立，所以这句话用的是'作诠释'的说明方法。"

"对啦！"童妍欣慰一笑。

凑过来旁听答案的雷昊和唐也你看看我，我看看你。

"你听懂了吗，唐姐？"雷昊问。

"并没有呢。"唐也诚实回答。

两个学渣连什么是"无机化合物"都搞不明白，哪还分得清公式倒过来成立还是不成立？

"管他呢！"两位学渣异口同声，埋头奋笔，"先抄了答案再说！"

童妍伸了伸手指，视线落在沈肆的位子上。

他已经一节早读课不见人影了。

等到快上课了还不见沈肆回来，童妍轻轻点了点前方成斯文的肩，问道："组长，你看见沈肆了吗？"

成斯文压低声音回答："刚送登分表的时候看了一眼，好像被语文老师叫去办公室了。"

童妍心里咯噔一下，看了一眼沈肆桌上的语文答卷。

摊开的答题卡上只填涂了选择题，其他题目全是空白，平均分拉下不少，可想而知语文老师有多么生气。

和他数学的一百四十分一对比，更显惨烈。

童妍将笔盖拔开又套上，犹豫了小半分钟，还是拿起沈肆的答卷去了一趟教师办公室。

办公室门口的走廊边，少年果然手插兜靠墙站着，神情疏冷，姿态随意得好像只是下课出来放风，而不是在罚站。

见到童妍走过来，他神色微凝，稍稍站直了身子。

两个人隔着长长的走廊对视了几秒，沈肆忽然移开视线，转身就走。

他一向恣睢冷漠，根本不在乎别人的眼光。童妍也不知道他今天是怎么了，走廊上那么多学生路过对他都没造成影响，唯独见着她就变了脸色。

"哎，你走什么呀？"童妍将他的答题卡背在身后，跑着拦住他，"沈肆，要是刘老师知道你中途跑路了，只怕会火上浇油。"

她仰头哄着他，双眸中带着干净温暖的笑意："你再坚持一下，等我。"

直到童妍进了办公室，沈肆才明白她那句"等我"是什么意思。

"刘老师，您没发现吗？沈肆虽然只写了选择题，但他写的那些题目全对了。我记得您上课分析过，这次我们班语文选择题全对的，一共才两个人，我和他。"

童妍将沈肆的答题卡双手递到语文老师的面前，声音轻柔地说道："在花大量时间训练的前提下能有这样的表现，这说明他的学习能力真的不差，希望您再给他一次机会。"

刘老师接过答卷扫了一眼，脸上挂着笑说："童妍，我知道你是一个很负责任的课代表，对每位同学的语文成绩都很关注。但是，光凭几道选择题说明不了什么，也有可能是运气……或者别的原因。"

刘老师没有把话说直白，但童妍听出了她的言外之意。

"刘老师，如果沈肆要作弊，完全可以多抄一点，为什么只抄几道选择题呢？"童妍强忍不开心为沈肆抱不平，认真地解释，"而且沈肆的数学成绩一直名列前茅，这是作弊抄不来的！您就没有想过要相信自己的学生吗？"

刘老师一直挺喜欢童妍的，没想到她也有这么倔的一面，想了想，做出让步道："看在你的面子上，我可以给他一次机会。不过童妍，消除偏见的最好方法，就是证明给我看。"

她将试卷还给童妍："下次月考拿成绩说话，他要还是交白卷，你这个担保人也一起来领罚。"

"谢谢老师！"

童妍一个鞠躬，迫不及待地跑出办公室，对着沈肆轻声说："老师说不用站了，回教室吧!"

沈肆敛目看着她,说他乖戾也好,冷漠也罢,对任课老师没有太大的畏惧之情,最多站十分钟做做样子,然后打了上课铃就走。

但他没想到,童妍会这么着急地为他出头。

"还是爱多管闲事。"沈肆淡淡地说道,语气却很平和。

"你都听见啦?"童妍大方一笑,和他并肩走着,"但你的事不是闲事。"

沈肆脚步微顿,别过脸没接话。

回到教室,童妍一边拿出课本一边小声问:"沈肆,下次考试……你能不能把试卷填满啊?"

"不能。"沈肆背靠着椅背,睫毛半垂着,看不出眼中是什么样的情绪。

童妍"啊"了一声,显出苦恼的样子:"那怎么办?我都和刘老师保证过了,你要是还交白卷,我也要一起受罚的……"

上课铃声响了,一片嘈杂声中,沈肆转过双眸看她。

"那就陪我一起受罚。"他轻声说道。

深邃的眉眼,低哑的音调,童妍觉得他此刻像极了引诱猎物的魔王,将自己一点一点拉入他的世界。

拉入名为"沈肆"的那座孤岛。

学校提倡劳逸结合,紧张的月考过后放了两天假,用来准备下周三的校园文化节。

这种活动一般都是班干部在操心,其他同学就是图个热闹。

李语涵这几天头都快愁秃了,周五放学时点了几个班干部帮忙策划,其中就有成斯文和童妍。

"还缺个后勤,最好是男生,负责搬桌椅。"童妍提议。

李语涵点头赞同,四下环顾一周,将坐在位子上打游戏忘了回家的雷昊揪过来充当苦力。

"我也参加吧,正好训练队这几天没事!"唐也举手加入。

"不要。"成斯文拧眉嫌弃。

唐也是个咋咋呼呼的性子,做事不拘小节,成斯文则是个心思细腻、有重度洁癖的人。自从这两个人成了同桌,成斯文每天至少要用掉三包消毒湿巾,用来疯狂擦拭被唐也碰过的东西和踩过的凳子……

而且唐也身高一米七五，比成斯文还要高三厘米，这也是成斯文一直不服气的地方。

偏偏这会儿唐也还要蹬着酷帅的马丁靴，居高临下地挑衅成斯文："怎么，这么怕和我相处？人家班长都没说什么，你激动个什么劲儿。"

眼瞅着两个人又要吵起来，李语涵拍了拍桌子："行了，多一个人多一份力，唐也就留下来帮忙采购吧。"

负责采购的刚好是成斯文，顿时不悦地拧起了眉头。

"周六我们找个地方集合，把具体的展台方案设计一下。"李语涵双手环胸，"你们有合适的地方推荐吗？"

"去'英雄'吧！"雷昊兴致勃勃地提议。

"英雄"是商业街那边的游戏休闲会所，吃喝玩乐一条龙，服务高级，收费也不低。

"一楼游戏厅虽然有点吵，但是二楼的桌游厅和三楼的咖啡馆都还挺安静，适合商量事情。"雷昊撺掇大家，"别犹豫了，周末我请客！"

于是事情就这么定下来了。

周六上午，"英雄"二楼射箭馆。

沈肆穿着箭馆统一发的束袖明制汉服，身高腿长，眉目冷峻，微侧身子拉弓，正在给前来付费体验射箭的一对小情侣示范姿势。

一箭破空，正中红心！

"啊啊啊——好帅啊！"旁边几个女生惊呼起来，一直推推搡搡的，用手机偷拍他。

吵得很。

沈肆放下弓矢，皱眉走到那几个嬉笑的女生面前，毫不客气地拿走偷拍的那部手机，"唰唰"按了几下，清空偷拍的照片，然后再塞回满脸尴尬的女生手中。

他语气冷淡，没有一点起伏："抱歉，箭馆不允许拍照。如果需要体验练习射箭，麻烦先寄存一下包和手机，再去前台登记缴费。"

"不就拍两张照吗，这么小气干什么！"被扫了面子的女生嘟囔着，拉着同伴们走了。

玻璃门被气冲冲地推开，就那么一瞬间，沈肆看到走廊外有个熟悉的身影走过。

童妍扎着高高的马尾，柔软的围巾里露出一张莹白精致的巴掌脸，毛茸茸的羊角扣大衣配及膝短裙，一双长腿骨肉匀称，比穿校服时的样子更温柔明丽。

她似乎没有注意到箭馆玻璃门后站着的少年，背着小挎包径直朝里面的桌游厅走去。

桌游厅里的休息区，李语涵和雷昊他们正朝她招手示意。

"沈哥，看什么呢？"说话的是一起兼职的肖哲。

大概是沈肆平时的气场太强了，话也不多，整个人很神秘冷酷，而且还和大老板走得近，所以一直叫他"沈哥"。

但事实上，沈肆比他还小两岁。

沈肆将目光从童妍身上收回，然后拿过肖哲手里的菜单。

"把这些送给休息区那桌，记我账上。"

整个休闲会所的消费是通用的，沈肆眼也不眨地点了十几样甜点和小吃，然后将菜单还给肖哲，淡淡地说道："别说是我送的。"

"好……好嘞！"

肖哲挠着后脑勺，顺着沈肆刚才看的方向望过去，顿时悟了！

好干净漂亮的女孩子！难怪沈哥根本不将那些犯花痴的女顾客放在眼里，原来眼光这么高哇！

桌游厅卡座里，成斯文推了推眼镜，否定了李语涵的提议："高中生最不缺的就是书和本子，我觉得我们卖书根本不占优势，而且还挺占地方的，利润也微薄。"

唐也点头，难得和成斯文统一战线："像我和雷昊这样的学生，一看到书就头疼，压根儿没兴趣买。"

一旁嗑瓜子的雷昊莫名躺枪。

"卖小吃零食吧。"童妍拿出昨晚自己设计好的方案，轻轻推到众人面前，"对于大部分人来说，吃永远是最有诱惑力的。而且文化节要持续一天，中午有很多学生逛累了要吃饭，我们刚好可以提供便利，这样他们越是疲惫的时候，吃的东西就卖得越好。"

"卖小吃的确很诱人，但是，我们几个人中间谁做菜做得好啊？"

李语涵苦着一张脸："我最多只会卷个寿司，至少也要会卤鸡爪、做冷面才行吧。"

成斯文道："别看我，君子远庖厨。"

宣传委员说："我只会泡泡面。"

唐也和雷昊也拼命摇头。

"我倒是想起了一个人……"

童妍想起了沈肆做的菜，那味道真是一绝！

"但是……"她迟疑道,"他可能……大概……不会愿意参加这种活动。"

"唉,那不等于白说!"众人眼里的希望之光齐刷刷灭了。

正聊着,一个年轻的服务员推着一车甜点零食和饮料走了过来,恭敬地说道:"各位客人,这是你们的小吃。"

大家一起看着富二代雷昊。

雷昊一脸莫名:"送错了吧?我还没开始点单呢。"

"没有送错呢!这是一位不愿意透露姓名的客人赠送给各位的。"服务员笑着解释。

"谁啊?"大家看着满桌的零食面面相觑,有点不敢接受。

"可能是看在我的面子上送的。"雷昊手摸着下巴,笃定地揣测,"我爸经常来这儿,老板都认识他!"

"管他呢,正好饿了!我先帮你试试毒啊!"唐也拿了一块精致的蛋糕,大大咧咧地咬了一口,"嗯,好吃!"

见东西是没问题的,大家也陆陆续续吃起来。

童妍看着桌上熟悉的橘子汽水,总觉得……这像是某个熟悉她口味的人送的。

但她仔细环顾了一圈桌游厅,除了几个陌生人在打台球,并没有看到别的熟人。大概是自己想多了吧。

初步定下方案,离回家的时间还早。

高三一个月都难得出来放松一次,雷昊提议去四楼玩一场密室。

"这一家有个很有名的真人NPC密室主题,获了全国金奖的,我还没玩过,要不今天刚好凑个团一起?"

"解密难度五颗星,恐怖程度中等……那还成!"李语涵看了一眼手机上的密室主题介绍,来了兴趣,"刚好,童妍和成斯文俩学霸是智商担当,负责解密!雷昊和唐也充当坦克,负责应付'鬼'的追杀。"

"我不玩。"成斯文第一个拒绝。

"要六个人才开团,你走了大家就都玩不成了。"

唐也瞥了一眼身体僵硬的学霸,笑道:"你堂堂理科学霸,不会是怕鬼吧?"

"无聊!"成斯文耳尖一红,心虚地移开视线。

"我是没意见啦。"童妍虽然胆子不大,但知道那些"鬼"都是人扮演的,心里也就不害怕了。

"我……我也没意见。"宣传委员轻声说。

五票对一票，少数服从多数。

雷昊兴致勃勃去订场次，却被告知有个很重要的NPC请假了，今天那个主题的密室暂且不开放。

"一个NPC有啥重要的？你们找个人替补上呗！"雷昊急得差点和服务员吵起来，"我们来都来了，下次放假又得等一个月呢。大哥你就通融通融，让我们进去玩吧！"

密室负责人被缠得没有办法，只好拨内线到二楼找替补。

二楼箭馆，肖哲苦着脸挂断电话："突然让我去扮演一个会跑酷的NPC，我连八百米都为难，哪会跑什么酷啊！这不是赶鸭子上架吗！"

沈肆在一旁擦拭弓弦，听他嘀嘀咕咕念叨，问了一句："什么事？"

"就刚才那群学生缠着要玩密室，但那场密室主题是逃亡类型的，需要NPC进行跑酷追击。偏偏那个会跑酷的NPC今天请假了，玩不起来……"

沈肆神色微动，打断肖哲："谁要玩密室？"

"就你送吃的那群学生……"

"他们都参加？"

"应该是吧，一共六个人。"

一阵沉默后，沈肆放下了手里的弓。

"我替你去。"

五分钟后，四楼。

密室负责人换了笑脸迎上来，对等待结果的六名学生说："不好意思，久等了！刚才我们已经找到了一位非常优秀的替补NPC，游戏可以开始了。不过……"

"不过什么？"李语涵问。

负责人顿了一下，露出"和善"的微笑："不过呢，这位NPC身手特别厉害，各位一定要当心！注意安全的同时，千万不要被他抓到哦！"

"再厉害能厉害到哪里去啊？"身为刀术组一姐的唐也不屑地哂了声，扭了扭脖子道，"除了沈肆，这世上就没有我怕的人！"

从密室出来，一行人心有余悸地坐在休息区。

李语涵和宣传委员挨在一起，成斯文白着脸疯狂地灌饮料压惊。

"沈哥太不够意思了，来客串NPC也不说一声，把我们追得屁滚尿流的，太凶残了！"

雷昊叨咕不停，又看向童妍："还有你，副组长！我说怎么大 BOSS 不追你呢，原来你们早串通好了的，在我这儿罪加一等啊！"

童妍眨眨眼："那可太冤枉人了！玩密室是你临时决定的，我怎么可能提前串通？何况我认出大 BOSS 是沈肆的时候，你们已经被他抓到小黑屋去了。"

虽然沈肆的确给她放水了，但那应该只是出于对同学的照顾，不想让他们"全军覆没"而已……

童妍心里猜测。

唐也靠在沙发上，架起一双长腿道："我刚还奇怪，这大 BOSS 的身手怎么这么眼熟呢？输给沈肆，不算丢人。"

聊完密室，话题又回到了周三的校园文化节。

"实在不行，我做点小饼干和甜点吧。"童妍回过神说。

"可行！"李语涵拍了拍童妍的肩，语重心长地说道，"童妍，展台美食区的任务就交给你负责啦。"

"我尽力。"童妍说着，看了一眼时间。

密室结束已经十分钟了，还没见沈肆换好衣服出来。

趁着大家还在聊天的空当，童妍悄悄起身离席，问拿着对讲机路过的中控妹子："你好，请问你有见到刚才扮演变异人首领的那个男生吗？"

中控妹子回答道："他呀，已经回箭馆了。"

"箭馆？"

"是的，他是我们拉过来救场的，只答应演这一场，演完就回他自己的岗位去了。"

中控妹子微笑道："你要是想见他，就去二楼的箭馆吧。"

童妍想起好几次很晚放学，都看见沈肆骑车从商业街这边路过。

当时她还以为沈肆是来这边玩乐的，原来他是在做事？

"童妍，雷昊请客去外面吃晚饭，一起吗？"李语涵远远地朝她招手。

童妍心绪一动，摇摇头说："不啦！我还要逛一会儿，你们先去吃吧！"

二楼，射箭馆。

现在正是饭点，箭馆里没有什么客人，童妍透过玻璃门，看到了正在拉弓练习的沈肆。

原木色装修风格的练习区内，沈肆穿着箭馆工作人员统一的束袖武服，手腕扎得很紧，皮革腰带勾勒出劲瘦的腰肢，显得身高腿长，微微侧身瞄准箭靶，有着穿校服时看不到的沉静帅气。

童妍特别喜欢看他穿古风服装的样子，上次参加省表演赛时的装扮也是，非常惊艳。

正看得入神呢，射完一轮的沈肆挽着弓箭下来，视线隔着玻璃与她撞了个正着。

童妍被发现了也不尴尬，笑着朝他小幅度地挥了挥手。

三秒后，沈肆放下箭矢朝她走了过来。

玻璃门被拉开，风铃叮当响。沈肆倚在门边看她，淡淡地问："做什么？"

近距离看，童妍越发觉得沈肆真是个宝藏男孩。

刚才还是疯狂强悍的"变异人"，现在又成了箭馆里百发百中的少年游侠。

"玩完密室不见你，就过来看看。"她像是寻常的打招呼，眼里没有一点阴霾，"你在这里兼职吗？我是不是打扰你工作了？"

一旁的肖哲迎上来，热情地说道："不打扰不打扰，小妹妹要不要来体验一下射箭？"

童妍征求地看了沈肆一眼。

沈肆脸上没有什么表情，但眼睛和在密室里见到的一样，亮亮的。

片刻后，他让开身子："进来。"

沈肆工作的箭馆，童妍当然要支持了。

趁着沈肆去拿杯子的间隙，她放下包，去前台买了半个小时的体验券。

沈肆端着一杯温开水过来，见到童妍扫码付款，眉峰不着痕迹地挑了挑。

但他什么也没说，带着童妍去练习区挑弓。

童妍试了好几把，都感觉有些重，不住地拿眼睛去瞄旁边的沈肆。

"你来这儿到底想做什么？"沈肆随意地坐在高脚凳上擦拭弓弦，淡色的眼睛瞥她。

童妍觉得自己那点小心思都被他看穿了。

"嗯……我听唐也说，你很久没有去武术队集训了，是因为工作的原因吗？"她试探着问。

沈肆的睫毛抖了抖，擦拭的动作慢下来。

"就为了问这个？"

"也不全是。"

童妍没敢说自己是好奇心作祟，眼珠子一转，找了个借口："我们刚才在商量校园文化节的事,想要办个美食区,却一直找不到会做菜的人……"

"所以?"

"我记得,你做菜就挺好吃的,要不要……"

"不要。"沈肆拒绝得很干脆。

要是平时,童妍估摸着就此止步了。

但今天不知怎么的,她莫名想再争取一下。

她希望所有的热闹繁华里都有沈肆,而不是看他一个人在角落里沉寂。

"文化节很好玩的,我们想了很多有趣的方案……"

"没兴趣。"

"就当帮我个忙,拜托啦沈肆!"童妍合拢手指抵在鼻尖,水润的眸子扑闪着,"就做几样小吃,保证不会耽误你太多时间的。"

她合拢手指恳求的样子,像一只乞食的花栗鼠。

沈肆看着她。

想到什么,他嘴角微动,轻弓在他手中挽了个漂亮的花,然后递到童妍面前。

"一壶箭,要是能有一支射中红心,我就考虑帮你。"他问,"来不来?"

"来!"童妍欣然接下了战书。

可这股豪言壮气没能撑过十分钟。

她毕竟是新手,很多技巧都不懂,加之臂力差,饶是现代轻弓拿在手里十分钟,也会有些酸痛,箭射得歪七扭八的,根本没几支中靶,更不用说命中红心了。

为了一场无关痛痒的赌局,童妍依旧不肯服输,咬牙拉弓,努力瞄准靶心。

只剩最后两支箭了。

"姿势不对。"沈肆的喉结动了动,终于出声指导,"双脚岔开,与肩齐平。右手食指、中指扣弦,箭在两指之间,箭尾凹槽扣在弓弦上……"

童妍照做,努力调整姿势,但还是不得要领。

沈肆皱眉,索性站到她身后。

童妍还没反应过来,就被沈肆整个包在了怀里。

他一只手覆在童妍的右手上引导她拉弦,另一只手牢牢握住她的左腕,稳住她不断颤抖的小臂,手把手教她正确的射箭姿势。

"手肘内收,不要往外撇。"

沈肆的声音冷淡,身体却极其炙热,修长硬朗的手指覆上她手背的那一刻,童妍情不自禁地抖了抖。

"别动。"低冽的嗓音在耳畔响起。

童妍很没出息,又想打哆嗦了。

人家只是教你射箭,别胡思乱想!童妍不住地深呼吸,收拢飘飞的思绪。

"拉弦,瞄准靶心,放!"

一箭破空,正中红心。

童妍眼睛一亮,回过身得意地说道:"中了!"

沈肆本来就站在她身后,她一转身,两个人的身体就面对面贴一块儿了。

两个人俱是一愣。

童妍大概也觉得这个距离太不礼貌,抿唇笑了笑,往后退了半步。

沈肆别过头:"这一箭是我帮忙的,不算。"

压着嗓子说完,他拿起搁在玻璃桌上的水壶仰头猛灌了几大口,再抬手抹去嘴角的水渍,渴极了似的。

"不算就不算。"童妍也不介意他的严苛,拿起最后一支箭。

她调整姿势,深呼吸,用尽全力瞄准。

手一松,箭矢离弦,弓弦弹动带起的微风拂动她轻薄的额发。

然后,箭矢"嗡"的一声钉在了十环和九环的界线,勉强挨上红心。

最后一箭超常发挥,连童妍都没有想到会有这样的结果。

"我……我是中了吗?"她放下弓,眼里是毫不掩饰的骄傲和欣喜,"这应该算成了吧?"

第五章　礼物

回家时，童妍顺便在楼下超市买了一堆烘焙用品。

她趴在床上，对照着计划中的购买清单一项项勾选，到了最后两项时，笔尖停住，不由得想起了刚才在箭馆里的一幕。

沈肆没有说那一箭算，也没有说那一箭不算。

他拔下她射出的那支箭，在指间绕了个花插到箭筒中说："我只说考虑帮你，可没说一定帮你。"

你瞧瞧，你瞧瞧这话，少男心，海底针，猜不透啊猜不透。

"哎，不能说话不算数吧？他到底会不会来帮我做吃的呀！"

童妍无意识地用笔戳着笔记本，盘算着要是实在没人帮忙，她就去摊上随便买点凉皮、冷面交上去充数算了。

她拿起手机，正打算和班长商量怎么浑水摸鱼呢，就看见通讯录那儿有个红点，显示有新的好友申请。

童妍以为又是推销教辅资料的，随意一划，没太留意。

她和李语涵聊完四十分钟的语音视频，好友申请的红点依然在。

"谁呀？"她嘀咕着，点开"新的朋友"一看。

童妍一愣，猛地从床上挺了起来，心脏"怦怦"地在胸膛里乱撞。

申请上只有简单的两个字：沈肆。

童妍忙点了通过，主界面上立刻多了一个新的聊天框。

对方的头像一片漆黑，没有图案，也没有文字，和沈肆这个人一样冷酷。

童妍捏了捏指腹，试探着发了一条：沈肆？

等了小半分钟，那边迟迟没有动静。

童妍想起来，沈肆从来没有回复过她的消息，而且现在很晚了，他应该已经休息了……

这样想着，她心底的那点雀跃才渐渐平息。

她舒了一口气，将手机放到一旁，准备去洗漱休息。

刚起身，她就听见微信音"叮咚"一响。

对面回复了一个"嗯"字。

沈肆的消息跳了出来。

沈肆竟然回她消息了！

刚准备去洗漱的童妍又扑回床上，抿着嘴唇笑着扯了一个抱枕垫在肚子下，立即给对方发了个"撒花欢迎"的卡通表情包。

童妍：你也还没睡呀，在干什么呢？

她翻出手机里刚拍的食材照片发给沈肆，手指利落地敲击着键盘：我刚去超市买了一大堆烘焙食材，还没来得及整理，已经累趴在床上了！

等了一会儿，对话框里一点动静也没有。

哎，怎么又不说话啦？童妍翻了个身仰躺着。

过了两分钟，提示音接连响起。

沈肆：把要做的菜名发我。

沈肆：太复杂的不做。

沈肆回复的信息不会有夸张的标点，和他平时一样冷冷淡淡的。

童妍盯着那两行字看了许久才反应过来——他这是答应帮忙做小吃啦？

童妍：好！稍等一下！

她丢了开心转圈的表情包过去，然后一个鲤鱼打挺爬起来，在笔记本上飞快地写下几道小吃的名字，拍照给沈肆发了过去。

童妍：这些成吗？要是不满意，我再改。

童妍知道沈肆帮忙是情分，不帮忙是本分，不想仗着是朋友就给他增添太多负担，只写了两三样校门口比较受欢迎且看起来制作难度也低的小吃。

沈肆回复消息的时间挺长，有点漫不经心的意味：凉菜提前一天准备，周二晚上做。

童妍回复：好！

沈肆：自己准备好食材。

童妍：好！

沈肆：再找个够用的厨房。

童妍：好！

回复完，童妍才猛然一愣。其他几项都正常，最后一个条件着实有些古怪……

沈肆家不是有厨房吗？虽然小了点，但是东西都还挺齐全的。

没多想，她问：你家厨房就挺好的呀！要不我把食材买好，送你家去做？这样就不用辛苦你来回跑了。

要是去沈肆家的话，还可以给沈敛带点小饼干和巧克力。

上次去他家太匆忙，都还没来得及给小孩儿准备礼物。

童妍计划得挺周全的，但微信那头迟迟没有回复。

这样的沉默，让她跃跃欲试的心情也跟着沉静下来。

过了好几分钟，沈肆的回复才姗姗来迟，带着一股未知的冷意：厨房东西坏了，没买新的。

童妍心里疑惑：坏了？

童妍想起了他家空荡荡的客厅和没有电视的电视柜……不知道为什么，他家的东西似乎很容易坏？

没有犹豫太久，她下意识地问：那你要不要来用我家的厨房？

怕他拒绝，她又飞快补充道：我爸出差了，这几天都不在家，就我一个人……

强调女孩子独自在家会不会有点不妥当？童妍想着，飞快地撤回了刚才那条消息，但已经晚了。这次，沈肆的消息几乎立刻回了过来：好。

童妍还没来得及开心呢，沈肆又发过来一条：你爸没告诉过你，不要随便告诉别人你家的情况？

这回带了个问号，童妍都能想象他拿着手机皱眉的样子。

她笑起来：我这不是怕你不愿意来吗？而且都同桌这么久啦，你也不是外人。

那边没回复，童妍看了一眼时间，已经晚上十一点多了：很晚了，早点睡！

她轻快地敲下：晚安！

洗了个澡出来，聊天界面还停留在她这句"晚安"上，沈肆没再回消息。

他就是这种性格，孤冷又神秘。童妍放下手机，开始期待周二的来临。

大概是有了期待，今晚的梦都是黑甜的。

夜色深沉，都市的灯火未灭，武馆训练室里。

沈肆随意倚靠着拳击木桩，鼻尖上挂着薄汗，微喘着看着聊天界面上的"晚安"

二字，目光平和。

门外，许知书牵着沈敛进来。

"哥哥！"小孩儿一见到沈肆的背影，眼睛都亮了，迈开小短腿扑进了沈肆怀里。

"小肆，刚才在和谁聊天呢？"许知书笑眯眯的。

沈肆垂眼摸了摸沈敛的头，不动声色地摁灭了屏幕，将手机揣回兜里。

"东西呢？"他问。

这家武馆是许知书名下的产业，没有外人。他掏出一个信封抛给沈肆。

沈肆单手接住，拆开信封一看，里面是一个小巧高端的U盘，还有一份霍家子辈的资料。

"跟你计划的一样，霍家老爷子藏在外面的私生子回国了，内外一团糟。"许知书拉了把椅子坐下，说，"现在霍钧那个疯子自顾不暇，忙着回去清理门户，我和你都可以松一口气了。"

"不够。"沈肆眸中一片深重的暗色。

他要霍钧以命偿命。

"小肆，我理解你的心情，但复仇不应该成为你生命的全部。想想老沈，再想想小敛，你还有更远的路要走。"许知书叹了一口气，"今天你的教练联系我了，下周四省里几支队伍集训，为明年春季的东亚会做准备。协会的人推荐了你去，好好把握这个机会，能不能绝地反击就看这次的了！"

"你去求他们了？"沈肆嗓音清冷。

"哪能啊！这次还真不是我出的面。"

许知书说："还记得你上次参加的省表演赛吗？你们学校有个女孩儿以你那场枪术为主场，写了一篇关于竞技武术的报道，被好几家媒体争相转载，人气破圈，上面领导这才点名让你参加。"

沈肆蹲身替沈敛抚平衣角，闻言动作慢下来。

"即便侠客已死，英雄末路，中国人骨子里的武魂也永远绵延不灭……那姑娘写得挺好，这次还真的多亏了她。"许知书感叹，"竞技武术就是因为没曝光、没人气、没营销，才在众多体育运动中偏居冷门。我有预感，将来有一天人们可能不会再按奖牌制定输赢，不管有没有拿奖牌，只要认真努力的人，都有机会被关注到。"

"哥哥一定会成为世界冠军的！"沈敛满眼崇拜，奶声奶气地说。

沈肆揉了揉沈敛的脑袋，没说话。

周二下午，学生的心差不多就散了，课堂上下议论的都是文化节的事。

因为心里记挂着要和沈肆准备明天文化节的小吃，童妍请了晚自习的假，上完八节课就背着书包出了校门。

自高三以来，好像陪伴她最多的就是朝阳和夜空，很少有像今天这样，能有时间仔细看一眼夜色降临前的那抹余霞。

快到小区门口了，她才想起自己好像还没有告诉沈肆她家具体的楼层住址。

"瞧我这脑子！"童妍一拍脑门，忙掏出手机给沈肆打电话。

响了不过三声，电话就被接通，沈肆清冷的嗓音低低地传来："喂。"

这是沈肆第一次接她电话，童妍小小地意外了一下，连忙说："沈肆，我好像忘了告诉你我家在几栋几楼了！"

沈肆没说话，电话里能听到猛烈的风声。

"你在外面吗？"今天外面挺冷的，童妍试探着问，"我正准备去超市买食材呢，你要是现在有空的话……要不要和我一起？"

说完，她将脸埋入围巾中，握着手机等候回复。

嘈杂的风声掩盖不住少年低沉好听的嗓音："好。"

他这是答应了？

童妍搓了搓被风吹得冰冷的手指，笑眯眯地问："那你现在在哪儿？我去找你会合！"

过了一会儿，那边回复："抬头。"

童妍茫然地抬头，看了看四周。

"前面。"他说。

童妍顺着他的指引望去，就看到了她家小区门口的路灯下，站立在薄薄夜色中的冷峻少年。

六点半，路灯准时开了，温柔的暖光洒下，世界亮堂起来。

童妍的眼睛也跟着明亮起来，嘴角怎么压也压不住，背着书包一路小跑到少年面前："你在这儿等了多久了？怎么也不提前告诉我一声，站在外边多冷啊！"

沈肆看着她，拉下口罩："没多久。"

童妍伸手轻轻碰了碰他的手背，温软的指尖拂过，沈肆立刻缩手躲了躲。

"还说没多久呢？手指都是冰凉的。"童妍拧起了眉头，眼神干净澄澈，没

117

有一点轻浮狎昵的意思。

沈肆将被她碰过的手揣进裤兜里，淡淡地垂下视线："不冷。"

"还是进超市说吧，再站到这个风口说话，我都快冻成傻子了。"童妍叹了一口气，真拿他没办法。

小区外的超市挺大的，东西应有尽有，光是各色生抽调料就摆了一整排货柜。

童妍平时基本没做过饭菜，也很少来超市，这会儿对着清单一样一样找，眼睛都快看花了。

正纠结香醋和白醋有什么区别，就见一旁的沈肆推车向前，站在她身后，伸手利落地挑了货架上层的香醋。

"选这个。"低冽的嗓音在头顶响起，沈肆将醋放入购物车中。

于是接下来就换成沈肆游刃有余地穿梭在货架之间，童妍则推着购物车小尾巴似的跟在他身后。

沈肆都不用纠结，只扫一眼货架，就能挑出自己想要的东西，不一会儿就装了半车的东西。

推着车路过饰品区，童妍又倒了回来，视线落在货架上一双黑色的男士手套上。高级柔软的皮质手套，既保暖，又不显得笨重。

童妍莫名觉得，这双手套应该很适合沈肆。他的手修长有力，戴这种手套一定很好看……

正想着呢，沈肆停下脚步，自然而然地接过了童妍手中的购物推车，然后将东西推至收银台，一样一样拿出来搁在台上扫码。

等到他拿出手机来，童妍才明白他是打算自己掏钱！

童妍傻了，忙放下购物袋上前："我来我来！今天麻烦你来帮忙已经很不好意思了，怎么还能让你破费呢？"

沈肆伸手按在她的脑袋上，将她转至一旁，然后利落地付了款。

"多少钱？那我微信转给你。"童妍点开跟沈肆的聊天界面，准备转钱。

沈肆皱着眉拿走她的手机，明显不太开心了。

他不开心的时候，气势还是挺冷的。

"哎，你怎么这样啊？"童妍降低了声音，内疚地说，"这样显得我太占便宜了，以后还怎么敢找你帮忙呀。"

"你还想有以后？"沈肆睨着她。

"也不是这个意思啦……"说什么都不对，童妍轻轻"哎"了一声。

沈肆轻松地提起两大袋东西："觉得占了便宜，晚上就多帮点忙。"

"行！"

似想起了什么，童妍眼珠子一转："沈肆，你等我三分钟。"

说完，她扭头朝饰品区跑去。

她像是又买了什么东西，付完钱后就藏在书包里，朝沈肆露出一个心满意足的笑容："好啦！我们回家吧！"

到了八楼，童妍先一步开门进去。

她从鞋柜里拿出男士拖鞋拆去包装，轻轻蹲身搁在沈肆面前，笑着说："这鞋是新的，你别担心。"

然后她开灯开空调，端茶送水果，拿出十二分的热情，让自己忙得像个小陀螺。

沈肆进门脱了校服外套，将袖子挽至手肘，简单地问了厨房器具的位置，就开始准备凉菜。

童家的厨房很大，边灯明亮，所有进口的锅碗瓢盆都是崭新的，一看就是从来没有开过火。

沈肆系着童妍的兔子围裙，调配酱料时眼睑微微垂着，冷酷认真的样子特别有魅力。

他话很少，偶尔开口，嗓音也是低沉的，伴随着炒菜的烟火气，童妍却觉得家里瞬间热闹了起来。

她在一旁切着黄油小饼干，一抬头就能看见沈肆在身边忙碌。

童妍喜欢这种简单的小温暖。

两个人忙了一个晚上，做好了大部分冷吃，剩下一道烤地瓜可以明早再放进烤箱，热乎着带去学校。

忙到这个时候也没时间做晚饭，童妍就分了两盘冷面，再用剩下的食材做了个简单的火锅……当然，底料都是沈肆帮忙调的。

"沈肆，你快来吃东西吧。"童妍分了他一双筷子，尾音轻快地上扬，"今天真是谢谢你啦！你做的东西那么好吃，明天一定会人气爆棚的！"

似想起什么，她眼里略带期待："你明天会来现场吗？"

小桌对面的沈肆沉默了。

他单手开了易拉罐，仰头将一整瓶汽水饮尽，才一抹嘴角说："从明天开始，我要去省队训练。"

猝不及防，童妍轻轻"啊"了一声。

不过这两天沈肆的确很少在教室露面,原来是在为去省队做准备?

"去多久呢?"她问。

"半个月。"

热气袅袅晕散,看不清沈肆的神情。

半个月……那回来后就得是十二月底了。

"这是好事呀,你怎么都不开心啊?"童妍只是短暂地愣怔了一会儿,就弯起眼睛笑起来。

她是真的替沈肆感到高兴。表演赛那一场太极发挥失常,沈肆已经两个月没有在任何比赛中露面了。现在他有了更好的平台,很快就能让全国乃至全世界见识到他真正的实力,还有比这更开心的吗?

"沈肆,我真的非常非常佩服你!"

童妍伸手挥开火锅上的热气,露出沈肆淡色漂亮的双眸。

"虽然我知道努力读书是为了有一个美好的未来,但我并不知道未来在哪个方向,也不知道将来我会成为一个什么样的人。可是你和我不一样,不管天多黑路多崎岖,你一直都在往前走……我感觉总有一天,你会让全世界重新认识到竞技武术的光芒。"

沈肆的眼睛一直盯着她。

"是吗?"他往后靠着椅背,额前碎发垂下,落下一片淡淡的阴影,"我倒是觉得,我从来都留在阴暗中。"

"怎么会呢?那天看你比赛,你身上仿佛有光,特别耀眼!"大概觉得自己有点兴奋聒噪过了头,她有些不好意思地抿了抿唇,眼神干干净净的,朝沈肆举起汽水说,"总之,预祝你赛途顺利!"

火锅"咕噜咕噜"冒泡,沈肆唇线微动。

汽水瓶隔空轻轻一撞,发出"叮"的一声脆响。

吃完已经十点了,童妍从书包里掏出个什么飞速揣到兜里,准备换鞋子送沈肆下楼。

"不用。"沈肆抓起校服披上,制止了童妍。

外面风大,屋里开着空调,一冷一热容易感冒。

"就送你到电梯口。"童妍捂着口袋说。

两个人一前一后出了门。

沈肆按了下行键,电梯上来前,走廊里两个人的影子并排映在墙上。

"沈肆，我给你个东西。"童妍凑近些说，从兜里掏出早就准备好的手套。

"叮咚"，电梯到达八层，沈肆却没有进去。

他侧首看着童妍递过来的黑色手套问："什么？"

"手套……嗯，原本给我爸买的，但和我爸的手对不上。"

童妍怕他自尊心强，不愿意接受女孩子的东西，就随便编了个借口。

只是她实在不是撒谎的料，眼睛都不敢看沈肆，支吾着说："你不是每天骑自行车吗？冬天吹得手冷，我想你应该用得着……"

她实在编不下去了，索性拉起沈肆的手，将那双崭新柔软的黑色手套套在他修长的手指上。

电梯没等到客人，又"叮"的一声关上。

走廊里，沈肆垂着眼睑，安安静静地任她摆弄，听话得简直不像他。

童妍低着头，一点一点将手套调整至与手指完全贴合，这才长舒一口气："好啦！"

她一抬头，正撞进少年清透的眸光中。

童妍的心像是被人握了一下，"扑通"一声。

她笑了笑："你试试看戴着舒不舒服。"

走廊的灯光柔和，童妍被恰到好处的暖黄包裹着，发丝折射出金光，连眼睫上都落着一层浅浅的金粉。

沈肆半敛着眸子，一直没回答。

童妍心里有点忐忑，以为他不喜欢自己送的礼物。

她刚要说点什么，就听见沈肆说："舒服的。"

沈肆低头进了电梯。

楼下大堂外，沈肆背着包抵在墙上，身上落着温柔的灯光。

他抬手虚虚一握，垂眼看着与自己手指完美贴合的手套，淡色的眸中泛起了浅而鲜活的波光。

刹那间如春风化雪，驱散一切阴霾。

八楼的灯还亮着。

童向阳从外地打了个电话过来，说工作提前完成了，过两天就能回来，问她有没有什么礼物需要带的。

童妍边接电话边在屋里转了个圈，发现厨房被收拾得很干净，做好的小吃都用餐盒一份份装好了，脏了的碗碟也都搁在洗碗机里了。

别看沈肆平时冷冰冰的，做起事来真的很贴心。

她尾音上扬，向童向阳汇报："今晚和同学吃的火锅，味道可好啦，都吃撑了！"

"同学？"童向阳一下抓住了重点，笑呵呵地问，"男同学还是女同学啊？"

"就普通朋友呀，您一个劲儿地笑什么呢？我暂时也没有什么特别想要的礼物，您别费心了，平安回来就好。"

挂断电话，童妍弯起眼睛，哼着轻快的小曲，将装满小吃的餐盒蒙上保鲜膜装进冰箱冷藏，塞了满满三层。

购物袋里还剩了些东西，她走过去扒开一看，里面是一些包装的小零食。

童妍记得自己在超市时没有选这些东西，应该是沈肆买的，忘了带回去。

她立刻拍了张照发给沈肆。

童妍：你买的东西？放我这儿忘拿回去啦！

沈肆：嗯。

还真是沈肆的？这些零食大多是女孩子喜爱的口味，她刚才还以为是收银时拿错了呢！

不过沈肆也喜欢吃这些？还挺有反差萌的。

童妍觉得自己和他的距离又近了一大步。

她笑着躺在沙发上，问：你明天还会去学校吗？要不我给你带学校去？

过了很久那边才回复。

沈肆：麻烦。你不喜欢就扔垃圾桶去。

"好好的丢什么垃圾桶呀？多浪费粮食。"

童妍嘀咕着，给冷酷少年回了一句：沈同学，冲动消费是不对的！为了不浪费粮食，我可以代劳哦。

刚发完，就听见"叮咚"一声。

依旧是淡淡的两个字：可以。

童妍"扑哧"笑出声。

她想了想，回头又给童向阳发了一条语音："爸爸，能不能辛苦您给我带几盒巧克力回来？就上次你给我买的那种意大利黑巧。"

不管这些零食是不是沈肆故意留下的，她都不能白吃人家的东西。

正好还有半个月就圣诞节了……也不知道那个时候沈肆有没有从省队回来。

这么想着，童妍捞了个抱枕在怀里，轻轻叹了一口气，心里有点空落落的。

文化节是早上九点正式开始,八点钟,童妍将烤好的红薯趁热搁进泡沫箱里保温。

加上昨晚和沈肆一起做的凉菜面食和饼干甜点,堆了满满一大桌子。

快到点了,童妍嘴里叼着吐司片,匆匆忙忙将准备好的唐制齐腰襦裙穿上,正愁那一桌的小吃怎么搬下楼呢,电话铃声就响了。

屏幕上跳动着"不是大魔王是小可爱",那是童妍给沈肆备注的名字。

这是第一次,沈肆给她打电话。

童妍愣了一下,手忙脚乱地接通:"早上好呀,沈肆!"

"出门了吗?"沈肆言简意赅,嗓音在听筒里有种金属的质感。

"还没呢!东西有点多,我得叫雷昊他们过来帮个忙,再打车去学校。"

童妍偏头将手机夹在肩颈处,含糊道。

那边沉默了两秒。

"等我一下。"沈肆说完,挂断电话。

童妍刚收拾好自己,就看见沈肆发了一条语音过来。

只有简单有力的两个字:"开门。"

童妍傻眼了。

反应过来沈肆的意思,她提着襦裙的裙摆跑到玄关处,打开门,高瘦清冷的少年就站在眼前。

视线对上,两个人都愣了一下。

沈肆今天没有穿校服,黑色的连帽卫衣外罩了一件宽松的运动外套,休闲裤白球鞋,头发被风吹得有点乱,翘起一绺,浑身散发出随性散漫的少年气息。

童妍在他沉静的眸子里,看到了穿着红色襦裙的小小的自己。

笑容先一步挂上嘴角,她问:"沈肆,你不是要去省队了吗?怎么来这儿啦?"

沈肆收回目光,看了一眼手机屏幕:"一个小时后走,先送你去学校。"

童妍考虑将沈肆的备注改成"不是大魔王是机器猫"。

因为有求必应,特别神奇!

小区楼下停着一辆车,见到两个人一前一后下来,车窗降下,露出一张笑吟吟的脸。

"你好啊,小妹妹!我们又见面了。"许知书将墨镜推至头顶,和童妍打招呼。

童妍对他这张儒雅清俊的脸印象深刻。

"您是……沈肆的……"

"师兄。"许知书自我介绍,"你也可以随小肆叫我一声'许师兄'。"

沈肆将东西都放进后备厢,然后走过来拉开侧门,打断了许知书套近乎。

"谢谢!"童妍甜甜地说,提着裙摆钻进车里。

沈肆从另一边进来,坐在童妍身旁。

"小妹妹,你这身衣服倒是挺合我胃口。"说话间,许知书发动了车子,朝一中的方向驶去。

"您叫我童妍就好。"童妍不是拘谨的性子,很快便聊开了,"我们班的展台靠后排,为了吸引客流量,所以我们几个负责人都决定换装。而且学校文化节嘛,穿汉服挺应景的!"

她没敢当着沈肆的面说:穿汉服的灵感,还是在箭馆时从他身上得到的呢!

今天一中挂了彩旗,很热闹。

车子停在校门口,童妍下车前不忘道谢:"谢谢师兄送我!"

"要谢就谢小肆吧!我反正要送他去省队报到,顺路而已。"许知书朝着沈肆的方向眨了眨眼,示意童妍。

沈肆略微不自在地移开视线,推开门下车搬东西。

童妍心领神会,忙小跑过去帮忙。

"不用。"沈肆轻轻松松抱起泡沫保温箱,不让童妍插手,微抬下巴道,"前面带路。"

他稍稍撸起袖子,露出一截肌肉紧实的小臂,因为发力,手背的筋络凸起好看的弧度。

还没正式开始呢,大小操场已经人满为患,热火朝天地支起了百来个摊位。

班上男生已经提前把桌子和遮阳棚支了起来,挂上宣传组精心设计的手绘班旗和广告牌。

女孩儿们穿着鲜艳的汉服,往校服堆里一站,想不注意到都不行。

"雷、日、天!"哄笑的人群中传来李语涵的一声怒吼,"我让你穿汉服,你穿的是什么鬼?"

"这怎么不是汉服啦?古代犯人都穿这个,监狱极简风!"雷昊脸皮厚比城墙,自信地拍了拍胸前一个斗大的"囚"字,"那什么,我那儿还有一套'卒',你们谁要的就拿去穿啊!"

"我穿你个鬼!"李语涵顾不得心疼身上的宋制褙子,一记栗暴敲了过去。

童妍笑得不行,将卤好的小吃盒搬出来,正要和身边的沈肆说话,却扑了个空。

大概嫌人群太吵了，他去了主席台边，手插兜靠着栏杆。他随意一站，就是一幅赏心悦目的风景画。
　　"班长，拜托帮我顶一下。"
　　沈肆做的小吃实在是鲜香扑鼻，加上他们都穿了汉服和COS服，摊位前被围得水泄不通。童妍费了好大劲才从人群里挤出来，朝沈肆走去。
　　"你做的小吃特别受欢迎，才开场十分钟，就快被卖完啦！"童妍微微仰着头，呼吸还有些急促，杏红的襦裙裙摆在风中微微飘动，笑着说，"真的很谢谢你！"
　　沈肆低头看着她。
　　"你……马上要走了吧？要去那么久呢。"童妍哎了声，也不知道在叹什么。
　　"很快的。"沈肆说。
　　"很快什么？"童妍问。
　　沈肆薄唇动了动，正要说什么，电话声突然响起。
　　这时，远处的李语涵朝着童妍吆喝："无忌，快来这边啊……忙不过来了。"
　　少女抬头，对着冷峻少年吐了吐舌，便匆匆转身离去。
　　"小肆，该走了。"电话里，许知书催促道。
　　"就来。"
　　沈肆挂断电话，将一切收归眼底。骄阳下，少女自信的笑容如此灿烂。
　　他动了动手指，不禁想起了那张被他藏在钱包里的，中二水手服少女的照片。

　　下午，零食和文具都卖得差不多了，学生们还有点意犹未尽。
　　李语涵灵机一动，把她们家的两只猫带了过来，一只布偶，一只金渐层，搁在蕾丝装饰的小篮子里，撸猫五元一次。
　　下午六点收摊统计盈利，一共赚了两千六百六十三元钱，都是要代表班级捐赠给山区留守儿童的。
　　没过几天，文化节特色奖和捐赠数额杰出奖的评选都出来了，实验一班榜上有名，大伙儿都挺高兴的。
　　余韵过后，很快又回归到枯燥的学习生活中。
　　每天都是卷子资料，刷题讲题，从日出到夜深，每位老师都恨不得将知识点全灌进学生脑袋里，一分钟得掰成两分钟用。
　　偶尔看着空空荡荡的邻桌，童妍会有一瞬间恍神。
　　明明沈肆在的时候也不怎么说话，现在他不在，童妍觉得自己的心里也空了一块似的,好像比以前更安静了。

二十五号是圣诞节,学校禁止班级搞庆祝活动。

但高三生学习压力大,就盼着这几个节日能放松一下,哪能那么轻易妥协?

刚好圣诞节那天是外语晚自习,英语老师架不住一班学生的软磨硬泡,同意给学生播放一部很经典的英文电影。

到了晚上,冷空气悄然降临,下了年末的第一场雪,整个世界都是一片冷雾氤氲的白。为了防止政教处看出端倪,教室里没敢熄灯,只拉上窗帘,紧闭门窗,做贼似的悄悄开了多媒体,播放影片……

窗外就是碎雪,窗内书本作业成摞堆积,掩盖不住学生们短暂欢愉的笑容。

这部影片童妍已经看过了,再看一遍也没什么意思。她手撑着下巴发了一会儿呆,打算戴上耳机做一会儿卷子。

她把手伸进书包里,却摸到了两盒没来得及送出去的巧克力。

她拿出手机,借着书摞的遮挡悄悄打开聊天界面。

最后一条消息还停留在三个小时前,她给沈肆发了一张动图,祝他圣诞快乐。

她想了想,调整角度拍了一张窗外的雪景图,没开闪光灯,图有点暗,但还是能看到窗台上薄薄的积雪。

看,我们这儿下雪了!这节晚自习集体看电影过节,还挺有气氛的。

你最近怎样?集训和比赛还成功吗?

她一连发了好几条,那边都没有反应。

"教导处来查课了,赶紧关多媒体!"一组一号同学从门缝处瞧出了异常,嗖地冲上讲台关闭电影。

下面的同学也手忙脚乱打开作业课本,佯装认真学习。

童妍刚把手机收回书包里,就见前门被"砰"的一声推开……

四下鸦雀无声,所有同学都低着头做勤奋学习状,教室里安静得只有书页刻意翻动的哗哗声。

教务员没抓到什么证据,狐疑地扫视了一眼全场,关门走了。

等到脚步声消失在走廊尽头,同学们集体舒了一口气,小声催促重新把电影文件打开。

童妍又把手机拿出来瞧了一眼,沈肆还是音信全无。

"大过节的晚上,在忙什么呢?都不回人信息。"她一声叹息,将手机摁灭又戳亮,百无聊赖。

沙雪打在窗玻璃上，发出细微的沙沙声。暖气充足的教室里，电影里正播放着男女主角定情的经典场面。

同学们红着脸避开视线，局促翻书。

下课，童妍去了一趟洗手间。

大冬天上厕所最难的就是洗手，冷水往手上一冲，半天都暖不过来。童妍把手揣在兜里回到教室，刚好打了上课铃。

她习惯性地摸出手机看了一眼，意外地发现上面竟然有一条未读信息。

划开屏幕一看，沈肆的消息毫无征兆地蹦出来：在哪儿？

啊啊啊——他没消失呀！

童妍立刻来了精神，忙用冻僵的手指回复：教室呀！你在干吗？我给你发那么多消息，怎么都不回呢？

片刻，那边只有一句话：下来，一起回家。

一起……回家？

回家？

"不是吧！"

童妍压抑住激动问：你在哪儿？

沈肆：校门口。

他强势：给你三分钟。

童妍呆了一秒，心脏开始怦怦狂跳。

她匆忙收拾好书包，倏地起身跑出了教室。

陈勉夹着书踱步过来，喊道："哎，童妍，还有一节课呢！你去哪儿？"

"对不起陈老师，家里有急事我先走了！"童妍头也不回，声音消失在走廊尽头。

她是通学生，本来就不用强制上晚自习，陈勉也就没多干涉，趴在栏杆处叮嘱她注意安全，就进教室去了。

碎雪还在簌簌下着，夜空黑蓝，静谧得只有沙沙踏雪的脚步声。

童妍一路小跑着出了校门，额发飞起，在拐角处看到一个拎着运动包的高大身影。

霓虹灯的光芒打在他的侧脸上，黑口罩，戴着卫衣兜帽，压低的帽檐下露出一双清冷漂亮的眼睛。

四目相交，只是看到那双眼睛，童妍立刻就认出了他。

127

只有他有这样好看的眼睛，让人真真正正地想起古文中的那句：皎若明月，飘若回雪。

"沈肆！"

她朝他奔过去，马尾辫一甩一甩的，奶茶色的围巾衬得她的皮肤很白，温温柔柔的，牛奶般细腻可口。

"你怎么突然回来了，也不提前和我说一声！"童妍在他面前急刹站稳，笑成月牙的眼睛亮亮的。

"队里放假，回来看看。"

沈肆摘下兜帽和口罩，声音如冬雪一样冷冽，眼睛却很温和。

放两天假，他下午从赛场出来，立刻买了最近的一班车赶回C市。

她祝他圣诞快乐，所以，他想回来看看这抹唯一的快乐。

童妍沉溺在他那汪寒潭月影般的眸光里，轻轻"哦"了一声："你等很久了吧？衣服上都是积雪！"

她伸手轻轻掸去他肩上薄薄的积雪。

沈肆没有躲开。

他顿了一下，抬手捋了捋她那被风吹乱的几缕碎发，动作轻而随意，像是礼尚往来的互帮互助。

柔软的皮革抚过童妍的眼角，她睫毛一颤，微微恍神。

沈肆手上戴着的，是她送的那双黑手套。

哎，怎么会有这么好看的男生啊！像是从漫画里走出来似的！

童妍忍不住感慨，落在心里的那根羽毛又开始轻轻撩动起来，麻麻的，痒痒的。

好在沈肆很快便收回了手，淡淡地说道："走吧。"

"好！"童妍将下巴藏进围巾里，低低地笑着应答。

两个人并排沿着大路往家走，走过热闹的商业街，又走过巷口。

路上圣诞气氛很浓郁，到处都是圣诞树和彩灯，男男女女戴着发光的驯鹿角和圣诞帽，一片热闹喧嚣。

看到街上的小情侣们手里拿着的小吃，童妍倒是想起一件事来。

"对了，我有圣诞礼物要给你！"

她拿出了书包里的包装盒。

原本是四盒巧克力，给好朋友分了两盒，剩下的是留给沈肆和沈敛的。本来她想放沈肆抽屉里，又怕班上同学看见了会多嘴，所以一直收到现在。

沈肆停下脚步,眼睫微垂,看着童妍打开盒子。

包装高档的意大利巧克力,是他和她小时候都爱吃的那种。

"你要不要尝一个?"童妍笑着问。

然后她想起沈肆还拎着包,手不方便,就自己拿了一颗剥开包装纸,热情地递到沈肆面前:"给,拿着!"

雪还在断断续续下着,由沙粒变成了柳絮,飘飘荡荡落下,在路灯和夜幕的映衬下泛着奶油般的暖光。

拎着运动包的少年没多想,身子前倾调整角度,垂眸侧首,就着她的手咬了一口巧克力。

那巧克力也就拇指大小一块,沈肆咬巧克力时,不可避免地碰到了童妍的手指。

世界仿佛按下了暂停键,悄无声息。

刚刚发生了什么?

童妍还保持着伸手的姿势,眸中有碎光闪烁。

她以为沈肆会用手接过巧克力,却没想到……他竟然直接上嘴!

正当童妍以为刚才只是个意外时,沈肆再一次俯身侧首,咬走了剩下的半块巧克力。

"你……"

童妍微张嘴,心怦怦跳快,像有一只聒噪的小鹿在左冲右撞,突突个没完。

道旁的圣诞树上,小彩灯不知疲倦地闪烁着。

沈肆眸中泛着浅浅的光,喉结微微滚动。

他握拳抵着鼻尖,舔了舔下唇,似乎是在回味巧克力的味道,易碎的脆弱感和冷冽的强悍在此刻融合得如此和谐。

童妍忘了反应,直到沈肆垂眸,伸手轻轻碰了碰她发顶的碎雪,低哑问:"一直伸着手,不冷吗?"

他像个没事人似的。

童妍猝然回神,轻轻"啊"了一声,掩饰般地甩了甩头发上的雪。

"好吃吗?"

她将装着巧克力的礼品袋递过去,脸颊微红,也不知道是被冻的还是别的什么原因。

沈肆接过礼品袋,半晌才点点头,声音温和:"甜的。"

有那么一瞬间,童妍觉得,糖果再甜,也没有刚才沈肆的声音甜。

"你骗人!"童妍踩着薄薄的积雪,笑着追上沈肆的步伐,"黑巧明明是微苦的,哪里甜啦?"

沈肆看着她,嘴角微动:"是甜的。"

好吧,他说是甜的就是甜的,不和帅哥争。

童妍也笑了起来,胸口滚烫,像是揣着一个小火炉。

不知道为什么,和沈肆一起走的时间总是过得格外快,感觉还没回过味来呢,就走到了小区门口。

"沈肆。"

"嗯?"

"你明天……会去学校吗?"

这话一问完,童妍就后悔了。沈肆在省队训练那么辛苦,好不容易放两天假,肯定得在家休息,大雪天的上什么学呢?

"去。"沈肆打断了她的胡思乱想。

童妍一颗心还没落到底呢,又飞了起来。

她顺杆而上:"那……我们明天一起上学?"

沈肆没有回答,伸手拉了拉她的围巾,遮住她冻红的鼻尖。

"上楼。"他催促她回家。

"那明天见!"

童妍踮起脚,礼尚往来地替他戴好卫衣兜帽,笑着挥了挥手,跑进了大堂。

等电梯的间隙,她悄悄往小区铁门外看了一眼。路灯下碎雪如絮,映着少年长长的影子。

童妍掏出手机给沈肆发微信消息:我上楼啦,你快回家休息!

附带一个"晚安"的卡通表情图。

小区门外,那影子动了动,然后便离开了。

童妍开开心心地上楼回家,屋里亮着灯,童向阳正在玄关处围围巾。

见到童妍回来,他很是意外:"闺女,今天怎么下课这么早?外头下雪,我正打算开车去接你呢。"

童妍抿着嘴笑,小声哼道:"班上组织看电影,我觉得没意思就先回来了。"

她一说谎就会目光躲闪,亏得童向阳神经粗,要是换了周娴女士,怕是早就瞧出端倪来了。

童妍悄悄溜回房里,关上门后长舒一口气。

而后她回过神来：沈肆和她从小就是邻居，现在又是同桌，一起回家再正常不过了，干吗要遮遮掩掩呢？

可今天是圣诞节，沈肆还让她喂了巧克力……

不行，不能再想了！

童妍拍了拍额头，坐在书桌前醒了十分钟神，没忍住给沈肆发了一条微信消息：到家了吗？

一直到睡觉前，沈肆都没有回信息。

从暖光回到阴暗中，老旧的小区内，深夜麻将声不停。

隔壁家的女人又在训斥小孩儿，在楼道里都能听见尖厉的叫骂声和小孩儿聒噪的号哭。沈肆拧开新换的门锁，"砰"的一声，将声音隔在门外。

半个月没回来，地板上积了一层薄薄的灰，都来不及打扫。沈肆进门后将包搁在地上，就听到手机邮箱"叮"的一声响了。

两条信息，一条是童妍刚发来的，问他有没有到家。

另一条是匿名邮件，点开一看，他的眉眼蓦地沉了下来。

霍总最近很生气，劝你三思而行，不要站错了队。想清楚了就去和霍总谈谈，时间地点你定。

不用猜也知道这封邮件是谁发来的。

手机荧屏的光映在沈肆眼中，冰冷一片。

他删除了邮件，关闭账号，给一个没有备注的号码发了一条信息，便将手机丢到一旁。

夜很黑也很冷，碎雪断断续续下了一夜。

沈肆溺在黑沉的梦境中，全是光怪陆离的碎片。

他梦见年幼的自己问沈光宏："爸爸武术那么厉害，为什么不去参加比赛？"

那时沈光宏只是摸着右腿上狰狞的伤疤，憨笑着说："爸爸的腿摔断过，不能上赛场啦！右腿是每个武术运动员最重要的，这腿伤了，人也就废了。"

他很久以后才知道，沈光宏的腿不是摔断的。

画面一转，又回到了那间令人窒息的小黑屋。

黑暗中，面色苍白的男人手指间夹着烟，阴冷的眼神刀子似的扎在他身上，不急不缓地问："小孩儿，你知道草原上的雄狮争夺配偶是怎么做的吗？"

男人肩膀抖动起来，神经质地笑道："先杀死领地里的雄狮，再一口一口咬死它的孩子，这样，雌狮才会心甘情愿地归顺于胜者。"

下一秒,他又回到了十四岁那年的大雪天。

紧闭的浴室门上贴着一张浅蓝色的便利贴。

那是林绮留给他的,最后的温柔。

听话,别开门。

照顾好弟弟,让警察来处理。

他颤抖着将手放在冰冷的门把手上……

在拧开那扇门前,他猛地从黑冷的梦境中挣脱,坐起身大口大口地喘息。

清晨五点,天还很黑,窗玻璃上反射出清冷的雪光。

沈肆扶着额头下床,打开冰箱摸了瓶矿泉水,拧开瓶盖大口大口地饮尽。

冰冷的水唤回些许神智,他五指攥紧,将空瓶隔空投入垃圾篓中。

沉默了一会儿,沈肆回到房里,翻出了包里藏着的巧克力。

他撕开包装纸,拿了一颗含入嘴里,苦涩味立刻在唇舌间化开。

然后,就是绵长醇厚的甘甜。

下了一晚上的雪,第二天醒来,世界全白了。

"真不用爸爸送你?"童向阳端着热牛奶出来,问道。

"真不用!下雪呢,路面结了冰车子反而不好开。"童妍接过牛奶一饮而尽,舔了舔嘴唇上的一圈奶白说,"我上学去啦!"

童妍说着,将烤面包机里剩下的土吐司片用保鲜袋装好,和牛奶瓶一起装入书包里,朝童向阳挥手:"爸,拜拜!"

鞋还没完全穿好呢,人已经蹦跶出去了。

"这丫头,今天怎么吃这么多?也不知道给当爹的留点……"童向阳看着空空如也的烤面包机和奶锅,认命地叹了一口气。

楼下,小区保安正在扫雪。

童妍校服下套着一件浅粉色的棉衣,鼓鼓的很暖和,衬得一张脸越发小巧。她沿着清理出来的小路出了大门,看见路灯杆子旁站着一个人。

"沈肆?"

她眼睛一亮,踩着雪歪歪扭扭地跑过去:"你出门好早啊!昨天不回答我,我还以为你不会来呢!"

"你慢点。"沈肆皱眉。

他昨晚大概没睡好,眼下有一圈淡淡的阴影,但眼神很温和,干干净净的。

"没事没事，我的雪地靴是防滑的。"她尾音上扬，"今天好冷啊！你怎么穿这么少，不冷吗？"

这家伙，就穿了一件白色的连帽卫衣套冬季校服，连羽绒服都没穿。

"不冷。"沈肆说。

童妍又问："对了，你吃早饭没有？"

沈肆没说话。

"就知道你没来得及吃。"童妍打开包，拿出还热乎着的烤吐司和牛奶瓶递过去，"给，我从家里带的！"

沈肆没接，童妍急了："看着我干什么？我已经吃过啦，这份是给你带的！"

她拉过沈肆的手，将早餐塞到他手里。

吐司和牛奶都是热的，她的手也温温热热的，像牛奶一样白皙细腻。

沈肆看着她，眼里有很浅很浅的笑意，衬着银装素裹的雪色，格外好看。

"你笑什么？"童妍眨眨眼，追上他的步伐，"你刚才是在笑吗沈肆？"

沈肆恢复了如常的神色，淡淡地说了一句："校门外有家馄饨店也很好吃。"

"我知道呀。"童妍说。

可这有什么好笑的？

忽然，她灵光一现。

"沈肆，沈肆！"童妍歪着头，小心翼翼地问，"你今天来这么早，该不会……是想约我一起去吃馄饨吧？"

沈肆咬着吐司片，垂眸移开了视线。

啊啊啊——看来是这样了！

原来沈肆知道有好吃的东西，也会想着和她分享呢！

分享真的是一件很美妙的事呀，尤其是和……和沈肆这样的朋友。

"明天！明天我和你一起去吃好不好？"童妍也笑了起来。

也不知道为什么，只要和沈肆在一起她就很开心。

沈肆没说好，也没说不好。

这回童妍有经验了：他没拒绝的话就是默认允许了，特别有个性的人。

到学校时还早，离晨读还有十来分钟。

教室里只来了一小半人，见童妍和沈肆一前一后进来，不少人愣了愣神，有些惊讶。

童妍没管他们在嘀咕什么，拉开椅子入座，对旁边的沈肆低声说："这些天

133

发的资料我都整理好放你抽屉里了，你用得着就拿出来看看。"

沈肆轻轻"嗯"了一声，背靠在椅子上。

窗户像一个画框，刚好将沈肆框在其中。

窗外就是皑皑雪景，冷气氤氲，衬着他的侧脸特别清俊，轮廓都笼罩着一层淡淡的银光。

童妍在心里感叹：唉，多么完美的一张脸啊！

童妍起身去黑板上布置今天语文晨读的背诵任务，放下粉笔回来时，沈肆已经趴在桌上睡着了。

这一次他没有朝着窗外，脸对着她这边。

昨晚他长途奔波，回家时已经很晚了，肯定没有睡好。

沈肆第二天上午就走了，没跟童妍说。

等童妍上完四节课，兴冲冲地给沈肆发信息约午饭时，他已经到了车上。

运动员比赛不比平时考试那样临阵磨枪就可以，他们需要日复一日坚持不懈的体能训练，才有可能将身体机制维持在巅峰状态。

沈肆回来休息了一天多，已经算是奢侈了。

童妍掐指一算，等沈肆忙完省内的选拔赛，估计得期末考试才能回来。

也就十多天，而且马上就是元旦节了，连着周末能放三天假。

童妍早就计划好了，元旦和童向阳回去探望外公外婆。

周六早晨开车从C市出发，三小时后到达省会A市。童妍先去外公外婆家吃了午饭，陪老人家聊了一会儿天，下午就回了他们自己家。

这套房子很大，复式两层，是夫妻俩当初卖了C市嘉和香苑的那套宅子后买的，就为了方便童妍上学。

现在童妍转学去了一中，这房子也就闲置下来了，不过每年过年还是得回这边来团聚。

童妍在房里复习了一会儿功课，鬼使神差地拿出手机，查了一下省武术训练馆的位置。

在另一个区，坐地铁得半个多小时。

反正自己来都来了，不如过去看看沈肆。

童妍成功地说服自己换了衣服下楼，背着小挎包对童向阳道："爸，我出去见见同学！"

童向阳应了声，问道："那晚上回来吃饭吗？"

"不了，我大概会和同学一起吃。"童妍围好围巾，笑眯眯地出了门。

她没告诉沈肆自己到了这边，想给他一个惊喜。

可到了省武术馆她才发现，这里闲人免进，需要刷身份牌才能进出。

"师傅，我同学沈肆在这里训练，我是来找他的。"童妍小声地恳求保安，"您让我进去看一眼吧，十分钟就行。"

"不行！"保安一口拒绝，"现在是集训的关键时刻，不对外开放。"

正僵持着，身后传来一个惊讶的嗓音："无忌？"

童妍回头，看到唐也提着一袋奶茶走了过来。

"唐也！"童妍朝她挥手。

"真是你啊！你怎么来这里了？"唐也问。

"我回这边过节，顺便来看看……"童妍顿了顿，轻声说，"来看看你们。"

"想我了是不是？"唐也大大咧咧地搂了搂童妍的肩膀。

童妍笑笑没说话。

唐也熟练地跟保安打了个招呼，分给他一杯奶茶道："保安大哥，这是我同学！人家专程过来看我，也不好让她一个小姑娘站在风里等着，我先带她进去了！"

"行，登记一下吧。"见有熟人担保，保安也不再为难她。

做好登记后，童妍终于走入了省武术馆的大厅。

再往里走，就是各个训练室。

"沈肆在哪儿呢？"童妍问。

"就知道你要问他。"唐也挑了挑眉，"他这会儿应该在忙，姐姐带你去。"

说话间，两个人走到一个稍大的场馆内，童妍看到了正在练习高抬腿的沈肆。

他穿着训练服，身体柔韧性很好，轻轻松松能将腿踢至头顶。

他训练时没有什么表情，眉目疏冷，看起来酷酷跩跩的。童妍的眼睛弯了起来，下意识想过去打招呼，可才跑了两步又停下来。

有个女孩子在和沈肆说话，两个人看起来很熟的样子。

不知道两个人说了些什么，沈肆拿起一旁的训练剑舞了个转身穿挂剑的姿势，那女孩小幅度地鼓掌，也拿了剑模仿起来，姿势很漂亮洒脱。

沈肆有一米八几，那女孩子却娇小可爱，两个人练习一套剑式，动作出奇地同步和谐。

童妍却只觉得扎眼。

135

离开了教室,她才发现自己似乎没办法像这个陌生的女生一样,和沈肆比肩站在一起。他会的那些枪术、剑法、太极拳,她一样也不会,甚至都认不全那些招式。

现在她和沈肆在一个班读书,还能有交集。那以后毕了业呢?

沈肆还会理她这个圈外人吗?

童妍心里仿佛有一块石头"咕咚"坠下去,一直下沉,下沉……

闷闷的,有种莫名的恐慌,好像即将失去什么重要的东西。

还没来得及思考自己刚才那一瞬间的失落从何而来,沈肆抬头发现了她。

他明显愣了一下,然后挽着剑,单手撑住护栏一翻,跨过障碍朝她大步走来。

童妍还没来得及整理好情绪,沈肆就已经走到眼前,问她:"你怎么来了?"

他的嗓音很低,要很仔细才能听出和平时不同的温度。

童妍的思绪混沌,抿了抿唇,露出一个有点牵强的笑容:"回来跨年,路过这里,就来看看。"

才不是"路过",她有些心虚地移开视线,手指捏着小挎包上的星黛露兔子挂件。

沈肆盯着她的眼睛看,慢慢皱起了眉头。

"你们聊,我去把奶茶送了!"唐也笑着朝那小个子女生走去。

童妍的注意力全放在了沈肆身后。

沈肆走后,那个娇小可爱的女生也收了剑,捧着奶茶和唐也笑着攀谈,目光却一直望向这边。

童妍觉得,她应该是在看沈肆。

"刚才和你练剑的女生是谁呀?"童妍声音细细的,视线有点飘忽。

"小柴惠。"沈肆回答。

"谁?"童妍没听过谁姓"小"的。

"日本队的,来这里集训。"见童妍没说话,沈肆难得多解释了两句,"刚才她来问问题,我示范给她看。"

童妍"哦"了一声,仔细一看,才发现那女生的衣服胸口上的确有枚小小的日本国旗。

她问:"你们这儿,也会有外国人来吗?"

"很多外国队都会来中国的省队交流学习,学成后再回去代表他们的国家参赛。"沈肆解释,"比如日本、越南、伊朗,都是非常强劲的对手。"

童妍明白了,像日本很著名的一位女乒乓球队员也是常年在中国训练,东北话说得比中国人还利索。

她正想着，教练过来拍了拍手，让他们准备对练。

童妍只好收敛了思绪，温声说："你快去训练吧，等你有空了再聊。"

沈肆看了她很久。

"等我。"他低声说完，转身走了。

童妍坐在一旁的观众椅上，看着沈肆擦了擦汗回到训练队伍中去。

她正看得入神，没留意身边的椅子上坐下一个人。

她以为坐下的是唐也，没太留意，直到一股呛鼻的烟味传来，一个吊儿郎当的声音响起："小美女，之前没见过你啊，来找谁的？"

童妍下意识地蹙眉，扭头一看，是个染着黄色短毛的年轻男子，眉毛很淡，痞里痞气的。

这张脸有点眼熟，好像在什么地方见过。

但肯定不是什么好人！

童妍强忍着反感，往旁边挪了挪。

黄毛也跟着一屁股挪过来，甚至还将手从童妍肩后绕了过去，搭在椅背上凑近，笑嘻嘻地说："躲什么？这么多人在，我又不能吃了你。"

他把"吃"字咬得很重，喷出一口烟雾，眼神中充满毫不掩饰的猥琐。

"不好意思，我不和陌生人说话。"童妍说完，起身就走。

"别走啊！聊两句不就熟了吗？"黄毛一把拽住了她。

童妍的大衣是牛角扣的，稍一用力纽扣就容易崩开。

童妍按住扯紧的衣领，已经有些生气了："松开！"

"加个微信我就放过你。"黄毛笑嘻嘻的，伸手去扯她的马尾辫。

扯女生头发真的是最没品的行径了！

童妍本来就有心事，这会儿心里的火更是腾地烧了起来，抬手去挡黄毛的爪子。

但有人比她动作更快。

她的手还没挥出去，就有一个熟悉的身影冲过来攥住她的手腕，将她拉到身后挡住。

还没看清是怎么一回事，黄毛已经四仰八叉地摔在了地上。

他愣了一会儿，爬起来盯着面色阴戾的少年："沈肆，你活腻了？"

"吵什么呢？"教练在远处一声吼，"沈肆、王奇，过来对练！"

"王哥，算了！"有人上来将黄毛拉走了。

听到"王哥"两个字，童妍总算想起来为什么觉得黄毛眼熟了：转学第一天，地下通道!

他真是由内到外渣透顶了!

"你没事吧?"沈肆低沉的嗓音在头顶响起,眼里有未散的寒意。

童妍已经很久很久没有见过他这么暴戾的一面了。

"我没事,那个人太烦了。"

童妍的手腕被沈肆攥得有点疼。但她什么也没说,露出一个笑来,安抚地拍了拍他的手背:"别担心,你快去忙吧。"

沈肆一点点松开她的手腕,眼里压抑了太多情绪。

"沈肆,赶紧的!"教练凶巴巴地催促。

沈肆深吸一口气,转身上了台。

这场对练,偏偏安排了沈肆和黄毛一起。

黄毛脸上挂着阴冷的笑,挑衅似的朝童妍抬抬下巴,然后拿起一旁的训练长枪,摆出姿势。

沈肆负枪,枪尖指地。

对练开始,双方出招躲招,快如闪电,满场都是长剑破空的呼呼风声。

不出半分钟,黄毛被沈肆一枪挑倒在地,摔出"砰"的一声巨响。

"你长没长眼睛?看着点。"黄毛咬着牙爬起来,"呸"了一声。

"重来!"教练一声令下。

没到一分钟,黄毛又被掼倒在地。

起来,再被挑倒。

又起,又倒。

身体沉重倒地的声音不绝于耳,听着都疼。

看着黄毛这么狼狈,童妍心里倒是好受了不少。

"无忌,沈肆这是在为你出气呢。"

唐也不知什么时候站到了童妍身边,一副"看热闹不嫌事大"的表情。

"怎么说?"童妍好奇地问,"武术对练,不是就应该将对方打倒为止吗?"

"你说的是散打,那是属于实战类武术。咱们武术套路和花滑、艺术体操差不多,是属于表演类项目。"唐也抱臂解释,"所谓的'对练',是两个人事先排练好了招式,谁出招、谁接招都是约好了的,说白了就像是电视里的武打动作,不会造成实质性伤害。沈肆没有按排练的节奏来,光盯着王奇的破绽打,明显是为你出头啊!"

唐也狞笑道："揍得好！我早就看他不顺眼了。"

听她这么说，童妍心底那点被黄毛招惹起来的郁气顿时烟消云散，整个世界都明朗起来，满眼都是沈肆负着长枪的身姿……

他简直飒到汗毛起立！

黄毛被沈肆单方面碾压，完全没有余力还手。他表情痛苦异常，抹了把鼻血跟跄着爬起来："教练！他故意的！"

"你自己躲不过怪谁？一套动作练了百八十回也不会，还想参加全国选拔赛代表中国出战？做梦吧！"教练先将黄毛劈头盖脸痛骂了一顿，然后又转向沈肆："你也注意点，照顾一下比你反应慢的人。"

黄毛被羞辱得很彻底。

"你等着！"黄毛将长枪一摔，狠狠地瞪了沈肆一眼，走了。

沈肆一个眼神都没给他，擦着汗下台。

唐也塞给童妍一瓶水，以眼神示意道："人家都给你出气了，你总得去表示表示吧？"

童妍心领神会，接过水小声说了句"谢谢"，然后朝着沈肆走去。

她含着浅而温柔的笑意，将水递到沈肆面前。

还没来得及说话，旁边也有一瓶水递过来，毫不掩饰地与她并列伸着。

童妍扭头，就看到了那个叫小柴惠的日本女孩，一张双马尾的娃娃脸十分可爱。

童妍的笑容淡了一些，执拗地伸着手，抿着唇看着沈肆。

沈肆擦汗的动作一顿，垂下的额发湿漉漉的，视线在两瓶水上停留片刻。

然后他拿起一旁椅子上自己的水杯，拧开喝了个干净。

童妍："……"

小柴惠反而笑起来，看了童妍一眼，跑开了。

这算是……平手？

虽然沈肆没有喝小柴惠的水，却也没有喝她的，童妍心里还是有些闷闷不乐，觉得自己在沈肆心里的分量也不过如此。

一直到训练结束，她跟在沈肆身后离开训练馆，都没心情开口说话。

第六章 跨年

马路边,沈肆停下了脚步。

华灯初上,他的眼睛里有细碎内敛的光。

"怎么了?"

沈肆微微低头,伸手轻轻按了按童妍的发顶。

风从两个人之间穿过,修长硬朗的手指抚过发顶,童妍的心湖也起了一阵涟漪,说不出是酸是甜。

小时候,沈肆也爱揉头哄她。

回忆就像一个圈子,将她和沈肆圈在了名为"朋友"的秘密角落,维持着微妙的平衡。而现在,她竟然生出想打破这种平衡的想法,迫不及待地想追求更多的东西……

童妍站在灯火通明的夜色中,看着沈肆近在咫尺的脸,愣怔地想:普通的友情是可以分享的。

如果不愿分享这份感情了,那它又该是什么?

"你为什么……"她低着头,终于说出口,"为什么不愿意喝我给的水?"

明明上次给沈肆带巧克力和早餐,他都没有拒绝。为什么这次送水,他却不愿意接受了呢?

是因为那个叫小柴惠的日本女孩吗?

童妍攥着小挎包,视线落在自己的脚尖,没敢抬头看沈肆。

等待的时间不算漫长,她听见沈肆低声问:"你知道给我送水意味着什么吗?"

意味着什么?

童妍心里有个朦胧的答案,可张了张嘴,说出来的却是莫名的一句:"我当时就想……上去谢谢你。"

而且,不想他接受其他女孩子的东西。

细碎斑斓的灯火在夜空交织,她感觉到沈肆的视线一直落在自己身上,静默而深沉。

他没再追问或是解释什么,半垂眼睫,平静地说道:"走吧。"

童妍直觉沈肆有点不开心了,却又没明白是哪个环节出了问题。按理说,失落沮丧的应该是她才对,不是吗?

沈肆是不是挺烦自己的?

童妍呼出一口白气,加快步伐走到沈肆身边,问道:"现在要去哪儿?"

沈肆薄唇微动,还没说话,目光骤然一变,抬手将童妍挡在了自己身后。

童妍差点一头撞上他,问道:"怎么了?"

刚抬头,就看到一群混混打扮的年轻人挡在路口前面。

往后看,也堵了四五个人,个个目露凶光,绝非善茬儿。

童妍愣了一会儿,反应过来:她和沈肆是遇上找碴儿的刺头了!

黄毛鼻梁上贴着一块可笑的纱布,朝沈肆一指:"大哥,他就是沈肆!"

被称"大哥"的人穿着散打运动服,国字脸,眉毛间的褶皱很深,眼神冷而凶,站在那儿像一头黑熊,光看气势就知道和黄毛不在一条水准上。

应该是个混道上的狠茬儿。

"就是你小子动的手?"国字脸捏了捏拳头,又偏了偏脖子,"跪下给我弟道个歉,就放你走。"

童妍攥紧了沈肆的衣袖,下意识要摸手机报警,却被沈肆不动声色地按住。

"别动。"他低声说。

对方来势汹汹,他眼里没有一点惧意,甚至还气定神闲地看了一眼手表,说:"今天赶时间,没空。"

国字脸吊起嘴角嗤了一声:"一个学武术套路的,说话挺跩啊!"

沈肆冷冷地说道:"武术套路怎么了?"

"武术套路就是垃圾!"国字脸冷笑,凶神恶煞的眼中透着轻蔑,"学一套广播体操一样的动作就能上场比赛,不是垃圾是什么?"

黄毛也是学武术套路的,听了这话脸色一僵,但还是点头哈腰奉承道:"那是那是!大哥的实战类散打才是王道!"

国字脸看到了沈肆身后的童妍,朝她抬抬下巴:"我不打女人,那小姑娘站一边去,别误伤到了你。"

"沈肆!"童妍蹙紧眉头,紧紧拉住沈肆的衣袖,"他们人太多了……"

那国字脸身上的煞气太重,她真怕沈肆会受伤出事!

"没事。"沈肆将童妍的手一点一点掰开,然后顺势将她拉到一旁的安全处。

他轻而认真地说:"别怕,护好自己。"

话音还没落,身后的小混混们已经像恶狗般扑过来。

拳脚声伴随着皮肉相撞的闷响不断传来,惊心动魄。童妍握紧了掌心的手机,颤抖着按下报警电话……

可来不及了,对方人太多了!

以前沈肆是没人管,没人心疼,但现在不一样了。

谁要是再敢欺负沈肆,她……她第一个冲上去!

童妍四下看了一眼,捡起垃圾桶旁边的一根破拖把杆子握在手里,深吸一口气,闭眼朝国字脸后背抡去!

棍子应声断裂,国字脸浑身肌肉一抖,顿住了。

时间仿佛静止了。

所有人也都跟着停下动作,将难以置信的目光投向手拿半截棍子站着的娇小的少女。

"谁……"国字脸没事人般地揉着后脖颈,转身,视线落在童妍身上。

沈肆呼吸不稳,也拧起了眉头。

"跑!"

他错身绕过呆滞的混混们,然后一把攥住童妍的手腕,拉着她朝人多的地方跑去。

"还愣着干什么?追!"

身后一阵暴喝,纷乱的脚步声立刻追赶上来。

刚好绿灯最后几秒,沈肆拉着童妍跑过了斑马线。

灯红酒绿,人群喧嚣,他们俩像是两尾逆流而上的鱼,穿梭在人海之间。

红灯了,大部分混混被甩在了马路对面,但仍有三两个跑得快的追了上来。

手指传来清晰有力的温度,在这个隆冬的夜晚显得如此温暖可靠。两个人借着人群的掩护拐入一条小吃街,然后童妍被沈肆推入小巷口的阴影里藏了起来。

拐角凹槽处狭窄,童妍被沈肆护在怀里,后背抵着冰冷的墙壁,面前却是沈肆火热的呼吸,一冷一热让她的脸颊一烧,揪紧了沈肆的外套。

大概误以为她在害怕,沈肆沉声道:"别怕。"

鼻端全是沈肆身上冷冽清爽的味道,童妍的脸红得快要炸了!

他心跳得好快,是因为跑急了,还是……和她此刻一样燥热紧张?

巷子外光影交错,热闹的小吃街食物香气氤氲,那群混混没有追到这儿来。

不知道过了多久,沈肆才慢慢松开手臂,后退一步。

"没事吧?"他问,嗓子有点性感的暗哑。

温暖的怀抱离去,童妍还保持着刚才的姿势贴墙,点了点头,不让沈肆看到她通红的脸颊。

于是沈肆也靠着墙,和她一起站着。

两个人呼吸交错,谁也没开口打破这片劫后余生的平静。

童妍知道,沈肆在偷看她。

过了很久,沈肆伸手轻轻捏了捏她的小拇指,问道:"饿吗?"

指尖的酥麻攀爬而上,童妍半边身子也跟着一起麻了。

她点点头,跑了这么久,当然很饿了。

两个人走出巷口,去小吃街买了些吃的,带去江边广场上吃。

江边风很大,童妍拿着热奶茶趴在栏杆上,鼻尖冻得红红的,心里还想着沈肆不让她付钱的事。

"说好的AA,你别总是抢着付钱。"

童妍知道沈肆一个人要带着弟弟生活,开销很大,不想在这种小事上给他添负担。

她是真的舍不得。

"比赛有奖金,我没那么穷。"沈肆说。

童妍一噎,软软地瞪他一眼:"一码归一码,我不是这个意思。"

她沉默了一会儿,到底没抵挡住好奇:"你比赛拿到的奖金多吗?"

"看赛事的含金量。"

"全国冠军呢?"

沈肆想了想,伸出修长的手指,比了一个数字。

"千?"童妍问。

沈肆看着她。

"万?"

沈肆还是看着她。

童妍倒吸一口凉气，眨了眨眼。

沈肆嘴角微动，手随意搭着栏杆，俯身看着江岸鼎盛的灯火。

江岸新区建了一座新的地标建筑，巨大的摩天轮拔地而起，霓虹灯光闪烁，倒映在粼粼江水中。

你看，不管夜色多么黑沉，人世间这点星火微光也永不会被吞没。它永远亮在那儿，亮在人们的心里。

童妍情不自禁地勾起嘴角，正看着夜色出神，耳边忽然传来一声相机细微的咔嚓声。

她扭过头去，刚好看到沈肆面色如常地收起手机。

童妍眼睛亮亮的，心里涌起一个荒唐的念头：刚才沈肆不会是在偷拍她吧？

心跳莫名有些急促，她轻轻侧首，带着些许期许问道："你刚刚在拍什么？"

沈肆别过脸去说："没什么。"

他的神情实在太平静了。

童妍将信将疑地"哦"了一声，将空着的手揣入衣兜里，佯装喝奶茶，掩盖那一抹小小的失落。

"你住哪儿？"看了一眼她红红的鼻尖，沈肆说，"我送你回去。"

到家已经九点多了，童向阳坐在客厅里看电视，听到开门声回头，对童妍说："你这顿饭吃得够久啊，和十一中的同学聊嗨了吧？给你打电话也不接，小没良心的。"

十一中是童妍以前的学校。

"刚在地铁上，没听见手机响。"童妍顺水推舟，没有否认。

童妍拿出手机一看，上面果然有好几条短信和未接电话，不由得有些心虚，趿拉着拖鞋朝童向阳走过去，笑道："让爸爸着急了，下次一定及时汇报行踪。"

"这么开心啊？"童向阳问。

"是呢！"童妍剥了个橘子，递给童向阳一半。

虽然一天心情起起落落，自己递水时的那点小心思也没得到沈肆的回应，但总归是开心大过烦恼的。

"对了，今天段叔叔送了两张游乐场的票。"童向阳拿出杂志下压着的两张票，递给童妍，"明天跨年夜，你找个同学一起去玩吧。"

"谢谢爸！"童妍笑吟吟地接了票，回房间发微信去了。

这人还要找吗？那指定得是沈肆呀！

省队训练馆内，沈肆擦了擦破皮的嘴角，喘息着靠墙坐下。

手机上有一条微信，是童妍半小时前发来的，约他一起跨年。

国字脸的男人也抹了一把鼻血，眼眶青紫，脱力地坐在沈肆身边，汗水浸入眼里，他咒骂了一声。

二十分钟前，沈肆送完童妍回来，就看见国字脸在酒店楼下堵着。

他嫌麻烦，干脆把之前没打完的那一架补上了。

酣畅淋漓的一架，倒有点不打不相识的意味。

"小子，学过几年散打？"国字脸用力揉着眼里的汗，气喘吁吁地问。

"没学。"沈肆冷声。

他的状态看上去比国字脸要好太多，衣服整齐，面容干净，只是手指破了点皮，头发也有些凌乱，有种疯狂的美感。

"没学你能跟我干这么久，还一点下风不落？"国字脸顶了顶破皮的腮帮，呸出一口血沫，"你知道我学了多少年散打吗？"

他比了个手势十，说："散打六段，国家一级健将。你小子……你小子能耐啊！"

沈肆没说话。

要是一个人像他这样，从十二三岁开始就不停地反抗，自然不会输。

输了就会死。

手机屏幕"叮"地一亮，是童妍又发来了信息：到家了吗？

国字脸瞄了一眼，看到了沈肆手机上一闪而过的开屏壁纸。

江边栏杆旁，肤色白皙的少女拿着奶茶靠着，清亮温柔的视线投向江岸虚化的灯火和摩天轮，嘴角微微上扬。

这照片一看就是偷拍的，有点模糊，但依然可以看出女孩侧脸的精致漂亮。

"你对象？"国字脸问。

沈肆握着手机，睫毛微动。

"不是。"他说着，拿起一旁的外套径直出了训练馆。

"喂，下次一起吃饭，就当交个朋友！"身后，国字脸朝他喊道。

沈肆没有搭理，边走边点击微信头像，选上今天偷拍的那张照片，放大后选取角度截图，上传新头像。

星星在天上，偶尔仰头看看就足够了，没必要和他一起坠入地狱。

童家，卧室里。

童妍的手机"叮咚"一响，她打开微信，眉眼顿时舒展开来，脸上荡开甜甜的笑意。

上面只有一个字，是回复她最初的那个问题。

她问他要不要一起跨年，他说：好。

童妍坐在床上，正打算再和沈肆聊两句，却无意间发现沈肆换了新头像。

是一张虚化严重的图像，虽然还是暗色系，但至少不是纯黑了。有很璀璨的光，依稀可以看出是今晚在江边拍的……摩天轮灯光的一角？

看起来像是照片放大后的截图，虽然朦胧，但的确挺有意境的。

"原来他那时候真的只是在拍风景啊！"童妍失落地叹了一口气。

亏她还自以为是地以为沈肆是在偷拍她呢！

太丢脸了。

为了不耽误沈肆的训练，童妍约的是下午场和晚场，玩不了几个项目也没事，反正也就图一个热闹。

节假日，游乐场人很多，广场上到处都是颜色鲜艳的吉祥物和气球，几乎每个项目前都排了长长的队伍。

童妍和沈肆逛了一圈，特意选了个相对人少的地方。

"天太冷，我们就别玩刺激项目啦。"童妍眼里都是按捺不住的开心，拿着地图制定计划，"你运动挺强的，要不要去室内溜冰？溜完再去餐厅吃饭，晚上玩累了再换个轻松的项目收尾。"

沈肆自然没什么意见，轻声说："好。"

童妍笑着将地图收起来，带着沈肆去排队。

换鞋子的地方是男女分区的，童妍换好溜冰鞋和护具，扶着栏杆艰难地从更衣室出来时，沈肆已经站在冰场里了。

头顶的灯光很亮，冰层霜白，沈肆穿着冰鞋随意地站在入场处等，身高腿长，俊秀得不像话。

童妍觉得带沈肆来溜冰真是最正确的选择，他的气质天生就是应冰雪而生。

但很快，她的这个想法被成功掐灭了。

"沈肆！"

一个熟悉爽朗的女声传来，继而滑到沈肆面前，转身帅气地停下。

是唐也。

她身后还有两个人，一个是童妍认识的——樱花妹小柴惠，另一个是陌生的男孩子。

"前天我们约你一起，你还说对这种地方没兴趣，今天怎么又来了？"说着，唐也看到了扶着站在入口外的童妍，忙抬起两根手指比了个帅气的军礼，"哟，无忌也来了？来来来，赶紧下来一起玩！"

说话间，唐也三两步滑过来，拉住童妍的手将她拽入冰场。

童妍低呼："慢点慢点！我还不是很熟练！"

唐也光顾着高兴，完全没有留意她害怕到僵硬的身子。

童妍刹不住脚，眼看就要撞上护栏。沈肆立刻冲上去，紧紧抓住了她的手。

他臂力强，手劲很大，稍一用力就止住了童妍的惯性，将她拉到自己身边停稳。

稳住身体，童妍憋在胸腔的那口气总算长长地舒了出来，朝沈肆笑笑："谢谢啊，刚才真是吓死我了！"

唐也的反射弧绕了地球一圈，总算是反应过来，有些意外："我还以为你是会溜冰才来这儿的呢！不好意思啊，无忌！"

沈肆皱眉睨了她一眼，视线回到童妍身上。

"没事吧？"他低声问。

"没事没事！"童妍不好意思地摆摆手。

她就是那种典型的"又菜又爱玩"，自小运动神经缺乏，不过想着照顾一下沈肆的情绪，所以就选了溜冰场。

没想到中途冒出个唐也，还带来了那个让她耿耿于怀的日本女孩儿。

不过既然赶巧遇上了，也不能冷落了人家，童妍不是那种小气的人。她大大方方地打了招呼，问道："好巧啊！你们来了多久了？"

"个把小时吧，带国际友人过来跨年。"说着，唐也揽着身后的两个人，"介绍一下，这两位是来省队外训的日本队选手，龙宫悠二、小柴惠。"

双方打了招呼。小柴惠看了沈肆一眼，又看了看童妍，充满好奇。

"一起，来玩？"小柴惠朝童妍歪了歪头，用带着明显口音的中文问。

童妍看了看沈肆，不动声色地往他身边靠了靠，摆摆手说："不，我和他玩。"

童妍承认自己存了私心，她不想别的女孩子和沈肆待在一起。

"走吧，惠。"叫龙宫悠二的少年笑出一颗小虎牙，将小柴惠推走了。

童妍也不知道他在笑什么。

"那我先过去陪他们了。"唐也滑了过去,和两位日本队员笑着说了句什么。

他们滑冰的动作熟练潇洒,像是自由的鱼一样穿梭在冰层之上,童妍羡慕得不行。

她平衡能力弱,不敢滑太远,就在新手区抓着扶手慢慢找感觉,溜得小心翼翼。

沈肆滑了一圈回来,在她面前稳稳地停下,然后伸出右手。

童妍顺着他摊开的手往上看,触及他的视线,问道:"怎么了?"

沈肆轻轻松松站着,仿佛冰鞋就是他身体的一部分,说:"带你。"

简单的两个字,却让童妍浑身涌起一股酸胀的感觉,别提有多熨帖了。

虽然很心动,可她还是忍痛摆手拒绝:"不用不用,太麻烦你了!我学这些真的很慢的,你玩你的,不用管我,我自己熟悉一会儿就好了!"

沈肆依然伸着手,清冷地站在她面前。

他的气质实在太抢眼了,已经有不少人偷偷在往这边看,尤其是年轻姑娘。

"那好吧!先说好,要是我悟性太差,你可别生气把我丢在冰场中间。"

毕竟大庭广众之下,童妍有点拘谨,小心翼翼地松开扶栏,把手交到了沈肆的掌心里。

"不会。"

沈肆说着,顺带把她的另一只手也牵上了,以面对面的姿势,扶着她慢慢滑动。

"身体放松,不要怕,不会让你摔着。"

他垂着眼,留意着童妍脚下的动作,没有一丝不耐烦。

童妍渐渐跟上他的节奏,手被他紧紧握着,有一股炙热安心的力度。童妍掌心微微潮热,抬头朝沈肆笑了笑,身体彻底舒展开来,那是一种将身心托付给对方的信任。

沈肆也看着她,再开口时声音中有点不易察觉的喑哑,说:"你现在慢慢松手。"

童妍照做。

两个人的手指一点一点松开,分离,微冷的风从指间穿梭而过,带走些许燥热的温度。

唐也一拨人先去吃东西了,等童妍和沈肆从溜冰场出来时,天已经微微擦黑。

两个人去餐厅买了点东西吃,待体力恢复后,又玩了几个项目,最后计划在游乐场下班前去坐一轮摩天轮。

这家游乐场的摩天轮挺有名的，排队的人也格外多，童妍排了半小时，队伍进度才刚过一半。

"沈肆你累吗？冷不冷？"童妍回头递了一杯饮料，叹了一口气，"摩天轮上的夜景很出名，但我没想到有这么多人。"

沈肆接过饮料，说："没事。"

又过了半小时，两个人总算坐上了摩天轮。

狭小温馨的舱体内，两个人相对而坐，静静地喝着饮料，看着视野缓缓上升，城市灯火辉煌的夜景铺展眼前。

黛蓝的苍穹在上，星空仿佛触手可及，映着都市高楼广厦、灯河宛转，美得令人心惊。

"我第一次站这么高的地方往下看，这里的夜景真的很漂亮。"见沈肆没搭话，童妍关心道，"沈肆，你恐高吗？"

沈肆面对着玻璃的方向，微微挑眉，似乎在无声地质疑她这个问题。

好吧，他就没什么可怕的东西。

舱体升到最高点，童妍才想起要拿手机拍张照片留念。

打开摄像头，对准窗外的夜景，却一不留神将沈肆的侧脸框入其中，那是一种比夜色更为撩人的孤寒不驯。

童妍没舍得移开镜头，就这样默不作声地借着手机的遮挡看了很久。

正胡思乱想，镜头中的沈肆转过头来，淡色的眸子睨向她。

童妍偷怕被抓了个正着，心虚一抖，手机脱手掉到了沈肆脚下。

她忙伸手去捡，却和沈肆的手碰到了一起。

明明不是第一次指尖相触，她却吓得立刻缩了回去。

沈肆一顿，捡起手机递给她，低声问道："怎么了？"

"没……没怎么。"

童妍怎么好意思说呢？自己刚才的念头太不纯洁了，傻到没边。

童妍一直觉得，沈肆不经意间揉头的动作就像是对待邻家妹妹一样，要是知道她刚才在想些什么乱七八糟的东西，一定会觉得她很白痴，说不定连朋友都不能做了。

童妍既期待能更进一步，又怕打破了平衡连最后的这点情谊也没了。

情窦初开的暗恋总是这样矛盾心酸，患得患失。

两个人各自坐回位子上，心照不宣地没提这个话题。

从摩天轮上下来，游乐园已经快到下班的时间，广场上很多人，等着跨年夜最后的盛宴。

广场上有几个穿着笨重玩偶服的工作人员在分发氢气球，周围围了一群小孩子。

童妍也去领了一个发光的气球，站在喷泉边跟沈肆开玩笑："你要不要把这个戴上？这里人很多，戴上就不会走丢啦。"

沈肆还真接过了气球。

不过他不是戴在自己手上，而是拉起童妍的手腕，将气球的细绳在她手腕上绕了几圈，扎了个利落的蝴蝶结。

童妍晃了晃手腕，飘在空中的气球也跟着晃了晃，微弱的彩光落在沈肆眼里，一闪一闪的，格外好看。

"送你的，你给我干什么？"

童妍还是挺开心的，眼里藏不住欣喜："要不我再给你去领一个？"

沈肆摇头，点了点她手腕上绑着的气球说："我看得见，不会丢。"

童妍一愣，不知道为什么，鼻子一酸。

她埋头掩饰般拍了拍衣角，轻声说："你别光顾着对我好啊，再这样下去……"

整点的钟声响起，一束束光亮冲天而起，划破了夜的沉寂。

继而，烟花绽放的砰砰声自城堡那边传来，大片大片的金红蓝紫绽放，荼蘼般映满了半边天空。

这场烟花是游乐园落幕前最后的盛宴，人头攒动，人声鼎沸，不少人举起手机、相机拍摄起来。

"新年快乐！"

"元旦快乐！"

接连而至的烟花下，人们扯着喉咙庆祝新的一年到来，其中不乏掺杂着类似于"××我爱你"的宣言。

童妍扭过头去，璀璨的烟火落在沈肆的眼中，忽明忽暗。

她抿唇一笑，手团成喇叭状拢在嘴边，也跟着一起喊了起来——

"新年快乐！高考大捷！"

沈肆偏过头看她，目光深邃又专注。

童妍知道自己现在的样子一定又疯又傻，但有什么关系呢？周围都是一样疯狂躁动的人群，没人会在乎她说了什么。

这辈子，也许只有一次这样肆无忌惮发泄的机会。

她用尽所有的力气，笑着跟随人群呐喊："预祝我的好朋友沈肆余生顺遂！全国赛顺利！早日夺得世、界、冠、军！"

清甜的嗓音融入浪潮之中，她轻轻喘息着，眼里一片盈盈水光。

她努力平复鼓噪的呼吸，没敢看身边的沈肆是什么眼神，是嫌弃还是无聊。

看烟花的人越来越多，几乎人挤人。童妍喊得口干舌燥，没留神有人从后头撞了她一下，她踉跄着向前扑去。

沈肆伸手接住了她，有力的臂膀环住她的后腰，稳住她前倾的身子。

童妍"哎呀"一声，额头磕上结实的胸膛，鼻端都是沈肆身上清冷的味道。

虽说人多的地方磕磕碰碰是常事，但她还是挺不好意思的，毕竟今天撞了他两回了。

童妍忙抬起头，捂着额头问："抱歉沈肆，刚才撞疼你了吗？"

沈肆没说话，低头看着她澄澈的眼睛，乌黑的额发搭在眉上，在眼睑落下一片小小的阴影。

焰火映在他的眼中，跳跃着未知的光泽。

那是第一次，离他这般近。

烟花"砰"的一声绽放在自己脑中，炸开一片空白。周围那么喧嚣，可她什么也听不到了。

沈肆半垂着眼睑，睫毛上盛着焰火和气球的碎光，目光温和地看着她。

"新年快乐。"他说。

烟花太美好了，面前的少年也太美好了，一切美到让她害怕自己一开口说话，梦就会醒来。

周围的人挤来挤去，童妍一动不动，肩膀被人擦了好几下。

沈肆轻轻皱了皱眉，手掌下移松松地护住少女单薄的肩，将她拉到喷泉边坐着，用清冽的嗓音唤她："童妍？"

"嗯……"她睫毛扑簌，微红着脸颊应着。

沈肆看了她很久，然后走到一旁，在她的身边坐下。

焰火将半边天映得一闪一闪，人头攒动，小孩儿骑在父亲的肩膀上，一部部手机和相机争相高举，只为记录下这一时半刻的绚烂美丽。

她突然腾地站起身来，支吾半响，掩饰似的说："我……我去买点夜宵吃！"

说完不等沈肆反应，她逃也般地朝小吃车的方向跑去。

在餐车边排队，听着焰火和人群的喧闹，她跳快的心才渐趋正常。

151

十米开外，沈肆站在喷泉边，顺着餐车前悬浮发光的气球，准确地找到了人群中少女清丽的背影。

手机在裤兜里振动，沈肆拿出手机，屏幕上显示是一个异地的陌生号码。

他嘴角扬起一个浅淡的弧度，稍纵即逝。

掐断电话没过几秒，他的手机又锲而不舍地振动起来。

他眉头轻蹙，按了接听。

刚将手机放在耳边，他就听见那边传来一声阴凉的、令人浑身发麻的呵笑声。

沈肆瞳仁骤缩，浑身肌肉绷紧，陈年旧伤就像活过来似的隐隐作痛。

"你厉害啊，能和我对抗这么久。"那边的声音恹恹的，"是不是也要像对付姓沈的一样，打断你的右腿，你才会乖乖听话啊？"

车祸，血色，无数个噩梦惊醒的夜晚，那道阴凉的笑声就如此刻一样盘桓在虚空，搅得人不能安宁。

只是这次，他不再是孤零零一个人被抛弃在黑暗里，睁眼到天明。

沈肆低笑出声，比霍钧更疯狂。

电话那头沉默了几秒，霍钧问："你笑什么？"

"疯狗只有在被打痛的时候，才会对人狂吠。"

沈肆带着彻骨的恨意，一字一字地说："我笑你啊，最近一定很头疼吧，竟然窝囊到来我这儿找存在感。"

"是啊，头疼。"那边有酒杯碰撞的声音，霍钧病态的嗓音慢条斯理地传来，"每年这个时候，我就会想起你母亲，想到她竟然和别的男人结婚生子了，我的骨头里都是疼的，疼得睡不着觉。可是林绮已经死了，她宁可死也不愿回到我身边，我又能怎么办呢？"

听到母亲的名字从这张肮脏的嘴里吐出来，沈肆攥着手机的手指骨节微微泛白。

那边仿佛感受到了他情绪的波动，神经质地笑起来："于是我想起还有你啊，毕竟你是我和林绮之间唯一的联系了。我难受，又怎么可能让你好受呢？"

疯子又发病了，每年这个时候临近林绮的忌日，他都要发一次疯。

只是今年霍家私生子回来了，他没法亲自到眼前来折磨自己。

霍家日渐式微，沈肆心里甚至涌起一股阴暗的快感，冷嗤道："疯子。"

"我是疯子，你又能好到哪里去？你身体里不也流着疯子的血吗？"

霍钧听到了烟花的声音，笑声淡了下来："跨年夜啊，你和谁一起看烟花呢？是你那个破训练队的队员，还是……上次那个小姑娘？"

沈肆咬牙，眼里满是冰冷刺骨的寒意。

电话里传出一阵猛烈的咳嗽声，许久后，一个苍冷沙哑的嗓音响起，阴恻恻地说："骨头硬了，开始交朋友了是吧？你说，我要不要去认识一下她呢？"

"沈肆！"

童妍端着两盒章鱼丸子，笑吟吟地跑来。

沈肆瞳孔微紧缩，立刻挂断电话，哑声道："别过来！"

童妍被他的嗓音惊到，忙停下脚步，茫然地眨了眨眼睛。

沈肆眼里的温情平静全不见了，脸色冷白，目光冰冷，站在那儿充满了戒备。

"怎么了，沈肆？"

童妍小心地问，不知道自己离开的那五分钟里发生了什么。

沈肆抿紧苍白的嘴唇，一言不发。

怎么了呢？刚才还好好的。

身后一家三口在拍照留念，年轻的爸爸一边调整相机角度一边倒退，不留神踩到了童妍的脚后跟，将出神的她撞得一个趔趄，章鱼小丸子掉到了地上。

在人多的地方站着不动，的确很容易被冲撞到。

而且那个男人明显不是有意的，也及时扶住了她。沈肆却像是见到什么可怕的敌人一般冲上来，掀开男人覆在童妍手臂上的手，目光阴鸷地瞪着男人。

他的眼神实在太可怕，像是下一秒就要出手揍人。女人抱着孩子跑过来，将一脸蒙的丈夫给拽走了。

刚才那一瞬，沈肆真的很反常，有着压抑至极的紧张和绝望。

童妍忙拉住沈肆的手腕："沈肆，我没事。你别紧张，他不是坏人，也没有伤害我！"

刚触及沈肆的手，童妍就止不住一哆嗦。

他的皮肤绷得像是铁块一般，冷入骨髓。

手腕上的细绳被扯松了，气球终是飘飘荡荡飞向天际，悬浮在焰火的余韵中，成了遥不可及的一个光点。

童妍蓦地心疼，安静地看着沈肆。

渐渐地，沈肆急促起伏的胸膛渐渐平息，紧绷的拳头也缓缓松开，无力地垂在身侧。

烟花散尽，游客尽兴而归，周围的人群像是潮水般退去，只有童妍和沈肆还站在广场中央。

垂下的额发搭在少年冷峻的眉眼上，落下一片深沉的暗影。

过了很久，沈肆才声音嘶哑地说："走，回去。"

这个时候没有地铁，也没有公交车了，两个人拦了的士回家。

半个小时的路程，沈肆一句话也没说。

他的眼睛是冷的，身体也是冷的，坐在副驾驶座上，脸颊始终对着窗外，离得童妍远远的。

童妍胡思乱想，猜测是不是因为自己问了不该问的话，所以沈肆的心情才变得这么差。

到了小区门外，童妍先下了车。

沈肆坐在副驾驶座上没动，童妍想了想，走过去轻轻地敲了敲车窗玻璃。

不一会儿，车窗降下来，露出沈肆英挺漂亮的侧脸。

"我走了，谢谢你送我回家。"

童妍弯着腰说话，眼里盛着干净的暖光，声音轻而乖甜。

沈肆看着童妍，半晌，低低地"嗯"了一声。

童妍看到他眼里淡淡的红血丝，心也跟着一阵抽痛。

"今天我很开心，希望你也一样开心。"

她如平常那样单纯地笑着，手搭在车窗上眨着眼说："新年第一天不能生气，这一年才会过得顺遂开心。沈肆，你也笑一笑呀！"

沈肆听出了她话语中毫不掩饰的担忧，闻言嘴角动了动，扬起一个浅得几乎看不见的弧度。

"明天上午我还能来找你吗？"童妍小声说着，"中午过后我就要回C市了。"

沈肆难得摇头拒绝："忙。"

"那……好吧。"童妍眼里的期许黯淡。

司机已经催了几遍了，沈肆温声道："乖，回家。"

他说"乖"，嗓音低而隐忍，像是有蛊惑人心的魔力。

童妍所有的忐忑和担忧瞬间被抚平，后退一步，朝他挥手："学校见！"

沈肆一直注视着她，直到她的身影进了小区花园，车窗才缓缓升上，开走了。

几乎是关上车窗的一瞬间，他眼里的温度骤然冷了下来。

一夜无眠，行李箱中的巧克力盒空了。

凌晨呵气成冰，房间里没有开灯，一片黛蓝的昏暗。

电脑荧幕的冷光映在沈肆眼中，像是折射着刀刃的锋寒。

他捏了捏那个小小的U盘，对照着许知书给的霍家资料，隐藏IP给上头的邮箱发了一份足以让对方心动的匿名邮件。

附带一句话：我有你想要的东西，来做个交易。

元旦之后，就是两周暗无天日的期末冲刺复习。

复习冲刺的日子既枯燥又累，每天都是刷题讲试卷，没有片刻的喘息。晚上赶夜车的学生很多，第二天晨读课时睡倒一大片。

童妍倒是一点也不累，反而一天比一天精神。

昨天听唐也说，她和沈肆都顺利晋级了，开春后就要代表省队去武城参加全国决赛。

这意味着，沈肆马上就要回来了。

第二天，唐也来上课了，一大早就在和同桌成斯文斗嘴，说："不小心碰了一下你的桌子而已，至于擦上三五十遍吗？"

在走廊外听到唐也中气十足的声音，童妍心下一喜，忙加快步伐小跑进了教室。

她不知道自己在期待什么，光是想起又可以和沈肆朝夕相处了，心就跟插了翅膀飞起来似的轻快。

可她走到教室后排一瞧，刚飞起来的小心脏扑棱了两下，又慢慢坠了下去。

八组最后一排的位子是空的，沈肆没来上学。

不可能呀，他应该和唐也一块从省队回来了才对。

"无忌，这是给你的！"唐也扔过来一袋零食。

童妍接住，笑着说了声"谢谢"。

唐也摆摆手，问道："元旦节你怎么不说一声就走了？那天队里放假，我还想说带你和国际友人出去唱K呢，小柴惠一直想认识你来着……"

唐也后头说了些什么，童妍根本没注意听。

她就听清了一句——元月一号那天省队放假，那为什么沈肆对她说"忙"，拒绝和她见面呢？

"副组长，你元旦去省队玩了啊？都不叫我，太不够意思了吧！"

雷昊抓了一把妙脆角塞入嘴里，说话时喷出的碎屑落在成斯文的桌上，成斯文眉头拧成疙瘩，拿起纸巾疯狂地擦拭起来。

"我是回那边的家过节，顺便去看一眼而已。"

童妍并没有失落太久，很快便调整了心情，尽量用自然的语气过渡话题："沈肆呢，怎么没和你一起来？"

唐也靠墙坐着，回答："啊，他昨天给班主任打电话请假了。"

"请假？"童妍有些担心，站在位子上连书包都忘了放，连忙问，"他怎么了？"

"有事吧，他每年这个时候都会请假。"

唐也耸耸肩，不在意地说："不过你也别着急，明天不就期末考试了吗？全区统考，他肯定会来的。"

听她这么说，童妍心中又燃起了些许期待。

虽然统考是要打乱顺序的，她和沈肆应该不在一个教室，不过能见他一面也是好事。

跨年夜那晚，他后来情绪突变，看上去太糟糕了，让童妍担心了很久，一颗心始终吊着没有着落。

大课间时，班长果然领来了考试分班表和科目时间表，张贴在教室的前后门上。童妍记下自己的考场和考号，又把两张表拍了下来，顺便发给沈肆。

她可不想明天沈肆找不到地方，耽误了他考试。

一直到中午下课，沈肆都没回信息。

外头阴沉沉的，天气预报说这两天冷空气来袭，气温会降到零下。童妍吃过午饭回到教室休息，望着玻璃窗上凝结的冷雾想：不知道明天期末统考会不会下雪。

似想起了什么，童妍身子一僵。

"初二上期末考试前一天，下大雪，他送他妈去医院……"

脑海里突然回想起家长会那天在洗手间，王沛讥笑沈肆妈妈的那些话，再联想唐也早上说的"他每年这个时候都会请假"……

童妍不笨，稍加推测就能明白了——今天，应该是林阿姨的忌日吧？

沈肆是去祭拜他妈妈了吗？还是躲在哪个无人的角落独自舔舐伤口呢？

童妍光想想都心疼得不行，胸口闷闷的。

明天统考，下午要布置考场，不上晚自习。

下午五点，天色已经暗下来。童妍搬完课桌回家，走到一半没忍住拐了个弯，凭着仅有一次的记忆朝沈肆家走去。

她想去看看他，就看一眼。

沈肆家比自己家远，走了有半个小时，才看见老旧的小区矗立在眼前。

小区门口有大爷推着小车卖红豆饼，馨香扑鼻。童妍不由得想起了沈肆骑车带她冲坡的那个夜晚，想起了路灯下并排分食的红豆饼，从胃里一路暖到心窝。

二楼的声控灯还没修好，黑乎乎一片，童妍抱着油纸袋里的红豆饼上了五楼，迟疑着站在502房前。

门锁换新的了，看起来厚重又陌生，充满了防备。

童妍在心里默默打好腹稿，定神按响了门铃。

按了好几遍，屋里一点动静也没有。

是还没回家吗？童妍踮脚从猫眼处往里看，里面一片漆黑。

身后传来脚步声，童妍立刻转身，看到一个女人牵着小孩上来，用奇怪的眼神盯着她。

童妍尴尬地笑笑，往一旁站了站。

女人神情冷漠，抱着小孩儿进了隔壁家的门。

沈肆还没回来。童妍从书包里拿出一份旧卷子垫在楼梯台阶上，心想就坐在这儿等等吧。

这一等就是两个小时。

天完全黑了，外面飘着小雨，楼道里时不时有风从窗户灌进来，像是寒窖一样冷得人骨头疼。

手机也没电了，连打个电话问一声都不成。童妍也不知道自己为什么这么倔，将手揣在棉衣口袋里，心想再等一会儿，要是沈肆还没回来她就走了。

也不知道过了几分钟，楼下的灯一盏接着一盏亮了，有沉稳的脚步声沿着楼梯上来。

童妍僵硬地抬起头，和沈肆的目光撞了个正正着。

沈肆穿着一身黑，连帽卫衣的帽兜拉得很低，几乎遮住了眼睛。他显然没打伞，提着一碗汤粉，外套肩膀上洇出一片潮湿的暗色，额发湿漉漉地耷拉在眉上，整个人透着夜的凌寒冷峻。

他看到了蹲坐在台阶上的童妍，少女冻得鼻子通红，眨着眼愣怔地看着他。

楼道的灯亮了又灭，沈肆愣了两秒，第一反应是回头打量周围的环境。

确认没人跟着后，他这才三步并作两步跨上来，绷紧了嗓子问："你怎么来了？"

童妍没好意思说自己担心他，也没敢问他这一整天都去了哪儿，怕触碰到他

157

的痛处。

"你今天没来上课……"她顿了一下,拍拍衣服站起来,用带着明显鼻音的声音说,"我……我给你买了红豆饼。"

一见到沈肆那张清寒的脸,童妍满肚子草稿忘了个一干二净,前言不搭后语,将手里早已凉透的红豆饼油纸袋递了过去。

沈肆的视线落在她通红的手指上,眉间沟壑很深,有点意外,也有点生气。

童妍心虚地低下头,像是做错事的小孩。

她本来想看一眼沈肆就走的,可还没来得及说话,就听见钥匙转动锁孔的声音响起。

继而她就被沈肆拽进屋里,关上了门。

"啪啪"两声摁亮客厅的灯,暖黄的光线倾洒下来,童妍不适地眯了眯眼,再睁眼时就看到沈肆目光沉沉地盯着她。

在亮光下,她才发现沈肆的眼睛里有微红的血丝,有种令人心疼的孤寒脆弱。

几个月没来,这屋里的摆设又空荡了不少,原先的玻璃茶几不见了,换成了原木色的,所有门锁似乎也换了新的。

更显冷清。

沈肆有些生气,想质问她为什么不回家,可一触到她那双水润忐忑的杏眼,什么苛责违心的话都说不出来了。

"吃饭了吗?"他哑声问。

童妍坐在沙发上,诚实地摇了摇头。

沈肆眉头皱得更紧,转身进了厨房,打开空空如也的冰箱,找不到食材,复又重重地关上。

他深吸一口气,将手里刚买的牛肉汤粉搁在了童妍面前的茶几上,俯身时满是浸透了冷雨的寒气。

"吃。"他说。

童妍摆手:"这是你的晚餐,我不能要!"

她想说她可以回去吃,但沈肆已经将一次性筷子塞到她手里,是不容拒绝的强势。

童妍用筷子搅了搅粉,隔着晕散的热气,对着沈肆笑了笑:"你快去冲个热水澡把衣服换了吧!这么冷的天淋了雨,千万别感冒了。"

沈肆静静地看着她,脸色已经比刚才要回暖了许多。

他没说话，垂下眼，轻轻抓住童妍的手。

童妍呼吸一室，僵着一动不动了。

一触即分，沈肆抿了抿唇。

"手这么冷。"他说，不知道在生谁的气。

"不冷，喝口热汤就暖和了。"童妍的心"扑通扑通"地跳快。

沈肆起身去了厨房，不一会儿就拿出一个灌满热水的暖水袋，轻轻塞到童妍没有拿筷子的那只手中。

热度顺着手掌攀爬，童妍心里酸酸涨涨的，又暖又疼。

世界上怎么会有这么好的少年？明明今天他才是最需要安慰的那一个啊！

"谢谢。"童妍吸了吸鼻子，弯着的眸子里盛着通透的水光，"今天我本来有点担心，但一看到你，就安心多了。"

沈肆没说话，转身去了浴室。

童妍看得出他有心事，神态不如元旦前放松了，一切变故都是从跨年夜开始的。

她刻意不去想那晚后为什么两个人的关系反而淡了，怕自己琢磨出一个难以接受的答案来。

童妍拍了拍脸颊，将乱七八糟的念头从脑海中赶走，然后打起精神去厨房拿了一套干净的碗筷。

回来时路过主卫，浴室的门虚掩着，透过一线敞开的门缝，沈肆赤裸着上身的身躯一闪而过。

就一眼，童妍不自觉地停下脚步，钉在了原地。

劲瘦紧实的腰腹肌肉上，两道交错的旧伤盘踞在上，被热水一冲，微微发白，狰狞触目。

她鼻子发酸，没留意沈肆套上衣服出来，拉开了浴室的门。

四目相对，沈肆率先移开了目光，将衣服下摆扯了扯，遮得更严实了些。

童妍什么也没说，转身跑回客厅，将碗筷搁在茶几上，再将碗里的粉分过去一半。

"我吃不了这么多，而且也不好意思吃独食。这样，我们一人一半，谁也别争，谁也别让。"她笑着朝沈肆招手，"沈肆，过来一起吃吧。"

沈肆知道她看到了，试图从她眼中找出一丝厌弃和害怕，可她眼里干干净净的，一点阴霾都没有。

沈肆用毛巾擦着头发走过去，童妍已经将碗筷推到了他面前。

他将毛巾搭在脖子上,拿起筷子将煎蛋和牛肉夹去童妍碗里,这才端起自己的那份吃了起来。

童妍没再推辞,小口小口咬着煎蛋。冬日雨夜,似乎也没那么寒冷了。

沈肆放下碗,拿起手机去阳台上打了个电话。

不一会儿他回来,对童妍说:"吃完了就走。"

放下碗就赶人,忽冷忽热的。

童妍捧着碗喝汤,睫毛低垂着,声音低低地"哦"了一声。

沈肆坐在沙发上擦半干的头发,蹙着眉不知道在想什么,动作有些粗暴,擦得头发都刺棱了起来。

过了很久,他低沉的嗓音才再次响起,平静地说道:"以后,不要来这儿了。"

"为什么?"童妍抬起头。

上次来他家,他也是这么说的。

他就这么不欢迎自己吗?

童妍隐隐猜到这样的沉默意味着什么。

她有点失落,抿了抿唇,低头跟在他身后下楼。

沈肆没有送她到一楼,在二楼就停下没动了,将书包交到童妍手里,又将她的围巾拉高些遮住半张脸,只露出一双漂亮的杏眼。

"别再来这儿。"他重复了一遍,"别让人看见你。"

童妍张了张嘴想说什么,最终只轻轻叹了一口气:"明天统考,我已经把考号和考场都发给你了。"

沈肆"嗯"了一声。

"明天,我们还能一起上学吗?"二楼没有灯,童妍看着黑暗中他的轮廓,"我在小区门口等你好不好?就上次的老地方。"

沈肆没回答,说:"走吧。"

"明天见!"童妍笑了笑,自己给他做了决定。

沈肆打开了手机电筒,照着光给她铺路。

童妍出了单元楼,发现一辆熟悉的小车停在楼下。

车窗摇下,许知书笑眯眯地同她打招呼:"上车吧,我当一回护花使者。"

许知书出现得太巧了,就像是故意等在这里似的。

童妍想起了沈肆躲去阳台上打的那个电话,回头看了一眼,手电筒的光灭了,楼道口一片漆黑,看不见沈肆的身影。

但她知道，他一直在默默注视着自己。

童妍脸上带着笑，安心地上了车。

今天还是有收获的，她知足了。

到家已经八点半了，童妍含着笑开门，就听见一道严厉的声音传来："怎么才回来？你老师在家长群说了，今天不上晚自习，去哪儿了？"

童妍脱鞋的动作一顿，望向客厅里正在整理行李箱的女人，唤了一声："妈妈？"

周娴拢着流苏披肩，身材管理得很好，五官依稀能看出年轻时的美丽风韵。

只是毕竟是当了几十年一线教师的人，眉头习惯性地皱着，大部分人一眼记住的不是她美丽的外表，而是强势精明的性格。

童妍关上门，声音不自觉地低了几个度，问道："您什么时候回来的？"

"六点到家的，等了你两个小时，饭菜都凉了。"

周娴起身走到客厅，将桌上的饭菜重新放入微波炉加热："电话也打不通，你这孩子怎么回事？"

"对不起啊妈妈，我去朋友家玩，手机没电了。"童妍自觉地过去帮忙端碗盛饭，含糊地说。

在周娴面前，她不敢撒谎。

见童妍主动认错，周娴眉间的郁色平缓了些许，絮叨道："什么朋友这么重要？明天就要统考了，别人都抓紧一分一秒复习冲刺，你这孩子怎么就不着急呢。"

童向阳坐在沙发上看电视，插了一句嘴："孩子长大了，交个朋友也不是坏事。而且闺女平时学习挺认真刻苦的，考试前放松一下也无可厚非嘛。"

周娴本来消气了的，瞬间火气又上来了，说话连珠炮似的："好人都让你做了是吧，童向阳？回了家什么事也不干就搁沙发上躺着，两片嘴皮子上下一碰多轻松！知道女儿读书辛苦怎么不照顾一下她的伙食？整天就惦记着你那个破事务所，一学期了，你这厨房里的锅碗瓢盆都是新的，压根儿就没做过一顿饭，妍妍整天在外面吃，那营养能跟上吗？"

"话题扯远了啊领导，这不是两码事吗？"童向阳调高了电视机音量。

夫妻俩总是说着说着就吵起来，童妍忙打圆场："爸、妈，先吃饭吧！这鱼汤好香啊，不愧是妈妈的手艺！"

"吃鱼补脑，专门给你做的。"周娴果然被分散了注意力。

童妍在沈肆那儿已经吃了半碗粉了，肚子并不饿，被周娴逼着喝了一大碗鱼

161

汤就没胃口了，找了个复习功课的借口回了房间。

餐厅里传来夫妻俩断断续续的说话声。

不一会儿，平静的说话声变成争执，周娴指责童向阳吃完饭不收碗，一堆陋习没有给孩子做个好榜样。

童家的生活气氛永远是两种极端，夫妻分居的时候清清冷冷，放学回来都看不到一盏亮着的灯。可好不容易一家团圆了，又总是三两句话说不到一块儿去，必定争执起来，谁也不肯服输。

童妍有点累了，戴上耳机，轻缓的音乐阻隔了外头零碎的拌嘴声。

笔尖在卷子上洇出一个墨点，童妍不禁想起校园文化节的前一天，沈肆来她家做小吃的画面。

他话很少，做菜时除了锅碗碰撞的声响，再没别的声音。

可童妍觉得很热闹，很温馨。

鬼使神差地，她拿起手机给沈肆发了一条信息，问他：睡了吗？

童妍觉得自己真够无聊的，明明知道沈肆今天心情不好，还大半夜去打扰人家。

她将拇指按在刚发出的信息上，正准备撤回，手机"嗡"的一声振动起来。

"怎么了？"

——沈肆竟然给她回了信息！

童妍本来不抱希望的，看到这条信息眼睛倏地就亮了，感觉自己又恢复了一点元气。

似乎每次自己心情不太好的时候，沈肆都能察觉到，上次载她骑自行车时也是这样。

她回复：你还没睡呢？哎，我是不是打扰你了？

她又迅速补了一句：也没什么，就是想和你说明早七点十分，小区门口见！

那些不开心的小烦恼，还是不要和沈肆说好了。

过了很久，沈肆才回复了一条。

童妍没忍住勾起了嘴角。

他说：嗯。

早上起来的时候，周娴已经准备好了早餐。

别的不说，周女士在照顾生活方面从来都是个称职的母亲，一周饭菜可以不重样地做。今天的早餐是奶酪吐司加土豆饼，馨香扑鼻。

童妍整理好书包出来,吸了吸鼻子问:"妈妈,我可以带一份去学校吃吗?"
"你吃得下这么多?"周娴并未起疑,"吃多少拿多少,别浪费粮食。"
"好嘞!"
童妍匆匆吃了两口,拿了保鲜膜打包了一份塞入书包里,笑吟吟地说:"爸、妈,我去考试啦。"
"第一场考语文,认真点!作文要注重内容结构,不要总写些无病呻吟的意识流文字!"
周娴在一旁耳提面命。
"知道了!"童妍穿好鞋子,甩着小马尾辫出了门。
昨晚下过雨,空气湿冷,吸入喉咙里针扎似的难受。
但童妍还是很开心,她看到了等在小区门口路灯下的沈肆。
"沈肆!"她开开心心地跑了过去,但很快又皱起了眉头。
那辆酷炫的山地自行车停在路边,俊俏的少年穿着蓝白的校服站在路灯下,头发和衣服都很潮湿,像是浸透了一夜的雨水般清寒。
"你衣服和头发怎么了?"童妍伸手摸了摸他的校服,又潮又冷。
"刚才又下雨了吗?"她又抬头看了一眼天空,没有下雨的征兆,地面也基本是干的。
没可能呀!昨晚她睡前还特地看了天气预报,雨夹雪到清晨四点就停了。
沈肆眼睑下有淡淡的阴影,目光平静地看着她。
童妍那点小兴奋都化为心疼,现在时间不够,也不能让他回去重新换件衣服了。
想了想,她解下自己的围巾,踮起脚挂在沈肆脖子上,一边围一边对他说:"你身上怎么这么冷啊?这样不珍惜身体可是会生病的。"
脖子上的温暖骤然消失,风吹过来,冷得她打了个寒战。
沈肆摇了摇头,握住她的手腕。
他没有戴手套,手指冷得像冰,将围了一半的围巾解下来,重新裹在了童妍幼嫩的脖颈上。
"不用。"他说,嗓子哑得像是被砂纸打磨过。
"怎么不用?你嗓子都沙哑成这样了,是昨晚没睡好还是感冒了?"童妍的笑容没了,皱着眉的样子有些严肃。
沈肆扭头,手握拳抵着嘴唇清了清嗓子说:"没有。"
童妍无奈,没有和他争,怕他觉得烦,也怕破坏这难得的相处时刻。

她从书包里拿出热乎的早餐，递给沈肆说："那你先把早餐吃了吧，我妈做的奶酪吐司和土豆饼，特别好吃！"

沈肆垂眼看着那份包裹严实的早餐，很久都没有伸手接。

他的眸子里一片幽暗，埋藏了太多心事。

"不喜欢吃吗？"童妍微微侧首，很快有了新主意，"那……我们去吃校门外的那家馄饨？"

沈肆抿着唇，这样的沉默令童妍有些不安。

"怎么了，沈肆？"童妍小声问，"你是不是觉得我太烦了？哎，我就是想……"

"童妍。"沈肆手插兜站在那儿，额发湿漉漉地搭在眉前，对面前干净明媚的少女说，"以后不用等我了。"

这句话来得太突然了，童妍一点准备也没有。

她一愣，小声问："能告诉我为什么吗？"

小区门口有人出来，视线在两个学生身上扫了一眼。

沈肆立刻绷紧了身子，眼睛冷冷地盯着出来的那个人，直到确定对方只是路过，才稍稍放松了神色。

他喉结滚动，像是吞了刀片般喑哑："被人看见不好。"

被人看见不好……

沈肆居然也在意起别人的眼光了？

为什么呢？是不是他有喜欢的人了，怕对方误会了他和自己的关系？

她或许该问个明白，却又怕听到最差的那个答案，连朋友也做不成。

"这样啊，那我知道了。"那双通透的杏眼黯了黯，却还是故作精神，抬起头笑道，"不过呢，早餐还是要吃的！好好考试，试卷尽量写满，不许再交白卷了，知道吗？"

她将早餐塞到沈肆手里，乖巧得让人心疼。

"嗯。"沈肆垂着头，突然变得烦躁起来。

他不知道该怎么说，就算自己成功扳倒了仇人，他也不再是九年前那个干干净净的小孩儿。他是肮脏的，身体里流着疯子的血，看不见出路和未来。

他恨自己，十八岁的高中生力量还太渺小；他也恨命运，给了他一束光却不能触摸。

少女还乖巧地站在眼前，眸中没有怨怼，干净得像是一汪秋水，倒映出他此刻的狼狈。

再待下去，沈肆怕自己会心软后悔，只能握了握拳，将早餐塞入校服口袋里，转身跨上了自行车。

沈肆就这么走了。

他应约来小区门口见面，只为对她说一句"以后不用等我了"。

童妍深吸一口气，低着头独自朝学校走去，觉得自己的心情也像是今天的天气一样，层层乌云笼罩在心头。

今天考两门，上午语文，下午数学。

数学后面有一道二十分的大题，和童妍在之前的学校考的一张摸底卷上的题目一模一样，连数字都没有变动。

童妍很快写完了，估摸着分数不错，提前十五分钟交了卷。

沈肆的考场就在楼下，她还是没忍住，偷偷下去看了一眼。

可沈肆已经不在座位上了，交卷交得比她还早，她只好悻悻地回了家。

第七章 嫉妒

翌日,童妍吃了早餐下楼,路灯下空荡荡的,果然没再看见沈肆的身影。

童妍心里也跟着一阵空落落。

她是个藏不住心事的人,想了很久,还是决定去见沈肆一面。

长痛不如短痛,就当是,求个结果吧。

小区门外等不到沈肆,童妍就去他的考场门口等。

打了开考铃了,监考老师看了童妍几眼,问道:"这位同学,你是哪个考场的?还一直站在外面吹风干什么,赶紧去考试!"

童妍吸了吸冻红的鼻子说:"老师我头晕,出来透透气,一会儿就好。"

"那你注意时间,开考后十五分钟就不能进考场了。"监考老师说完,关上了前门。

五分钟,十分钟……

沈肆的身影终于踩着最后几分钟的尾巴,缓缓出现在空荡荡的走廊尽头。

他走得慢而随意,见到童妍,步履一顿,微微凝神。

童妍立刻绽开笑颜,朝他挥了挥手。

沈肆看了她很久,终是垂下眼睑,认命地朝她走来。

"昨天看你精神不太好,怕你在考场睡觉,给你带了一杯咖啡。"

童妍将罐装咖啡塞到沈肆手里,压着嗓音说话,怕里头的监考老师听到动静。

但她的眼睛是灵动的,天生的乐观派,盛着隆冬阴云下的一线天光,仿佛忘了昨天在小区门口有人对她说了怎样过分的话。

沈肆握着那罐咖啡,手垂在身侧,张了张嘴。

"我知道你要说什么,你不想让别人看见我们走得太近。"童妍轻声打断了他的话。

于是沈肆就闭了嘴。

童妍叹了一口气,捏着校服下摆说:"我今天来,只想问你一句,你是不是……"

她顿了一下,有些艰难地说:"是不是怕别人误会我们的关系?"

沈肆眉毛微挑,似乎很意外她会得出这样的结论。

童妍一直看着他,眸光闪烁,忐忑而倔强,看得人心尖微颤。

沈肆是一个离经叛道、满身尖刺的人,他知道用哪一根刺扎人最疼。

他有一千种办法让童妍对她敬而远之,但他笃定,只要自己说一声"是",她眼里的光立刻就会破碎溢出。

沈肆怎么敢伤害她?

他怎么可以伤害她?

手指几乎将罐装咖啡捏破变形。

他隐忍到心脏生疼,哑声说:"不是。"

话落的瞬间,少女眼中的光彻底绽开,一片绚烂,笑容顺着嘴角攀上眉梢。

童妍长舒了一口气,像是得到什么恩赦似的,眼尾红红,却笑得无比灿烂:"太好啦,我放心了!"

沈肆安静地看着她。

为什么她这么高兴?这难道不是意料之中的答案吗?

"谢谢你告诉我答案,沈肆!"童妍心上的一块石头总算落下了,"我要去考试了,你也赶快进去吧!"

直到她转身跑上楼,沈肆还站在原地。

童妍又有活力了,原地满血。

考完理综,她下楼去找沈肆,却看见他早已不在位子上。

沈肆没见到,她倒是见到了狼狈不堪的成斯文。

每当遇到这种事情,童妍的第一反应就是开手机录音存证。

没想到这次碰到了一群硬茬儿,她刚偷偷把手机从口袋里拿出一个角,一旁的校霸就注意到了她的小动作。

"少多管闲事,小妹妹。"校霸嘴角勾着笑,不怀好意的目光阴森森地落在童妍身上。

那群渣滓笑着走远了,其中一个还不忘回过头来,抬手在脖子上一横,对着成斯文做了个抹脖子的动作。

这已经是赤裸裸的威胁了。

成斯文脸上一点血色也没有，牙齿一直在打战，也不知道是怕还是冷。

见成斯文精神状态很差，童妍叹了一口气："我先带你去医务室吧。"

成斯文摇摇头说："不用了，我先回去换件衣服。"

看着成斯文萧索瘦弱的背影，童妍也没法丢下他去找沈肆。

她想了想，还是悄悄跟着成斯文下了楼，然后给班主任陈勉打了个电话。

"他现在往明诚楼那边去了，伤口也没处理，我怕他钻牛角尖想不开。"童妍远远地跟着，向电话那头的人汇报。

陈勉的声音听起来很严肃："行，我已经看到他了。接下来我会处理，辛苦你了，快回去吃饭吧，别耽误了下午的考试！"

听班主任这么说，童妍才想起看一眼时间。

下考半小时了，沈肆铁定不在考场里了呀。

不过童妍并不后悔，见成斯文跟着陈勉走了，这才松了口气，朝校门外走去。

下午考英语，因为是最后一场，提前交卷的学生很多，有学霸，更多的是学渣。

厕所隔间里，沈肆背着运动包。

匿名邮箱里有封回信，那个人说对他手里的U盘很感兴趣，说条件任他开。

沈肆一直吊着对方的胃口，没回。

他在思考下一步的动作：为了保险起见，手里的底牌不到最后一刻，绝不能轻易打出去。

霍钧是个没有正常人思维的疯子，偏执又病态，为了斩断他和沈光宏的联系，为了逼他认命屈服，什么事都做得出来。

林绮抗争过，可她还是死了，霍钧总要找个发泄疯病的替代品。

沈肆不怕拼命，只是偶尔从名为"童妍"的阳光下回到黑暗中，总会想起浴缸里鲜红的血。

当初他没能保护好母亲，现在只剩下童妍和沈敛，绝对不能再有任何闪失。

明知赌不起，可每次一见到童妍那双干净含笑的眸子，听她用甜软的嗓音说话，心底高高筑起的城墙总是溃不成军。

该怎么办呢？

他一点办法也没有。

一阵纷乱的脚步声传来，一串聒噪的说笑声打断了沈肆的沉思。

"要说肤白腰细,那个叫童妍的妹子绝对正点。"

隔间里,沈肆眸中闪过一片暗色。

外面的声音还在继续:"那个站在走廊上帮娘娘腔说话的小美女?衣服太厚了,看不出身材啊。"

厉行捏了捏手指,放到鼻端深吸一口气,仿佛上面还残留着少女清淡的发香。

"当然是摸了才知道啊。"厉行说。

沈肆推开了隔间的门。

童妍一从考场出来,就听人议论沈肆又和同学起了冲突。

据说这次还比较严重。

对方家里和校领导关系近,沈肆已经被叫去政教处问责了。

童妍当即心里一咯噔,命也不要了地朝政教处跑去。

到政教处门口,就见门从里头打开,陈勉领着沈肆走了出来。

童妍一愣,和沈肆的目光对上。

沈肆一愣,然后抿唇移开了视线。

"童妍,你来这里干什么?"陈勉问。

"陈老师……"童妍气息不稳,喘着粗气断断续续问,"沈……沈肆他,没事吧"

"怎么没事?这事还没完呢!"陈勉作势在沈肆腿上踢了一脚,显出愠怒的样子"一天天的就惹是生非,滚回教室面壁去,别在领导面前碍眼!"

沈肆眉头都没皱一下,硬生生受了,干净的校裤上立刻多了一个皮鞋底印。

"老师,您别……"

明知道陈勉没有用力,童妍还是向前一步,心疼得不行。

陈勉给她使眼色,用嘴型无声地说:"带他走。"

童妍眨眨眼,明白了:陈勉这是做样子应付领导,好找个借口把沈肆保走呢!

"老师您放心,我肯定监督他认真、彻底地反思错误!"

童妍和陈勉一唱一和,一秒钟也不敢耽搁,牵起沈肆的袖子把他带走了。

"哎陈老师,就这样让他走了?"办公室里,政教员难以置信道。

"周主任,这件事我觉得吧……"陈勉堵在办公室门口,把政教员推了回去,"砰"地关上了门。

童妍一口气拉着沈肆下了办公楼,唯恐慢一步她的小王子就会被人抓走。

路上下考的学生来来往往，到了大厅，沈肆便站着不动了。

童妍见拉不动他，着急地回过头看了一眼，催促道："赶紧走呀，要是政教员追上来了怎么办？"

沈肆眼里的戾气不见了，平静地看着她，然后垂眼，安抚道："没事。"

童妍紧绷的那根弦才慢慢松弛下来。

"真的不会有事吗？你有没有受伤？陈老师踢疼你了吗？"她心有余悸，问出一连串问题。

沈肆只是摇头说："没有。"

童妍点点头，安静了一会儿，又问："刚刚发生了什么？他们欺负你吗？"

这回沈肆不回答了，淡淡地移开了视线。

童妍叹了一口气，显出无奈的样子。

沈肆抬手在她眉心点了点，带着薄茧的指腹轻轻划过，很痒。

"别皱眉。"他说。

童妍于是听话地笑了笑。

两个人一前一后朝教学楼走去。

学生来往不断，他们湮没在人群中，好像如此普通，又好像如此特别。

到了三楼和四楼之间的楼梯转角，童妍忽然叫住了沈肆。

"我帮你把裤子上的鞋印拍掉吧。"

说着，她轻快地下了一级台阶，站在和沈肆齐平的高度弯腰，素白的手轻轻拍打着那枚清晰的鞋印，目光很专注。

沈肆体温高，穿得薄，那轻柔的抚拍轻而易举地透过布料传到了大腿上，令他不自觉地绷紧了肌肉，几乎仓皇地后退一步。

"别动！"童妍皱眉，直接扯住了他的腰带，不让他乱跑。

大概刚才跑得热，她没裹围巾。微鬈的马尾辫从耳边滑落脸颊，露出少女纤细幼嫩的脖颈，白得好似能发光。

"够了。"

他抓住童妍的手，不知道为什么嗓子很沙哑。

少年的掌心烫得不行，童妍又有一种想要打哆嗦的冲动，睫毛颤抖了一下，低头"哦"了一声。

"差不多干净了，你回去再泡一下，应该不会留下什么印记。"童妍小声叮嘱。

沈肆静静地听着，松开手说："嗯。"

至少这一刻，沈肆没有推开她，童妍还是挺开心的。

她笑了笑，转过拐角，正准备再聊点什么，忽然就听见前面走廊传来一声熟悉而严肃的声音。

"妍妍，怎么下考这么久了才回来？"

周娴挽着挎包从办公室出来，皱眉看着笑吟吟地蹦跶过来的女儿。

"妈……妈妈？"童妍的笑僵在了脸上，眼睛下意识瞥了一眼身后的沈肆，有点手足无措，"您怎么来了？"

沈肆认出了周娴，脚步微妙地一顿。

片刻，他垂下眼睑，像是普通路过的学生般淡漠地擦过童妍的肩，朝教室走去。

"来问问你的学习情况。"周娴的目光从沈肆身上一扫而过，很快移开。

她压根儿没有认出他来。

沈肆清冷的背影走远了。

面对领导和老师时也桀骜不驯的少年，第一次低头避让。

童妍望着沈肆独自离开的背影，不知为什么，心里忽然泛起一阵绵密的心疼。

一中对高三学生的时间安排得很紧，基本都是当天的考试当晚阅卷。昨天的两门科目，今天已经能在老师的阅卷系统里看到小题分了。

这也是周娴来学校的原因之一。

"你的小题分妈妈都仔细看了，数学第八小题那么简单的三角函数实在不应该算错，选择题要争取拿满分才行。"

周娴一边开着车，一边给童妍分析："还有语文，妈妈跟你说了多少遍，现在越来越倾向于应用性文体的考察，要多关注时事，精炼的思想和准确的内容才是最重要的。妍妍，作文53分对你来说有点低了，仔细一看还是能发现很多问题，回去好好复盘。"

童妍其实对这次的考试成绩挺满意的，语文十有八九稳住了全年级第一，数学也只错了几道小题，进步挺大。

但似乎周女士看到的，永远是她错的那一小点。

不过童妍都习惯了，唠叨听听也就过去了，笑着应答："知道了，妈妈。"

周娴点头："各科老师都说你是个省心的学生，上课认真，学习勤奋，在学校和班级活动中的表现也很突出。"

正当童妍以为自己好不容易能讨个表扬时，周女士话锋一转，继而道："能力强是好事,但下学期就要高考了,妈妈还是希望你能将时间多用在学习上。还有你的座位,下学期必须给我换到前排去。"

别的都好说,换位子这个真不行。

童妍立即说:"后面挺好的呀!您看我坐后面一个学期了,成绩不一直在稳步提升吗?"

周娴:"那也不能一直坐后面,对眼睛不好。"

童妍让步:"换位子也成,不过得整个小组一起搬到前排去。我和小组的同学都建立感情了,换了新的组员又得重新适应。"

周娴沉默了一会儿。

"妈,我就这么一个小小的要求,您都不乐意吗?"

童妍是真不想和现在的组员分开,尤其是沈肆。

周娴看了童妍一眼,说:"高三还弄学习小组帮扶,我本来就不赞同。大家都是要冲刺独木桥的人,尚且自顾不暇,谁还有力气帮谁?而且我听别的老师说,你们后排有几个学生心思根本不在读书上,太影响你学习了。"

童妍十分无奈:"没有谁影响我学习,大家都挺好的。"

"你这孩子,怎么突然这么犟呢?"周娴语重心长,"作为一名教育工作者,妈妈也一直强调学生人品比成绩重要。但作为一个家长,私心里我更希望你周围都是和你一样优秀的人,这样你们才能够互相成就。"

童妍想说她现在的同桌就是小时候那个完美的"别人家的孩子",可她忘不了沈肆垂头走进教室的背影。

"怎么不说话,觉得妈妈烦了?"周娴瞥她一眼。

童妍张了张嘴,复又闭上,最终只疲惫地摇了摇头。

她知道周娴是为了自己好,正因为知道,所以才没法理直气壮地反驳她。

见女儿突然沉默了,周娴想宽慰几句,却又拉不下脸,只好打开车载音响,播放轻音乐缓和气氛。

童妍吸了吸鼻子,突然有点想念沈肆了。

不知道他看见周女士出现在眼前,会不会想起他的妈妈,然后一个人躲起来难受……

她拿出手机,没忍住给沈肆发了一条微信:在干吗呢?

过了很久,童妍都回家吃过饭了,沈肆的消息才"叮咚"一声出现在屏幕上。

他说在训练。

童妍想问问他心情还好吗，却又觉得这样太刻意了。

童妍：我和妈妈一起回家了，后来也没来得及和你说话。

她搓了搓手指，撒了个无伤大雅的小谎：我妈还说，没想到我有一个这么优秀的同桌，让我多向你请教学习呢！

训练馆内，沈肆看着对话界面这句话，良久无言。

小姑娘连撒谎都不会。

他记得周阿姨对童妍管得很严，从不许她和家庭教育有问题的，以及调皮的坏孩子交朋友。

且不说周娴根本没认出他来，就算是认出来了，恐怕也只会立刻"孟母三迁"，让童妍离他远远的，又怎么会夸奖一个无父无母的问题学生呢？

他不怨周娴，任何一个正常的家长都不会喜欢自己这样的人。

他只是不知道该怎么面对，这样堕落肮脏的自己，却在肖想着别人的掌上明珠。

横跨在他们之间的，从来都不只是空白的九年，更是家世的云泥之别。

沈肆没有再回信息。

手机屏保上，江边夜景中的少女手握奶茶甜甜地笑着，亮了几秒，然后回归黑屏。

童妍病了。

大概是之前学习太累，考试完后紧绷的弦松懈下来，之前积累的小毛病就全涌了上来，昏昏沉沉烧了一整夜。

第二天早上倒是退了烧，但她还是头重脚轻的，身体像是煮熟的面条般没有力气。

"要不向老师请假吧。"童向阳心疼道。

周娴也心疼，拿着体温计看了很久，皱眉说："能坚持就坚持一下吧，今天各科老师肯定会讲解统考试卷。"

童向阳急得提高了音量："都这个时候了，还惦记卷子干什么？闺女这种状态能听好课吗？"

周娴将体温计往桌上一拍："童向阳你吼什么呀？我不就是好心提个意见吗？"

眼看着夫妻俩又要吵起来，童妍脑袋里嗡嗡的，带着鼻音沙哑地说道："我没事，能坚持的。"

高三没有太多的假期给学生放松。

寒假统一补课,期末考试后补一周,开学前再补一周。这样一来,一个月的假期就缩短至半个月。

周娴中途去买了感冒冲剂,送童妍赶到教室的时候,晨读课已经下课了。

"你刚吃了早餐,过半个小时后再吃药,别忘了。"

周娴将装感冒药的小袋子和保温杯递到童妍手里,摸了摸她的脸颊,难得温柔地说道:"快进教室吧。"

童妍戴着口罩,围着厚厚围巾进了教室。

李语涵迎上来说:"早上你没来,我帮你把背诵任务布置了。"

童妍说了声"谢谢"。

李语涵吓了一跳,问:"你嗓子怎么这个鬼样子?感冒了吗?"

童妍点了点头,刚要说话,就见沈肆从教室后面走了进来。

他本来脸色很冷,但见到全副武装的童妍,拉椅子的动作就顿了一下。

沈肆坐在位子上看她。

迟钝地察觉到沈肆的目光,童妍轻咳了两声,然后朝着对方弯了弯眸子:"早上好,沈肆。"

沈肆轻轻皱起眉头。

她的声音实在太哑了,一点也没有平时的朝气清甜。

他低声问:"怎么了?"

"感冒了。"童妍又咳了两声,清了清嗓子说,"我身体太弱了,一学期感冒两回。"

沈肆的眉头皱得更紧,看了她几秒,忽然拿着包起身。

童妍被他突然起身的动作吓了一跳,淡蓝色的口罩上方,一双眼睛眨了眨:"要上课了,去哪儿?"

"药?"沈肆只问了一个字。

"感冒药吗?我带了的,过半个小时再吃。"童妍拿出那袋感冒冲剂,塞入课桌抽屉里。

沈肆眉间的焦躁这才淡了一些,又放下包坐回座位上。

放感冒药时,童妍察觉到自己抽屉里有东西。

她愣了一会儿,低头掏出来一看,是一袋已经冷了的早餐,还有一个粉红色的信封。

"班长,你给我带早餐了吗?"童妍问李语涵。

李语涵摇头:"没有啊!"

她看到了童妍手里的信封,露出了然的眼神。

"小妍妍,该不会是哪位帅哥给你带的爱心早餐吧?"李语涵一脸八卦地凑过来。

"别胡说!"童妍将信封扔回抽屉里,下意识地瞥了沈肆一眼。

沈肆扫过抽屉里露出的信封一角,眼睫下落着一片阴翳,冷冷的。

不知道是不是错觉,童妍觉得他的心情比刚才糟糕了不少。

偏偏李语涵还在一旁怂恿她:"不打开情书看一下是哪家田螺少年暗恋你吗?"

"你少说两句吧!"

童妍心里直打鼓,怕吵得沈肆生气,起身将挤眉弄眼的李语涵推走了。

沈肆始终望着窗外,没再开口说话。

第一节是数学课,陈勉讲卷子前开了个简短的班会。

"鉴于最近发生的一些事情,我今天多嘴讲两句。我一直不用所谓的'好学生'的标准要求你们,因为我觉得做一个好人,远比做一个好学生重要。"

陈勉手撑着讲台,环视下面逐渐成熟的学生:"什么是好人?既追求强大力量,又有怜悯之心,既爱自己,也爱众生。这一点在面对和我们观念不同的人时,格外重要!"

陈勉说,女孩可以喜欢汽车刀剑,男生也可以喜欢芭比娃娃,这不是什么可耻的事。

前排,成斯文抬起头听得很认真,眼尾有点泛红。

他听出来了,陈勉这些话就是在为他声援。

童妍一开始还有精神听,到后半节课讲卷子时,她的脑袋越来越沉,呼吸也越来越粗重,意识变得断断续续。

她连拿笔的力气都没有了,感觉有什么东西拉着她往黑暗的深渊里下坠。

她手撑着下巴,脑袋一点一点的,突然眼前一黑,额头朝桌面砸去。

想象中的剧痛并没有到来,她额头磕在一片炙热的皮肤上。

童妍清醒了点,迷迷糊糊睁眼,发现是沈肆察觉到了她的异常,第一时间将手掌伸了过来。

她脑袋砸在了他的掌心里,额头被温柔地托住。

"你在发烧。"

沈肆一眨不眨地盯着她。

少女脸颊通红，张开嘴唇急促呼吸，露出一点洁白的牙齿，看上去脆弱得让人心疼。

"沈肆……"

童妍张了张嘴，觉得面前少年俊美的脸开始涣散扭曲，想重新抬起头来，却又舍不得他掌心的那片温暖。

讲台上，陈勉的声音远在天边，又仿佛近在耳旁，飘忽不定。

面前，沈肆耐心地托着她的额头，眼里满是焦急。

童妍没力气思索这一切是真还是梦，喘着粗气，意识也开始涣散起来。

等到她醒来的时候，已经是大课间操时间了。

童妍揉了揉眼睛，下意识地看了旁边一眼。

沈肆没在位子上，仿佛数学课上那温柔的一托只是个美好的梦境。

她咳了一声，头重脚轻嗓子干，从抽屉里拿出感冒冲剂，准备接点热水泡药。

可拧开保温杯盖她才发现，热气腾腾的，已经有人给她泡好药了。

不仅泡了感冒冲剂，小袋子里还多了两片退烧药。

童妍愣了两秒，以为又是那个送情书的男生偷偷做的，便把保温杯拧紧了放回去。

"怎么不喝？人家专门给你泡的药呢。"李语涵正巧路过，说道。

童妍呼出一口热气，无奈地说道："随便接受别人的东西不好，等会儿我自己重新泡一杯。"

"都什么时候了，你还讲究这些干啥？"

李语涵说："你同桌也是一片好心，别辜负人家了。"

童妍猛地抬头，问："谁？"

"什么谁？"

"你刚说这药是谁给我准备的？"

"你同桌沈肆啊！"

李语涵说："下课铃还没打完呢，他就拿着杯子冲出去打水了。回来的时候你还在睡，我想叫你起来喝药，沈肆还瞪我，不让我吵你。"

童妍瞬间头不晕口不干了，重新拧开保温杯，仰头将微烫的感冒冲剂一饮而尽。

原来上课那会儿发生的一切都是真的，沈肆一直在照顾着她。

童妍抿着嘴唇笑，清苦的感冒药吃到嘴里，也仿佛加了蜜糖似的甜。

也不知道是药效上来了,还是心理作用,童妍之后还真没那么难受了。

只是退烧药多少有点副作用,没过半小时她就有点儿犯困。

一开始她还能坐着听课,后来变成趴着,完形填空改到一半,手里的笔就歪歪扭扭画起了蚯蚓。

英语老师正在板书这次考试中的易错语法,回过头来就看见童妍趴在桌上睡觉,不由得敲了敲桌子。

童妍没反应。

沈肆背靠着椅背,眉宇间凝结着几分不耐。

"这么冷的天趴桌上,别冻坏了。"

英语老师调大扩音器音量:"周围的同学帮忙叫一下她。"

所有同学都顺着老师的目光往后看,聚集在童妍身上。

旁边六组最后一排的男生伸手想推醒童妍,冷不防一双冰冷的眼睛刺过来,阴沉沉地盯着他。

沈肆简直就是一头盘踞在领地里的恶龙,任何企图打扰童妍睡觉的人,都会被他的眼神秒杀。

那男生一抖,收回了手。

"老师!"李语涵举手解释道,"童妍生病了,不是故意睡觉的。"

英语老师虽然严格,但还是挺通情理的。闻言没再说什么,而是让看热闹的学生把头转回来,就继续讲课了。

童妍没有完全睡死,迷迷糊糊听到周围的一些动静,只是她实在是没有力气。

中途她换了一边脸压着睡,面朝沈肆那边。

清冷的少年眉骨深邃,鼻梁挺拔,半垂着眼在试卷上认真地做笔记,世界安静得好像只有笔尖摩擦纸张发出的细微沙沙声。

平时都是他上课睡觉,自己认真听课,今天竟然反过来了。

不过他认真的样子真的很有魅力,像是蒙了一层柔光的滤镜,全世界的喧闹都与他无关。

童妍觉得稀奇,浑浑噩噩地看了他两眼,复又安心地闭上眼睛。

童妍是被抽屉里的手机振动惊醒的。

她含糊地"嗯"了一声,眯着眼艰难地起身,眼睛还没睁开呢,就下意识将手伸进抽屉里摸索了起来。

接通电话后,她嗓音里还带着睡后的喑哑:"喂……"

"妍妍，都打铃十分钟了，怎么还没下来？"电话那头传来周娴的声音。

"妈妈？"

童妍醒了，环顾一眼空荡荡的教室，然后猝不及防和沈肆的目光撞在一起。

她竟是一觉睡到了午休时间。

同学们都去吃饭了，只有她和沈肆还在座位上。玻璃窗上凝着一层水雾，整个世界安静得仿佛只剩下彼此。

"妍妍？"

周娴的声音打断了她的愣怔。

"妈你等一下，我马上下来。"

童妍挂断电话，一件宽大的校服外套从她肩头滑落，明显是有人怕她睡着会冷，偷偷给她盖上的。

干净又温暖，带着熟悉的淡香。

沈肆没有穿校服外套。

意识到这一点，童妍身上的暖意顺着血液涌上脸颊，热乎乎的。

她既开心又心疼，强忍着想要将脸埋在校服里的渴望，将校服小心地叠放整齐，递给沈肆说："我说怎么睡得这么暖和呢，谢谢你的衣服！快穿上吧，要是冻着你了，我可就要惭愧死了。"

沈肆安静地看着她的眼睛。

童妍想了想，觉得沈肆那么爱干净，自己生病穿过的衣服直接还给人家也挺没礼貌的。

她吸了一口气，刚想说"要不还是把衣服洗干净了再还给你"，就见沈肆毫不介意地抓起校服外套披上，问道："好些了吗？"

"多亏有你，好多了！"童妍笑起来。

虽然声音还有些喑哑，可她一双杏眼又恢复了往日的水润灵动。

沈肆将拉链拉到顶，点头"嗯"了一声，下巴摩挲在拉链口上，冷冷的，酷酷的。

桌上的手机又"嗡嗡"振动起来，是周娴在催。

童妍不太好意思地按了侧键，调成静音。

虽然这样做有点对不起妈妈，但现在的气氛实在太安逸和谐了，她舍不得打破了。

沈肆扫了一眼手机屏幕，嘴角几不可察地一勾。

"记得吃药。"

说完，他背上运动包起身，顿了一下，然后大步走出了教室。

沈肆一走，童妍再也憋不住了，顿时趴在桌上，将脸埋在臂弯中疯狂地蹭了蹭。

她轻轻嗅了嗅，身上仿佛还沾染着沈肆外套上的气息，让人沉醉。

发现桌上用课本压着两张卷子，童妍心下好奇，抽出来一看，顿时一愣。

一张英语卷子、一张理综卷，每道题目后都密密麻麻写满了笔记和解题公式。

遒劲锋利的硬笔字体，不用说也知道是出自谁之手。

童妍模糊想起了自己睡着后，沈肆难得认真听课的侧颜。

原来那时他不是在更正自己的试卷，而是在给她誊写听课笔记。

沈肆太好了，世界上怎么会有这么好的同桌！

童妍的指腹摩挲过沈肆留下的字迹，一颗心满满当当滚烫的情绪，双眸弯弯，荡开一片星子般璀璨的笑意。

统考的排名第二天就出来了。

童妍这次数学考得不错，果不意外总分冲到了年级第二，陈勉在班会上很是表扬了她一番。

更让人意外的，是沈肆的成绩。

以往考试他都只写数学卷，各科成绩是两个极端。但这一次，他竟然乖乖将其他科目的卷子也都写满了，尤其是语文。

不说他是个特长生，单论文化成绩也勉强够上一本了。

连陈勉都说，如果沈肆能在武术上得个全国三甲的奖，降分录取，那必定是全国两所顶尖学府任他挑。

不只是班主任，整个学校都对他寄予厚望。

童妍也挺为沈肆感到高兴的。

上次月考后，她为沈肆出头，在语文老师面前夸下了海口，出了办公室的门就有点虚了。

本来她还担心沈肆考不出满意的成绩，会被语文老师叫去当众罚站，没想到转眼沈肆就给了所有瞧不起他的人一个漂亮的耳光。

她就说嘛，沈肆小时候那么聪明，怎么可能真的甘心做吊车尾学生？

他是天之骄子，即便短暂失意，也难以磨灭他身上的光芒。

更让童妍开心的是，沈肆似乎放松了不少，没有那么抵触她的靠近了。虽然他还是不许童妍在校外和他同路，但至少在学校里，他不会约束童妍。

周末下了一场小雪,天气很冷。

早自习,学校组织年级前五十名的学生去明诚楼前坪拍照,以便下学期放在宣传栏中展示。

童妍冒着雪拍完照回来,发现桌上的保温杯里照例装满了热水。

她含着笑,对沈肆说了一声"谢谢"。

沈肆随手给她拧开了瓶盖,又顺手搁到她桌上,说:"喝了。"

自从上次她感冒生病,每天沈肆都会抽时间拿她的杯子去办公室打热水,泡上感冒冲剂,然后督促她慢慢喝掉。

以往童妍生病都得咳上个把星期才能好,这一次三天就活蹦乱跳了,沈肆的热水可谓功不可没。

童妍听话地捧着杯子,吹了吹热气,对着沈肆的方向小口小口地抿着。

杯口热气氤氲,她眼里有着星辰般的笑意。

沈肆移开视线,听见童妍放下了杯子,雀跃地说道:"差点忘了!为了庆祝你考试大捷,我给你准备了一个小礼物!"

教室里十分热闹,每位同学都沉浸在即将放寒假的兴奋躁动中,没人留意这个小角落的动静。

童妍把礼品袋里的物件拿出来,放到了沈肆的桌上。

是一个黑色的U型枕,做成猫咪的形态,猫的身子弯成U形,眯着冰蓝色的眼睛,看上去很高冷。

"你看这猫像不像你?"童妍捏了捏枕头上的猫脸,笑吟吟地问。

沈肆挑了挑眉,眼神中充满了质疑。

童妍喜欢他不经意间流露出的小情绪,整个人看上去要生动很多。

她将U型枕塞到沈肆手里:"你总趴着补觉对脖子不好,这个送你啦!以后你去外地比赛,在车上补觉时也可以枕上。我试过了,手感特别舒服!"

沈肆半垂的眼睫抖了抖,修长的手指捏了捏枕头上的猫耳朵,没有拒绝。

童妍怕自己忍不住露出傻笑,索性随便翻开一本练习册,假装认真地刷题。

没过几秒,她的眼睛就忍不住往沈肆那边瞟。

余光瞥去,沈肆低头靠着椅背,还在玩腿上的U型枕头,眼神温和,氤氲着极其浅淡内敛的笑意。

一切仿佛回到了元旦前的相处模式,平静又撩人。

但并没有平静太久。

第二节课下课,突然听到教室后门有人喊她:"童妍,出来一下!有人找你!"

童妍抬头,就看到几个陌生男生围在教室门口,推推搡搡,抻长了脖子看她。

童妍有些不明所以,放下笔走了出去。

她问那几个男生:"找我什么事?"

"不是我们找你,是他!"

那几个男生嘻嘻哈哈跑到楼梯口,将一个高大的男生推搡了出来。

那个高大的男生留着贴头皮的短头发,浓眉大眼,长得阳光又帅气,目测估计有一米九,童妍得仰头看他,脖子特别费劲。

他看了童妍一眼,耳朵绯红,转身说:"要不还是算了……"

"来都来了,别怂啊,煦哥!"那几个男生堵住走廊,不让他走。

他们这么一闹,走廊上不少人笑着望过来,等着看热闹。

童妍就算再迟钝也明白他们的意思了,不由得后退一步。

"你们都别闹啊,弄得人家小姑娘尴尬!"

叫"煦哥"的高大男生赶走那群凑热闹的狐朋狗友,这才回过头来,紧张到手脚都不知道往哪儿放了。

憋了半晌,他挠头说:"童妍,你别生气。我就想……就想问问,之前问你的那件事儿……"

童妍一头雾水:"什么事?"

高大男生也一愣,揉着鼻尖有些尴尬:"我放你抽屉里的信,你没看吗?"

童妍想起来了。

原来这位就是粉色信封和蟹黄小笼包的主人。

童妍平时是不看这些的。

她摇了摇头,带着歉意道:"抱歉。"

"啊,没关系!你不用道歉,嗐,也没多大点事儿!"男生笑出一口白牙,爽朗地说道,"那我重新自我介绍一下,我是六班的曹煦,曹操的曹,和煦的煦。"

童妍对这个名字有点印象,好像是校篮球队队长。

用李语涵的话来说,也算是学校校草级的风云人物了。

"你可能不认识我,但我已经关注你很久了……那啥,我就问问,你晚上有没有空?咱们一起去看电影。"曹煦紧张到舌头都有些打结,"虽然我成绩不是很好,但品性绝对没问题,希望你……能给我一个认识你的机会,成不?"

沈肆从楼下上来，听到的就是这么一句。

他的脚步慢下来，眸中的暖色瞬间沉寂，化为一片幽深的寒意。

沈肆的出现令表白现场有一瞬间安静。

童妍越过曹煦的身体，看到了他，眼睛一亮。

四目相对，沈肆先移开了视线。

插在兜里的手紧握成拳，他的嗓音像是吞下刀片一般哑，说："借过。"

童妍还没来得及说话，就见沈肆抿紧嘴唇擦身进了教室，头也没回。

这样的场面，他就说了一句"借过"。

他好像一点也不关心自己喜欢谁，童妍有点小失落。

她没心情再和曹煦周旋，尽管他真的是个品性和样貌都还不错的男生。

"曹煦同学，能不能借一步说话？"

童妍将曹煦带去走廊的拐角，那里人少一点。

沈肆重重地拉开椅子坐下，前排的唐也被惊动了，和雷昊对视一眼，用嘴型问："他怎么了？"

雷昊耸耸肩，表示不知。

沈肆眸中一片阴戾，唯恐多停留一秒，都会控制不住将那群起哄的人掐死。

禁锢的潘多拉盒子终于被打开，他知道这种疯狂的情绪叫"妒忌"，如潮水般翻涌，吞噬理智。

明知不该看，明知是自取其辱，他还是忍不住将视线投向教室后门外的走廊。

这个角度看不见曹煦，只看见童妍微笑着仰头，同对面的人说着什么。

曹煦是什么反应，被门框和墙壁遮挡住了。

沈肆没由来一阵烦躁。

明丽乖软的少女，家世优渥的阳光男孩，站在一起天造地设似的和谐。

仿佛她天生就该和光站在一起，而不是被自己拉入地狱。

片刻后，对面伸出一只手来，递给童妍一个包装精美的盒子。

童妍摆手不要，那个人坚持，童妍想了想，收下了。那个小盒子藏在兜里，明晃晃地刺着人的眼，刺着人的心。

沈肆知道自己现在的表情有多可怕，嫉妒、痛楚，以及充斥着肮脏血脉里洗涤不去的偏执和疯狂……

他不能让童妍看到这样丑陋的自己，一言不发，提起包冲出了教室。

"哎，沈……"

童妍开口唤他，却只来得及捕捉到他消失在走廊外的背影。

他怎么突然走了？她还有好多话没来得及说呢。

童妍直接拒绝了曹煦。

曹煦挺尴尬的，排场闹这么大，最后弄成这样实在太丢脸了。

但他还是保持着应有的礼貌，强撑着笑将巧克力给了童妍，说反正也不知道送谁了，干脆给她当赔罪。

男生都爱面子，众目睽睽之下，童妍也不好做得太绝情，就收下了这份赔罪礼。

童妍解释了一番，然后毫不吝啬地将小盒子交到李语涵手里说："送给你了。"

"呜呜。"李语涵含泪胖三斤。

沈肆一直没回来。

那个U型枕孤零零地躺在沈肆抽屉里，才半天就失宠了。

童妍觉得自己也像是这个枕头，迫切且孤独地等待沈同学的抚摸垂怜。

之前沈肆还好好的，从曹煦出现后就不太对劲了。

他是生气了吗？还是出了什么急事？他不喜欢曹煦？为什么呢？

有没有可能，他之前对自己的纵容和关照，根本不是出于什么哥哥对妹妹的照顾？

这个荒谬的念头彻底搅乱了童妍平静的心。

她迫切地想要一个答案。

要知道沈肆的去处并不难，悄悄问唐也就知道了。

周日不用上晚自习，童妍给妈妈发了信息，说和同学出去吃饭，然后就按照唐也给的地址，打车去了武术馆。

月上中天，路灯昏暗。

童妍将最后一点面包渣喂给了路边乞食的野猫，就看见熟悉的少年从武馆出来，去推锁在路边的山地车。

童妍拍拍衣服站起身，少年一眼就看见了她。

短暂的愣神过后，沈肆抬腿跨上车座，一声不吭就要走。

童妍拦住了他。

刺——

沈肆紧紧捏着刹车，力气大到手指骨节都发白，看着童妍似惊似怒，喘息道："这样很危险，差点撞到你知不知道！"

童妍当然知道，但她不能就这样放沈肆走。

她不想带着不明不白的情绪度过整个寒假。

"你生我气了吗，沈肆？"童妍挡在他车前，抿着嘴唇问道。

沈肆别开眼睛，像是冷漠的冰山下沸腾着滚烫的岩浆，说："没有。"

童妍笑了，看着他的眼睛轻声说："你就不想知道今天我对曹煦说了什么？"

沈肆抿紧嘴唇，脚一蹬就走。

"我拒绝他了。"

少女的声音清晰地传来，沈肆有些不受控制，刹车停在了原地。

他痛恨这样轻易动摇的自己，却又忍不住想听到更多。

"但是不好拒绝得太难堪，所以我收下了巧克力，然后转赠给了班长。"童妍小跑着向前，问他，"你听见了吗，沈肆？"

月光照在雪地上，夜色中泛着温柔的白。

沈肆感觉自己的心死过一次，又活了过来。

他问："为什么告诉我这些？"

少女低着头，睫毛一颤一颤的，笑着说："不为什么，就是想告诉你。"

"回去吧。"

过了很久，沈肆压抑着嗓子说。

童妍愣住，心想自己都跑过来解释了，他怎么还不开心啊？

难道不是因为这件事？

"那……我们一起回家。"她又不死心地发出邀请。

"不可以。"

沈肆拒绝得十分坚决。

"为什么？以前都可以的。"童妍不明白。

"现在不可以。"沈肆看着她的眼睛，"乖。"

童妍心想：我一直很乖，可还是没法走进你的世界。

那么，今晚就让我叛逆一回。

两个人无声地对峙。

见她不动，沈肆狠了狠心，骑着山地车加速前行。

"沈肆！"童妍下意识去追，但雪天路滑，一不留神就滑倒在地。

膝盖先着地，火辣辣地疼，她再抬头时，沈肆已经不见了踪影。

这还是第一次，沈肆丢下了她。

校裤摔破了个小口子,童妍抱着膝盖坐在雪地里,有点委屈,又觉得自己活该,人家都已经拒绝得那么明显了还要死乞白赖地缠着。

她正发着呆,忽然听见前面传来一阵哐当的声响。

她愣怔地抬头,看见沈肆又回来了,车都没停稳就跳了下来。

酷炫昂贵的山地车被随意丢在路边,车轮徒劳地转动,少年眼里满是焦急和后悔,半跪着问:"怎么了?摔到哪里了?"

童妍愣怔地看着他,没反应过来他怎么又出现了。

还是这副表情。

见她不说话,沈肆眼睛微红,抬手在她眼前晃了晃,呼吸颤抖:"童妍,说话。"

"我没事。"

过了很久,童妍才找回自己的嗓音,眼里瞬间化开笑意:"别担心,就是膝盖……"

她话还没说完,沈肆已经弯腰伸手穿过她的膝盖,将她整个人打横抱起。

童妍低呼一声,下意识地搂住沈肆的脖子保持平衡。

童妍看着他干净的下巴,热血上涌,满脑子都是:这是怎么了?怎么突然就这样了?

这还是刚才那个凶巴巴、冷冰冰的沈大魔王吗?

路边有个开放的小公园,摆了不少健身器材。

雪后的晚上,里面一个人也没有。

沈肆将童妍抱到长椅旁,用手臂将椅子上的积雪清理干净,然后脱下外套垫在椅子上,再扶着童妍坐下。

"待着别动。"

沈肆说完,起身朝不远处的便利店走去,然后带回来一个装着药水的小袋子。

将塑料袋搁在椅子上,他半蹲着身子,将童妍受伤的那条腿抬起搁在了自己的膝盖上。

意识到他要做什么,童妍慌了,红着脸害臊道:"我自己来!自己来就行!"

沈肆没松手,抬头看她。

童妍只好讪讪地收回手。

于是沈肆小心地卷起她的校服裤腿,露出里头杏粉色的……秋裤。

童妍红着耳朵说:"我怕冷。"

沈肆什么也没说,又耐心地卷起秋裤,莹白匀称的小腿暴露在他的视线中,如玉一样洁白。

但他此时没有一点旖旎的情思，视线落在了膝盖上破皮的伤处。

他用棉签蘸了药水，轻轻点在伤口上。

冰冷刺痛，童妍哼了一声，下意识缩了缩腿。

沈肆按住她的腿，沉声说："别动。"

滚烫的掌心直接熨帖着娇嫩的皮肤，童妍打了个寒战，立刻僵着不动了。

昏暗的光线下，雪色清冷，少年垂眸上药的动作轻而认真。

童妍看得移不开眼，那点好不容易才压下去的少女心思又争先恐后地冒出来，恣意鼓动，泛滥成灾……

沈肆将童妍送回了家。

路灯一盏接着一盏从身边倒退，山地车碾过冰雪湿滑的路面，扬起的风吹散了些许烧心的燥热。

小区门外，童妍磨蹭着不肯进门，有些不甘心。

她用脚尖勾画着道旁的积雪，沈肆就站在一旁陪她，目光安静包容。

三分钟，五分钟……

童妍有点明白曹煦面对自己时的那种手足无措了，既满怀期许，又怕期望落空。

她垮肩叹了一口气，抬头咽了咽口水，轻声说："我……我上去了。"

童妍在心里唾弃自己没用，憋了半晌，说出来的却是这样不痛不痒的一句话。

沈肆轻轻动了动嘴角。

他把装着药水棉签和创可贴的塑料袋递到童妍手里，说："记得擦药，伤口别沾水。"

童妍"哦"了一声，又磨蹭了一会儿，才瘸着腿慢慢挪进了小区。

沈肆在楼下站了很久，直到电梯上了八楼，楼道暖黄的感应灯亮起。

"爸、妈，我回来了。"童妍关上门，单腿跳着换鞋。

周娴一眼看到她姿势不对劲，忙放下手里的教案书问："你的腿怎么了？"

童妍用书包挡住校裤上的破损，小声说："路上不小心摔了一跤。"

"摔哪儿了？严不严重？"童向阳立刻放下遥控器起身。

童妍不在意地笑了笑："没事没事，同学已经帮忙上过药了。"

"怎么这么不小心？"周娴拿了条干净的睡裤过来，让童妍换上，又瞪了一眼在一旁干着急的童向阳，"早说了外面下雪不安全，你勤快点开车去接一下妍妍，不就没这事了吗？"

童妍回到房间换好裤子，外头夫妻俩的拌嘴声才渐渐消停。

她靠在床上，给沈肆发了一条信息报平安，然后将手机扔在被褥上，抱着枕头出神。

床头柜上还搁着沈肆买的药水，她一闭眼就能回想起他手掌贴在自己腿肚上的触感，温暖炙热，有着掌控一切的力度。

她想起了长椅上安静的额头相抵，少年的睫毛不安地抖动，像是在和一个看不见的敌人作斗争。

寂静的夜，她独自将燥热的脸埋入枕头中，长长地呼了一口气。

少女的暗恋就像是怀揣着一颗水果硬糖，入口酸涩，回味甘甜。

寒假前的最后一天上课，教室里比平时更加吵闹，学生的心基本散了。

童妍布置了背诵任务下来，就看见桌上的保温杯里照例打满了热水。

而临窗的座位上，沈肆正靠着椅背，一只手搁在桌面上，一只手捏着抽屉里那个U型枕的猫耳朵。

见她盯着自己看，沈肆捏猫耳朵的动作顿了一下，抬头问："看什么？"

漫不经心的语调，透着久违的平和。

"没什么呀。"童妍捧着保温杯笑着摇头，发尾轻轻甩动，像是有星辰揉碎在双眸中。

总要给他一点时间去适应。

只要沈肆不拒绝，她就每天都靠近他一点，迟早有一天能真正走入他心底……这样想着，童妍心里暖洋洋的，感觉自己又有动力了！

寒假十二天，各科老师铆足了劲布置作业。有些同学下课睡十分钟醒来，脑袋上就顶满了白花花的试卷。

语文年级组也统一印了几套专项练习卷。

第二节课后，童妍从文印室搬了卷子回来，远远地就看见走廊上站着一个西装革履的男人，身后还跟着两个高大的保镖模样的壮汉。

男人看不出是三十岁还是四十岁，穿着剪裁得体的高级深蓝色西装，乌黑浓密的头发梳成大背头，脸色是吸血鬼一般病态的白，但长得很高大英俊——是那一种跨越了年龄的、极具视觉冲击力的阴柔俊美。

他的眉骨很高，五官立体，或许应该有混血的基因。

他一只手夹着烟,一只手插兜随意站立,浑身透着普通人没有的散漫贵气,懒洋洋地朝童妍的方向扫了一眼……

来往的学生很多,他不是在看某一个特定的人,可童妍有种被毒蛇盯住的感觉,阴森凉气顺着脊背攀爬而上。

还没来得及思考这种胆寒的感觉从何而来,男人移开视线,望向走廊尽头,露出一个意义不明的阴冷的笑容。

然后,童妍就看到沈肆走了过来。

早上的温和不见了,他盯着男人,满眼都是冰冷的狠戾。

男人优雅地弹了弹烟灰,对他说了句什么,一行人就朝着走廊尽头的拐角走去。

上课铃声响了,童妍迟疑了一会儿,抱着卷子进了教室。

"哎唐姐,刚才叫走沈哥的那男的是谁啊?"

雷昊回过头来,和唐也议论刚才在走廊上看到的男人:"看起来不像是等闲之辈,沈哥什么时候认识这种人了?"

唐也嘴里嚼着口香糖,摊了摊手说:"该不会是惹上什么高利贷,或者黑帮老大了吧?"

一番话说得童妍心都揪起来了。

"人家是正经霍家的人。"

成斯文皱眉,打断唐也漫无边际的猜测。

"哪个霍家?"唐也和雷昊面面相觑。

"北城霍家。"成斯文淡定地翻了一页书,"来的这个,应该是霍家老三,霍钧。"

童妍听得心里一咯噔。

霍家老爷子去年才从政界高层退下,那是只有在电视新闻上才能看到的人物。

有人说霍老爷子身体不太行了,几个儿子都继承了他年轻时的铁血手腕,为了争家产权势内斗不止。这些年霍家后辈死的死、走的走,还留在身边的只有两个嫡子和一个刚接回国的私生子。

如果成斯文说的是真的,霍家人为什么会纡尊降贵出现在这座名不见经传的小城市呢?

这简直比小说情节更令人匪夷所思。

"组长,你确定吗?"童妍紧着嗓子问成斯文,"刚才,来的是霍家的人?"

成斯文回过头来,似乎疑惑童妍竟然会对这种话题感兴趣。

一般这种事是不能说出口的,但童妍帮了自己几次,成斯文就没有隐瞒,点头小声说:"我爸和霍钧吃过饭,不会认错的。"

成斯文平时很低调,可毕竟家里从商,几个玩得好的朋友也曾猜想他家大概很有钱……

但没想到会有钱到这种地步。

成斯文说,这个霍钧虽然是个病秧子,却是霍家子辈中最阴狠的一个,最好不要和他扯上什么关系。

童妍有些坐不住了。

她想起几个月前的那场武术表演赛,沈肆突如其来的暴戾,还有砸碎的车窗中伸出来的那只苍白病态的手……

那时威胁纠缠沈肆的,应该就是这个叫霍钧的人吧?

她不知道究竟发生了什么,但沈肆一个普通的高中生,无父又无母,怎么可能斗得过这样的人呢?

童妍倏地站起来,动作幅度有点大。

语文老师站上讲台,提醒道:"童妍,上课了,赶紧坐好。"

要是平时,童妍会很听话,可现在她顾不得许多了。

"老师,我……我肚子不舒服,想请十分钟假。"磕磕绊绊说完,她从教室后门溜了出去。

童妍气喘吁吁地将走廊和楼梯找了个遍,最后在楼上的洗手间听到了一点动静。

五楼是会议室和杂物间,平时很少有人来。童妍下意识地屏住呼吸,轻手轻脚地朝洗手间走去。

"看来还是要来学校,你才会乖乖听话。"男人笑着咳了两声,不紧不慢道。

童妍认得这个声音!

"交朋友了啊,怎么也不给我介绍一下?"

那时在市体育馆前,黑色小车里的男人就是这副苍冷病态的嗓音。

童妍担心沈肆会受欺负,忙掏出手机,搜到了政教员的电话号码,快速编辑了一条短信发过去,举报五楼洗手间有学生聚众打牌抽烟。

短信刚显示发送成功,就听见霍钧的声音慢悠悠地传来。

"早说过了,只要你改名换姓乖乖回到我身边,一切都可以既往不咎。你可以得到一个穷高中生一辈子也仰望不起的身份和名望,我也可以从老爷子手中拿到我想要的东西,岂不皆大欢喜?"

洗手间里是长久的沉默。

半晌后，霍钧嗤笑一声："你这是什么眼神？"

最后一句夹杂着嘶哑的咳嗽，童妍没听明白。

但她听清楚了沈肆的回答。

他一字一字冷声说："我父亲是沈光宏。"

童妍背靠着冰冷的瓷砖墙，只觉呼吸一窒。

无人知晓的黑暗角落，好像有什么真相呼之欲出，又戛然而止。

死一般的沉寂。

"你知道，我最讨厌听到这个名字。"霍钧用最轻描淡写的语气说着最狠的话，"那就看看你的骨头是不是和沈光宏一样硬了。"

男洗手间里立刻传来拳头砸在皮肉上的闷响，听不清是谁打了谁。

童妍焦急地握着手机，感觉心都快被揪出血来。

"沈光宏已经被弄死了，你还在坚持什么啊？"霍钧说，"有本事你一辈子都是孤家寡人，否则信不信我在这里随便抓一个朋友、同学，都可以让你生不如死……"

"哐当"一声，镜子碎了，拳脚声越发猛烈，充斥着疯狂的暴戾。

霍钧笑起来，用神经病似的愉悦口吻道："怎么，怕了？你尽管试试。"

童妍旁听着一切，视野渐渐蒙上一层水雾。

心脏像是遭受着千刀万剐的凌迟之痛，霍钧每一句可能伤到沈肆的话，都先一步刺痛了她的心。

世界上怎么会有这么变态的恶人！

沈肆又是怀着怎样绝望的心情，度过这暗无天日的九年的？

童妍不敢想象。

她的力量太渺小了，不敢随意冲进去阻止一切，只能祈祷学校领导快点赶来。

果然，楼道间传来政教员的说话声。

童妍抹了一把眼泪，连忙闪进隔壁的女洗手间。

"里面的学生在干什么？都出来！"

随着政教员的一声怒吼，厮打声骤然停止。

沈肆像是杀红了眼的野兽，正按着一个保镖的脑袋就要往墙上撞。

"沈肆！又是你！"政教员大惊，"快住手！"

"误会，都是一场误会。"霍钧慢条斯理地笑着。

一阵窸窣的谈话声。

不知道霍钧用了什么借口解释这糟糕的场面，政教员没再追问责任，反而给霍钧赔笑道:"一中的学生做错了事,您告诉学校处理一下就行,何必劳烦您亲自动手呢?"

这是什么看人下菜碟的语气?童妍气得肝疼。

但好歹霍钧有所收敛,只笑了笑,就带着两个保镖走了。

政教员训斥了沈肆两句,也跟着离开了。

整个洗手间静悄悄的,没有一点声音。

童妍长舒一口气,确定没人了,才悄悄从女洗手间里走出来。

沈肆的校服皱巴巴的,靠在盥洗台边,一抬头就看到了童妍。

短暂的震惊过后,他眼里漫出无尽的愤怒。

童妍僵在原地,她没想到沈肆还没走。

"沈……沈肆。"童妍嗓子发紧,没法解释自己为什么恰巧会出现在这里。

沈肆那么聪明,一猜就明白了。

他走过来攥住童妍的手腕,冷声道:"走!"

"沈肆,我可以自己走的,你不要这个样子……"

童妍按住他坚硬发白的手指骨节,声音颤抖:"不要发脾气,你脸上有伤,先去处理伤口好不好?"

沈肆不说话,绷紧的下巴都在抖。

楼道里又传来窸窣的脚步声,有人去而复返。

沈肆如临大敌,立刻将童妍推进女洗手间门后,用自己的身体死死护住她。

这是下意识的保护动作,熟练得令童妍心酸,她什么话也说不出来了。

那个人进了盥洗室,推开男厕所的大门,挨个打开每个隔间的门。

女洗手间门后,沈肆护住童妍的那双手臂,也随着砰砰的踢门声一阵颤抖。

凌乱垂下的额发遮住了他眼底的赤红,嘴唇紧抿成一线死白,身体因极度的警戒而绷得像块冷铁,连呼吸都在颤抖……

童妍鼻子酸涩,表演赛那次也是这样,沈肆颤抖得像是一头绝望的困兽。

政教员扫视一眼男厕,没有发现聚众吸烟的人,嘀咕一声就走了。

直到脚步声彻底消失,沈肆依旧闭着眼,死死地护着童妍,仿佛一松手,她就会消失不见。

童妍眼眶发热,缓缓抬手,试探着轻轻抚了抚沈肆僵冷的背脊。

她不敢想象,要是自己没有发现异常跟来,沈肆会变成什么样。

"没事了,沈肆,人已经走了……"

童妍抱着沈肆，一下又一下地抚摸着他的肩背，硬撑出一个柔软的笑来："你将我保护得很好，没有谁能伤害我们……已经没事了。"

沈肆依旧僵着肌肉，急促的呼吸喷洒在耳畔，如濒死之人般喑哑。

"为什么，不听话？"他一字一字地问，"为什么，靠近我？"

他的声音太不正常了，已然徘徊在失控的边缘。

"我没有不听话，我只是担心你。你好好的，我才能安心。"

泪水在眼眶里打转，童妍第一次尝到心如刀绞的滋味。

沈肆的呼吸一顿，眼里的狠戾渐渐消弭。

冰冷的空气渐渐柔软起来。

他回过神来似的，睁大赤红迷茫的眼睛，抬手轻轻碰了碰童妍湿润的眼角。

童妍眨眼，朝他笑了笑。

沈肆垂头，不让她看见这样阴鸷狼狈的自己。

童妍踮起脚，柔软的双手轻轻地拍了拍少年的双肩，给予对方最温柔坚定的回应。

"你在保护我，我知道。"她笑着说，"我也想保护你。"

如果沈肆的世界充斥着冰冷黑暗，那么，她愿意将自己世界的全部光亮分他一半。

第八章　燎原

过了很久，沈肆的手指才稍微有点暖意。

他的呼吸平稳了许多，低头靠在冰冷的瓷砖墙上。

童妍小心翼翼地往外看了一眼，确定楼梯口已经没有人了，这才和沈肆从洗手间门后走了出来。

她心疼地看着沈肆脸上的伤，轻声说："沈肆，我们去医务室好不好？"

沈肆摇了摇头。

"那……我们回去上课？"童妍忍着心酸，不知道用什么方法才能让沈肆好受点。

沈肆半垂着眼睑，用不容抗拒的低哑嗓音说："你回去，好好上课。"

童妍微微蹙眉问："你不和我一起回吗？"

沈肆没说话，抬手碰了碰她的眉心，像是要抚平什么似的。

他校服上溅了几滴血，估计没有心情回去上课了，也没法向老师解释。

童妍咬了咬下唇，不再强求。

她努力稳了稳杂乱的思绪，用笑容掩饰自己的担忧，望着沈肆清冷幽寂的眼睛说："那你答应我，不要再让自己陷入危险境地或是受伤，我就安心回去上课。"

沈肆目光沉沉地望着她，抿唇，轻轻"嗯"了一声。

童妍低着头往外走，她能感觉到沈肆的目光一直落在自己身上。

她脚步变慢，停下，然后深吸一口气，手握拳转身。

见到她回来，沈肆睁大了眼睛。

童妍步伐加快，在他惊愕的目光中一跃，不管不顾地扑了上去。

沈肆下意识地张开双臂，被扑过来的少女冲得后退一步，接住了穿着蓬松棉服的柔软的身躯,也接住了他年少坎坷生活中唯一的光。

带着花香的发尾扬起又落下,折射出丝丝银光。他一低头,就看到了少女清澈双眸中星河般的亮色。

"沈肆,我们还有很长的路要走。"她拍了拍沈肆的背,笑着说,"你要好好的。"

话语似二月的春风,融化了坚硬寒冷的冰河。

童妍站在教室前门喊"报告"。

沈肆目送她进去,站了一会儿,转身下楼,翻墙出了一中。

武术训练馆里,许知书正在教沈敛打太极。

小孩儿才六岁多,马步已经能扎得很稳,学得有模有样。

见到沈肆进门,许知书有些惊讶:"你怎么这个时间来了?咦,脸怎么回事?"

"没事。"沈肆淡淡地应着,走过去揉了揉弟弟的头发,然后去里间储存柜前输入密码,取出了里头的笔记本电脑。

他点开前些天收到的邮件,指腹有一搭没一搭地叩着桌面。

霍家人都是一丘之貉,无论和谁合作都无异于与虎谋皮,沈肆当然不会傻到将所有筹码都交出去。

按照林绮生前留下的资料,霍钧名下的"盛天娱乐"一直从事非法洗钱的勾当。

如果对方够聪明,就会顺着洗钱人找到扳倒霍钧的突破口。

当年林绮和沈光宏都是普通百姓,即便掌握了些许蛛丝马迹,也根本撼动不了霍钧分毫。

能杀死霍家人的,只有霍家自己。

私生子回国和嫡子争权夺利,想想都是一出狗咬狗的好戏。

"有本事你一辈子都是孤家寡人。"

"否则信不信我在这里随便抓一个朋友、同学,都可以让你生不如死……"

霍钧阴凉的恐吓犹在耳畔,如梦魇般挥之不去。

沈肆眸中映着荧屏的冷光,调出资料上传,鼠标箭头移动,点了发送键。

对方很狡猾,即使被吊足了胃口,也没有流露出丝毫的急躁破绽。

他问:你想要什么条件?

沈肆敲击键盘:让霍钧受到应有的惩罚。

那边的回复只有两个字:成交!

确定对方收到了信息后,沈肆立刻销毁发送的邮件,退出了加密邮箱。

玻璃门外，许知书负手看着沈肆的动作，叹了一口气，不过到底没说什么。

他仍记得第一次在道观见到沈肆的样子。

十一岁的少年被打断了两根肋骨，仍忍着钻心的痛，带着怀有身孕的林绮一步一步爬上天梯石栈，跪地磕头请求师伯收留他的母亲避难。

只因为这里是沈光宏年少学武的地方，是霍钧的权势掌控不到的方外之地。

当别的孩子还躲在长辈的庇护下撒娇闹事时，年少的沈肆就已经学会保护亲人了。

自霍钧出现后，沈肆一整天都没有回学校，一直到寒假放了好几天了，童妍都没有再见到沈肆。

发出的信息也都石沉大海，童妍有点担心他的状况，总害怕霍钧又会去骚扰他。

腊月二十八，童妍要随父母回Ａ市过年。临走前她放心不下，还是没忍住偷偷发了信息给唐也，询问她沈肆最近的情况。

唐也：放心吧无忌，他每天都有来参加赛前的加强训练，状态不错。

唐也回复信息：还有什么话要我转告的吗？从明天开始队里放三天假，可就见不着他了。

啊，原来他是在忙着训练，童妍悬在心上的石头总算稍稍落地。

她回复：不用啦，提前祝你们比赛顺利！

反正开学后又能见到沈肆了，那些藏在心里的话，就留着以后再说吧。

童妍从来没有哪一刻像现在这样，迫切地期待开学复课。

除夕夜，Ａ市到处挂满了红灯笼，彻夜不息的灯火弥漫着浓厚的年味儿，靡丽喧嚣。

晚上十一点多，周娴和两位老人还在厨房忙明天的年饭。

明天各家商店都关门，童向阳被派去二十四小时营业的超市买点水果年货，童妍就留在家里帮忙打下手。

等到该洗的菜都洗完了，该炖的汤也都炖上了，童妍才有片刻的休息时间，累得趴在床上不想起来。

她摸到正在充电的手机一看，里头已经塞满了各种群发祝福。

她往下翻了翻，最终停留在和沈肆的聊天框上。

最后一条信息是两天前，她告诉沈肆自己要回Ａ市过年了。

沈肆一直没有回信息。

有时候童妍觉得他好像一座漂浮的孤岛,有着忽远忽近的神秘,可望而不可即。

也不知道他今年是和谁过年。

童妍抿唇,将拇指悬在沈肆的电话号码上,掌心发烫,迟疑着要不要主动打个电话祝他新年快乐。

他睡了吗?

要不还是发条短信算了……

可是短信他又不回,而且就算是普通要好的同学之间,互相打电话拜年也是很正常的对吧?

童妍万分纠结地将头砸入枕头中,滚了两圈,身上莫名开始冒汗。

少女心真是奇怪得很,明明之前还能以平常心和沈肆相处,现在反而患得患失起来。

楼下,大堂。

童向阳两只手各提着几袋沉甸甸的年货从车库出来,看到单元门外站着一个穿黑色连帽卫衣的高大少年。

少年戴着口罩,安安静静的,露出的额头和眉眼很好看,就是眼神看起来太过清冷。

童向阳朝他笑笑,用脚尖抵着单元门,热络地说道:"小兄弟,大过年的在这儿等人呀?来,辛苦帮忙按一下电梯。"

少年看他一眼,低头走了进来,伸手按了上楼键。

不留神其中一个塑料袋破了,黄澄澄的柑橘滚了满地。

童向阳低骂一声,放下其他的袋子,手忙脚乱地去捡橘子。

少年也蹲下身,帮他把远处的几个橘子都捡了过来,装进塑料袋里。

这少年虽然寡言,为人倒是很善良利索,童向阳一边说着"谢谢",一边看了他几眼。

越看越眼熟。

"哎,你是住这栋的吗?我们是不是见过面?"童向阳乐呵呵的,笑出眼角的鱼尾纹。

少年眼睫动了动,将橘子装好后就起身走了。

"奇怪,怎么就走了?"童向阳挠挠后脑勺,也没想太多,抱着橘子和年货进了电梯。

童家。

楼下客厅的电视里，主持人正在用激情昂扬的语气念着结束语。

"亲爱的朋友们，让我们一起倒计时，十、九、八……"

童妍叹了一口气，切回微信界面，编辑信息。

"三、二、一！新年快乐，新春大吉！"

伴随着整点的钟声响起，她按下发送键：新年快乐，沈肆！新的一年只愿你平安喜乐，学业、赛程双丰收！记得要开心呀！

后面附带一个拜年专用的表情图。

刚发完，微信里就一片信息轰炸的叮咚声，全是同学和朋友发来的群发短信。

童妍一一回复，又将早就编辑好的拜年短信逐一发给各科老师。忙了好几分钟，她再退回主界面一看，发现有一条未读微信被压在了最下面。

是沈肆发来的。

童妍立刻高兴得什么烦恼都忘了，戳进去一看，的确是沈肆的风格。

沈肆：新年快乐。

下面附带一个红包。

童妍乐了，忙回复道：快乐快乐！我竟然刚刚才看到！你怎么还发红包啊？

那边很快回复：压岁钱。

童妍直接发语音过去，笑着说："沈肆，你干吗这么客气呀？明明比我还大一些，为什么要给压岁钱？"

那边显示"对方正在说话"。

沈肆竟然也发了语音，就两个字："收下。"

清冷低沉的嗓音，外放出来有种金属般的质感。童妍没忍住贴着手机听了好几遍，直到耳朵微微发烫，这几天的担心都化为有回甘的蜜糖。

她点开了红包，沈肆还真实在，发了两百元整。

童妍想了想，记得以前童向阳说过，给男孩子回礼不要比他原来的数额多，尤其是自尊心强的男生，会让人觉得没面子。

于是她给沈肆回了个"188"的红包，寓意比较好。

沈肆自然不会收她的红包，发语音回了一条消息："外面下雪了，多穿点衣服。"

略微嘈杂的背景，却掩盖不住他温柔的呼吸。

童妍穿着拖鞋，拉开卧室窗帘一看。

新年的烟火璀璨，外头果然下起了雪，飘飘洒洒，映着黛蓝的夜空和暖黄的灯火，也像是要赶人间第一场热闹似的。

童妍坐在飘窗上看了一会儿，而后反应过来：沈肆应该在几百里外的C市才对，怎么知道A市下雪了呢？

她重新点开沈肆刚才那条语音，放大声音，仔细又听了一遍。

"外面下雪了，多穿点衣服。"

他的呼吸声清晰可闻，夹杂着呼呼的风声，还有远处烟花接连绽放的砰砰声响。

而她的窗外，恰巧有焰火的余光消散。

童妍深吸一口气，打字时手指都在颤抖，急切地问他：沈肆，你现在在哪儿？

然而那边是长久的静默。

楼下门开了，童向阳抱着一堆年货袋子走进来。

他满头大汗，实在稳不住了，将年货往沙发上一倒，橘子滚了满地。

"袋子怎么破了？"周娴一边捡橘子，一边朝楼上喊道："妍妍，下来帮忙收拾一下年货，明天你小姑他们还得过来拜年。"

童妍握着手机，心想或许只是个巧合。

鼓噪的心跳稍稍平静，她应声下楼。

"这袋子在楼下时就破了，那叫一个天女散花！多亏有个年轻人在，帮我把东西都捡起来了。"

童向阳气喘吁吁地脱了大衣，说："那男孩儿和妍妍差不多大，我看着眼熟，但想不起来是谁家孩子了。"

听到这儿，童妍脚步一顿。

和自己差不多大的男孩儿……再想起刚才沈肆语音里不经意透露的微量信息，一个荒谬的念头浮上童妍的心头。

她外套也顾不上穿，套上雪地靴就推门跑了出去。

"妍妍，这么晚了你去哪儿？"周娴在门口喊，却只来得及看到女儿闪进电梯里的背影。

空无一人的电梯，童妍还嫌太慢。

她也不知道自己为什么会这样激动，完全失了理智似的，一听到童向阳的描述下意识就往外跑。

万一呢，她想着。万一沈肆来了，她不能让他没有家。

一到一楼，她立刻就冲了出去。

雪花轻柔地落了满身，大堂和小区里早已空无一人，只有几行脚印烙在薄薄的雪上，延伸至远方，分不清是谁曾在这里徘徊……

果然是自己想太多了吗？童妍眼里的希冀微微变淡。

她呼吸不稳地站在单元门外，不知道是冷的还是急的，一颗心在胸腔急促跳动，久久不能平息。

她想念沈肆，新年的忙碌一旦停下来，这种想念就被无限放大，将胸膛塞得满满当当。

童妍等不及开学了。

她抱着膝盖蹲在楼下，在新年第一天的雪夜里，怀揣着滚烫的思念敲下两行字：新的一年开始了，沈肆。

她问：我们也有个全新的开始，好不好？

五分钟过去，手机的屏幕亮了又黑，沈肆的对话框依旧静悄悄的。

雪下得越来越大，风从毛衣的孔隙中钻入，当燥热退却，童妍才反应过来自己穿得有多单薄。

太冒失了，她握着手机有点后悔。

凭着一条语音就脑补出这么多，沈肆一定觉得她莫名其妙。

而且在微信上说这些，真的很没有诚意，跟小学生闹着玩似的。

可是已经超过了撤回信息的时限，她只能眼睁睁看着这条信息躺在屏幕底端，和大雪天孤零零蹲在单元楼下的自己一样，等不到半点回应……

正想着，身后传来急促的脚步声，有人朝她跑来。

童妍眼里闪过一抹惊喜，倏地回过头去，看到的却是童向阳的脸。

嘴角的笑微微凝住，她垂下眼唤了一声："爸爸？"

"怎么，见到爹这张老脸就这么失望？"童向阳将外套披到女儿身上，蹲在她身边笑着问，"一个人跑出来干什么呢？看雪？"

童妍握着手机，将下巴抵在膝盖上，顿了一下才说："我来找……找一样东西。"

"那找到了吗？"童向阳问。

童妍叹了一口气，摇了摇头。

"找东西这种事，爸爸有经验，当你刻意去追寻的时候，它往往怎么也不肯出现。等到有一天你放弃了，它可能又会从某个遗忘的角落冒出来。"童向阳安慰女儿，"从容一点就好。"

童妍哭笑不得,心想世界上怎么会有这么心大的爹,而且,这也不是一码事呀!

见女儿的笑容轻松些了,童向阳拍拍她的肩:"回家吧,不然你妈和外婆得一直担心你。"

童妍叹了一口气,拍了拍身上的雪,跟着童向阳站起来。

回到房间,童妍点开和沈肆的聊天框,抿唇犹豫着输入一行字:我刚才的意思是:新的一年,我们都会越来越好的……

不行,这个解释太牵强了,简直是此地无银三百两!

童妍又飞快地撤回信息,索性放弃挽尊,将手机丢去一旁不看。

啊,好尴尬。童妍整个人缩入被子里,不知道开学以后该怎么去面对沈肆。

窗外飘雪静谧,高楼灯火阑珊,跨年的人陆续陷入了沉睡。

酒店里,少年握着手机坐在落地窗前。

窗外焰火停了,几点灯光映着一片纷飞的白雪。从这个高度,隐约可以看到半个街区外的高档小区楼房。

床上传来一阵窸窣的声音,从被窝里冒出一颗毛茸茸的脑袋。

沈敛穿着印有恐龙图案的棉睡衣,用小肉手揉了揉眼睛,看着落地窗孤灯下静坐的少年,迷迷糊糊问:"哥哥还没睡觉吗?"

沈肆回神,"嗯"了一声说:"就来。"

"不好好睡觉的人会长不高的哟。"

沈敛一本正经地学着大人的语气,呆了一会儿,又好奇地问:"哥哥为什么要来这里过年呢?以前,我们都是在许叔叔那里的。"

沈肆看着微信界面上的信息,嘴角动了动,说:"想离光近一点。"

小孩似懂非懂,强撑着睡意看了一眼窗外:黑乎乎的,哪里有光呢?

不过大人的世界总是这么奇怪,充斥着他不能理解的故事。

沈敛又蜷着躺下去,自己掖好被角,用软绵绵的童音道:"新年快乐,哥哥!"

说着,他乖乖闭上了眼睛。

沈肆起身,在弟弟枕头边放了个红包。

微信"叮咚"一声响了,他第一时间滑开屏幕,却只看到对方已撤回信息的提示。

沈肆屈起一条腿躺在床上,拇指抚过屏幕上最后两条消息。

"新的一年开始了,沈肆。"

"我们也有个全新的开始,好不好?"

"好啊。"沈肆握着手机抬臂挡在眼前，对着空气回答。

可至少不能是现在。

但凡他有一个干净的身份，有一个正常完整的家庭，又怎么会不愿意？

明明心里已经回答了一万次，可他终究没法不负责任地将回答发送过去。

第二天一睁眼，童妍就打开了手机。

十几条拜年消息蹦了出来，但没有沈肆的信息。

童妍出了一会儿神，打开手机某度，在词条中搜索"和青梅竹马的朋友表白有可能成功吗"。

跳出来的结果无一例外都是劝题主三思而后行，否则失败了连朋友都做不成，会特别难受。

果然太冲动了吗？

童妍沮丧地吹了吹刘海儿，还是等开学再说吧。

客厅里，周娴正在给童妍的科任老师发拜年祝福。

她自己也从事着一线语文教学工作，所以和童妍的语文老师很聊得来，借着拜年的间隙，两个人多谈了几句。

"童妍这个孩子一直是语文科目的标杆，回回考试单科都是第一，性格也好，学生们其实都挺服她的，给我省了不少事。"

话题转到了童妍的学习上，语文老师那是满口赞叹："就拿她组里那个特招生来说吧，以前整天睡觉，次次考试都交白卷，我们几个老师都拿他没辙。可自从他进了童妍的小组，态度有了很大的改善……"

语文老师随口一说，周娴就留了个心眼。

不知道为什么，她突然记起考试完那天，在楼梯口和童妍同行的少年。

"妍妍其实就是个不懂事的小孩子，多亏了老师们的信任和栽培才有今天。"

周娴客套了两句，又问："刘老师，那个特招生叫什么名字？"

"叫沈肆，就坐在童妍旁边，是一个家庭情况比较特殊的学生。"

语文老师顺着话茬儿就说出了口："您上次去教室，应该见过的。"

沈肆……

这个名字实在太熟悉了，周娴几乎下意识就想起了多年前邻居家那个聪明得令人羡慕的孩子。

邻居家优雅漂亮的妻子，憨厚顾家的丈夫，还有聪慧漂亮的孩子……那是她曾经艳羡不已的完美家庭。

是他？不会吧。记忆中那个孩子的形象，怎么也和语文老师的描述对不上啊！

年后又要去援疆了，在那之前，还是得先去学校看看妍妍都交些什么朋友才放心。周娴暗自打定主意。

初八，当别的孩子还在到处串门领压岁钱时，高三生已经开学复课了。

因为赛前每天都有紧张的晨训和晚训，盯着霍家那边的消息又花了不少时间，所以沈肆背着运动包进校时，已经是第一节课过半了。

他手插兜上了四楼，就看见走廊上站着一个熟悉干练的女人。

女人有着和童妍一样精致的五官，只是气场更加强大，脸保养得再好也有了细密的皱纹。

"沈肆？"她迟疑着，像是确认什么似的问，"你还记得阿姨吗？"

沈肆停下脚步，将手从裤兜里抽出来，垂在身侧。

如果是别人，他会立刻转身就走，没兴趣搭理叙旧。

但，那是童妍的妈妈。

沈肆抿了抿唇，声音嘶哑地说道："周阿姨。"

"真的是你？你……"周娴上下打量沈肆一眼，尽量委婉地说，"你变了好多。"

复课第一天，童妍没等到沈肆，却等来了陈勉打算取消学习小组制度及大换座位的消息。

教室门上的新座次表一出来，童妍就去办公室找了陈勉。

"老师，能不能辛苦您将我的同桌换回来？"童妍先给陈勉鞠了个躬，恳求道，"都坐了一个学期了，前后左右的同学已经磨合得很默契，您这样突然把我单独拎到前排去，我真的不适应。"

陈勉说："这个新座次表，是综合考虑了你们的表现以及家长的意见决定的。小组制度已经取消了，你不用担心磨合的问题，只要管好自己的学习就可以。"

"我的表现没问题呀！"童妍有些着急了，"您非要我坐第二排也行，能不能把沈肆也换过来？他安静，不会吵到我。"

陈勉看她一眼。

"沈肆刚才也来找我了。"陈勉叹了一口气，告诉面前的少女，"要求和你换开位子的就是他。"

童妍蒙了,所有准备好的腹稿都被这一句话炸成了空白:沈肆怎么可能提这种要求?

童妍问:"老师,您是不是弄错了?"

陈勉笑道:"那小子就没开口求过我什么,仅此一次,我又怎么可能弄错?"

沈肆那小子是个天才,每天大半的时间花在武术训练上,认真考试起来照样能上一本线……

就是性格问题比较大,不服管,陈勉一直担心他走歪路,直到童妍出现,还真就克住了这匹野马。

陈勉嘴上不说,可心里终究是高兴的。

本着关爱学生的态度,他问了一句:"你们……吵架了?"

童妍张了张嘴,摇头说:"没有的,老师。"

自习课的铃声响了,童妍还躲在洗手间,不想回教室去挪位子。

抱着最后一丝希冀,她拨通了沈肆的电话。

这还是除夕夜后,两个人第一次联系。

电话很快接通,少年冷冽的嗓音传来:"喂?"

听到她的声音,童妍鼻子一酸,轻声唤道:"沈肆。"

"嗯。"他温声回应。

"班上换位子了,我刚去找了陈老师……"童妍用手指在隔间门板上画圈,瓮声问,"你为什么……为什么不愿和我做同桌了?"

沈肆没反驳。

"你真的不想和我坐一起了?"童妍最后的一点希冀也破灭了,话还没说完就委屈得不行,"是我平时太招你烦了吗?"

听筒里,少年的声音传来:"没有。"

"那为什么呀?你突然怎么了,是不是有什么事瞒着我?"童妍怕沈肆又被那个变态骚扰欺负,急得不行,"除夕那晚不是还好好的吗……"

话还没说完,她就顿住了。

是……因为那些话吗?

听筒里只有彼此的呼吸声,伴着微弱的电流声响起。

又过了很久,久到童妍以为沈肆不会开口时,他喑哑的嗓音传来:"好好听课,别再浪费时间在我身上。"

说完这句话,沈肆便挂断电话。

他没法向童妍解释，即便被打断了肋骨也没有低过头的自己，却在周娴复杂的审视中沉重得抬不起头来。

站在一个母亲的角度，周娴并没有错。

她连一句刻薄过分的话都没有，只是客客气气像他保护童妍一样，保护着她的女儿。

沈肆已经没有母亲了，所以他不愿意再辜负童妍的妈妈。

不习惯现在的学习氛围，童妍一晚都没睡好。

次日早晨，她刚在教室后面逐一发放古文默写的资料，就见沈肆背着包从后门进来。

他看了她几秒，然后垂下了眼睫。

"沈……"

童妍正准备和他打招呼，沈肆却是径直和她擦身走过，回到了倒数一排的空位上。

童妍愣了一会儿，继续分发资料。

走到沈肆身边时，她放缓了脚步，将试卷轻轻搁在他桌上，小声问道："你到底怎么啦？"

换了位子已经够让人难受了，总不能一直不理自己吧？童妍心想。

猫型的枕头闲置在抽屉里，少年靠着椅背，将视线投向没有焦点的窗外。

可他的喉结一直在不安地滚动，沉默而隐忍。

两个人的座位横跨整个教室，他们中间，好像突然多了一道无形的屏障。

童妍叹了一口气，走开了。

之前也是这样，每次她以为沈肆的世界触手可及的时候，沈肆的行为就会彻底颠覆她这个想法。

一直到元宵节后，沈肆出发去省队进行最后的赛前集训，两个人都没再说上一句话。

少女的暗恋还没来得及开花结果，就凋谢在了这个料峭的春日。

童妍失落地想，这大概就是沈肆给她的答案了。

周娴启程回西北支教那天，一中进行了开学后的第一次模考。

童妍的名次掉了点，全校第十名。

当晚，周娴的电话就打了过来，问她的成绩为什么又退步了。

童妍知道原因，上次期末统考，数学最后一道大题是她做过的题目，捡了个便宜而已。事实上，这次考试才是她真正的水平。

但周娴不这么认为。

"上一次能考进全校前三，说明你有这个实力，总结经验，下次把名次拿回来。"周娴说，"还有，听任课老师说，你最近上课状态没有之前好了，是怎么回事呢妍妍？"

童妍安静了一会儿，揪着枕头说："妈妈，我想把位子换回来。"

"又坐后面去？"周娴想起那个风评不太好的男孩，换了语重心长的口吻道，"妍妍，这种时候了不要为小事分神，老师也是重视你才将你放到前排，你更要努力学习，别辜负了大家的关心才是。"

挂断电话，童妍疲惫地倒在床上。

童向阳端着一杯牛奶，敲了敲门进来安慰她："胜败乃兵家常事，成绩有点波动挺正常，没啥大不了的，你妈就是太着急了。来，喝杯牛奶充充电。"

童妍将头埋在枕头里，摇摇头说："今天不想喝。"

何况，她很清楚自己的问题不止出在这次考试上。

"不想喝就不喝，都听闺女的。"童向阳坐在床沿，笑呵呵地计划，"过几天放月假了吧？到时候爸爸请两天假，咱们出去放松放松……不过，别让你妈知道。"

离高考只有一百天了，敢在这个节骨眼上带自己出去放松的，也只有童向阳同志了。

童妍在床上躺了一会儿，拿出手机翻到沈肆的微信。

头像上，黑色背景下虚化的摩天轮一角，承载了她和沈肆太多的回忆。

当回忆成了两个人之间的负担，是不是就不应该再幻想下去了？

犹豫很久，她终是吸了吸鼻子，轻轻按下了删除。

沈肆的个人名片连带着聊天记录都消失了。

或许妈妈说得对，她应该将精力放在学习上，不去想，就不会难受了，可是，她怎么可能不难受呢？

童妍蜷着身子抱紧被子，发了一条朋友圈动态：万能的朋友圈，月假两天求推荐好玩的地方散心（苦涩）。

省武术馆。

一周后就是全国赛，队里正在进行最后的训练。

沈肆擦着汗下场，接通了包里不断振动的电话。

"沈肆,你看今天热搜了吗?盛天娱乐出事了,霍钧被老爷子连夜叫回了本宅,估计得躲上好一阵子。"许知书的声音传来,扬眉吐气道,"霍家内斗得正欢,霍钧不倒也要扒层皮,你可以安心比赛了。"

"知道了。"沈肆说。

那位的动作比他预料中的还要快。

"还有,主办方那边说会送几张套票,明天我让人带给你。"许知书看透一切似的,笑吟吟地说,"你看你有没有喜欢的姑娘、同桌之类的,就把票送人家。"

"无聊。"沈肆挂断电话。

可心跳没法说谎。

少年坐在休息椅上,不知道第几次点开了童妍的微信。

最后一条信息还停留在大年初一。

沈肆半垂着眼睑,额发湿漉漉地往下滴着汗,抿了抿嘴唇,拇指在输入框里敲了几个字,顿了一下,又被他快速删掉。

"沈肆,你说无忌最近怎么了?"唐也将训练刀一扔,大大咧咧坐在一旁的椅子上,"她发的朋友圈都没有以前那么乐观了,感觉怪怪的。"

沈肆眸子一动,问:"什么朋友圈?"

"你没看她的动态吗?"唐也狐疑,将自己的手机递了过去。

童妍最新的朋友圈是一个小时前发的,求朋友圈推荐散心的地方,附带一个苦着脸的表情。

评论区,几个共同好友都在问她发生什么事了。

沈肆拿出自己的手机,点开童妍的头像,朋友圈里一片空白。

他的微信只关注童妍的朋友圈,没理由刷不到她的动态。

一种不好的预感涌上心头。

沈肆回到聊天界面,试着给童妍发了个句号。

一个鲜红的感叹号弹出,显示他还不是对方好友。

沈肆望着那个发送失败的提示,陷入了长久的沉默。

他小心翼翼地维护着她身上干净温暖的光芒,不想打扰她平静的生活,他以为只要能够远远地看着她就好……

可当有一天,童妍真的退出他的生活时,他才发现自己是如此……烦躁不安。

人性都是贪婪的,尝过甜头,拥有过光亮,又怎会甘心回到孤寂的黑暗?

目光沉下去,沈肆的嘴唇抿得发白。

他用唐也的手机编辑了一条朋友圈动态，设置好部分人可见，然后点击发送。

之后他将手机扔回唐也手里，冷冷地说道："待会儿她来找你，不管说什么，你都答应。"

"啊……啊？"唐也一脸莫名。

童妍去洗了个澡回来，趴在床上刷手机。

高三的学习已经很辛苦了，她很少发朋友圈动态，也不喜欢宣泄负能量或是贩卖焦虑。

她只是偶尔会分享一下比较有意思的日常，比如天边一片小狗奔跑形状的云，买到了喜欢的甜点，就连吐槽也是俏皮轻松的，充斥着简单的快乐。

所以这条要散心的动态一发出去，不少朋友都在问她发生了什么。

偶尔有几条认真推荐周边休闲地点的评论，也都是一些营销起来的网红景点，人挤人似的，不适合和长辈一起去。

童妍挑了几条评论回复，顺手刷新了一下朋友圈动态。

唐也的一条动态蹦了出来，写着醒目的一行字："抽奖送福利！赏樱花，看赛事，假期不知道去哪儿玩的同学千万不要错过。"

下面附带一条抽奖链接。

童妍滑动屏幕的手指一顿，心想：这条动态出现得未免太是时候了。

抽奖页面极其简单，只介绍了全国赛的主办方和赛事流程，又附带了几张武城特色的樱花夜景图，奖品为两张套票。

大概是唐也配合主办方那边，给全国选拔赛做宣传吧。

不过武城樱花的确享誉全国，美食也多，每年有不少游客慕名而去。

童妍有点心动，抱着试一试的心态，顺手戳了一下抽奖按钮。

五秒钟后，她猛地从床上坐了起来。

抽奖图标上红色的礼盒打开，彩带满屏飞舞，一行硕大加粗的字出现眼前——
恭喜您中奖！获得武城全国赛套票×2！

中……中奖了？

原本想着这么盛大的赛事，唐也光微信好友就有上千个，转发抽奖的人一定很多，自己只能充当一个分母，所以根本没有抱太大的希望。可是没想到一次就中了，这是什么手气！

可页面上并没有写明兑奖方式，童妍将信将疑，忍着激动的心情给唐也发了一条消息确认。

童妍：唐也！我中奖了！

童妍：你们这个活动靠谱吗？怎么兑奖呀？

过了好一会儿，唐也才回了消息过来：靠谱，不会骗你。

这语气太正经了，就像变了个人似的，根本不像唐也的风格。

童妍正觉得违和呢，就见她发来了第二条消息：票在我手里，是我明天寄给你，还是你来武城后再当面给？

童妍退回去看了一眼赛程表，有点迟疑。

比赛一共三天，预赛在周末两天，而最精彩的决赛则安排在了周一，会耽误一天的课程。

而且她刚刚才删了沈肆的微信，要是在赛场上碰见他了，又该如何面对呢？

理智和情感冲突，心里像是有两个小人在打架，太为难了。

童妍靠在床头敲字，写了又删，最终咬了咬唇，给唐也回复：谢谢啦！票先辛苦你帮忙收着。

童妍：时间有点紧，我再考虑考虑。

省武术馆。

沈肆看着童妍刚发来的回复，眼睑下落了一层浅淡的阴影。

他垂眸盖下眼底的情绪，片刻后回了个"好"字。

然后他将手机还给唐也，用没什么温度的嗓音道："别跟她提起我。"

说完，他将擦汗的毛巾丢在椅子上，拿起一旁的长枪进了训练场。

"这是怎么了？谁惹他了？"

唐也嘀咕着，打开沈肆和童妍的聊天记录，看得一头雾水。

直到她看到了自己朋友圈那条新鲜的动态。

童妍求推荐散心的地方，沈肆就借她的手机编辑了一条抽奖链接，奖品为套票两张，而且设置成了……只对童妍一人可见。

好家伙，百分百的中奖率！这显然是"醉翁之意不在酒"啊！

唐也看了一眼童妍最后的回复，又看了看沈肆气场不善的背影，手摸着下巴，似乎明白了什么。

沈肆连着练了几套枪法，速度越来越快，越来越猛，近乎自残似的，任凭汗水顺着下巴甩落在地，仿佛只有这样才能发泄胸腔中翻涌的烦闷。

和他对练的黄毛就比较惨了，根本跟不上他的动作，被教练骂了个狗血淋头。

"这次全国赛，由沈肆领队！都给我打起精神来，谁跟不上训练的趁早滚蛋！"教练一锤定音。

黄毛丢了队长的职位，满肚子憋屈，气冲冲地下场，涨红的脸上全是汗。

"王哥，别生气！沈肆那小子就是故意刁难。"几个体校的跟班立刻围了过来，哂笑着说，"毕竟王哥也是枪术组的嘛，竞争冲突摆在眼前呢。"

比赛规定，一支队伍中同项目所报人数不能超过两个人，这意味着同组的名额竞争十分激烈。

而省队枪术组，黄毛最大的威胁就是沈肆。

"去年他不就是刷下了王哥的成绩，才顺利晋级决赛的吗？"有人说，"谁知道测骨龄出了问题，弄出一大丑闻，这种人就该终身禁赛！"

去年全国锦标赛，半决赛时黄毛就是败在了沈肆手里，没能顺利晋级。

想到这儿，黄毛攥紧了手里的矿泉水瓶，望着沈肆的眼神里都淬着毒。

C市。

周四晚上，童妍拖着疲乏的身子回家。

童向阳从卧室探出头来说："闺女，保安室有你的快递，我给拿回来搁在茶几上了啊！"

"好，谢谢爸！"童妍应着，将书包搁在沙发上。

茶几上放着一个薄薄的EMS信封，从省城发过来的。拆开一看，里面是两张武城全国赛的套票。

唐也寄过来的？不对。自己从来没有和唐也说过家里的具体住址，她是怎么知道的？

是沈肆告诉她的吗？

童妍大胆地猜想：他是不是……也希望自己去武城观赛？

平静的心湖荡开了涟漪。

童妍抱着膝盖，望着茶几上摊开的两张票许久，觉得自己真是没出息。明明只是微小如萤的一点希望，落在枯寂的心里，瞬间就烧成了燎原之势。

三月十七日，早樱如霞，武城全国武术选拔赛如期进行。

周六下午两点半，枪术组预赛。

入场时，沈肆下意识扫了一眼最前排的VIP观众席，视线在两个空位上短暂定格。

唐也知道他在等谁。

"C市和武城距离那么远，无忌可能还在赶来的路上。放心吧，她那么讲义气的一个人，肯定会来的！"

唐也安慰了他两句，说："马上就要候场了，先去换衣服吧。"

换衣服上场前，运动员的器械都会上交放在专门的地方保管。

唐也去拿自己的刀，推开器材室的门，却看见黄毛在摸沈肆的比赛专用长枪。

听到开门声，黄毛立刻收回手，不太自然地走到一旁去。

"你乱摸人家东西干什么？"唐也一脚踹在门上，大声问。

"拿错了不行？你管得着吗！"

黄毛皮笑肉不笑，拿起自己的红缨枪，从唐也身边挤过。

"瞎了吗，红缨枪和银枪分不清？"

唐也朝着黄毛的背影比了个中指，走过去简单确认了一下沈肆的银枪。

看上去没什么问题，她这才走到一旁去拿自己的训练刀。

枪术组，沈肆抽签的顺序靠后，基本不占优势。

但他发挥得很稳定，腕力超群，侧空翻飘逸矫健，特别惊艳！C级加D级的高难度动作更是一气呵成，赢得了满场喝彩。

谁也没想到最后舞花枪时会出意外。

银枪甩到地面时，枪头竟然意外折断，在惯性的作用下甩出了几米远！

在席上观战的唐也倒吸一口凉气。

器械折断是要扣0.2分的！而且一杆断枪，会直接影响后续裁判对他动作规范的判定！

裁判的脸色微微变了，互相对视一眼。

好在沈肆并没有受太大影响，只是微微沉了沉眸色，完成了最后的收尾动作。

收势，抱拳，退场。

电子屏上打出9.47分，沈肆位居小组第六。

决赛是取前六名，也就是说后面三位选手中，只要再有一个人超过这个分数，沈肆就无缘枪术决赛了。

他原本是队伍里唯一有希望冲击国家级金牌的，教练气得狠狠捶了一把护栏。

唐也撑着栏杆跨入休息区，却看到排名第五的黄毛抱臂坐在椅子上，嘴角咧开一个恶劣的冷笑。

再联想之前在器材室撞到的一幕,她什么都明白了。

"是你搞的鬼!"唐也气得冲过去,一把揪住黄毛的衣领,"你动了沈肆的枪头!"

她后悔,为什么当时不检查得再仔细点?为什么没有告诉沈肆要提防黄毛?

"喂,说话要讲究证据!"黄毛挂着痞笑,一副小人得志的丑恶嘴脸,"他自己不小心,怪得了谁?"

"你……"唐也想起了什么,恶狠狠地推开黄毛,朝下场的沈肆道:"沈肆,你的枪被动了手脚,我陪你去申诉!"

但她比谁都清楚,这种体育竞技申诉成功的概率是多么小。

沈肆什么话也没说,神情清冷平静,仿佛荧屏上那个鲜红的分数、教练的谩骂,都和他没有关系。

只是在抬头望向VIP观众席上的空位时,他的眼里才有些许内敛的情绪流露,仿佛那是唯一能伤到他的东西。

沈肆直接走了,根本没有管后续赛况如何。

他那种无所谓的态度更是让教练火大,骂骂咧咧好久。

只有唐也觉得,沈肆的背影有种令人心酸的落寞。

不是因为比赛,而是因为期望的人没有来。

唐也觉得自己不能再袖手旁观了!

她第一时间拿出手机,给童妍连着发了几条微信:江湖救急,沈大魔王被人搞了!

唐也:黄毛在他的训练枪上动了手脚,比赛失误,很可能进不了枪术组的全国决赛了!

唐也:无忌你快去安慰大魔王受伤的小心灵!

飞机延误,童妍到武城时已经是下午五点了。

她一出机场就收到唐也一连串的微信消息,打开一看,心都揪了起来。

沈肆的比赛出意外了?怎么会这样?

童妍担心得不行,下意识想给沈肆发条微信。然后才想起来,沈肆的微信已经被她删除了。

她靠在出租车后座上,用两分钟时间给自己做足心理建设,然后鼓起勇气给沈肆打电话。

她深吸一口气,按下通话键,等来的却是冰冷机械的女音:"对不起,您所拨打的用户暂时无法接通……"

童妍蒙了,有些坐立难安,怕沈肆心态出问题。

她咬唇,向唐也问了沈肆酒店的地址和房间号,然后对出租车司机说:"师傅,麻烦把我放在最近的地铁口。"

童向阳正在打盹儿,闻言惊醒了,问道:"怎么了闺女?马上到酒店了,去地铁口干什么?"

童妍蹙着眉,小声说:"我朋友比赛出了状况,我……我想去看看他。"

"还以为多大的事呢,给我吓一跳。"童向阳叨咕着,"你一个女孩子坐地铁不安全,爸爸送你过去吧!在什么地方?"

童妍报了个地址。

童向阳点点头,对司机说:"师傅不好意思哈,麻烦掉个头,先送小孩儿去她朋友那儿。"

童妍这才稍稍放心,靠着童向阳的肩膀说:"谢谢爸爸。"

童向阳乐了,揉了揉童妍的头发:"傻闺女,谢什么?爸爸本来就是陪你出来散心的,当然一切都由你做主了。"

半个小时后,××酒店门口,童妍下了车。

"待多久?要爸爸等你吗?"童向阳从车窗里探出脑袋问。

童妍摇头:"不用啦,您先回酒店休息。"

"和朋友待一起别乱跑,晚上八点前回来,注意安全。"童向阳叮嘱了几句,才放心离开。

晚上六点,黛蓝的夜色取代了天边的晚霞,陌生的城市华灯初上。

三月份,夜晚的风还带着凛冽的寒意,吹落几片淡粉的早樱。

童妍戴着红色的贝雷帽,将手插在衣兜里,在楼下徘徊了很久。

这大概就是"近乡情更怯"吧,真到了楼下,反而顾这顾那的,没有了勇气。毕竟现在她和沈肆之间的关系已经变得很微妙了。

正想着待会儿见着沈肆该说些什么才好,就见身边一个熟悉的身影走过。

"许师兄?"童妍下意识地叫了一声。

许知书停下脚步看她,惊讶地挑眉:"童妍,你怎么会在这儿?"

随即他了然一笑:"懂了,是来看小肆的吗?"

童妍点点头,随即又飞快地摇摇头,不好意思地说:"我中奖得了两张套票,又赶上放假,所以过来看看……大家。"

"中奖?"许知书露出疑惑的神情。

这次比赛没有对外开放售票,只设置了 VIP 席位的套票,基本都是内部消化。能拿到票的都是运动员的亲友团或者啦啦队,什么时候有对外的抽奖活动了?

不过他没有多问,笑着说:"外面挺冷的,我带你上去吧,沈肆在房间里休息呢。"

"他还好吗?"童妍没忍住问,"比赛的事,我都听说了。"

还说不是为沈肆而来呢,这不挺关心他的吗?

许知书看破不说破,笑吟吟地说道:"这些话,你亲自去问他吧。"

童妍"嗯"了一声,乖巧地点点头。

"小肆看到你,一定会很开心的。"许知书说。

童妍一愣,笑了笑说:"是吗?"

可是每次她想离沈肆更近一点的时候,都会被推开呢。

很快到了 2023 房,许知书按响了门铃,朗声道:"小肆,猜猜谁来了?"

吧嗒,门从里面打开了。

沈肆穿着简单的 T 恤和休闲裤,一只手插兜,一只手握着门把手,皱着眉散漫抬头,而后明显一愣。

他保持着姿势没动,有点茫然,像是要确认什么似的,一眨不眨地望着门口站着的童妍。

童妍也看着他。

原本以为自己见到沈肆会尴尬得说不出话来,可事实上完全没有。看到他的那一瞬,她就自动绽开了笑颜,云开见月,雨过天晴。

她弯着眼睛唤了一声:"沈肆?"

沈肆眼里有什么冷硬的东西化开了,温和地应了声:"嗯。"

他总算有了反应,退到一旁让路,垂眸说:"进来。"

反应不冷不淡的,童妍一时间摸不准他的心情了。

"坐。"沈肆示意一旁的沙发。

这是个套间,估计是许知书为了关照沈肆弄的,布置得很温馨,不用和其他队员合住。

童妍取下挎包搁在茶几上,从善如流地坐下。

沈肆走了两步,又退回来,问她:"喝热水还是饮料?"

童妍想了想，回答："饮料。"

于是沈肆去柜子下的小冰箱里拿出提前一天就准备好的橘子汽水，拧开瓶盖后搁在童妍面前。

"谢谢。"童妍双手接过汽水，有些惊讶酒店冰箱里竟然准备了这个，"你也喜欢喝这种口味的汽水吗？"

沈肆沉默了一会儿，不太自在地"嗯"了一声。

"噢，我也喜欢。"童妍抿了一口。

汽水酸酸甜甜冒着不安的气泡，就像她现在的心情。

"知道。"沈肆说。

"嗯？"童妍只顾着发呆，没听清。

沈肆没说话了，拿了个苹果坐在一旁削了起来。

他的手很稳，指节修长，果皮削得薄薄的且不会断，身上落着柔软的灯光，连带着眼神也柔软起来。

童妍总觉得他现在的心情很平和，看起来似乎没有受比赛失误的影响。

她或许应该关心两句就离开的，可她的脚像生了根似的，只想待在沈肆身边。

房间里一下安静下来，许知书的视线在两个满怀心事没有戳破的年轻人之间打了个转，狐狸眼中蕴藏着温润的笑意。

"童妍，师兄冒昧问一句。"许知书坐在单人沙发上，交叠双腿笑眯眯地问，"你有没有喜欢的男生啊？"

沈肆削苹果的动作明显慢了下来。

"啊……这。"童妍被问了个措手不及，红着耳尖小声道，"许师兄怎么突然问这个？"

许知书看了沈肆一眼，说："没什么，就是觉得你这样的女孩儿，应该挺多人喜欢的。"

"没有呢。"童妍有些尴尬地笑笑，抿了一口汽水，不敢去看沈肆的表情。

和长辈谈论这种事总是令人羞涩的，没有比这更糟糕的话题了。

她想，果然还是赶紧离开这儿比较好。

"高考完要不要考虑一下我家小肆？"许知书挂着亲切的笑。

"咔嚓"，苹果皮断了。

刚才还利落地削着苹果的少年，突然间变得异常笨拙。

214

童妍下意识扭头看着沈肆，脸颊红了，杏眼中跳跃着潋滟的水光。

"师兄，别乱说。"沈肆只沉沉说了这样一句，低着头，眼睫像是承载不住灯火似的微颤。

腕力超群的少年，即使拿着长枪也不会手抖一下，现在却握不稳一把小小的水果刀。苹果末端被削得坑坑洼洼，俨然没有了最初的圆润光滑。

他抿了抿唇，索性放弃，低头将苹果搁在童妍面前的餐盘上。

童妍脚尖抵着脚尖，脸颊滚烫，掩饰似的去喝手里的饮料。

"怎么是乱说呢？"许知书朝着桌上的那部手机抬抬下巴，笑眯眯的，又抛出一个惊天秘密，"那你说说，为什么要用她的照片设置手机壁纸呢？"

沈肆僵住了。

扑哧……喀喀！

童妍一口汽水险些呛住，心脏瞬间冲到了嗓子眼，她下意识瞥向茶几上的黑色手机。

还没来得及窥出什么端倪，就见沈肆手忙脚乱地按住手机，将它揣入裤兜。

他低着头，看上去有些生气，喉结滚动得厉害，站起身急促地说道："没有的事，别再说了。"

沈肆似乎很抵触这个话题。童妍躁动的心潮像是被拍死在了礁石上，只余下些许波澜。

唉，早该知道会是这样的结果，自己又在期待什么呢？

许知书见沈肆难得慌了神，笑了笑，没再继续调侃。他转向一旁安静的少女，热情地说道："童妍还没吃东西吧？我叫了酒店餐厅服务，一起吃？"

气氛太尴尬了，童妍哪还有心思吃饭？

何况看到沈肆没事，她也就放心了，再待下去也只是让彼此徒增烦恼。

童妍摇了摇头，强撑着笑说："不用啦，我和爸爸约好了，八点前要回酒店的。"

"还有一个多小时呢。"许知书抬手腕看了一眼时间，"餐厅应该准备得差不多了，吃饭用不了多久，待会儿师兄亲自开车送你回去。"

童妍看了一眼沈肆。

沈肆也在看她，半晌后开口："吃完饭再走。"

不行，不能再心软了。刚才沈肆的否认已经说明了一切，童妍狠心告诉自己：无论在他身边待多久，结果都是一样的。

她坚决地摇了摇头，说："不了。"

沈肆没再说什么，默默取下衣架上挂着的外套，送童妍出门。

电梯里，两个人都没说话，这种安静在狭小的空间里被无限放大。

童妍的心事也被无限放大，酸酸涩涩的。

她扭头望着电梯侧面的广告纸，光滑的金属门上，倒映着沈肆认真注视她的侧颜。

可等她转过头去，沈肆又若无其事地别开了视线。

真是气人！

童妍咬了咬下唇，没忍住轻声打破沉默："许师兄说的，是真的吗？"

沈肆喉结吞咽了一番，手插兜淡淡地说："别乱想。"

这算什么回答？

"你让我看看你的手机，我就不乱想了。"童妍看着他，"敢不敢？"

沈肆没动。

童妍也犯了倔，伸手去摸他放在裤兜里的手机。

沈肆握住她的手腕，眸中涌着复杂的情绪，涩声说："不可以，童妍。"

"为什么不可以？"

让她死心就这么难吗？

童妍又用另外一只手去掏手机，沈肆索性一并制住，压着她的腕子将她抵在电梯的角落里。

"别动。"阴影笼罩，少年幽沉的眸子就在眼前。

两个人身体贴着身体，心跳熨烫心跳，逼仄的角落里充斥着躁动的气息。

沈肆常年习武的身手，不是童妍能比的。她两只手都被压住，躲不过，挣不开，顿时又急又难堪。

她本来有点生气，可一对上沈肆的眼睛，心里的气就发泄不出来了。

少年沉默着，明明力量占据上风，可眼神却是如此压抑脆弱。仿佛他要护住的不是一部手机，而是最后的遮羞布与软肋。

叮咚！

电梯到了一楼，门打开了，沈肆立刻松开了手。

童妍整理好帽子，不知道该说什么，索性低头出了电梯。

沈肆一直跟在她身后。

到了马路边，童妍停下脚步，回头看着沈肆说："谢谢你，到这儿就行了。"

嗓音闷闷的，一听就知道酝酿着小情绪。

深蓝的夜色，霓虹灯闪烁，沈肆伸手拦车，轻声说："我送你。"

武城的风冷冽，但很轻柔，矛盾得就像面前的少年。

"我本来只是想来看看你，不知怎么的就变成了这样。"童妍攥紧了挎包的肩带，"沈肆，如果许师兄说的都是假的，那就别送我了，别给我希望。"

她叹了一口气，补上一句："我说真的。"

沈肆一愣，钝痛在心头蔓延。

一辆出租车停在了路边，车灯映在他的眼里，明暗不定。

他张了张淡色的唇，童妍却抢先一步，尽量让自己笑得轻松些："好好休息，明天比赛加油！"

说完，她不敢看沈肆是什么表情，几乎落荒而逃。

直到那抹窈窕的身影走远了，沈肆还站在原地，任凭四面八方的夜色席卷而来，将他整个湮没其中。

童妍沿着人行道走了十来分钟，也不知道自己要去哪儿。

反正不想回酒店，不想让爸爸担心。

她沿着楼梯上了天桥，桥边种了几棵高大的早樱，粉白的花冠盛开得很是热烈，在夜色中重重叠叠地绽放着，风一吹就落了一层花雪。

童妍停下脚步，趴在天桥栏杆上欣赏武城陌生的夜景，孤独感涌上心头。

自己总是将事情弄得一团糟。刚才拒绝了沈肆，要说丝毫不后悔，那必定是假话。

可青春就是伴随着疼痛的，痛着痛着也就习惯了。

或许多年以后，成熟的她和沈肆在某个街角偶然遇见，也只是比陌生人熟悉那么一点，微笑着点点头就擦肩而过，继续各自的生活……

一想到这个画面，童妍就难受得不行。

以后怎么办呢？她发愁。

风拂过树梢，花瓣落了满身，冰冰凉凉。她甩了甩脑袋，却看到天桥的另一端站着一个人。

一个无比熟悉的人。

沈肆明显是跑着追上来的，站在那儿胸膛起伏，气息粗重，额头上全是细密的汗珠。直到看见了她，他的呼吸才渐渐平稳起来。

童妍很少见到他这么狼狈焦急的样子，不由得愣住了。

"沈肆？"童妍扶着栏杆转身，面对着他。

217

她不明白，自己已经将话说得很明白了，沈肆为什么还追上来呢？

天桥上，沈肆踩着一地花瓣过来，微微低头，眸中尽是她的模样。

他像是在和一个看不见的敌人作斗争，许久才开口："童妍，你根本不了解真实的我。"

"你是沈肆，真实得不能再真实了。"少女闷声回答。

沈肆苦笑。

"沈光宏是我的继父，你在学校看到的那个男人，才是我生物学上的……父亲。"

他咬牙，闭上眼颤抖着，带着前所未有的绝望："我活在地狱，身体里流着恶魔的血。"

第九章　惊喜

风停了,无数模糊的车灯自桥下呼啸而过。

月光静谧,沈肆垂首靠在天桥的护栏上,长长的影子像是一道无形的枷锁,框住他沉重的过往。

这是童妍第一次听他提及自己的身世。

他用隐忍的语调讲述九年来遭受的命运愚弄,将心底鲜血淋漓的伤口亲手撕开,毫无保留地摊开在她面前。

他说他的妈妈林绮,曾经是一位非常优秀的大提琴手,有着天鹅般优雅漂亮的气质,暗恋她的人犹如过江之鲫。

体育学院的沈光宏风雨无阻追了整整四年,才将这位大美人追到手。

可惜好景不长,两个人交往不到两个月,一场校外慈善演出,林绮遇上了霍钧。

衣冠楚楚的恶魔坐在台下,向美丽纯洁的天鹅布下了带毒的陷阱。霍钧那种地位的人,看上哪个女人甚至不用开口,自然有人会安排一切。

他们的力量太强大,强大到只需要一点点手段,就可以轻而易举地毁掉一对情侣的幸福。

沈光宏想为女友讨回公道,却在去警察局的路上被打断了右腿,身为武术运动员的他还没来得及站上国家级领奖台,就断送了前程。

林绮相依为命的母亲也因为这件事气得进了医院,每天需要高昂的费用维持生命。

为了不连累更多的人,林绮只能忍痛向沈光宏提出分手,答应与霍钧交往。

霍钧有四分之一的外国血统,单论相貌无可挑剔,真正放下身段哄人的时候是极具欺骗性的。他说他今生只爱林绮一个女人,自从慈善演出上惊鸿一瞥,

219

他就不可抑制地沉沦在她美丽多情的双眸中，所以即便不择手段也要将她绑在身边。

不择手段是真的爱吗？不过是个笑话。

没过多久，林绮发现这个口口声声说爱她的男人，其实早就和大名鼎鼎的商界千金订婚了，而她连正牌女友都算不上，充其量不过是被霍钧包养欺骗的情妇。

林绮的第一次反抗以失败告终，男人终于卸下伪装，露出了森森獠牙。

"阿绮，对我们这种身份的人来说，爱和婚姻是不一样的。爱是纵容，婚姻是利益。"

他说，霍家子嗣那么多，他要想站稳脚跟，就必须娶一个背景足够强大的女人。

他还说，她再跑一次，他就毁掉她身边的一个人，直到她乖乖听话为止。

他深情款款的神情配上阴森森的话语，不禁令人恶寒。

几个月后，病床上的林母自己拔了氧气管，在极度痛苦中离世。

更可怕的是，林绮发现自己怀孕了。

她怀了那个毁了她一切的男人的孩子，她的身体里孕育着恶魔的胚胎。

在霍钧的控制下，她连堕胎都不能。

好在没过多久，霍钧联姻的事出了点状况，他自然无暇顾及这边。林绮借着母亲葬礼的机会，再一次跑了。

这回精心策划，又有了沈光宏的接应，一切都很顺利。

"她那时候精神和身体都很虚弱，已经没法打胎了，我爸就带着她在远离北城的C市定居。他郑重地向我妈求婚，说肚子里的孩子就是他沈光宏的孩子，只要好好教养，将来一定不会差。"沈肆轻声说着，看向童妍，"在那里，我出生了，认识了你们。"

听起来很狗血的剧情，但现实远比小说残酷。

他们过了十一年平静的生活，夫妻俩渐渐忘了过往的伤痛，努力将儿子教育成正直善良的人。

但沈光宏的死，再一次将他们推向了命运的深渊。

霍钧找到了他们，逼林绮回到他身边，逼沈肆改姓认父。

那时林绮已经有了两个月的身孕，那是她和沈光宏爱的结晶，霍钧并不知道。如果他知道了，那个孩子根本保不住。

十一岁的沈肆成了这个破碎家庭中唯一的男子汉，为了保护母亲和那个未出世的孩子,他只能代替沈光宏,在惊惧中学会和恶魔抗争。

沈肆伤得最严重的那次,林绮哭了一天一夜。

为母则刚,为了保护两个孩子,她选择假意妥协。然后趁着霍钧放松警惕之际,拿走了一份重要机密。霍钧无暇分身顾及这边,她换得了短暂的安宁。

沈肆带着林绮搬了家。

生下沈敛后,林绮的精神已经不太正常了。

她的情绪大起大落,时而拿着沈光宏的照片默默流泪,时而在屋子里来回走动,因为一点小事就崩溃失控。

每次发病时,她看着沈肆的眼神里都充满了憎恨和厌恶,仿佛透过他的脸看到了另一个男人。

"你身上流着肮脏的血,你们的眼睛那么像,我看见你这张脸就恶心!"

十三岁那年秋天,玻璃杯狠狠砸到了少年的额角,鲜血流淌下来。发病的林绮浑身颤抖,指着面色苍白的少年低吼:"你是魔鬼的孩子,我当初就不应该生下你!"

少年只是沉默着,努力睁着被血浸透的眼睛蹲身,将地上的玻璃碴儿一点点清理干净,免得弟弟和母亲踩到受伤。

最疼的不是身上的伤口,而是面对母亲那冰冷厌恶的眼神时,从心底漫出的疲惫和苍凉。

"恨不恨妈妈?"清醒时,林绮眼睛通红,捧着他的脸轻声问。

沈肆摇摇头说:"不。"

他始终没办法责怪母亲。她只是运气不好,遇见了一个疯子,而那个疯子又逼疯了她。

"疼吗?"林绮微凉的手指抚过儿子的伤处,哽咽着问。

沈肆还是摇头,温声说:"不疼。"

自己身上掉下来的一块肉啊,怎么可能真的不疼?

每次清醒过来的时候,她看着儿子脸上、手上的伤口,心里的疼痛和悔恨就会千倍百倍地反噬回来。

"对不起,对不起……"林绮流着泪说,"那些话不要放在心上,记住妈妈爱你,永远爱你。"

沈肆十四岁时,被失控的母亲用小刀刺伤了手臂。

然后,林绮终于决定结束这一切。这是最后一次伤害他,也是保护他。

那天下着小雪,沈肆训练完回到家,听见锁住的卧室里传来沈敛的哭声。

家里到处找不到林绮,直到他看见紧闭的浴室门上贴着一张天蓝色的便笺纸。

坐在救护车的一路上,鲜血浸透了他的校服。

那天过后,沈肆没有妈妈了。

霍钧生了一场大病,已经彻底变成了偏执的疯子。

林绮死了,这个疯子就将愤怒都发泄到沈肆身上。他逃避林绮的死,急于抹杀掉和沈光宏有关的一切,也要利用沈肆是霍家长孙的身份,去老爷子那儿谋取最后的利益。

可他没想到,沈肆的骨头比沈光宏的还硬。他根本不愿承认自己是霍家的血脉,只想继承沈光宏的武术之路。

霍钧想过很多办法,可哪怕挨着最狠的毒打,哪怕肋骨断了奄奄一息,这个少年也依旧倔强地站着,将带血的拳头狠狠砸回霍钧脸上⋯⋯

童妍的出现是穿透黑暗炼狱的一颗小行星,是最温暖美丽的意外。

沈肆曾以为没有童妍自己也能过下去,就像以往九年一样。可是不行,没有她就是不行。

所以,他追了上来。

天桥上,沈肆平静地说着这些。

童妍听得眼眶湿润,像是溺水之人一般难以呼吸。

记得小时候,周娴也曾提过那么一嘴,说沈家那孩子和他妈妈一个模子刻出来似的漂亮,怎么就一点也不像沈光宏呢?

童妍也曾疑惑,沈肆长得那么好看,为什么偏偏有那样一双淡漠清冷、极具侵略性的眼睛?

直到那天在学校见到霍钧,她才模糊意识到沈肆的眉眼遗传自谁。

在五楼的洗手间,她听见霍钧对沈肆说的那些话,其实已经大概猜到沈肆的身世不简单。但她不确定,也不敢问,何况她在乎的是沈肆这个人,而不是他的家世⋯⋯

却没想到,真相比她猜测的更为残酷。

身为听众的自己尚且如此难受,那九年来经历着这一切的沈肆,该是多么辛苦绝望呢?

童妍不敢想象。

"你就是因为这些,所以才一直想和我保持距离?"童妍眼里泛着水光,哽咽着问道。

沈肆抿着唇，抬手轻轻擦去她眼角的泪痕。

半晌后，他缓缓收回手，拉下外套的拉链。

少年深吸一口气，发白的手指关节一寸寸卷起T恤的下摆，将腰腹上的旧伤生生展露在童妍面前。

清冷的月光照着泛白交错的刀伤，烙在结实起伏的腰腹肌肉上，显得触目惊心。

"这是十二岁那年，我拿刀反抗霍钧时留下的。"沈肆孤注一掷，盯着她的眼睛问，"害不害怕？"

十二岁……那个变态怎么下得去手！

"我不怕。"童妍摇了摇头，她心疼还来不及，又怎么会害怕？

沈肆低着头，僵着没动。

他像个亡命的赌徒，抛出自己的全部筹码。

"我最开始动手是为了反抗，但后来……后来渐渐地，我发现自己的性格不可控制地……越来越像那个人。"他的嘴唇微微发白，声音嘶哑道，"我妈说得没错，我的身体里流着疯子的血。迟早有一天，我也会变得和他一样肮脏……"

当骨子里偏执暴戾的血脉被唤醒，屠龙的勇士终将变成恶龙。

他几乎把心剖出来捧到她面前，就差指着累累的伤痕问她：这样肮脏的我，你还要吗？

"不是的，沈肆。他是他，你是你。"童妍抬头看着沈肆微红的眼睛，焦急而认真地说，"他的力量只会用来伤害人，而你的力量是用来保护人，怎么会一样呢？"

"可我没有保护好妈妈，也会将你拖入深渊。"

"我不怕。有你在的地方，就不会是深渊。"

她指着路边绽放的早樱说："你看，去年冬天那么冷，春天照样来了。以后我的世界，光亮分你一半，好不好？"

是温柔的风融化皑皑的冰雪，满身的尖刺顷刻卸下，溃不成军。

樱花间或落下，沈肆的眼里也落满了光，是希冀，也是赎罪。

"好。"他说。

沈肆在耳边轻声说"好"的时候，童妍眼眶一酸，有种尘埃落定的感觉。

这个饱经磨难、心思深沉的少年，终于挣脱枷锁向她敞开了心扉。

"我刚才对你说的霍钧的那些事,不是危言耸听。"沈肆凝望着她干净的双眸,"在事情彻底解决以前,我们还是保持适当的距离,直到你平平安安地高考完。"

童妍听懂了,"哦"了一声。

心里的烟花还没来得及点燃绽放,就"吱"的一声熄了火。

但她能理解沈肆做出这个决定有多艰难,失落了一秒,很快打起精神:"那……等高考完后再说吧。"

沈肆看着她,目光深沉而包容。

"沈肆?"童妍唤他,声音轻软得像是三月的风。

沈肆无奈,摸了摸她的发顶说:"手机。"

"嗯?"

"手机给我。"

沈肆低声重复了一遍,童妍才听明白,从小挎包里掏出手机,解锁后递给沈肆。

沈肆点开童妍的微信,搜索自己的微信号,点击申请好友,然后拿出自己的手机解锁。

开屏壁纸一闪而过,虚化的摩天轮背景下,是少女捧着奶茶微笑的侧影。

这回童妍可瞧得真真切切,不由得抿着唇笑起来:原来那天在江边,沈肆根本不是在拍什么风景,就是在偷拍她呢!

沈肆知道她看到了,不自在地抿了抿唇,迅速点开刚才的好友申请,添加了童妍。

"永远不许删。"他把手机还给了童妍。

月亮圆得不像话,童妍的心里也满满当当的。

等回到了童向阳预订的酒店,童妍还有种飘在云端的不真实感。

童向阳问她有没有吃饭,童妍支吾着应了声,就将自己关进了房间里。

童向阳订的是个套房,比沈肆那边的小一点,但视野很好,从干净的玻璃窗向外可以看到远处星海一样热闹的灯火。

行李箱躺在地上,还没来得及收拾,她趴在床上点开沈肆的微信,心里一阵阵发烫。

之前不明白沈肆为什么要用虚化的摩天轮一角做头像,现在才知道,摩天轮的彩光下有她。

他将感情埋得很深,将她藏在不为人知的角落里,只余一点微光点缀在漆黑的夜空。

但她删了他,也不知道沈肆当时是什么样的心情。

童妍翻了个身,像含入嘴里的一颗话梅糖,是酸楚,也是甜蜜。

童妍:我到房间啦!

她给沈肆发消息:明天比赛,我来给你加油好不好?

沈肆很快回复她,说:好。

还是这么简洁明了,童妍笑了笑,没忍住又发了几条。

童妍:那你早点休息,养好精神。

童妍:沈肆,我今天真的超级开心!

过了一会儿,沈肆的消息回了过来。他说:我也是。

看到这几个字,童妍的心都快飞出来,将手机捂在胸口滚了一圈。

哎,真希望明天快点到来!

周日太极拳组初赛,童妍第一次坐 VIP 席,离赛场很近,可以清楚地看到运动员的每一个动作。

上场前,沈肆下意识扫了一眼贵宾席,视线落在童妍身上,有一瞬间的柔和平静。

"爸!快看,那就是我同学沈肆!您还记得他吗?"

童妍激动地晃了晃童向阳的手臂。

沈肆就是最好的,他值得被所有人期许!

"那就是沈肆啊?哟,沈光宏的儿子长这么高了,小模样挺帅哈!都快赶上你爹我了……不过怎么这么眼熟呢?"童向阳将墨镜推到头顶,眯眼看了很久,然后恍然,"上次家长会时,坐你旁边的那个小子对吗?和同学起冲突的那个?"

爸爸怎么光记得那件事啊?

童妍为沈肆抱不平,解释说:"他不是故意动手的,是有人骂他妈妈……反正,他挺好的。"

童向阳笑眯眯地看着自家闺女,开玩笑说:"哦,你们俩有故事?"

童妍的脸倏地就红了,热辣辣的。

好在场馆内的暖气开得很足,她有充分的理由脸红,强装镇定如常的样子:"您想什么呢?我是抽奖中了票才来的,而且在这儿比赛的也不止沈肆一个同学,还有唐也，是个女生。等会儿唐也比长拳，我们还得过去给她加油……"

她絮絮叨叨说着，沈肆已经上场了。

四周安静下来，大家的目光聚焦在抱拳行礼的沈肆身上。

童向阳没再追问，童妍舒了一口气。

"这位选手的形象气质很棒啊，运动员里难得有这么好看的。"身后有几个男观众在小声讨论，估计是哪位运动员的亲友团。

"可惜中看不中用。记得去年十月份的×省表演赛，大家对他的关注度很高，结果第二场他那手太极打了个出乎意料的低分。"另一个人说，"太极拳应该是他的弱项，也不知道今年为什么又报了太极，自取其辱吗？"

童妍听着身后那几个人叽叽咕咕，眉毛不自觉地蹙起来，气得不行。

去年沈肆是因为意外发挥失常，所以才没能打出高分。这群人怎么老逮着一次失误就叭叭个没完？

但很快，身后的人闭嘴了。

伴随着悠扬旷古的琴音，沈肆将太极拳打得刚柔并济，行意合一。侧朝天蹬直立，腾空摆莲五百四十度，连续高难度的动作一气呵成，场下掌声一片。

就连童向阳这个完全的外行人都赞叹不已："这小子真不错，打得真好！落地又轻又稳，普通人十多年也练不到这种境界吧？"

"那当然！"

沈肆一直很努力训练的。

最后得分出来了：9.78。

他以小组第一的高分晋级决赛，一雪前耻！

沈肆从场上下来，童妍忙随着观众站起来，满脸骄傲，小海豹似的拼命为他鼓掌祝贺。场下，沈肆拧开水壶补水，眼睛却望向观众席，蕴藏着浅淡的笑意。

童妍又带着童向阳去看了隔壁场唐也的比赛。

唐也这组长拳没发挥好，没进决赛，被教练狠狠地训斥了一顿。

童妍和童向阳说了一声，正准备去安慰一下唐也，却看见几个安保人员紧急疏通过道，还有几个穿着白大褂的医务人员背着药箱匆匆忙忙跑过来。

记者们疯狂拍照，童妍疑惑地问："发生什么事了？"

唐也刚被教练训了一顿，却跟个没事人似的嘻嘻哈哈，手搭着童妍的肩膀说："刚才枪术组决赛，黄毛用沈肆的自选动作参赛，也想拿个高分，结果他根本没有沈肆那样扎实的功底，强行做高难度动作，把腿给摔伤了。大快人心，舒坦！"

唐也说这话的时候，黄毛正抱着右腿满脸痛苦地躺在担架上，被医务人员抬出去救治。

这种心术不正的人，童妍可是一点也不同情，活该！

"对了，我的刀术和沈肆的太极拳都晋级了，明天决赛，你来看吗？"唐也打断童妍的思绪。

沈肆就站在一米开外的地方，留意着她们的谈话。

童妍看了一眼在观众席上等待的童向阳，又看了一眼沈肆，小声说："明天周一上课，我们买了今晚的机票回家。"

她语气里满是歉疚和不舍。

观众席，童向阳肚子饿了，招手催童妍回去。

中午父女俩在武城一家很有名的特色餐厅吃了饭，下午童妍又陪童向阳逛了科技博物馆。日落时分，童妍就得收拾东西去机场了。

童向阳收拾好自己的箱子，见童妍在房间里磨磨蹭蹭，好奇道："闺女，发什么呆呢？快赶不上飞机了。"

童妍腿上还搁着沈肆的队服，是很轻薄透气的涤纶面料。

她真舍不得走，她想亲眼看着沈肆夺冠。

"亲爸，我能不能和你商量一件事？"童妍跳下床，扶着门框看着老父亲收拾东西的背影。

"啥事啊，亲闺女？"老父亲乐呵呵的，此时还不知道将会面临什么难题。

童妍用手指抠了抠门框，小声说："那个……我能不能在这儿多留一天呀？"

童向阳愣了一下，回过头说："多留一天？你明天不得上课吗？"

童妍小心翼翼地说："可以跟老师请一天假，就这一次。"

童向阳抱臂陷入沉思。

女儿从小到大没请过几次假，就算感冒发烧也会硬撑着上课，难得提一次要求。要是平时，童向阳也就同意了，但现在离高考只有不到百天了……

"我昨天下午才到武城，今天下午就要走，感觉都还没放松到呢！何况，明天我同学参加全国决赛，我真的很想去现场看看。"童妍放软声音，十指合拢抵着鼻尖，"拜托你了，亲爸。"

"闺女啊，不是爸爸不同意。你平时学习辛苦，爸爸也知道。"童向阳向前走了两步，坐在凳子上解释，"高考的重要性你比我懂，爸爸也就不啰唆了。这个行程是我们事先商量好的，爸爸只请了两天假，明天还有个很重要的案子要接，一堆的工作任务，实在是推脱不了。"

童妍眼里的光暗了暗，随即很快亮起，掏出手机给唐也连发了几条微信，然后说："要不您今晚先回去，我在这儿多留一天？"

"这怎么可以？你一个女孩子待在外地太不安全了，不行不行！"童向阳连连拒绝。

"不是一个人，还有我同学呢！您要是不放心，我让同学和您说？"说着，童妍拨通了唐也的视频电话。

没多久，视频就接通了。

童妍提前在微信上说明了缘由，唐也很配合，收敛了平时的不正经，再三向童向阳保证道："叔叔您放心吧，无忌……童妍和我们在一起肯定没问题！我们队里有专车，明天比赛结束就出发回C市，保证把她平平安安给您送到家门口！"

童向阳本来还担心女儿得一个人改签飞机回来，听说武术队有专车，眉间的疙瘩松开了一点。

童妍也趁热打铁："唐也都保证能把我送家门口了，您就答应吧！还有这两天的试卷和作业，我都会让班长发给我的，保证不会落下一点功课。"

话都说到这份上了，童向阳也不好拂了唐也的面子，只好叹了一口气，妥协道："那好吧，晚上八点以后不要出去乱跑。在房间一定要锁好门，一定要注意安全，这一点很重要！"

"好的，好的！"童妍的眼睛都亮起来，挂断视频，扑过去抱住童向阳的臂膀，"谢谢亲爸！"

童向阳心都软了。

这些年他忙于事业，陪在女儿身边的时间少之又少，已经很久没有享受过这样亲密无间的父女时光了。

不管事业再成功，他对妻女始终是有愧的。

"在房间待着，别送了。"童向阳拖着箱子出门，叮嘱童妍，"房间我给你续一天，记得出去或回来都要向爸爸报个平安。"

童妍乖巧地点头，笑着说："好！"

童向阳拍了拍女儿的肩，一步三回头地走了。

回到房间里，童妍立刻穿好外套换鞋。

唐也的微信蹦出来，问她：你没走的事，我是告诉沈肆呢，还是瞒着给他一个惊喜呢？

童妍：这还用问吗？

童妍：惊喜，必须是惊喜呀！

童妍：先别和他说！

童妍嘴里叼着皮筋回复：你们现在在哪儿呢？我马上过来。

唐也：在做柔韧练习，等会儿要慢跑三公里回酒店。

她又丢了个定位过来，说：你得快点，每次沈肆都是第一个跑完的。

二十分钟后，童妍从出租车上下来，坐在沈肆酒店外路边的长椅上等。

没过五分钟，她果然看见薄薄的夜色中，穿着短袖黑T、腰间扎着外套的高瘦少年沿着道路慢跑过来。

两个人距离不到二十米时，童妍站起身来，笑着朝沈肆挥了挥手。

她出现得没有任何征兆，沈肆的步伐慢下来，最终停下。

他站在原地看她，有些难以置信。

路灯的光打在她的发顶，毛茸茸的。

"沈肆！"童妍朝他跑了过去，拿出百米冲刺的速度。

风轻轻地吹着，摇落几片花瓣，空气中弥漫着淡淡的花香。

路边几个行人侧目，可谁也懒得管他们，反正在这座陌生的城市里谁也不认识谁。

沈肆气息不稳，清冷的嗓音里带着些许诧异："怎么突然来了？飞机晚点了？"

童妍摇头。

"比起明天看转播，我更想去现场看你比赛。"她眼里盛着武城璀璨的灯火，神神秘秘地说，"所以我留下来了，今天不回去。"

"不回去？"

"嗯，陪你。"

世界一下子亮堂起来了。

见他一直看着自己，童妍小心翼翼地问："你不高兴吗？"

"高兴。"他胸膛滚烫，嗓子发紧。

于是童妍心满意足地笑起来。

"沈肆，你吃完饭了吗？"她有点饿了，提议道，"我们去吃东西好不好？"

凝望她的眼睛，沈肆没法拒绝。

他解下腰间扎着的外套披上,连去教练那里打卡都顾不上了,安静地跟着童妍走。

夜晚的小吃街人很多。

沈肆换了个位置,将童妍护在道路里边。

他们走过樱花盛开,穿过人间烟火。在这座陌生又浪漫的城市,少年人的心似乎一点点温暖了起来。

决赛还是在昨天的场馆,沈肆穿着崭新的队服出来接她。

童妍笑得眼睛弯弯,步履轻快地朝少年跑去:"早啊,沈肆!"

沈肆嘴角动了动,说:"早。"

刀术组决赛最先比完,唐也发挥还算稳定,得了个第四名。虽然无缘奖牌,但她本人并不介意,还笑嘻嘻地去和获得金银铜牌的对手握手祝福。

下一场是太极拳组。

不知道是不是决赛的原因,场馆里到处都是镜头和记者,弄得童妍也紧张起来,高考带来的压力也不过如此了。

检录前,沈肆找了个没人的通道口拉伸热身。

他忽然问:"要是我没有得奖,会不会失望?"

童妍愣了愣,然后猛烈摇头:"当然不会!你怎么会这么想?能站上全国决赛的舞台,你已经比很多很多人都优秀了!"

她捏紧了肩上的帆布拎包,藏住里面那一束小小的捧花。她来之前特意去了一趟酒店外的花店,为沈肆精心挑选了一份礼物。

她小心地藏着花束,杏眸干干净净的,笑着告诉他:"不管你有没有得奖,在我心里永远都是最棒的。"

候场区,沈肆已经换好了一袭飘逸的白色束袖武服,正低着头听教练叮嘱比赛事宜,表情冷冷的。

只有看向观众席上的童妍时,他的眼睛才会有些许温度。

"无忌!"

比完赛的唐也换了衣服,走过来跟童妍击了个掌。

童妍安慰地拍了拍唐也的肩,问道:"其他人情况怎么样?"

唐也摇头一笑,无奈地说道:"现在,沈肆就是我们全村的希望了。"

这次沈肆抽的签很好，决赛十二人，他排在第五。

VIP席旁边就是解说台，能隐约听到一男一女两位解说员的谈话。

"接下来上场的五号选手沈肆，是来自×省省队的小将，挺帅气的小伙子。据说这位选手才刚满十八岁，就一路杀进了成年组决赛，可谓前途无量。"女解说员说。

"是的，这位选手有着'小枪神'的称号，实力的确很稳，不过似乎运气差了点。他去年就在武术套路锦标赛青少年组露面过，十七号下午那场枪术组预赛，他的动作设计和美感也是堪称教科书级的精彩，没想到最终败在了器械意外上，实在可惜。"

男解说员接上话茬："今天太极拳组有几名实力雄厚的老将角逐奖牌，从理论上可以说，沈肆并不占太大优势。"

女解说员表示赞同："不错。不知道他这场太极拳会不会再给我们带来惊喜，让我们拭目以待。"

童妍将他们的解说听了个清清楚楚，心里有点懊恼，气得捂住了耳朵。

沈肆是组里最年轻的选手，似乎所有人都不相信他能打出比预赛更好的成绩来。

唐也瞥见了童妍的反应，笑着将她捂住耳朵的手拉下来，解释道："别怪他们说风凉话，毕竟全国赛都是神仙打架，竞赛规则比国际赛事还要严格，我们这种刚成年的小屁孩能进决赛就已经相当不错了。沈肆能稳住昨天的成绩，得块铜牌，省队都要给他烧高香、放鞭炮庆祝了。"

"我才不管这些呢。"童妍哼了一声，谁都不能说沈肆不行。

沈肆上台了，童妍屏住呼吸。

抱拳行礼，起势。

"一上来就两个A级动作，腾空飞脚，动作很稳啊！"

没过多久，解说员的语气逐渐激动起来："他的变化速度很快，上肢和下盘动作衔接得非常和谐，接摆莲五百四十度……漂亮！非常漂亮！"

短短几分钟，观众席上喝彩不断。

一场打完，沈肆收势，抱拳再次行礼。

童妍随着观众起身，疯狂鼓掌，眼里像是有万千星河闪烁。

台上是她的少年，她的骄傲！

分数很快出来了：9.81。

唐也震惊了："比昨天预赛分数还高！"

童妍比谁都激动，忙问："怎么样？能进前三吗？"

"还有两名老将没上台，一切还不确定，不过铜牌应该稳了。"唐也说，"去年全国武术锦标赛，太极拳组的冠军好像是 9.83 分。"

全国季军也不错了！

沈肆下场，目光隔着几米的距离，和观众席上的童妍对视。

他目光平静，仿佛将荣辱抛诸身后，眼里只看得见拼命朝他鼓掌的少女。

沈肆动了动嘴角，走向休息区等待最终的排名。

后面几名选手的分数都没有超越沈肆，每看到沈肆的成绩打败一人，童妍的心就往上提一分。

最后登台的是一名蝉联两届冠军的老将，动作老辣无比。

出成绩时，童妍的心都快蹦出嗓子眼，鸵鸟似的闭紧眼睛，不敢去看电子屏幕上的最终排名。

一阵安静后，唐也忽然爆发出一声响亮的"天哪"。

童妍的心瞬间一沉，忙抱住唐也的胳膊问："怎么样？沈肆的排名被超过了吗？"

"什么被超过了？你看——"唐也强行捧起童妍的脸，让她睁开眼睛，指着电子屏幕上稳居第一的名字，哆嗦着说，"冠军！沈肆是全国选拔赛冠军！你知道这意味着什么吗？这不是他的巅峰，而是起点！他以后很有可能会进入国家队，代表中国参加世界级武术比赛！我的天，我要疯了！"

童妍也要疯了。

她看着排名表，愣了半晌，才忽地跳起来紧紧抱住唐也。

"啊啊啊！太好了！"童妍高兴得眼睛都红了。

那名老将得了 9.80 分，也是一个相当高的分数，只是毕竟带着一身训练伤，灵敏度不如后辈沈肆，输得心服口服。

等到颁完奖，已经是半个小时后了。

沈肆被蜂拥而至的记者围住，好一会儿才脱身。

童妍站在观众席旁的通道口，笑吟吟地看着沈肆朝自己走来。

沈肆的脖子上挂着明晃晃的金牌，证书随意拿在手里，清冷散漫得好像只是随手出去买了个菜，而不是斩获了全国武术套路的金牌。

"知道你刚刚被记者围住时，我在想什么吗？"童妍眨了眨眼问。

沈肆停下脚步，垂眸看她："什么？"

"我以前的梦想就是单纯地考一所好大学，并不清楚自己将来要从事什么行业。但刚刚看到你从领奖台上下来,站在记者中间,我忽然就明白了……"童妍将手负在身后,微微倾身,认真地说出了自己灵光一现的理想,"我想当体育记者,这样你从领奖台上下来的时候,我就能第一个迎上你。"

温暖的小行星,总是不遗余力地向他靠近,散发出柔和耀眼的光芒。

沈肆眼角柔软,嘴角漾着浅浅的笑意。

童妍大大方方地将藏在身后的花束掏出,直直地递给沈肆:"恭喜你拿下全国冠军!"

花束在帆布包里捂了一上午,洋桔梗和向日葵的花瓣已经有些蔫了,看起来不伦不类的。

沈肆挑了挑眉,问:"什么时候准备的?"

童妍诚实回答:"早上。"

小姑娘藏得挺久。

沈肆说:"你准备这个,万一我没得奖呢?"

"那有什么关系?不管得没得奖,你都有资格收下我的礼物。"童妍轻轻拍了拍金黄的小向日葵,试图将它拍精神些,叹了口气,"都蔫了,要不算了……"

她话还没说完,花束就被沈肆接了过去。

"第一次有人送我花。"他毫不迟疑地取下奖牌,挂在了少女白皙的脖子上,"这个,回礼。"

沉甸甸、金灿灿的奖牌挂在脖子上,童妍蒙了一秒。

金牌哎!就这样随便送人的吗?

童妍满心甜蜜,哭笑不得地说:"这是你的荣誉,我不能要!"

沈肆一脸淡然,道:"这枚奖牌不算什么,以后我还会拿很多、很多枚。"

童妍摸了摸胸口沉甸甸的奖牌,笑着说:"那我替你保管一会儿,就一会儿哟!回家时还你。"

过了一会儿,童妍好奇地问:"这个是纯金的吗?"

"镀的。"少年清冷的嗓音。

"能卖多少钱呀?"

"回头卖了试试。"

童妍急了,捂着奖牌:"真卖啊?我开玩笑的!"

少年看着她,眼里含着极浅的笑意:"我也是开玩笑的。"

两个人并肩出了场馆,春风和煦,世界灿阳正好。

233

下午三点,童妍去酒店大堂领了寄存的行李,上了省队的专车。

豪华长途大客车,里面只坐了教练和六名武术运动员,宽敞得很。

沈肆将童妍的行李放稳后,带着她挑了个后排靠窗的位子。

童妍一上车就犯困,上了高速没多久就睡着了。

有光从车帘间漏进来,落在童妍的眼睛上,将她的睫毛镀成根根分明的金色。

沈肆抿唇看了很久,小心地伸手罩在她的眼睛上,为她挡住那一抹刺眼的阳光。

童向阳下班回到家,瘫在沙发上扯松领带,随手拿起遥控器打开电视机。

他快速切换了几个台,体育频道一闪而过。

童向阳一顿,又把台给调回去。

体育频道正在播放全国武术选拔赛的新闻,童向阳满眼惊讶,自言自语道:"沈光宏的儿子有出息啊!都拿冠军了!"

颁奖的镜头闪过,童向阳看着站在冠军台上的少年,笑着说:"沈光宏五大三粗的,生出来的儿子倒是好看得紧!站在那儿不像个运动员,倒像个小明星!"

下一秒,镜头切到了赛后采访亚军和季军。

童向阳正要换台,却隐约看到镜头远处扫过一个极其眼熟的身影。

童向阳眯了眯眼,"咦"了一声说:"那个人长得挺像我家闺女的。"

他趴到电视机面前一瞧,镜头远处略微虚化的少女可不就是他闺女吗!

闺女上电视了!童向阳忙拿出手机录像留念。

他才刚按下摄像键,就看见刚才还在领奖台上的冠军同学朝着他闺女走了过去。

两个人不知道说了什么,闺女突然从身后摸出一束花递给沈肆。

沈肆接过花,然后将奖牌挂在了她的脖子上……

镜头切走了,童向阳还握着手机蹲在电视机前,傻眼了。

他把刚刚的录像调出来,放大镜头,将那背景板拍进去的画面又看了几遍。

再回想起女儿这几天的反常举动,一个念头闪过脑海,童向阳陷入了长久的沉思中。

童妍是被包里的手机振动惊醒的。

天黑了,高速公路上的路灯飞快地倒退,交错的光影打在沈肆安静的睡颜上,像是质感颇足的电影镜头。

童妍小心翼翼地坐起身,没有惊醒沈肆。

电话是从西北打来的,童妍按了接听键,将头转到过道那边。

"喂,妈妈。"

"妍妍,听说你生病请假了?严不严重?"

童妍没想到童向阳给她找的请假理由是病假,愣了一会儿,才顺着话茬儿支吾着说:"已经好……好多了。"

她刚睡醒,嗓子有点哑,周娴并未起疑。

"妈妈从原单位那里弄了几套押题卷,是不外传的,待会儿发你手机上,身体好了就把它认真做了,把题型吃透了。"

周娴又叮嘱了几句,让她照顾好身体,按时吃药,就挂断电话。

童妍松了一口气,直起身坐回位子上,却对上沈肆清亮的眼睛。

他醒了,正靠着窗,好整以暇地看着自己。

"你醒啦。"她笨拙地岔开话题,揉着鼻尖问,"到哪儿了?"

沈肆递给她一瓶水,看了一眼从外面闪过的路标:"A市。"

还有两个多小时车程。

"谢谢。"童妍接过水抿了一口。

"再睡会儿?"沈肆看着她问。

童妍红着脸,摇了摇头说:"睡不着了。"

出了A市地界,她终于想起了独守空房的老父亲,于是良心发现,发了一条微信过去报平安。

童妍:爸,吃晚饭了吗?

童向阳的消息很快回了过来,说:没,等你们回来一起吃。

童妍没注意他说的是"你们",还乐滋滋地敲击屏幕,汇报路程:您先吃吧!我才刚出A市地界,大概晚上九点到家!

过了很久,童向阳的第二条消息发过来:不把沈肆带回来瞧瞧?

看到这条消息的时候,童妍惊得险些把手机给甩出去。

她咬唇回复:爸?你说什么呢!

童向阳回:别否认,我都看见了啊!

什么看见了?是哪里藏了摄像头吗?

童妍下意识地看了一眼身边的沈肆。

沈肆将视线从车窗外收回，落在她身上："怎么了？"

童向阳的消息紧跟着到了：怎么不说话？回头带沈肆来家里做客。

"沈肆，怎么办？"童妍有些紧张地搓了搓手指，一双水汪汪的眼睛看着他。

她把微信聊天记录给沈肆看。

沈肆接过手机，眼睫半垂，像是有一瞬间的迟疑。

童妍一时心里没底，小心地瞥着沈肆的脸色，问道："我爸人挺好的，你……你想见他吗？"

沈肆抿着唇，沉默着，将手机还给童妍。

过了很久，他说："我想想。"

之后的两个小时车程，沈肆的神色明显没有之前放松了，望着窗外漆黑的夜色，不知道在想些什么。

童妍悄悄给童向阳回复：爸，沈肆说要考虑下，等我回来再看吧。

总算把童向阳安抚住，她将手机放回包里，转头拉了拉沈肆的衣袖。

沈肆转过头看她，眼睛里藏着很多心事。

童妍怕他有压力，笑着安慰说："我爸经常想一出是一出，你要是觉得不舒服，拒绝也没关系的。"

"没有。"沈肆的声音有点低哑。

在 A 市时，教练和其他几位运动员就陆续下车了。

到了 C 市，唐也也在一中校门前下了车。

晚上九点半，车上只剩下沈肆和童妍两位乘客。

大巴车没法驶入小区，就在附近的大马路上将他们放下了。

沈肆帮童妍把行李箱搬下车，两个人沿着长长的人行道走着，熟悉的街景慢慢倒退。

锦泰华庭就在眼前。

"我自己拖行李箱吧，都压在你身上太重了。"童妍伸手说。

沈肆没有照做，只是将自己的运动包堆在行李箱拉杆上固定。

"你爸……平时喜欢什么？"沈肆忽然问。

童妍愣了一会儿，明白了沈肆的意思："你这是，答应去我家？"

沈肆"嗯"了一声："不能空手去。"

童妍本来以为他不想去,都想好应付童向阳的说辞了。这会儿听他这么说,不由得心跳加速,又紧张又兴奋。

"你一路上不说话,原来是在考虑这个吗?"童妍扭头看他浸润在夜色中的侧颜,笑着说,"你还是学生呢,不用送东西的。"

于是沈肆没有再提送东西的事。

到了童妍家楼下,进了大堂,童妍的手心已经开始渗出细密的汗水,因为紧张。

她能感觉到沈肆也一样紧张。

童妍按了电梯上楼键,小声说:"你知道我爸一向很好说话的,别担心。"

沈肆"嗯"了一声。

电梯下来了,童妍正打算进门,却听见沈肆站在原地唤她:"妍妍。"

"嗯?"童妍见他站着没动,疑惑地回过头,就对上了沈肆清冽的视线。

那一瞬间,她很难形容沈肆的眼神,深沉内敛,像是藏着千言万语。

他喉咙动了动,最终只是抬手拨了拨她的额发,低声说:"头发乱了。"

那一刻,童妍读懂了他眼里的克制和决绝。

童妍眼睛一涩,在短暂的几秒内做出决定。

她绽开一抹毫不吝啬的笑,对沈肆说:"要不,你在这里等我一会儿,我先上去一趟?"

沈肆愣怔,眨了眨眼睛。

"家里乱得很,我先上去收拾一下。"童妍从沈肆手里接过行李箱,笑着说,"你等我五分钟,一定要等我哟!"

电梯门关上,童妍独自上了楼。

在家门前,她深呼吸调整了一下心情,然后按指纹锁开了门。

她在武城樱花下许过愿:从此她世界的光亮,要分沈肆一半。所以,世界上谁都可以伤害沈肆,唯独不能是她的家人。

童向阳听到开门声,从沙发上起身道:"回来了?"

他的视线落在童妍的身后,挑了挑眉毛,抱臂说:"沈家那小子没跟你一起来?"

童妍闻到了满桌的饭菜香,顿时鼻子一酸,连鞋都来不及脱就扑进了童向阳的怀里。

童向阳"哎哟"一声接住女儿。

童妍抬起头说:"他在楼下等。"

"在楼下？"童向阳不能理解了，"既然都到了这儿，怎么不多走两步上来？"

"是我让他在楼下等的，因为有几句话想先和您说清楚。"童妍松开他后退一步，神情特别认真，"沈肆以前是我们的邻居，他是什么样的人您心里最清楚了。"

童向阳乐了，说："来长辈家做客，还怯场？"

"爸，我担心的不是这个。"

童妍顿了一下，很小声地说："沈肆他……他家里出了事，这些年过得很不容易。但他人真的很好，所有的成绩都是靠他自己努力拼来的。"

童向阳的语气严肃了一点，关心道："出事是什么意思？他父母离婚了？"

童妍摇了摇头。

武城天桥上，沈肆亲口诉说的那些过往，她多回忆一个字，心脏都会如刀绞一般疼。

"等会儿他上来，您能不能不要问他的家庭情况？您对他好一点，我们都对他好一点，好不好？"她看着自己的父亲，请求他，"求您了，爸爸。"

童向阳有些惊诧。

因为妻子周娴的教育方式很严厉，童向阳怕孩子受太多打压，性格会变得内向敏感，所以一向提倡"父女平等"的教育方针。女儿从小就有主见，即便是有拿不定主意的，也只是笑吟吟地说上一句"爸，我和你商量件事"……

这是第一次，她为了一个男孩说"求您"。

童向阳能怎么办呢？

他思忖片刻，摸了摸女儿的头顶说："行了，爸爸知道了。让他在下面饿这么久，也不太好吧？"

童妍知道爸爸松口了，登时眉开眼笑。

"那……我去把他叫上来。"话还没落音呢，她已经急匆匆地开门下去了。

童向阳望着空荡荡的门口，无奈地说道："小没良心的。"

刚刚"谈判"太久了，迟到了两分钟。

童妍从电梯口出来，就看见沈肆坐在大堂的长椅上，身边放了两袋刚买的水果。

他低头看着手机，似乎在等什么消息。

童妍的心忽然变得很轻松，迈着轻快的步伐小跑过去："沈肆！"

沈肆抬头，目光有一瞬间柔软。

自从他们在一中重逢后，他看到最多的，就是她倾尽全力向自己奔来的身影。

"收拾好了？"他将情绪隐藏得很好。

"嗯！"童妍眼睛弯弯的，盛着纯粹剔透的光，笑着说，"走，我带你回家！"

沈肆肩上背着包，手里提着两袋沉甸甸的水果，跟在童妍身后上了楼。

到了家门口，童妍朝他眨眨眼："不用紧张。"

沈肆点点头，温声说："好。"

他的视线始终落在童妍身上，这样的温暖多拥有一秒，都是他赚的。

门开了，等待他们的却不是狂风骤雨。温暖的光线倾泻下来，客厅里，电视机正在热闹地播放综艺节目。

"爸，沈肆来了！"童妍笑着朝餐厅里喊了一声，无忧无虑。

她弯腰，给略显拘谨的少年拿了一双干净的拖鞋，小声说："上次文化节你来时穿的，我一直给你收着呢。"

"啊,沈肆来了？饿了吧,我这饭菜还没热好呢。"童向阳穿着围裙从厨房出来，搓着手，嗓门大得有些不自然，"我也不会做菜，就在饭店随便点了几样。"

沈肆比他更僵硬，立刻站直身子，唤了一声："童叔叔。"

"哎，哎！怎么还买了东西？你一个学生，太破费了！"童向阳连连应着，又对童妍道："闺女，这微波炉怎么一直没反应啊？是不是坏了？"

"我来看看。"

童妍拉了拉他的衣摆，笑着说："你在餐厅坐着吧，马上就能吃饭了。"

"我帮你。"沈肆将水果放在茶几上，就开始挽袖口。

他挽袖子的姿势特别好看，慢条斯理的，抬起的手背上有凸起的筋络，手指修长有力。

童妍去厨房看了一眼，顿时无语："爸，插头没通电呢。"

她插好插头，沈肆刚好端着菜碟过来，送进微波炉。

该蒸的菜也都放进了蒸笼里，两个人配合得十足默契，好像生来就是这样和谐。

童向阳背着手在一旁抻长脖子看，随意说了一句："沈肆啊，你对我家厨房挺熟悉的哈！我住了这么久，都不知道那些锅碗瓢盆放哪儿呢。"

童妍和沈肆齐齐一僵，不动声色地对视一眼。

童向阳不知道，早在文化节前，沈肆就来过他家厨房了。

好在童向阳并没有起疑，从冰箱里拿了果汁出来，递给沈肆一杯："不过你是客人，去坐着休息一会儿吧，哪有让客人干活的道理？"

沈肆立刻站起身，恭恭敬敬接过果汁说："谢谢。"

"不用谢，跟叔叔客气啥啊！"童向阳挠着头说，"叔叔还要感谢你照顾我家姑娘呢，给你添麻烦了。"

沈肆看了童妍一眼，说："没有麻烦。"

童妍抿着笑，觉得这一老一少两个男人强行聊天，真是有趣得紧。

不过让童妍感动的是，童向阳真的没有问沈肆父母的状况。

饭桌上，童向阳端着啤酒："来，叔叔敬你！这么年轻就得了全国冠军，前途无量！你爸……"他下意识要说"你爸一定为你骄傲"，可想到女儿的叮嘱，硬生生改了口，"你把果汁喝了，还是学生呢，不能喝酒。"

沈肆的睫毛颤了颤，起身碰杯说："谢谢叔叔。"

他那么聪明，稍加推测就知道童向阳这份小心翼翼的热忱是从何而来了。

有惊无险。

吃完饭已经是晚上十点半，很晚了，沈肆起身向童向阳告别。

童妍忙收拾好碗筷，说："我送你。"

沈肆还没说话呢，童向阳就在一旁干咳，状若无意地提醒："女孩子家家的，大晚上出门不安全。"

"没事的爸，我就送到门口。"

童妍说着，已经换好了鞋子。

电梯口，两个年轻人并肩站着。

童妍凑过去，用肩膀轻轻顶了顶沈肆的胳膊："沈肆你看，我爸爸也没那么可怕，对不对？"

每次都是这样，每当阴云将至的时候，她总能凿开一线天光。

这一抹执拗的光，足够支撑他面对接下来的狂风暴雪。

"还有三个月，我们就自由了。"

童妍取下藏在外套里的奖牌，踮起脚，将焐得滚烫的金牌重新挂回沈肆脖子上。

"明天见，沈肆。"她弯着眼睛说。

"嗯，明天见。"沈肆看着她的眼睛说。

电梯门一点一点关上，童妍在原地站了很久，才低头回到家中。

童向阳已经坐在沙发上等着了。

童妍小步蹭过去，坐在童向阳旁边，抱住他的手臂软声说："爸爸，谢谢你！"

谢谢他和妈妈将自己带到世上，给了她遇见沈肆的机会；谢谢他的宽容理解，给了沈肆一顿温暖平和的晚餐。

虽然沈肆那小子不是个浮躁的人，话很少，但能力强，做事也很利索可靠……可女儿毕竟还太小了，又是处在高考这样的节骨眼上，叫人怎么会不担心呢？

也不知道这小子家里出了什么事，女儿一直瞒着不肯说。童向阳寻思着要是能重新联系上沈家父母，约出来喝个茶，自己心里也有个底。

第二天回到教室，童妍有种恍若隔世的感觉。

大概是心境发生了变化，她看一切都充满了朝气和新奇。

自习课，陈勉在讲台上滔滔不绝地打鸡血。

"最后几十天的学习呢，就好比在一条漆黑的山路上赛跑。我们不知道出口有多远，也不知道前面有什么风景在等着我们，只能不停地跑，不停地跑。直到有一天豁然开朗，海阔天空，我们才发现自己原来已经走了那么远。"

陈勉敲了敲黑板，语重心长地说："火烧眉毛了，再苦再累也就八十天，八十天换十年青春不悔，冲刺啊同学们！"

童妍坐在第二排，被扩音器震得耳朵疼，下意识地往后看了一眼。

清冷的少年坐在窗边，神情酷酷的，视线和她短暂交接，又很快移开了。

大课间操时间，借着发试卷资料的间隙，童妍提出要将位子换回来，坐回沈肆身边。

窗边阳光清透，沈肆只是安静地看着她，眼里写满了温柔的拒绝。

"不让我坐后排来，那你搬到前排去也成呀。"童妍数了一张试卷递给沈肆，轻声说。

"不可以，妍妍。"

沈肆将声音压得很低，说："在武城，你答应过我。"

在武城，他说在问题彻底解决之前，他只能将她藏在心底。

那是他保护的方式，也是两个人在一起彼此约定的唯一枷锁。

童妍抱着余下的卷子，换了个折中的法子："那晚自习下课后，我们一起回家？"

高三自习下课很晚，那个时候路上基本没有什么人了。夜色深沉，顺路的学生结伴同行是常事。

沈肆轻轻皱起了眉头。

童妍再次试探："你也知道，我回家路上有一段特别黑……"

有人来了,沈肆只好叹了一口气:"好。"

童妍得偿所愿,立刻笑了,继续分发试卷。

有了盼头,一天的学习也变得轻松起来,不再那么枯燥无味。

晚自习下了课,童妍立刻收拾好课本作业,第一个出了教室。

沈肆果然在校门外等着,身高腿长的少年就算是站在隐蔽的街角,也是一道极为抢眼的风景线。

"沈肆!"

童妍背着书包朝他奔过去,马尾辫在脑后一甩一甩,眼睛亮亮的,笑得很甜,喘着气问他:"等久了吧?"

沈肆没有骑自行车,从训练馆走过来大概需要半个小时,然后安静地站在角落里,一直等到她下课。

"没有。"他身上落着霓虹的红光,特别好看。

趁着高三的大部队还没出来,两个人肩并肩朝小区的方向走去,保持着合适的距离。

路灯将他们的影子拉得老长,童妍悄悄朝冷峻的少年靠近些,歪着脑袋,试图让他们的影子靠在一起。

沈肆察觉了她的小动作,嘴角微微上扬。

他没戳破,只是朝着她的方向轻轻侧首。

黑板前面的倒计时天数越来越少,转眼就到了四月底,距离高考四十天。

全市摸底考的成绩出来了,童妍的总分稳在全校第十,不进不退。

这个分数上一流大学不成问题,但要想进顶尖学府 B 大仍有些危险,可能踩线录取,选不到好专业。为此周娴特意拜托了各科任课教师,给童妍单独分析了一下失分点和得分技巧,希望她在最后一个多月里能有所突破。

童妍今天基本就是在各科老师的谈话中度过的,不断接受输入、订正错题,一天下来已经是精疲力竭。

但她依旧很开心,因为中午在办公室听英语老师谈话时,她刚好看到陈勉叫了沈肆进来,商量保送名额的事。

沈肆上次在全国选拔赛上表现优异,Z 大愿意保送他到本校指定的专业,陈勉问他愿不愿意。

虽然抛出橄榄枝的不是北城两所著名的顶级学府,但 Z 大也是响当当的 985

名校。

听到这个消息时，童妍比沈肆还要激动，既为他高兴，也有点怅然。因为Z大在南方沿海地区，与童妍想去的B大几乎是天南海北的距离。

晚自习下课，她照例第一个冲出教室，迫不及待地想知道沈肆最终的决定。

第十章　飞蛾

两个人沿着熟悉的街道慢慢走着。

快到小区门口时，童妍没忍住好奇，主动提了保送名额的事。

"保送Z大的事，你考虑得怎么样啦？同意了吗？"她笑着，眼里全是美好的憧憬，"听说Z大的文学专业和新闻专业不错，我也可以考那里的。"

沈肆停下了脚步。

童妍自言自语着走了两步，发现他没跟上来，不由得回头问："怎么啦？"

沈肆看着童妍，很认真地看着。

春末夏初，风吹过树梢，满是燥热甜腻的气息。

沈肆伸手碰了碰她的眼角，皱着眉说："选择你自己想走的路，不要被我束缚。"

童妍一愣，有种灵魂被看穿的感觉。

她摇头："你没有束缚我，是我自己的决定。"

她只是在原有的理想上，多了一个和沈肆有关的选择而已。

"你去B大，会更好。"

"可是……"

"我和你一起考B大。"沈肆说。

童妍的心跳猝然加快，慢慢睁大眼睛，讶异地问："你不要保送了？"

沈肆是特长生，即便能降分录取，考B大的难度也很大，高考分数得稳超一本线才有可能……

虽然沈肆这两次考试成绩都过了一本线，可万一呢？

他无异于放弃了康庄大道，走向一场豪赌。

沈肆没有回答童妍的问题，只低声问："信我吗？"

童妍毫不迟疑地说："当然相信。"

沈肆点点头说："那就不要怕。"

他的目光沉默而坚定，仿佛再难的问题在他眼里，也只是"能做到"和"花点时间能做到"的区别。

童妍忽然想起某天童向阳对自己说的话，他说："真正的喜欢，是能成就彼此的。"

沈肆从不会自怨自艾将童妍拉下深渊，而是努力站在同等的高度，和她一起变优秀。

童妍的心跳加速，暖意充斥四肢百骸，眼里慢慢绽开明媚的笑意。

风轻轻袭来，树影摇曳，他们的影子也跟着摇摇晃晃，在不为人知的角落开出甜蜜的花来。

童妍回到家时，浑身都是热乎乎的。

今天破天荒没开电视，童向阳坐在沙发上看电脑，不知道在想什么。

童妍哼着小曲，朝出神的童向阳唤了一声："爸，我回来了！"

她的语调比平时更轻快清甜，没有一点学习的疲劳痛苦，像只快乐的小喜鹊。

童向阳回神，"啊"了一声说："闺女回来了，饿不饿？冰箱里有蛋糕。"

"不饿，谢谢爸爸。"童妍眼神闪烁，笑着说，"我先回房洗漱啦，您也早点休息。"

童向阳看着女儿轻快的背影，欲言又止。

童妍刚坐到床上，就见童向阳推开门，小心翼翼地唤了一声："闺女，爹能不能……问你一点事儿？"

童妍捂着发烫的脸回头，眼里是藏不住的欣喜甜蜜："什么事？您问吧。"

童向阳张了张嘴。

可话到嘴边，却像是堵了一团棉花似的难以说出口。

他挺喜欢沈肆那小子的，所以今天特意请了半天假，原本是想去以前的住址找沈光宏聊聊。

可到了嘉和香苑他才知道，房子早换主人了。

"原来那家出了车祸，男的死了，好像女的精神也出了问题，就把房子贱卖了。不然这么晦气的房子，谁肯买啊？"

新主人警惕地看着童向阳，说："他们搬去了哪里我真不知道，你去别处问问吧！"

童向阳失魂落魄地回来了，一路上思绪复杂。

女儿说：沈肆家出了点事，他这些年过得很不容易。

那时童向阳还以为只是离婚而已，问题不大。毕竟现在沈肆看起来只是沉默寡言了一点，能力和品性都没有太大问题，想来沈家夫妇即便感情不和，也是很重视孩子的教育的……

可他没有想到，事情比他预料中的要复杂得多。

沈光宏死了，林绮的精神出了问题……会遗传给孩子吗？

家庭遭受了这样的变故，沈肆会不会有心理阴影？这个阴影到底是会被女儿治愈，还是会将他的宝贝女儿吞噬？

一切都未可知。

作为父亲，他的第一反应是保护女儿远离潜在的危险。

可看到女儿开开心心的笑脸，打好的腹稿始终没忍心说出口。

他心想：女儿明明知道沈肆的家庭情况，还依然选择靠近他，已经背负着莫大的压力了。要是连自己这个做父亲的都不理解她，她该有多难受？

再观察一阵吧，有些话等她高考完了再摊开来说。

就当是，给孩子们一点成长的时间。

童向阳长长地叹了一口气，走到童妍身边道："爸爸就想告诉你，如果有解决不了的问题，一定要和爸爸说，不要一个人硬扛。"

他俯身看着女儿的眼睛，告诉她："无论什么时候都别忘了，爸爸永远在你身边。"

"您怎么突然这么煽情？"

童妍眨眨眼，给了童向阳一个撒娇式的拥抱。

她何其幸运，才能让最亲的人、最爱的人，都这样倾其所有地呵护着她，让她能够不染尘霜地大步向前。

马上就是五一假期了，虽然高三只休息一天半，但童妍还是挺开心的。

一早上学路上，她就在考虑要去哪里散下心，给自己喘口气。

她迈进教室，下意识瞥了一眼后排靠窗的位子，却是一愣。

沈肆没有来。

一直到中午放学，他都没有出现在教室里。

手机打不通，发的信息也都没回。

直到太阳下山时，童妍的心也渐渐沉下去，忍不住想：他是生病了吗？还是出了什么事？

怀着忐忑的心情，晚自习下课后她在校门口等了很久。

晚上十点半了，童向阳打电话来问了好几次，童妍都找理由搪塞过去。

她挂断电话，在角落里踟蹰，没有等来沈肆，却等到一个意想不到的人。

"你真的还在这里啊！"许知书急匆匆地从车上下来，看着童妍微微叹气，"今天不用等小肆了，我送你回家。"

"许师兄？"

看到许知书出现，童妍很讶异，下意识地往他身后看了一眼。

"沈肆呢？"她问。

"小肆他……临时有事，让我来接你。"许知书的语气有一瞬间微妙的停顿，"他怕你会一直在这里傻等。"

童妍捏着书包肩带，迟疑了几秒，站在原地没有动。

沈肆给出的承诺从不会失信。

而且沈肆身世复杂，在这种时候，即便站在面前的是许师兄，童妍也没法随便跟着人家上车。

她只偏信沈肆。

许知书似乎看出了她的顾虑，非但不生气，反而挺欣慰：沈肆看上的小姑娘难得白甜却不傻，机灵得很呢！

他从兜里拿出手机，将与沈肆沟通的短信记录给童妍看："不放心的话，你看看这个。"

沈肆：我是沈肆，已经查到小敛的下落。

沈肆：如果童妍还在一中校门外等，辛苦师兄送她回家，保护好她。

沈肆：拜托了。

最后一条短信是半个小时前发来的，用的新号码，但光看文字语气就知道是沈肆没错。

童妍将这几条短信看了好几遍，猜测沈肆那边是出了什么事，登时一颗心提到嗓子眼。

她将手机还给许知书，小声说："谢谢许师兄。"

"现在相信了？上车吧。"许知书说。

247

童妍攥紧了书包肩带，着急地问："许师兄，沈肆到底为什么没来？是小敛出事了吗？"

许知书笑了笑，明显有所隐瞒："没什么大事，很快就解决了。"

可沈肆的语气根本不像是没有大事的样子！童妍坚持道："是他让你骗我的吗，师兄？"

许知书一噎。

沈肆的确让他瞒着童妍，但眼下这种情况，怎么可能瞒得住？

思忖许久，许知书长长地叹气："上车说吧。"

童妍只好坐上了车。

许知书手握方向盘，沉默了很久，才将事情原委一一道来。

沈肆一直在和霍钧抗争，童妍是知道的。但她没有想到沈肆为了扳倒霍钧，选择了和那个刚回国的私生子叔叔联手，将霍家内外搅了个天翻地覆。

霍钧被逼到出国暂避风头，可谁也没料到霍钧临走前狗急跳墙，为了逼沈肆屈服，竟然让人绑架了才六岁的沈敛。

"都怪我一时疏忽，去公园时没有看好小敛，才让霍钧的人钻了空子。"说到这儿，许知书满脸自责。

马上就五月份了，夜里二十摄氏度的气温，童妍却听得背脊一阵一阵发凉。

风从车窗里呼呼灌进来，刺得眼睛生疼。童妍不明白，他们只想简简单单地活着，为什么连这都不允许？

为什么一个十八岁的少年，身上要背负这么多的苦痛？

"许师兄，沈肆和小敛……会不会有事？"她吸着鼻子，声音里带了明显的哽咽。

她无法想象沈肆单枪匹马和霍钧对上会遭遇什么。

"放心吧，沈肆长大了，他比我们想象中要强得多。"

许知书打起精神，安慰她说："我已经派人去接应小肆了，不会让他有事的。童妍，你不要胡思乱想，好好学习，照顾好自己就是对他最大的支持。"

童妍低头抹了一把眼睛，心想许师兄说得对。

她现在唯一能做的就是管好自己，不让沈肆担心分神，不成为他的负担。

许知书从后视镜里看了一眼，苦笑着说："要是过两天小肆回来了，发现你状态不对，一定会杀了我的。"

童妍深吸一口气，再抬头时已经打起精神，笑着说："谢谢师兄告诉我这些，我知道该怎么做了。"

　　小姑娘眼尾还有一点红,可笑容却恢复了温柔坚定,既没有抱怨哭闹,也没有冲动失智。许知书沉默着,总算知道沈肆为什么非她不可了。

　　接下来的三天,沈肆依旧没来上课。

　　后排靠窗的座位空荡荡的,堆满了雪白的卷子。童妍的心也跟着空荡荡的,没有着落。

　　原本童妍憧憬的五一假期,最终也只是安安静静地在家里刷题做作业而已。

　　童向阳这两天也休息,问了女儿好几遍想去哪里玩,童妍也只是轻轻摇头说:"哪儿也不想去,待在家里学习就行。"

　　童向阳有点担心,她除了吃饭、睡觉,剩下的时间基本都在刷题,这样折腾下去,就算是铁打的身子也吃不消啊!

　　童向阳端着牛奶敲了敲房门,问:"闺女,爸爸能进来吗?"

　　童妍埋头飞快地算题,头也不回地说:"当然可以。"

　　她的声音清甜乖软,和平时没什么两样。

　　童向阳稍稍放心了些,将牛奶搁在书桌旁,局促半晌,开口试探道:"闺女,你最近……没遇着什么烦心事吧?"

　　童妍回答:"没有呀,我挺好的。"

　　童向阳看着女儿,想了一会儿,摸了把鼻尖问:"沈肆呢?他怎么样?"

　　童妍笔尖一顿,注意力一分散,关于沈肆的遭遇就不可控制地浮上心头。

　　有那么一瞬,她想把一切都告诉爸爸,请求他帮帮沈肆。

　　可她也清楚地知道,如果爸爸知道沈肆面临着怎样的危机和敌人,帮是会帮,但绝对不会允许她再和沈肆来往。

　　他绝对不会允许自己的女儿成为第二个沈敛,这是一个父亲的底线。

　　童妍想起拒绝保送名额的那晚,沈肆曾问她:"信我吗?"

　　那时她毫不迟疑地点了点头。

　　童妍决定再相信他一次。

　　要是过了今天还没有沈肆和沈敛的消息,她说什么也要请爸爸出面了。

　　想到这儿,童妍撑起一个笑来,说:"他拒绝了保送Z大的名额,说要和我一起考B大呢。"

　　"哟,那挺好的啊!"童向阳没多想,以为女儿是为了和沈肆一起考B大才这么拼命地学习,心里还挺高兴的。

两个孩子都争气,他对沈肆家庭状况的担忧又减了几分。

"不过也别太拼了,要注意劳逸结合。"童向阳叮嘱女儿。

"好的,爸爸。"童妍接过牛奶一口气喝光,唯恐慢了一点,酸涩的鼻音就会露出破绽来。

童妍真的很担心沈肆,这些天唯一的慰藉,就是床头那套叠得整整齐齐的运动队服。

好在第二天早上,许知书总算给她带来了好消息。

"小敛已经找到了,小肆……也平安回来了。"电话里,许知书给她汇报近况,"不过小敛受了惊吓,又被关在黑屋子里那么久,身体情况很不好,得在医院观察一阵子。"

"沈肆怎么样?霍钧没有为难他吧?"童妍焦急地问。

电话那头沉默了两秒。

沈肆去救沈敛,其间和霍钧谈了什么,连他这个做师兄的也不知道。好在最终的结果是好的,两兄弟都平安回来了。

"他没事。"许知书说,"只是这一阵子小肆忙着照顾弟弟,顾不上你,让你别太担心了。等小敛出了院,他自然会来找你。"

"好!"挂断电话,童妍悬了几天的心总算落回肚子里。

童向阳听周娴的建议,请了个阿姨在家里做饭菜。中午,童妍拜托阿姨多煲了一份鱼汤,盛在保温桶里。

吃过午饭,童妍简单地收拾了一下自己,戴上鸭舌帽和口罩,就提着保温桶朝沈肆家赶去。

她打扮得很低调,几乎看不出模样,也就不会被什么人认出来。

她只想去看沈肆一眼,让他知道他难过的时候有人陪在他身边。

何况这些天童妍已经是撑到极致,再不去沈肆身边充充电,她就会彻底蔫了,浇水都救不回来的那一种。

沈肆大概还在医院,家里没人。

沈肆换了新手机,联系不上,童妍也不知道他什么时候回来,就将保温桶搁在门口,自己坐在楼梯台阶上,从背包里拿出一份理综练习册,边做作业边等。

楼道窗口透进来的阳光缓缓移动,最后一抹余晖收拢,天色渐渐昏暗。

这种光线做作业有点费眼睛,童妍停了笔,正打算打开手机电筒照明,就听见楼道里传来沉稳缓慢的脚步声。

她一顿，刚收起作业，就见沈肆提着两个空饭盒从下面走上来。

隔着几米远，沈肆就察觉到门口有人，阴寒的视线霎时间刺了过来，却在见到包裹得严严实实的少女时，戾气烟消云散。

少女穿着暗粉色的棒球服外套坐在台阶上，膝盖上放着练习册和水性笔，卷起的裤腿下露出一截纤细的脚踝。

她戴着鸭舌帽和口罩，整张脸只露出一双水汪汪的眼睛。

四目相对，故事重演。

短暂的惊愕过后，沈肆僵硬的身子总算有了反应，沉默地朝她走来。

"沈肆……"童妍一开口，声音就不可避免地哽咽起来。

才几天不见，沈肆怎么瘦了好多？因为弟弟出了事，他一定都没有好好吃饭、睡觉。

沈肆朝她走来，以单膝跪地的姿势半蹲下，与坐在台阶上的少女平视。

楼道的灯短暂地亮了，又回归昏暗。这样的角度，显得沈肆的瞳仁又黑又深，无数情绪交叠翻涌，最终又回归平静。

他抬手拉下童妍的口罩，看着她清丽白皙的脸，哑声说："地上冷，起来。"

微凉的手指擦过童妍的脸颊，令她一抖。

她动了动，又颓然地坐了回去，有些难为情地看着沈肆说："坐太久，腿麻了……"

沈肆抿了抿唇，放下手里的饭盒，将童妍的腿搁在自己的膝盖上，轻轻按揉腿肚。

酸，麻，筋络里像是有千万只蚂蚁爬过。

童妍咬紧嘴唇，没有注意到沈肆动作的迟钝。

过了很久，沈肆低沉的嗓音响起："好些了吗？"

童妍看着他低垂认真的眉眼，点了点头。

沈肆伸手，将她扶了起来。

借力起身的一瞬间，童妍明显感觉到沈肆身子一僵，眉头皱得很紧。

"怎么了？"她忙问。

"没事。"沈肆松开她，掏出钥匙开门。

钥匙对了好几下才对准锁孔，门开的时候，沈肆的情绪明显压抑了很多。

来了他家两次，童妍熟稔地找到拖鞋换上，小尾巴似的跟在沈肆身后。

厨房的电砂锅里煲着鸡汤，很香。

不管怎么说，看到沈肆平安无事，童妍还是挺开心的，鼻子嗅了嗅，问："是在给小敛准备饭菜吗?"

沈肆拧开水龙头冲洗带回来的保温饭盒,轻轻"嗯"了一声,问她:"晚饭吃了吗?"

童妍摇了摇头。她从下午一直等到现在,还没来得及吃东西。

沈肆点头表示明白,说:"出去休息,饭菜马上就好。"

在童妍面前,他永远是收敛了爪牙的野兽,倾尽温柔。

可好不容易才等到他回来,童妍哪里肯离开?

"我给小敛带了鱼汤,是家里的阿姨煲的,特别有营养。只是现在可能冷了,要热一下。"

她将保温桶搁在料理台上,轻声问:"小敛他……还好吗?"

沈肆洗碗的动作微顿,眼睫落下一片阴影。

"已经脱离危险了,还要再观察一阵子。"他回答。

林绮怀沈敛时精神不稳定,导致孩子一出生身体就很虚弱,有轻微的哮喘。被霍钧绑走的那几天,小孩儿差点死在破旧的黑屋里。

童妍心疼得不行,既为沈肆,也为沈敛。

她走过去,踮起脚抬手轻轻抚摸他的头。

少年背脊一僵,但很快就放软了身子。

童妍柔声说:"沈肆,上大学后我们就一起走得远远的,离开这里,离开那些糟心的人和事。"

厨房温柔的灯光洒落,照亮了两个温柔依靠的灵魂。

沈肆没说话,转身换了个面对面的姿势。

他抬手的时候,童妍看到他手腕上露出一点白色绷带,不由得一愣:"你的手臂怎么了?"

沈肆愣住,立刻垂下手转身。

童妍不依,要去看他的手臂,沈肆就将手背在身后不给她看。

"沈肆!"童妍有点儿生气了,回想起刚才他一连串反常迟钝的动作,眼泪在眼眶里打转。

看到她湿润倔强的眼睛,沈肆愣住了。

半晌后,他叹了一口气,绷紧的手臂卸了力,任由少女将他的左臂从身后拉了出来。

宽松的外套袖口被卷起,露出里面染血的、缠满整条小臂的绷带。

童妍的眼泪瞬间就流了下来,看着面前这个伤痕累累却还要一声不吭保护弟弟的少年,心疼得近乎绝望。

"别哭。"沈肆用完好的右手,温柔地抚去她眼角的泪水。

"他弄的?"童妍颤抖着问。

"他想伤害小敛,我挡住了。"沈肆说得轻描淡写,用眼神包裹着童妍,保护着她,又低声重复了一遍,"不要哭。"

童妍将脸轻轻贴在他缠满绷带的左臂上,闭上湿润的眼睛说:"一定很疼。"
他是武术运动员,是腕力超群的"小枪神",要是影响到将来比赛可怎么办?那个疯子什么时候才能从这个世界上消失?

"不疼。"沈肆安慰她,指腹碰了碰她颤抖的眼睫,"妍妍,你看着我。"
童妍睁开眼睛,灯光晃了她的眼,面前的少年冷峻又温柔。

"我是个不幸的人,所有靠近我的人,都面临灾厄……"

短短几句话,他说得像是吞刀子般艰难,告诉她:"你不必和我一起,堕入黑暗。"

童妍明白他的意思,因为明白,所以才生气。

"沈肆,灾厄的源头不是你,你不要把所有的责任都揽到自己身上。"她抬起头,认真地说,"你唯一的过错,就是不该对我说出刚刚那样的话。"

五一假期后,时间就像是按了倍速一样快。

早上晨读,童妍正抓着笔填涂完形填空,就见一道熟悉的身影踏着阳光走进教室。

沈肆瘦了一点,头发剪短了一些,但更加清爽好看,走路都带着风。

他没有按照习惯从后门进来,而是从讲台前走过,从童妍面前走过,视线若有似无地落在她身上。

他回来上课了,那他的身体应该也养好了。

童妍直直地看着沈肆,眼里荡开些许笑意,觉得空气都轻盈起来。

一下课,童妍就迫不及待地收拾好这几天的各科试卷和笔记,全部堆到了沈肆的桌上——

他们说好要一起考B大的,童妍怕沈肆一周没来上学,会跟不上进度。

沈肆见她这个时候过来,抬头眨了眨眼睛,有些讶异的样子。

"你没来时发的试卷和资料,我都给悄悄领了一份。还有这些天的重点笔记也在这儿,你都拿去看吧。"

童妍放轻了声音,站在斜斜透入的阳光下,用只有他们能听见的语气对沈肆说:"欢迎回来。"

沈肆单手转了转笔,看着桌上字迹娟秀、内容翔实的各色笔记本,连眼角都是柔软的。

他说:"好。"

童妍又活了过来,每天一早就能看到沈肆安静地坐在窗边,晚上下课能看到他等在校门外的身影,心里充斥着简单的快乐。

离高考还有最后二十天,沈肆不再去训练馆集训,而是和普通学生一起坐在教室里上晚自习,做最后的冲刺。

偶尔休息之余,童妍偷偷回头,会看见他垂眸认真学习的身影。

思索时他会停下来转一转笔,黑色的水性笔在他修长的指间翻动。玻璃映着灯管的白光,窗外是一片深沉的夜色,他专注的样子帅得不行。

一切都好像恢复到平常的样子。

好不容易挨到放学,童妍和沈肆并肩走在灯火阑珊的街道上,一切似乎和平时没什么两样。

童妍从兜里拿出揣了一天的礼物。

两条檀色绳结串着的转运珠,童妍转身拉着沈肆的手,一条轻轻扣在了他的左手腕上,一条系在了自己的右手腕上。

"听说这个能给人带来好运,我们一人一条。"

她抬起头,眼睛亮晶晶的,笑着说:"希望它能保佑我们平安顺遂,高考大捷!"

路灯下,飞蛾扑向炽烈的光芒,被烫到颤抖也不退缩。

沈肆垂眼看着手腕上系着玉石的檀色手链,眼睫微动,嘴唇抿得发白。

"怎么啦,不喜欢吗?"见他没有说话,童妍有点忐忑。

"很喜欢。"沈肆哑声说。

他的心跳得很快。

童妍声音瓮瓮的:"沈肆啊!"

"嗯?"他回应。

"我会陪着你。"

童妍耳尖发烫,心也滚烫。

少年一无所有,所以一辈子是她能拿出的最大的诚意。

过了很久，沈肆抬手揉了揉她额前的碎发，低哑的嗓音从头顶传来，还是那个字。

他说："嗯。"

昏暗的人行道，他们并肩走过月影扶疏的香樟树。

檀色的幸运珠手链系在他们的手腕上，在夏风习习的光影中微微荡漾。

童妍和沈肆告别，坐电梯上楼。

童妍刚进家门，就听到客厅里传来熟悉的唠叨声。

童妍关了门，争吵声戛然而止。

然后，她看到了坐在沙发上的周娴和童向阳。

童妍愣住，心脏下意识紧了一下，讶然道："妈妈？你怎么回来了？"

周娴看了一眼不太自在的童向阳，撩着鬓发说："你不是要高考了吗？妈妈请了半个月的假，回来陪你。"

童妍以为周娴是听到了学校的什么风声才赶回来的，都已经做好了摊牌的准备。

但奇怪的是，周娴什么也没问，只每天按时准备营养丰富的三餐，关心她的学习，好像真的就是回来陪伴她高考的。

日子过得平静而又充实，童妍渐渐放下心来。

所有人都为即将到来的高考而紧张，只有她满怀期许。每次回头看见沈肆低头学习的身影，看着他手腕上檀色的绳结，心里就有种莫大的满足感。

六月七号，盛大的高考在夏日蝉鸣中拉开了帷幕。

童妍在本校考试，沈肆则被分去了三中。

一大早，周娴就穿着旗袍送童妍去考场，寓意"旗开得胜"。

"好好考，认真检查，正常发挥就行。"周娴打着伞，问女儿，"东西都带齐了吗？"

童妍检查了一下准考证、身份证和文具，点头："都带了。"

"加油，妍妍。"周娴最后拥抱了一下女儿。

第一场考语文，童妍过了安检，坐在自己的位子上，脑中忽然有一瞬间空白。

太紧张了，平时复习了千百遍的默写和答题技巧，突然像是被吞噬了一般，什么也想不起来。

她下意识摸了摸右手腕上的转运珠，闭眼不断深呼吸。

她知道，在另一个战场，沈肆也在为同样的目标而努力。

试卷分发下来，童妍看着上面熟悉的题型，嗅到熟悉的墨香，紧张的心渐渐平静下来。

记忆回笼，开考铃声一响，她立刻拿起笔认真作答。

两天的考试很快结束，最后一场考完，所有学生都像是挣脱牢笼的雏燕，笑着冲出栅栏。

广播里，政教员一再强调不能扔书、扔卷子，但谁在乎呢？

走廊上挤满了沸腾的学生，试卷和资料像是雪花一样从各楼层扔下，纷纷扬扬铺了满地的白纸。

实验一班的学生考完都自觉回到教室，搬桌椅，擦黑板，做最后的集合。

沈肆也从三中考场赶了回来，童妍正在用灰斗倒垃圾，抬头就见少年站在眼前。

"沈肆。"她眼睛倏地一亮。

两个人都不用开口问，光是看看彼此的眼睛，就知道肯定考得不错。

宣传委员在黑板上写下加粗的字体：我们毕业啦！再见，老师！

按照李语涵的计划，周围要写上全班同学的名字，那是这群可爱的大孩子送给班主任的临别赠礼。

童妍拿了一支红色的粉笔，踮起脚，在黑板干净的一角写上自己的名字。

一个"妍"字还没写完，就见身后阴影笼罩。

沈肆拿了一支同色的粉笔，在她旁边郑重地写上自己的名字：沈肆。

他捏笔的姿势很好看，手背经络清晰，笔锋遒劲有力。

"童妍"和"沈肆"并列一起，一个清秀，一个张扬，像是两颗鲜红跳动的心。

童妍扭头看着身后的少年，忽然唤了一声："沈肆。"

"嗯？"沈肆垂眸。

两个人目光相接，童妍眼里满是异想天开的憧憬，脸颊染上红色。

半个小时后，雷昊和另外两个男生蒙着陈勉的眼睛，将他带来了教室。

教室门一打开，雷昊松开手。

随着"啪啪"两声彩纸炮筒绽放的脆响，纷飞的彩色碎纸中，一班所有学生立即起立，笑着齐声道："老——师——好！"

陈勉一愣，看着黑板上五十位学生的签名和祝福语，笑了起来。

他显得漫不经心，眼镜后的双眼微微泛红："多大了还来这种煽情的套路，尴不尴尬？"

"谢谢老师——"全班再次齐声说。

"谢什么？赶紧滚，带你们两年我折寿十年。"陈勉故作嫌弃，背过身飞快地抹了一把眼泪。

"老陈，我爱你！"雷昊最先扑过去，搂住了陈勉。

接着第二个、第三个，十几二十个学生争先恐后地扑过去，抱住陈勉，哽声说："老陈，我们爱你！"

童妍的眼眶也红了，悄悄看了沈肆一眼。

沈肆穿着白衬衣，坐在最后一排位子上，夕阳给他的侧脸镀上光边。他看着窗外飘飘洒落的卷子，不知道在想什么。

童妍走过去，问他："看什么呢？"

沈肆嘴角微动，说："看未来。"

童妍笑了："沈肆你看，天空就在我们眼前。"

沈肆将视线落回她身上，沉默很久才哑声说："嗯，很美。"

她的未来，一定会像这片天空一样，绚烂而美丽。

最后一天，童妍和沈肆踩着地上雪白铺展的试卷，以学生的身份最后一次闲逛校园。

"你想好光荣榜上要填什么座右铭了吗？"童妍背着手倒退着走路，笑着问。

夕阳秾丽，沈肆摇了摇头："没有。"

他从不在这种细枝末节上浪费时间。

"我们两个人应该都是能上B大的，兴许照片会排在一起，得想个有意思的座右铭。"

童妍心血来潮，开玩笑说："要不，我们一起写个'广告位招租'？"

不行，太有趣了。

"我写'向左看齐'，你写'向右看齐'，两张照片放一起……"说着，童妍把自己给逗乐了，双眸弯弯，"是不是很高调？"

六月的晚风燥热，校园广播楼下，沈肆停下脚步。

这是当初童妍"表白"的地方。

那时少女站在天台上，呼吸轻颤，握着话筒脆生生地喊："我想和你谈朋友！"

一个乌龙，让他冷硬的心防溃不成军，从此天光乍泄。

这时，广播楼旁的小操场传来窸窣的说话声。

大概是哪对毕业表白的情侣吧！

童妍顺着声音看去，却看到了两个意想不到的人，想前进的脚步立即顿在原地。隔着几米的距离，篮球场上的围网旁，秀气的成斯文和帅气的唐也相对而立。

这真是……童妍见的最奇怪的一对组合了。

"上次在公交车上，谢谢你出手帮忙。"成斯文先开了口，低下头推了推眼镜，镜片折射出睿智的光。

"你不是已经谢过一次了吗？而且只是举手之劳。"唐也挠了挠脖子，一脸状况外的懵懂，"你特意把我叫来这儿，就为了说这个？我还以为是你忍我很久了，约我操场决战呢。"

"不是……"成斯文嗫嚅，将头垂得更低一些，"很多人都以为我不……不喜欢女生。"

"嗐！都什么年代了，我理解你！"

成斯文递给唐也一个幽怨的眼神。

半晌后，他深吸一口气，红着脸握拳抬头："不是的，我一直都……喜欢女孩子。"

听到这儿，童妍明白是怎么回事了。

这已经暗示得非常明显啦！她屏住呼吸，期待唐也的回应。

童妍朝沈肆眨眨眼，小声诧异地说道："没想到啊，成斯文竟然暗恋唐也！"

沈肆对这种事不感兴趣，只纵容地陪着她偷听。

童妍自己估了一下分，从去年 B 大的录取分数线来看，她很有可能踩线录取。为此，周娴很是担心，就算远在西北也不忘操心女儿志愿的事。

晚上夫妻俩连视频，为了志愿的事险些又吵起来。

童向阳说："中国那么多好大学，也不一定非得去 B 大，到时候调剂到一个不喜欢的专业，不是耽误孩子一辈子吗？以闺女的分数，去 F 大法学系就挺不错，将来去司法机关或者接手我的事务所都没问题。"

"童向阳，你一辈子就这么点出息。F 大能和 B 大比吗？"视频里，周娴架着黑框眼镜，翻了一页《高考志愿指南》，"B 大医学系分数低，前景也好。等分数出来后我回来一趟，好好商量一下这件事。"

"不行吧，现在医生太辛苦了。"童向阳皱眉，"志愿的事让闺女自己决定吧，西北那么远，你飞来飞去不累吗？"

"这么大的事，也就你不操心。"

"我只是觉得这种事要尊重孩子的意愿,怎么就成不操心了?"

客厅里的父母还在絮絮叨叨,童妍叹了一口气,塞上耳机给沈肆发了一条消息。

童妍:睡了吗?

高考一结束,她整个人都仿佛空下来。

有时候童妍半夜会醒来好几次,梦见自己没上B大分数线怎么办,选不到想要的专业怎么办……

现在沈肆就是她唯一的定心丸。

手机"叮咚"响了,沈肆的消息立刻回过来:没有。

怎么了?他问。

童妍:睡不着……

沈肆很久都没有回消息。

童妍将手机丢到一旁,放空脑袋发了一会儿呆,就听见手机铃声响了。

沈肆竟然直接打了电话过来!

童妍眨了眨眼睛,腾地从床上坐起来,按下接听键。

"沈肆!"她抱着枕头,光是念着这个名字,嘴角就会不自觉地上扬。

耳机里有呼呼的风响和急促的呼吸,夹杂着沈肆低沉的嗓音传来:"下来。"

"嗯?"风声嘈杂,童妍没太听清。

"下来。"沈肆重复了一遍,"我在楼下。"

童妍一个趔趄下床,衣服都没来得及换,穿着宽大的T恤和短裤就冲出了门。

客厅里,童向阳愣怔地问:"晚上十点了,去哪儿?"

"下去一趟,很快回来。"童妍单脚跳着穿鞋。

视频里,周娴听到了父女俩的动静,一时间面色复杂:"妍妍……"

话还没说完,童向阳赶忙挂断视频。

"注意安全,早点回来。"童向阳摸着鼻头,笑呵呵地叮嘱。

"知道啦!"童妍欢快的尾音伴随着关门声传来。

门一关上,周娴的语音电话就拨了过来。

"童向阳,你刚才什么意思?这么晚了妍妍是去见谁,你心里没点数?"周娴气不打一处来,"你不劝着点她也就算了,还挂我视频。"

"唉,领导。"童向阳揉了揉眉心,叹道,"都是爹生娘养的,你就当可怜可怜那个孩子吧。"

像是触及了什么秘密,周娴的声音戛然而止。

电梯门一开，童妍就冲出了大堂。

小区门外，沈肆穿着简单的白T恤和休闲裤站在路灯下，旁边停着那辆改装过的山地自行车。

暖黄的光倾泻，童妍的世界忽然亮了。

"上车？"沈肆看着她的眼睛问。

童妍没问去哪儿，笑眯眯地点头："好。"

对于沈肆，她是全心全意信任着的。

好像只要有他在身边，童妍就什么事都不用操心。

沈肆带她去了去年来过的长坡，从最高点俯冲而下。深夜的路灯一盏盏在身后倒退，风轻柔地拂过脸庞。

这是她喜欢的沈肆，是十七岁时曾带她追风的少年。

夏天，卖红豆饼的大伯不在了，换成了麻辣烫的摊位。童妍和沈肆并肩坐在马路牙子上，抬头就能看到墨蓝的星空。

童妍问道："沈肆，你估分了吗？"

"没有。"因为有把握，所以没有估分的必要。

童妍轻叹一口气，说："要是我选不到想去的专业怎么办啊？"

沈肆轻轻捏了捏她的后脖颈，说："不要怕。你很优秀，会有很多选择。"

顿了一下，他又很认真地说："不要因为我，而限制你的选择。"

"也不是因为你啦，我自己对新闻媒体也挺感兴趣的。"童妍抬头，柔软的指腹一点一点碾过他英气的眉宇，停在他漂亮的眼尾处，"我怎么觉得你高考后反而严肃了很多，要多笑笑。"

沈肆微愣，而后顺从地舒展了眼角。

半个月后，分数出来了。

查到自己分数的那一秒，童妍长长地松了一口气。

"闺女，你太厉害了！爸爸为你感到骄傲！"童家终于出了个B大高才生，童向阳几乎从椅子上蹦起来，搓着手问，"闺女想去哪里吃饭？叫上亲戚们，得好好摆上几桌！"

"不用啦。"童妍平静地合上笔记本电脑。

童向阳纳闷："怎么一点也不高兴啊？比预估分数高出了整整十分呢！"

童妍笑着摇摇头。

因为太高兴了，心里的石头落地，反而不知道该说什么好。

她回房间，第一时间给沈肆打了个电话。

"沈肆，我过了！分数比预估好太多！"她迫不及待跟眼前的少年分享喜悦。

电话里，沈肆的声音显得清冷而平和，低声说："我知道。"

"你呢？"童妍问。

沈肆报了个分数。

童妍当即兴奋得连呼吸都快停止了，比她自己考上B大还高兴。

"超出一本线一百多分！"这是沈肆有史以来最好的成绩，童妍下意识摸着脖子上的吊坠，"九月份我们就能去B大上学了！怎么办，我好激动！"

她叽叽喳喳说个不停，全是两个人上大学后的憧憬与计划，充斥着旺盛的喜悦。

沈肆静静地听她规划，直到她嗓子哑得不行，才无奈地打断她："留一点明天见面说，妍妍。"

低沉包容的嗓音从听筒里传来，搔刮着童妍的耳膜。

她耳朵着火似的烫了起来，忙"嗯嗯"应着说："哎，我一高兴就会说个不停，你先睡觉！明天见，晚安！"

沈肆似乎很轻地笑了一声，说："晚安。"

挂断电话，童妍捂着脸倒在被褥里，连着滚了好几圈才停下来。

手机里有两条未读信息，一条是周娴发来的，说搭乘明天下午的飞机回来。

一条是校园网统一发的，通知高考上线的学生明天下午两点去明诚楼前拍照，以便制作光荣榜。

难怪沈肆说"明天见面"呢！

与此同时，沈肆的手机也亮了。

点开邮件，他不由得目光一凝。

"别忘了你答应我的事。等急了，我不介意请你那个弟弟和小女朋友过来喝茶。"

沈肆冷冷回复：敢动他们，你一辈子也别想得到你想要的东西。

好不容易挨到第二天，刚吃过中饭，童妍就收拾好自己，扎了个甜美的半马尾，绑上元气的蝴蝶结发带，开开心心地出了门。

沈肆果然已经在楼下等着了，蓝白校服洗得很干净，背映着长长的林荫街道，像是从日系滤镜里走出来的俊美少年。

这是他们最后一次穿校服。

听到脚步声，沈肆下意识回头，然后笑了。

少女向他奔来，微鬈的发尾扬起，在阳光下拉出细细的金光。沈肆眼里也染着夏日炽烈，深邃而又温柔。

拍照是按分数排名来的，童妍排在前五位，站上明诚楼前台阶不到两秒就拍完了，流水线似的一个接着一个。

很快便轮到了沈肆。

摄影师调整了几个角度都不满意，对沈肆道："这位男生，你是考上大学了，又不是落榜，干吗这么严肃？笑一笑嘛。"

周围响起一阵窸窣的笑声，沈肆皱眉。

童妍知道他不习惯被人围观，也不喜欢笑。

想了想，她从阴凉的台阶上蹦下来，站在摄影师的身后，笑着朝他挥手。

沈肆的眼睛果然望了过来。

童妍用食指在嘴边比画，做出一个微笑的弧度，以口型说："Smile."

沈肆看着她，眉宇舒展，嘴角扬起浅淡的弧度。

"咔嚓"一声，摄影师准确抓拍这个惊艳的瞬间，满意地说："这就对了，多帅的小伙子啊！"

沈肆立刻从台阶上下来，又恢复了疏冷的表情，径直朝童妍走去，低头轻声说："走了。"

"好嘞。"童妍笑道。

拍完照，童妍和沈肆在一中校外逛了一圈，吃了他们惦记很久的馄饨。

读书时没觉得一中有多好，现在毕业了，一草一木都让人难以割舍。

"沈肆，你填什么专业呀？"小区门外，童妍踩着影子问，"还是继续体育专业吗？"

以沈肆的成绩，加三十分后，就算不选体育专业也是完全可以的。

奥运冠军里也有其他专业的高才生，并不全是体育院校出身。

"还没想好。"

沈肆没法告诉她，他的未来一眼就能望到头，选什么专业都一样。

"那你想好了一定要告诉我。"童妍倒退着走路，看着少年沐浴着夕阳的挺拔身形，"将来，我们一起去学校。"

沈肆没有像以往那样说"好"。

他看着童妍，就像是那天在长坡的马路牙子边一样，深深地看着她。

"妍妍。"他唤她。

"嗯？"童妍停在小区门口。

"以后不管因为什么事，都不要和你爸妈吵架，他们……"他顿了一下，温声说，"他们很爱你。"

"我知道呀。"童妍抿着嘴笑，有些奇怪地看着他，"我叛逆期早过了，现在特别懂事！你怎么突然说这个？"

"随便说说。"

沈肆想起搁在钱包里的，那张她中二期的水手服照片。

现在夕阳特别美，眼前的少女干净又漂亮。沈肆喉结动了动，低声问："我可不可以，给你拍张照？"

童妍眨了眨眼："当然可以啊！"

沈肆拿出手机，童妍却突然说："一个人照没意思，我们合个影吧！"

她忽然想起除了班级的毕业照，还没有单独和沈肆拍过合照呢！

沈肆愣神。

然而童妍已经热情地拱到他胸前，催促他："快开前置摄像，自拍一个。"

沈肆抿了抿唇。

理智告诉他不要再饮鸩止渴，拥有得越多，割舍的时候就越痛。

但他没法拒绝。飞蛾明知会烈焰焚身，依然会扑向火光。

他依言打开了前置摄像头，将镜头拿远些。

童妍立刻扬起小巧精致的下巴，朝镜头比了个"耶"。

照片里，夕阳秾丽，一切都像是在闪闪发光。冷峻的少年垂眸柔情地看着女生，实在是太帅、太美好了！

"这个……能不能发给我？"童妍指了指沈肆手机里的照片。

沈肆说"好"。

"那……我上楼了。"童妍开心得不行。

"妍妍。"沈肆突然向前一步，拦住了她。

童妍吓了一跳，回头问："怎么了？"

沈肆看着她，喉结滚动。

有那么几秒钟，童妍看着他张了张淡色的嘴唇，却说不出话来。

风从两个人之间穿过,带走夏日的燥热。沈肆用眼神包裹着她的身影,沉默着抬手,轻轻地抚了抚她的额发。

"头发乱了。"他哑声说。

似曾相识的场景。

童妍一愣,然后笑着给了少年一个拥抱。

她轻轻踮脚,将下巴搁在沈肆肩上。却不知道少年埋头在她的颈窝,几乎将嘴唇咬破。

沈肆在楼下站了很久,直到太阳完全下山,暮色四合。

他转身沿着林荫道走着,没有光,没有方向。

前面站了一对夫妻,似乎在那里等了很久了。

沈肆顿了一秒,然后抬脚朝着他们走了过去。

"童叔叔,"他站在童向阳面前,然后又看向一旁的周娴,"周阿姨,答应你的事,我已经做到了。"

他没有影响童妍,让她开开心心、顺顺利利地参加高考,填了志愿……

至于后面如何,已经与他无关了。

扑火的飞蛾,会在剧烈的灼痛中结束使命。

童向阳重重地叹了一口气。

他是律师,稍稍动用人脉就能查出沈光宏和林绮的死。渐渐地,一个令他无法承受的真相浮出水面。

沈家夫妻的死疑点重重,可当年这件事的档案却被篡改销毁,这绝对不是简单的车祸和自杀那么简单。操控毁去这个家庭的人,有着令人胆寒的强大背景。

童向阳承认自己赌不起,正当他犹豫要不要和妻子商量一个温和的解决办法时,周娴已经听到了两个孩子有了情感萌芽的消息。

周娴不知道沈肆的具体身世,但早听说他的父母一个死于"酒驾",一个死于"精神病",是一个畸形残缺的家庭……光凭这一点,就足够令她方寸大乱。

童向阳也是后来才知道,那次周娴一下飞机,就直接去学校找了沈肆。

站在一个母亲的角度,她实在没有别的法子,只能硬着头皮、无耻地去请求少年。

"我知道了。"那晚在办公室里,沈肆的嗓音像是吞了刀片般喑哑,告诉面前这个风尘仆仆却努力保持端庄的女人,"我会稳住她的情绪,直到她顺利高考完,填完志愿……"

然后他会悄无声息地，从她的世界消失。

童妍的人生才刚刚起航，她会见到许多灿烂的风景，过段时间就会将他忘得一干二净。

沈肆做到了。

他曾躺在深渊里，拥有一抹温柔坠落的星光。而现在，他要亲手将那颗星星送回天上。

"沈肆，谢谢你。"周娴的眼眶有些红，偏头深呼吸一口气，才说，"你是个好孩子。"

"我不是为你。"沈肆看向周娴。

素来严厉的人民教师，在他淡漠的视线下却被压迫得抬不起头来。

"所以，不用说谢。"沈肆低着头，和童家夫妻俩擦肩而过。

童向阳看着沈肆孤寂的背影，心里漫出无边的无奈和痛楚。

妍妍那么单纯，这个少年但凡心理稍微阴暗点，有无数种方法欺骗、占有甚至是毁了她。

他可以挑拨童妍和父母的关系，甜言蜜语地哄骗，将她拉入暗无天日的深渊中……

但他没有，他只是隐忍着，倾尽所有将心爱的姑娘推向灿烂的未来。

想到这儿，童向阳咬牙追了上去。

"童……"周娴皱眉，但到底没有阻止他。

填完志愿没多久，一中校门外拉起了大横幅。

潮湿炎热的天气丝毫没有影响一中师生的心情。这次一中本科上线率创了历年来的新高，光是首都两所一流学府的录取人数就比去年多了三分之一。

童妍是被李语涵的电话打醒的。

"童妍，恭喜你考上B大！你照片在第一排呢,和沈肆一起简直是一中的颜值担当！"

李语涵也考了个不错的一本，声音里透着飞扬的喜悦。

童妍在床上翻了个身，迷糊着笑出声："同喜同喜，你也很不错啊！"

李语涵咯咯笑着："嗐，和你比差远了。你现在是我们学校的传奇人物，自己是个学霸不说，还把常年吊车尾的沈大魔王一起带上了Z大，不要太励志好吗！"

"是他自己努力，和我没关系啦……"说着，童妍觉察出了不对劲，"你刚说沈肆报了哪所学校？"

"Z大啊！"李语涵说，"我正想问你这件事呢，沈肆怎么没和你填报同一所大学啊？虽然Z大也是一所985重点大学，但他那个成绩不和你一起上B大，也未免太可惜了。"

童妍觉得自己还在梦里没醒。

"你是不是看错了？"

她打断李语涵的话，轻声说："沈肆和我约好了的，志愿会一起填报B大。"

李语涵顿了一下，迟疑道："是吗？难道他第一志愿没录上？不可能啊！"

童妍也迷惑了，问："班长你有光荣榜的照片吗？发给我一下。"

李语涵说："行，你等着。"

挂断电话不到半分钟，微信"叮咚"一声响了。

童妍点开李语涵发来的照片一看，顿时蒙了。

从她的照片往下数两排，冷峻帅气的少年看向镜头，嘴角的弧度浅淡而柔和。

而沈肆的照片下，赫然写着金黄加粗的志愿学校：Z城大学。

童妍确认了几次，录取沈肆的学校的确是"Z大"，而不是约定好的"B大"。

他们被分去了天南海北的两座城市。

一种不好的预感漫上心间。

童妍心里蓦地一慌，像是从云端直直地坠了下去，陡然清醒。

她匆匆换了衣服，甚至来不及洗漱就光着脚冲出了卧室。

"妍妍，早餐还没吃呢，你去哪儿？"周娴在厨房喊，然后回答她的只有急促的关门声。

童向阳早有预料，将手里的西装挂回衣架上，叹了一口气说："我今天还是请假吧。"

要是闺女知道那少年是背负着怎样隐忍的痛陪她走完这最后一个月，心里指不定多难受呢！

七月的雨打在身上，潮湿又黏腻。

童妍打了车去沈肆的住处。出门太着急，坐上车后她才发现自己鞋子穿反了，帆布鞋面上溅了细碎的泥点。

下车，上五楼，她顶着一身水汽敲响了沈肆的房门。

敲了两三分钟，隔壁人家的女人抱着小孩儿开门，皱眉看着童妍说："这房子隔音不好，别敲了！住在这儿的那个男孩子昨天就搬走了，你不知道吗？"

"搬……走了？"

童妍的额发在往下滴水，难以置信地问："他去哪儿了？"

"我怎么知道？"女人"哐当"一声关上了门。

童妍站在原地，有一瞬间茫然。

她的头发和衣服湿了，有点凉。感应灯亮了又灭，楼道里静悄悄的。

再也没有一个少年裹着满身寒气出现在楼梯口，用沉默深沉的眼神望着她。

童妍站了很久才想起兜里的手机。

她咬着唇给沈肆打了一个电话。

嘟嘟——

在拨号自动挂断前的一秒，对方接通了电话。

但对面很久都没人说话，童妍只能听到呼吸夹杂着微弱的电流声传来。

"沈肆？是你吗？"童妍嗓子发紧，哑声问，"你在听吗？"

几秒的空白后，那边轻轻地"嗯"了一声。

那熟悉的、低沉的嗓音，让童妍几乎落下泪来。

还好，还好，他没有出什么事。

她红着眼眶，憋了很久才说："我看到你的录取学校了，是不是弄错了？"

童妍怀揣着一丝希冀，静静等待沈肆的回应。

但很快，一盆冷水浇了下来。

沈肆告诉她："没错，是Z大。"

"怎么会呢？是第一志愿没有录上吗？"

想了想，童妍又努力撑起一个笑来："没关系，还有时间，我可以改志愿。实在改不了，大不了我再……"

"妍妍，我说过，不要因为我而束缚你前进的脚步。从今往后，去过你想过的生活，也……"他停顿了一下，"也忘了我。"

"什么意思？"童妍听见自己的声音在颤抖，不是因为冷。

她语文理解能力一向是强项，可现在脑子就像是宕机似的，理解不了沈肆这句简单的话。

"还记得我说过的话吗？我们不是一个世界的人，我活在黑暗里……"

"不管你在哪个世界，我可以陪你一起！"

那边是很长时间的沉默。

童妍低头重复了一遍，带着鼻音轻声说："我可以陪你一起的，沈肆。你看之前那些日子,我们不也过得好好的吗?"

那头有一声压抑的气音,很短促,童妍甚至来不及分辨是风吹过还是他呼吸哽咽。

"一点都不好,童妍。"

沈肆的嗓音很哑,像是吞着冰刃。

他将这一个月来的伤痛和恐惧摊开在她面前,告诉她:"一个无权无势的高中生,骨头再硬又有什么用?霍家只需动动手指就能将他碾死。这几个月来,我每天都提心吊胆,怕霍钧出现,怕小敛和你出事,这样的日子我已经过够了。"

"沈肆……"

"继续在一起,我们谁也救不了谁。童妍,我的人生已经是这样了,但你还有机会,你以后……会遇到一个真正爱你的男人。"沈肆顿了一下,声音艰涩地说道,"抱歉。"

这算什么?之前为了B大而奋斗都是假的吗?怎么会到这种地步?为什么每次她以为可以触及幸福的时候,总是会戛然而止?

童妍看着挂断的电话,呆呆地站在楼梯口。

大雨倾盆,她眼睛里也下起了雨,面对那扇永远不会再打开的厚重的防盗门,好像忽然失去了容身之所。

太突然了。

是噩梦没醒吗?

怎么就变成这样了?

童妍一遍一遍问自己:到底是哪里出了问题?

可是没有答案,她找不到答案。

第十一章　回来

去往机场的小轿车上，沈肆握着手机，额头抵着手腕上的幸运珠，不住地深呼吸。

许知书从后视镜里看了一眼，少年双肩颤抖，能听到些许零碎的、压抑到极致的哽咽。

他蓦地心痛。从认识沈肆的那天起，这个少年就有着狼崽子一样的凶狠冷漠，能忍一切难忍之痛。这是第一次，他看见沈肆这样脆弱的一面。

离开那个女孩，无异于让他把心头肉一片一片剜出来。

"小肆，你真的放得下她？"许知书心生不忍，将车停在路边，"你的武术生涯才刚刚起步，九月份就是中俄友谊赛，这是你登上世界竞技舞台的敲门砖。你要是真回了霍家，这一切就都没了。"

沈肆握拳的手指骨节泛白。

许知书叹了一口气，认真地说："师兄是说认真的，你现在改变主意还来得及。"

过了很久，久到许知书以为等不到回答时，沈肆抹了把脸抬起头。

他的眼尾泛着脆弱的红，将空洞的目光投向窗外，哑声说："走吧，师兄。"

"小肆，你再想想？"

"走。"

少年咬唇靠在椅背上，抬起手臂遮住了眼睛。

留下来又有什么用呢？他始终保护不了想保护的人。

和那私生子叔叔合作后，他得到的唯一教训，就是不该将全部希望寄托在别人身上。

沈肆认清了现实。他的存在，只会将身边重要的人一个个拖下深渊。

有很长一段时间，他一个人躺在无边的夜色中忍受命运的愚弄，满脑子都是疯狂的念头。

周娴的出现，只不过是压倒骆驼的最后一根稻草。

死一般的沉寂中，许知书重新启动了轿车，机场的标志近在眼前。

沈肆抿着唇，想起最后一次送童妍回家时，在林荫道上遇见的童家夫妇。

他不怨他们。

他们只是像自己保护童妍一样，在保护着他们的女儿。

但沈肆没有想到，童向阳会气喘吁吁地追上来。

"小沈！"那天傍晚，童向阳叫住了他。

四十出头的中年男人，跑两步就上气不接下气，断断续续说："年轻人就是身体好啊，走得这么快。"

沈肆停下脚步，却没有回头。

身后，童向阳斟酌着措辞，声音里满是矛盾和无奈。

"叔叔只是个平头百姓，有着普通人都有的弱点，也是迫不得已才做出这样的决定。毕竟，谁不想女儿开开心心的呢？但你还年轻，不要过早地对这个世界失望。"

沈肆咬着唇，半晌后才说："我没有怨你们。"

正是知道他不怨不恨，才于心难安啊！

"你误会了，我追上来不是想请求你的宽恕。我人到中年，虽懦弱无能，但好歹也有二十年积攒的从业经验。"童向阳走上前去拍了拍沈肆的肩，"所以，你要不要找个地方坐下来，听听我这个专业律师的建议？"

沈肆一僵，回过头来。

童向阳抬手看了一眼手表，露齿一笑："按分钟收费。先赊着，以后记得还。"

那天从日落到天黑，童向阳和沈肆谈了整整三个小时，从取证的角度，给了他很多专业的建议。

的确，沈肆知道自己的翅膀还不够强大，逃离不了名为"霍钧"的阴影。

但既然逃不掉，不如回到炼狱，亲手打破这枷锁。

童妍回到了家。

听到开门声，紧绷着弦的夫妻俩立刻从沙发上站了起来。

看着头发潮湿的女儿，童向阳难掩心疼，搓着手说："闺女回来了？中午想吃什么？做你最爱吃的藕夹好不好？"

"我不饿，中午不想吃。"童妍蔫蔫地说完，回了自己房间后关上门。

她衣服没换，头发也懒得吹干，就这么湿漉漉地坐在书桌前发呆。

看着窗外淅淅沥沥的雨，她愣怔地想：明明前几天还是晴空万里，怎么突然之间就变天了？

这个世界怎么好像，一点光亮也没有了？

"咚咚"两声，周娴敲门，端着一杯姜汁可乐轻轻走进来。

"妍妍，先去洗个澡，别着凉了。"周娴将姜汁可乐搁在童妍桌上，紧皱的眉头里藏着心疼。

童妍没有理会那杯冒着热气的可乐，只趴在桌上，慢慢地抱紧了自己的胳膊。

"妈妈，我好难受。"她说着，眼眶湿润了。

周娴张了张嘴，强忍着心软劝她："妍妍，你还小，这只是你人生中一个小小的经历而已，一切都会过去的。"

难得温柔的母亲，却让童妍整个人一颤。

她抬起头，愣怔地看着周娴，小声问："妈妈，你怎么知道我经历了什么？"

周娴脸色微变，随即不太自然地撩了撩鬓发。

童妍看着这个生她养她的女人："您为什么一点也不感到惊讶？"

周娴答不上来。

面前的少女十八岁了。她聪明细腻，重情重义，不再是十年前那个转头就将邻居的电话号码忘在脑后的八岁小孩。

这样的沉默足以说明一切。

童妍眼眶酸涩，明白了什么似的："所以，您一开始就知道我和沈肆的事，这一切都在您的预料之中。"她的嗓音颤抖起来，几乎哽咽着问，"您去找他了，让他离开我……是吗？"

周娴看到童妍眼里的信任在逐渐崩塌，这一刻，她的心痛并不比女儿少分毫。

她没有否认，也不后悔。

自从在童向阳嘴里知道沈肆真正的身世后，知道当年她艳羡的邻居家夫妻的过往后，她忽然释怀了，无比庆幸自己当初狠下心去找了沈肆。

周娴看着女儿的眼睛，竭力声音平稳地问："你知道他亲爸是什么人吗？"

"那不是他爸爸！"童妍几乎立刻反驳。

那拔高的声线令周娴一愣，初二那年的记忆在渐渐复苏。

房间里只有闹钟嘀嗒走动的细微声响。

"妍妍,你以为你能救他,你们这个年纪的人总以为自己能当英雄。妈妈是老师,也曾满怀热血地觉得自己能拯救全世界,可后来才发现很多事都是有心无力,谁也不是上帝。沈肆没有什么错,可他躺在深渊底层……"

周娴抬手捂住了嘴,深吸一口气才继续说:"你知道吗?那是光都照不进去的地方,即便是我和你爸爸联手也无能为力!妈妈唯一能做的,就是拼命拉住你,不让你陷进去。"

童妍的眼眶也红了,心脏仿佛能拧出血来。

"可是妈妈,我好不容易才把他从深渊里拉上来。"童妍轻声说,"您怎么能,又将他亲手推下去呢?"

她想起了沈肆无数次专注凝视她的眼神,想起了街巷岔道里的拥抱,想起了夕阳下他询问能不能给她拍张照片……

在楼下,他紧紧地拉住她的手臂,像是在乞求着挽留什么。

可他嘴唇动了动,却只能露出一个苍白的笑,对她说:"头发乱了。"

原来从那么久远开始,他已经在做无声的告别。

无数个她以为开心的瞬间,其实都是施加在沈肆身上的凌迟酷刑。

"你们就是仗着他喜欢我,仗着他不会伤害我,所以可以肆无忌惮地在他原本伤痕累累的人生中再添上一道伤口。"童妍握紧了手指,看着周娴说,"从小到大我穿什么衣服、扎什么头发,都是您决定的。我以为只要我变乖了,一切都会好起来……可是为什么还是会变成这样?"

周娴涩声道:"妍妍,妈妈是为了你好。"

"为了我好,不想我受伤害,所以就可以伤害别人家的孩子吗?"

童妍的眼泪掉落下来:"您知不知道,每当您说'我是为你好'的时候,我都特别害怕。我怕我还不起这份情,怕我辜负了您的爱,我真的消受不起。如果可以,我希望您能够出去旅游散心,去做任何您想做的事,然后有一天能站在我身边对我说:'去吧,你也可以成为任何你想成为的人,去爱任何你想爱的人'……"

爱是成全,不是牺牲。

当一个母亲要靠牺牲自我来成就孩子时,通常意味着孩子也要为她牺牲自我。

周娴也明白这一点,但一个母亲的自尊不允许她在女儿面前低头。

她微红着眼睛说:"妍妍,有些东西等你做了母亲以后,自然会理解。"

是吗?

童妍揉着眼睛想，可她最想嫁的少年，已经一夜之间从她的生命里消失了。

见她快将嘴唇咬破，周娴放软了语气："妍妍，为了他，你要一辈子不理妈妈了吗？"

童妍湿润的眼睫轻颤。

她摇了摇头，轻声说："不，不会。可是妈妈，您能不能纵容我一次？就一次。"

她答应过沈肆，不管因为什么事，都不要和父母吵架。

周娴重重地叹了一口气，摸了摸童妍的脸。

初二以来第一次，她将女儿紧紧拥进怀里，用自己柔软的臂弯包容颤抖的少女。

可即便如此，周娴也没法松口说"好"。

她不是上帝，预测不到未来。她怕这份放纵会害了女儿一生。

那天过后，沈肆的电话永远都是无法拨通的状态。

暑假的最后一个月，童妍没有回 A 市，而是留在 C 市打听沈肆的下落。

没人知道沈肆去了哪里。

后来，她去找了许知书。

许知书什么也没说，只给她发过来一份北城的电子报刊。

童妍点开一看，一颗心跌落谷底。

头版头条用加粗的字体写着：疑似霍家长孙的少年首次曝光，来路成谜！

照片上只有一个很模糊的背影，戴着黑色口罩，看不清正脸，但童妍还是一眼就认出来了……

那是沈肆，她的沈肆。

童妍当然不会傻到以为沈肆和霍钧握手言和了，没有谁比她更清楚沈肆有多恨霍钧。

"许师兄，你能不能告诉我，沈肆到底要干什么？"童妍拿着手机的手都在颤抖。

她无法想象沈肆去了霍钧身边会遭遇什么。

是充当霍钧争权夺势的工具，还是会成为那个疯子"缅怀"林阿姨的迁怒品？

"沈肆的想法，我真的不知道。"许知书叹了一口气，"我唯一知道的，就是他希望你们能好好的。"

八月落下帷幕，九月初，童妍成了 B 大的一名新生。

开学充满了新的挑战，有社团，有竞选，每天都忙碌而又充实。

闲下来时，童妍也会想想远在沿海Z大的少年。

童妍加了同届高三的毕业群，托考入Z大的同学帮她打听沈肆的消息，李语涵和成斯文他们也在帮忙打听。

十二月，首都十分干冷。

童妍正在图书馆看书，就见手机屏幕亮了，成斯文突然上线发来一串号码。

他说：唐也托Z大武术队的熟人帮你打听到的，这是他现在的号码。

这个"他"自然就是沈肆了。

童妍愣了几秒，才颤抖着手指回了一条信息：谢谢！下次回C市，我请你们吃饭。

成斯文说：不用谢，高中时你也帮过我很多。

童妍按捺住心跳，收拾好书本走出图书馆。

她太着急了，忘了还书刷卡，惹得图书管理处的阿姨批评了好一顿。

现在是晚上八点十分，童妍走到湖边的长椅上，气温冻得人骨头疼，可她的手却烫得出汗。

这是近半年以来，她离沈肆最近的一次。

深吸一口气后，童妍闭眼按下了拨通键，然后紧张地听着里面长久的"嘟"声。

这个号码是她来大学后新换的，沈肆应该不知道。

她从来没觉得手机里等待接通的声音这样漫长。

其实也就十多秒，电话接通了。

那边很吵，叫嚷声和音乐声交杂，好像是在KTV之类的娱乐场所。

"喂。"清冷散漫的嗓音传来，带着些许不耐。

时光好像一下子倒退回半年多以前，熟悉到令人鼻酸。

童妍吸了吸鼻子，轻轻唤了一声："沈肆……"

玻璃杯哐当倾倒的声响，那边呼吸微室。

紧接着，嘈杂吵闹的声音渐渐小了，他似乎走到了一个安静的地方。

他没有说话，也没有挂断，童妍知道他在听。

这个倔强的、臭脾气的少年，面对矛盾煎熬的难题的时候，总是习惯保持沉默。

"沈肆啊，他走丢快半年了，我每天都很想他，很担心他……"

童妍带着鼻音问："天那么黑，他什么时候才能找到回家的路呢？"

回应她的只有沉重微颤的呼吸。

同一时刻，Z城。

徐启程是Z省有名的富家子弟，在Z大认识的第一个朋友就是沈肆——当然，这个"朋友"仅限于他单方面认为，人家压根儿就没承认。

沈肆这个人有点意思，明明是霍家的种，却宁可冒着被打断腿的风险也不愿改姓。

一个上不了族谱的野种，却只用了小半年时间就在霍家站稳了脚跟。要说他没手段、没前途，谁信？

徐启程死缠烂打了几个月，好不容易借着过生日的名义把沈肆请过来，一眨眼，人不见了。

徐启程找了一圈，最终在洗手间里找到了正在打电话的沈肆。

"阿肆，你在……"

徐启程正要开口打招呼，却在看见沈肆的表情时愣住了。

冷峻阴郁的少年靠墙站立，将手机贴在耳边，低头时一绺额发散落，盖住了微红的眼睛。

他的脚下落着长而孤寂的影子，嘴唇抿得死白，像是痛苦，却偏又自虐似的，卑微地聆听着手机里的动静。

徐启程简直不敢相信。

这……还是那个沈肆吗？

那晚长达四十分钟的电话，除了最开始沈肆的那声"喂"后，他没再开口说话。

要不是能听到微弱克制的呼吸声，童妍险些以为电话那头没有人。

童妍只能根据一点零碎的背景音推测沈肆的现状。他去了新的学校，似乎还交到了朋友，童妍在电话里听到有个男生叫他"阿肆"……

这样也挺好的，Z城离首都远，不用时刻提防霍钧发疯，童妍心里放心了不少。

反正都知道沈肆的电话了，也不急于这一两个月。她愿意给沈肆时间，直到两个人都成长得足够强大。

转眼就到了寒假。

童妍先回了一趟C市，和几个玩得好的同学小聚了一下。

李语涵学会化妆了，还换了发型，整个人成熟了很多。雷昊把头发剃短了，穿得挺嘻哈的,吊裆裤上挂满了闪闪的链子,一进包间就笑出一口大白牙。

李语涵差点一口茶水喷出,开雷昊的玩笑:"你这发型是走监狱风吗?要不要我在门口给你放串鞭炮啊,雷昊同学?"

雷昊笑着拉开椅子:"你也是啊班长,半年不见怎么越来越像女人了?"

李语涵一个栗暴敲过去,怒道:"姑奶奶我本来就是女的!"

这两个人还是一见面就拌嘴,正掐着架玩闹呢,包间门被推开,酷姐唐也揽着一个长发美人进来,朝里边的人招手:"哟,我们没迟到吧?"

童妍愣了一秒,才认出唐也揽着的大美人是成斯文。

成斯文将头发留长了,打扮走日系风,乍看之下有种雌雄莫辨的美感。童妍不由得想起了高考结束那天在操场上撞见的表白,悄悄问成斯文:"你们俩在一起了?"

成斯文的表情有一瞬间凝滞,然后摇了摇头说:"不算吧。"

童妍"哦"了一声。

刚才看到他们俩一起进来,她还以为有戏呢。

不过唐也的性格就这样,只要看到美人,不管男女,都喜欢去勾勾搭搭的。

正想着,雷昊忽然说了一句:"要是沈哥在就好了,就差他一个咱们人就齐了……嗷!"

没说完的话在惨叫声中戛然而止,雷昊疼得眼泪都流出来了,倏地跳起来问:"你们都踢我干吗?"

李语涵飞给雷昊一个眼刀:真是哪壶不开提哪壶!这会儿提沈肆,不是往童妍心上捅刀子吗?

唐也尴尬地咳了一声,打圆场说:"这空调温度是不是太高了?好热啊,哈哈。"

雷昊终于反应过来,老老实实坐回位子上,气氛顿时变得有些微妙。

童妍觉得好笑,"扑哧"一声说:"你们不用这么紧张,没什么的。"

看她笑得跟没事人一样,李语涵更担心了。

不是俗话说得好吗?越是强颜欢笑的人心里越痛苦,不如发泄出来好。

李语涵小心翼翼地说:"小妍妍,雷昊就是嘴欠,说话不看场合的。我帮你揍他,你千万别忍着!"

"谢谢你,不过,我真的没事。"不过几年不在一个城市而已,童妍看得很开。

她笑着将菜单递过去,说:"菜已经提前点好了,你们看需要点什么饮料?"

"都成年了,就别喝果汁汽水了!"

雷昊抬手叫来服务员，豪气地说道："来一扎啤酒，一瓶你们这儿最好的红酒！"

一顿饭热热闹闹地吃到夜幕深沉。

散席时唐也和雷昊已经醉了，两个最爱玩的人反而是最菜的，两瓶啤酒下肚就开始上头。

"咋就结账了？谁偷偷结的账？"收银台前，雷昊摇摇晃晃地问。

"这顿是人家童妍请的，早就定下了。"成斯文满脸嫌弃地搀扶着他，被他身上的酒气熏得直皱眉。

"那后来加的酒水钱我付，必须我付！"

雷昊面色通红，大着舌头说："告诉你们今天谁都别跟我抢啊，雷总请客！"

餐厅楼下，汽车灯光照耀着薄薄的积雪。

李语涵要送喝醉的唐也，成斯文扶着干呕的雷昊，就剩下童妍一个孤家寡人没个伴。

"要不，我叫司机先送你回家吧。"成斯文看着童妍说。

童妍捂着微醺的脸颊，摇头说："不用了，我自己走回去。"

"那怎么行？这大晚上的你一个女孩子，很不安全的。"李语涵说。

"没事，我家不远，走十分钟就到了。"

刚才喝了一杯红酒，有点上头，童妍想着散步回家正好能醒醒酒。

成斯文和李语涵要照顾两个醉鬼，实在顾不上童妍，闻言只好妥协道："那你注意安全，回到家给我们发条消息。"

童妍笑着说"好"，挥了挥手告别，就转身走入热闹的人群中。

她将手揣在兜里，鼻子埋在围巾里，沿着熟悉的街道漫无目的地走着。

一中高三还没放假，抬头望去，曾经实验一班的窗户亮着灯，只是在这片灯光下夜战苦读的却是另一批学生。

曾经那条遇见过"变态"的巷子终于换了新路灯，变得格外亮堂。

童妍走过长长的街道，与无数张模糊而陌生的脸庞擦肩而过，最终停在了甜品店的橱窗下。

圣诞节已经过了一个月了，可店主忘了将圣诞树挪走，任由积雪落满枝丫。

童妍忽然想起去年圣诞节那晚，也是在这个地方，也是这样的雪天……

三百九十个日夜过去，原来已经是那么久远的事了。

到了打烊的时间，店员关了灯，玻璃橱窗登时一片黑暗。

童妍恍然回神，正准备转身离开，却不经意间瞥到玻璃上倒映的街景。

熄灯的玻璃橱窗就像是一面镜子,将长街灯火映射无余,童妍看到了站在马路对面的男人。

一个在梦里出现过很多次的、极其熟悉的身影。

童妍睁大眼睛,心瞬间蹦到了嗓子眼,狂热的心跳将她的胸口撞得生疼。

产生幻觉了?

为什么橱窗里倒映的、隔着斑马线注视她的那个人,那么……那么像沈肆?

她没有动,也不敢回头,怕一回头梦就醒了。

马路对面的那个人也没有动,一身黑色的连帽卫衣几乎隐入夜色中。可童妍知道他在看自己,那道深沉内敛的视线一直沉甸甸地落在自己身上……

没错,是沈肆!除了他,没有人有这样挺拔的身形,这样隐忍的目光。

童妍猛地回头,视线与对街的男人有了一瞬间交集。

还没来得及判断什么,一辆公交车呼啸而过,遮挡了视线。等到车子驶过去,街对面人来人往,哪里还有沈肆的身影?

绿灯了,童妍踩着斑马线跑过马路,在男人站过的地方焦急地寻找。

但她什么也没找到,周围全是陌生的面孔,正用一种奇怪的眼神看着她。

寒冷的风唤回些许神智,童妍像是遗失了什么重要的东西,愣怔地站在原地,心跳慢慢平息。

也对,这个时候沈肆应该在Z大或是首都,怎么可能出现在这里?

橱窗里倒映的那道身影,也许真的只是自己微醺后产生的错觉。

她呼出一口白气,咬唇掏出手机,按照之前的那个号码给沈肆发了一条信息:在路上看到一个很像你的人,突然想你了。

消息没有回应,一如之前那几十条一样。

童妍将手机揣回兜里,又站了一会儿,才低着头往家的方向走去。

四月份,童妍去武城看了樱花。

她走过那座无名的天桥,在少年曾经推心置腹袒露伤口的地方拾起一朵樱花,夹在书里,带回了首都。

从花开到叶落,又是半年过去。

童妍开了个微博账号,专门用来发沈肆当年比赛的照片和资料,一年多以来从未间断过。一开始吸引的都是武术圈内的爱好者,后来关注这个账号的人越来越多,已经积攒了小几万的粉丝。

和明星比，这点粉丝数根本算不得什么，留言点赞的日活量也少得可怜。但于童妍而言，只要有人还记得那个年少成名的"小枪神"，还有人和她一样等着沈肆重回赛场……就足够了。

"童妍，又在更微博呢？"寝室长于珊提着暖壶走过来，瞥了一眼童妍正在编辑的表情图，问道，"老早就想问你了，这帅哥是谁啊？什么男团的练习生吗？"

长得的确不错，就是有点刺冷刺冷的，看起来没什么亲和力。

"不是明星，是国家级武术运动员，很厉害的。"童妍回答。

"啥？武术还有运动员？"于珊一听是运动员就萎了，兴致索然道，"他这最新的比赛信息都是一年多以前的了吧？虽说长得不错吧，但过气了，你粉他做什么？"

童妍毫不避讳地说："因为他是我未来的老公呀。"

于珊愣了一秒，随即"噗"的一声，拍着童妍的肩说："还老公呢？程璐追星都没你这么真情实感的。"

童妍但笑不语。

元旦节，首都下了二十年以来最大的一场雪。

高铁和飞机都停运了，童妍被迫滞留在了寝室。她刚跟童向阳打完电话，说推迟几天回家，就见寝室里著名的"八卦女孩"程璐推门进来，问道："你们看新闻了吗？霍老爷子没了！"

童妍一愣。

她这个专业的人对时事新闻十分敏感，更何况霍家的一举一动还与沈肆息息相关。

童妍立刻挂断电话，搜索新闻热点。

首都热搜第一条就是霍老爷子逝世的讣告，但都没有提及霍家子嗣的动静。她屏住呼吸，又搜索"霍家长孙"，这次弹出来一个视频。

视频是三分钟前上传的，记者在医院门口拍了几张霍家子孙前往医院送行的照片，其中一张远远能看见人群中沈肆的侧脸。

他戴着口罩，穿着庄重的黑色西装，口罩外露出的眼睛冷峻疏离，看上去清瘦沉稳了很多，整个人像是一把出鞘的利刃。

童妍放大照片，注意到沈肆手里还挂着一根不太显眼的拐杖。

看到照片的那一瞬，童妍什么想法都没了，下意识抓起手机和包就冲出了寝室。

下大雪，道路不通，她花了一个多小时才辗转赶到霍老爷子所在的医院。

在转移灵柩去礼堂前，医院被封锁了，童妍没法靠近，只能和其他冻得瑟瑟发抖的记者一起挤在路边等。

记者们搓着手在一旁闲聊，有人感叹："霍老爷子儿子众多，可惜一个比一个狠。手足相残了这么多年，儿子死得差不多了，孙子却没能留下两个。"

也有人说："听说老爷子早立了遗嘱，儿子中谁能生下长孙，谁就能继承霍家本宅的产业。"

她感觉不到冷，满脑子都是沈肆拄着拐杖的样子。

他受伤了吗？严不严重？

会不会影响他以后的比赛？

一切都不得而知。

天渐渐黑了，童妍等到手脚都快失去知觉，才看见保镖簇拥着几个西装革履的中年男人出来。

为首的那个童妍认识，是霍钧。

霍钧身边的两个男人稍微年轻些，和他长得有三分像，想必是霍老爷子的另外两个儿子。

记者都被身为继承人的霍钧吸引了目光，顿时追着小车蜂拥而上，闪光灯咔嚓不绝。

童妍注意到还有一辆小车停在路边，果然，不到五分钟，一身黑衣、戴着口罩的青年拄着拐杖出来了。

沈肆的身形依旧挺拔，但要是仔细看，会发现他左脚有些许不自然，脚踝那儿像是打着石膏。

他一言不发，皱眉躲开记者的镜头，却在见到人群外的少女时顿住了脚步。

短暂的一秒，却仿佛有一生那样漫长。

仅仅一秒，沈肆的目光径直略过她，垂眼钻入了小轿车中。

小车里，司机恭敬地问："小沈先生，现在回鹭洲湾还是去礼堂？"

后座，青年抬手遮住发红的眼睛，露出手腕上廉价的檀色幸运珠手链。

"开车。"

许久，青年喑哑的嗓音传来："一直开，不要停。"

他怕多停留一秒，心就会更痛一分。

童妍离他那么近，不过短短几米，他却没法上前拥抱她。

记者跟在车子后面跑，不放过任何一个可以用来报道新闻的素材。毕竟这个青年身上藏了太多秘密，没有人知道他的长相，也没有知道他是从哪里冒出来的。

　　童妍也跟着车子跑起来。

　　记者们陆陆续续都停下来，只有她还在人行道旁跟着跑。

　　她知道沈肆不会停车，可她控制不住想离他近一点。

　　直到黑色的小轿车拐过红绿灯，眼看追不上了，童妍才脱力地跌坐在雪地里，目送那辆小车消失在下一个路口。

　　她多么希望沈肆能像两年前一样，不顾一切地扔了自行车跑回来，焦急地问她："摔哪里了？"

　　但没有，沈肆没有回头。

　　童向阳的电话在这个时候打了过来。

　　"喂，闺女，我看到霍家的新闻了。"

　　童向阳是知道女儿的心意的，这一年多以来她压根儿就没有忘记过沈肆。想到这里，他就难掩紧张。

　　"我已经知道了。"童妍小声回答。

　　路边的行人看到她坐在雪地里，热情地上前询问需不需要帮忙。

　　童妍摆摆手，气息不稳地笑了笑，说"不用"。

　　童向阳听出了她声音里的不对劲，小心翼翼地问："没事吧闺女？"

　　"没事。"

　　童妍自己爬起来，坐在路边的长椅上，望着天空长长地呼了一口白气，轻声说："爸，我还是很喜欢他。我今年大二了，在新学校认识了那么多人，可没有一个人是'沈肆'。"

　　她问："爸爸，我是不是真的把他弄丢了？"

　　童向阳沉默了一会儿，笑着告诉她："闺女，还记得爸爸以前和你说的话吗？弄丢东西的时候不能着急，兴许哪天他历经风霜，又会从角落里冒出来，出现在你眼前呢。"

　　霍老爷子死了，北城的人都在传，霍家要变天了。

　　童妍没有想到，这天会来得这么突然。

　　盛夏七月，在霍老爷子死去半年后，有人检举霍钧买凶杀人、洗钱涉黑等大小十余项罪名，且证据确凿。

国家扫黑除恶,身为纵横政商两界的霍家人爆出这样的事,无疑是撞在了枪口上。

那一天,"盛天娱乐霍钧入狱"和"霍铮上位"的新闻几乎屠版。

霍钧甚至还没来得及周旋反击,就锒铛入狱了。

而亲手将霍钧送进监狱的人,正是那个来路不明的野种。

"虽然霍钧自作自受,但那个私生子也太狠、太厉害了!"

寝室里都快炸了,于珊他们捧着手机不断刷新吃瓜,"啧啧"叹道:"蛰伏这么久就为了搜集证据送他亲爹进监狱,大义灭亲啊!"

童妍是在图书馆得知霍钧入狱的消息的。

图书馆网络不好,一直刷不出后续消息,她急得不行,当即收拾好笔记本电脑就往宿舍赶。

晚上七点,B大飘着毛毛雨。

童妍将书本顶在头上挡雨,满心焦急,小跑着回宿舍楼,却在见到楼下伫立的身影时彻底愣住。

这种糟糕的天气,宿舍楼下没有什么人来往,只有宿管室旁的路灯伴着毛毛雨,在地面折射出金鳞一般的光泽。

那道倚在路灯下的孤寂身影就显得如此突兀。

书本脱手落地,她看着那道浸润在雨中的无比熟悉的身影——一个正处在舆论风口浪尖的,且不该出现在这里的青年。

"沈肆……"

童妍轻声呼唤,听见自己的声音在颤抖。

沈肆迟缓地抬头,望了过来。

四目相接,漫天的细雨仿佛瞬间停歇。

灯光在夜幕中打下光柱,沈肆的头发上落满了潮湿的雨雾,衬衣贴着紧实的肌肉,不知道在宿舍楼下站了多久。

他绷直了身子,垂眼盖住翻涌的情绪。

童妍甚至觉得,要是今晚自己凑巧不在这儿,他可能会默默熬过这个湿热的雨夜,然后在黎明前再次消失。

她捡起掉在地上的书本,朝着沈肆奔去。

才刚靠近两步,沈肆就像是惊醒似的,低头仓皇离去。

他怎么就要走?

童妍急了，叫住他："沈肆！"

简单的两个字，沈肆却像是钉在原地一般，一动不动了。

靠近她的这条路，他走了整整两年。

最开始，沈肆是想和霍钧同归于尽的。

他刻意回避童妍的消息，不敢听，不敢看，直到童妍的电话跨越半个中国，猝不及防地打了过来。

电话里的她嗓音干干净净的，带着微微的鼻音问："天那么黑，他什么时候才能找到回家的路呢？"

他的心一阵撕裂：原来，有个傻姑娘一直在等着他回来。

可以说，当年那个电话，硬生生将沈肆从引火自焚的地狱里捞了出来。

于是他改变计划，按照童向阳当年给出的建议忍辱负重，布局谋划，一步步亲手将霍钧送进了监狱……

可这又如何？

那年在武城的天桥上，他答应过童妍不再骗她，答应过要和她一起考上Ｂ大……

他没有做到。

身为男人，欺骗心爱的女人，是这世上最下作没品的事。他背叛过他们的约定，从离开童妍那天开始，沈肆就知道自己不配再出现在她面前。

明明那么清醒，可为什么肮脏的心却违背意志，叫嚣着向她靠近？

"沈肆，你怎么就要走？我都没来得及和你说两句话。"童妍追了上来，将他拉到一旁的自行车棚下避雨。

沈肆的手腕那样僵硬，她不由得心疼，忙将怀里的书和电脑包搁到一旁，用手轻轻拂去青年脸上冰冷的雨水。

她没有愤怒，也没有质问，只是皱着眉问："你怎么傻傻地站在雨里啊，不是有我电话吗？"

他的头发和衣服都湿了，感冒了可怎么办？

在偌大的北城里，都找不到一个能心疼照顾他的人。

褪去年少青涩，二十岁的沈肆硬朗英俊，渐渐有了男人的模样。车棚外雨丝飞扬，他低着头站在阴影里，像一只收敛了利爪的猛兽。

面前的少女越是温暖明媚，就越显得他无耻卑劣。

他握住童妍的手腕，很久，冷白的唇轻启，哑着嗓音说："我们……已经没有关系了。"

他的声音这样痛苦,更像是在说给自己听,说服自己不要再奢望什么。

童妍的眼眶一阵酸涩,真是拿他没有办法。

这个踏平荆棘、冒着冷雨赶来,却卑微得不敢向前的青年,什么时候才能对他自己好一点、坦诚一点?

"沈肆,如果你真的不喜欢我了,为什么要在解决危险后第一时间赶来这儿,为什么还……"

童妍的视线扫过他抓住自己的那条手臂,顿了一下,叹息道:"为什么还戴着我送的手链?"

沈肆一僵,下意识松开了手。

童妍没给他撤退的机会,反攥住他修长的手指,将他所有的颤抖和矛盾包入柔软的掌心。

童妍不傻,能看出沈肆这身简单的衬衣西裤价值不菲。以他现在的身份应该戴名表,而不是一条一百块钱不到的、陈旧的转运珠手链。

"习惯了,忘了取。"沈肆声音喑哑地说。

还嘴硬呢?

童妍索性横下心,仰头看着沈肆,故意说:"你要是不愿意做我男朋友了,把手链还给我,我就死心了。"

拥挤的车棚下,沈肆的唇色有一瞬间苍白。

童妍心软了,刚后悔不该激他,就见沈肆有了动作。

他慢慢抬起右手,去解左手腕上的手链扣子。可他的手指僵得厉害,还有点抖,解了好几次都没能成功。

"沈肆,我刚说的话你别……"

童妍还没来得及制止,就见沈肆闭目咬唇,猛地一拽,将那条幸运珠的手链生生扯了下来。

粗糙的绳结刮过皮肤,他的手腕被勒得一片通红。

风吹过,雨丝飘进来,落进沈肆的眼里,也落在童妍的心上。

她只是赌一把自己在沈肆心里的分量,想激他承认自己的心意,早点言归于好。

可没想到,沈肆真的将手链取了下来。

事情搞砸了,童妍懊悔地咬住了下唇。

她定定地望着面前冷峻的青年,心想:怎么办?他不会真的将手链还回来吧?

沈肆攥着手链的手背青筋突起,微微颤抖,指节发白。

两分钟过去了,他始终抿着唇不肯递给她。

有几个学生打着伞路过,瞥了一眼车棚阴影下的"小情侣",又笑着走开了。

很长一段时间,耳边只能听见雨滴从棚顶滑落的声音。

在这场无声的拉锯战中,童妍率先服软了。她几乎是无可奈何地触碰他紧绷的手臂,轻声唤他:"沈肆。"

才刚触碰到他的手,沈肆立刻一抖,将攥着转运珠手链的手藏到身后。

他眼睛微红,喉结艰难地动了动,声音喑哑地问:"能不能,让我留着它?"

童妍愣怔了一会儿,才明白他误会自己要"抢"那条手链,所以反应才会这么激烈。

分明是舍不得分手嘛!

童妍反而笑了,眼里亮堂起来,轻哼一声:"不行。"

沈肆几乎将牙齿咬碎。

要是连这个睹物思人的寄托都没有了,往后余生他要怎么过?

童妍却上前一步,凑到他面前,认真地说:"这手链买一送一,你实在要留的话,得把我一起留下。"

沈肆有一瞬间凝滞,抬头看她。

那双眼那样克制深邃,童妍感觉脸颊发热,很久没有这种脸红心跳的感觉了。

"你要是不喜欢我了,刚才的话就当我没说。"她决定给他一点考虑的时间,抱起书本就走。

可她还没有走出两步,就被沈肆拉住手腕,连人带书一起拥入怀里。

后背撞进他宽阔硬实的胸膛,严丝合缝的拥抱,炙热的体温隔着薄薄的布料传递过来,沉寂两年的甜蜜记忆争先恐后地复苏,令童妍红了眼眶。

她立刻转身,将脸埋在沈肆的肩膀处,腾出一只手紧紧地回抱住他,用尽自己毕生的力气。

"我骗你,把你推开,不择手段,六亲不认……"沈肆微颤的呼吸喷洒在耳畔,像是施加给自己的审判,"这样的人,凭什么值得你等这么久?凭什么我只要站在这儿,就能得到你的宽恕?"

近乎自虐般的剖白,每一个字都是穿心的利刃,透着深沉的自我厌弃。

他知道,他和霍家其他人并没有什么区别,他们的身体里都流着一样肮脏偏执的血。

可他的手臂紧紧地禁锢着童妍的腰肢,一根手指也不愿放开,想要将她融入自己的骨血。

童妍听出了他的歉疚和痛楚,所以她抬起头,轻轻吻住那两片苍白的唇,直接用行动代替回答。

"因为你是沈肆,是那个纵使身处凛冬黑暗中,也会拼了命护着我的人。你和霍家的人不一样,你一直在保护着我,不是吗?"

她踮起脚,用吻抚平青年的战栗,告诉他:不要怕,就算跌落深渊,不管多少次我都会拉你上来。

沈肆僵硬得像是一块石头。

"但是呢,我也很记仇的。"童妍笑着说,"我等你两年,你要还我一辈子,知道吗?"

回答她的,是铺天盖地掠夺而来的热吻。

黑暗中唇舌相抵,童妍生涩地回应,直至嘴唇发麻,纤细的腰肢几乎快被勒断。

那是沈肆压抑两年的汹涌爱意,是他的痛楚和救赎。

雨停了,书本洒落一地,宿舍楼的灯光化为虚化斑斓的光影,在眼前炸开一片绚烂。

她知道,她的沈肆终于回来了。

沈肆弯腰,把地上散落的书本都捡了起来。

有几本沾了雨水,被他仔细地擦干净。

童妍靠着车棚的栏杆,咬着水润艳丽的唇,脑袋一直晕乎乎的,充斥着夏夜雨天的潮热。

沈肆拿着书站立,抬手将她鬓边的几缕碎发别至耳后,低声问:"还好吗?"

这样的雨夜,他的嗓音是如此喑哑撩人。

童妍点了点头,脖子后娇嫩的肌肤被他的手掌熨帖得滚烫。嘴唇也还酥麻着,只能红着脸轻轻"嗯"了一声。

沈肆沉默地看着她,哑声说:"抱歉。"

"为什么道歉?"童妍有些委屈地瞪了他一眼。

真是的,哪有人会在久别重逢的亲吻后,第一句话是说"抱歉"的?

沈肆注视着她,像高三那会儿一样。

沈肆不知道该怎么解释,他是周娴阿姨眼里最"糟糕"的那种孤儿:生父是个没有道德观的疯子,养父带着母亲背井离乡躲去C市,却一个遭遇车祸,一个被逼得疯癫自尽。

来自霍钧的威胁他可以解决，但家庭的畸形残缺，他却无法改变。

他答应过周阿姨。明知有这些现实问题横亘在他们之间，可他还是情难自禁，冒犯了这个善良温暖的女孩。

沈肆将思绪压在心底，轻声说："没经过你同意就做这些，很过分。"

童妍才降下去的温度又上来了，满脑子都是刚才那两分钟唇舌相抵的触感……

嗯，的确很过分，当时她都快站不稳了。

"沈肆，现在我都快二十岁了。"童妍拉着他的手指，好笑地说，"和男朋友接个吻又怎么啦？"

沈肆神色微动。

两年来，他做了这么多过分的事，换成别的女孩子多少要冷上一阵、闹上一场，只有她还傻乎乎地站在原地，叫他一声"男朋友"。

这真是这世上最温暖的称呼，可是……

"妍妍，这对你不公平。"他声音低沉地说，俨然成了一个矛盾的个体。

既期望抓住这一抹光，将它永远禁锢在身边，又为自己的卑劣感到羞耻。

"是挺不公平的，所以，你得用一辈子来补偿。"童妍回望着他，很认真地说，"以后不能再随随便便消失不见，我给你打电话要接，发信息也要回，不能总让我担心，知道吗？"

沈肆又有什么理由拒绝呢？

他无法再压抑欺骗自己，这个时候即便童妍要他的心，他也会毫不犹豫地捧出来擦干净，再双手奉上。

眼底的阴霾散去，沈肆捏了捏她的小手指，温声说："好。"

残缺了两年的灵魂，在这一刻彻底拼凑完整。

好不容易才重新在一起，分别时就显得格外艰难。

地上的雨都快干了，他们还牵着手不肯松开。

最终还是沈肆先开了口，无奈地说道："回去了，妍妍。"

"嗯，好。"童妍应着声，可脚步却没有挪动。

高三那段时间也是这样，每次送她到小区门外，她总要磨蹭一会儿才肯进去。

沈肆的目光柔和起来，低声说："我走了。"

"嗯。"

童妍小声问："你现在住哪里？明天什么时候见？"

沈肆现在还住在鹭洲湾,不过没必要告诉童妍,让她离霍家的地盘越远越好。等以后找了新的房子,再告诉她地址。

"等你有空的时候,就能见。"沈肆回答。

童妍笑了,眼里满是期待。

沈肆又看了她很久,才将书本交到她手里,恋恋不舍地转身离开。

刚走两步,就听见童妍在身后唤他:"沈肆!"

沈肆回头,看见少女站在车棚下,笑吟吟地问:"临走前,你是不是忘了什么?"

沈肆抿了抿唇,反省了自己几秒。

童妍指了指自己的脸颊,提醒他:"不盖个章再走?"

沈肆恍然,然后慢慢走回童妍身边,单手托着她的后脑勺,垂首在她仰起的脸颊上落下虔诚的一吻。

童妍心满意足,情绪被熨烫得很服帖,赞美道:"我家男朋友真聪明。"

沈肆嘴唇微动,揉了揉她的发顶。

童妍回到宿舍,第一件事就是给爸妈打电话,告诉他们暑假回家的日期得往后推迟一些。

难得沈肆也在首都,不趁着这个机会将空缺的两年恋爱补回来,怎么对得起这个漫长暑假呢?

沈肆在B大附近租了一处安静整洁的公寓,房子打理好后没多久,便传来了霍钧一审判处死缓的消息。

霍钧不服,准备上诉。

网上都在传这个处罚太轻,买凶杀人、洗钱涉黑这样的大罪,怎么说也得立即执行才对,还缓什么呢?

沈肆开车去B大,路上小叔霍铮的助理打了电话过来。

"老板让我转告小沈先生,牢里的那位想要见你。"电话里,助理一副公事公办的语气。

"你觉得我会去?"沈肆冷哂。

他没有别的想法,就一句:"必须让他死,死缓也不行。"

助理道:"您放心,他一辈子都不会出来了。"

沈肆挂断电话,将车停在校区外的空位上。

他坐在车里缓了一会儿,不能带着满身戾气去见童妍。

没过多久,校区门外出现了一道熟悉的纤细身影。

童妍今天特意打扮了一番,头发扎了起来,阳光下简单的翻领衬衣配杏黄的背带裙,衬得皮肤很白,整个人充满了青春明媚的朝气。

那一瞬间,车里的沈肆有种被阳光惊艳的感觉。

童妍似乎没有注意到车里的沈肆,以为他还没来,就站在一旁的树荫下等。

沈肆拿起搁在副驾驶上的甜品袋,刚准备下车,就见几个男生笑着走过来,眼睛一直往童妍身上瞟。

其中为首的那个男生背着吉他,长得干净清隽,在同伴的鼓励下,有些内敛地朝童妍走去。

他拿出手机对童妍说了句什么,应该是要加微信。大学里充斥着荷尔蒙的躁动,这种搭讪方式再常见不过了。

沈肆眉头一皱,推开车门下去。

树荫下,被搭讪的童妍有些尴尬,正准备拒绝,就见沈肆下车走了过来。

阳光柔和了他过于清冷的五官,肩阔腿长,有点散漫不驯。

似宣示主权一般,沈肆当着那个吉他男生的面,握住了童妍的手掌。

沈肆与她五指相扣,睨了一眼那个拿着手机的男生,淡淡地问:"你朋友?"

他明明介意得要命,却还要装出冷冷酷酷的样子。

童妍抿着唇笑,摇头说:"不是,不认识。"

她又看向那个略显尴尬的男生,晃了晃两个人紧扣的手指,抱歉地说:"不好意思哦,我男朋友来了。"

那个男生失落地走了。

"你来多久了?"童妍问沈肆。

"没多久。"他回答。

童妍眨眼笑了笑,那就是看到刚才搭讪的那一幕啦?难怪看人家时满眼酸冷的敌意呢。

似乎看出了她心里的小得意,沈肆的目光软了软,将甜品袋子递过去。

是北城里很有名的一家中式甜点,每样东西都做得华丽又精致。

"啊,还给我带了礼物吗?"童妍忙接过袋子,皱着鼻子嗅了嗅,眼睛都弯成了月牙,"可是我没有准备礼物,怎么办?"

沈肆动了动嘴角,说:"不用。"

她能站在他身边，就已经是最好的礼物了。

大热天也不知道去哪儿玩，童妍沿着林荫道，带着沈肆在校区内闲逛。

逛累了，两个人就坐在长椅上休息。

夏日阳光白得刺眼，沈肆的眼睛呈现出漂亮的琥珀色，眉目清冷，鼻梁挺拔，有着十八岁时无法企及的成熟帅气。

童妍咬着手里的糕点，问沈肆："很好吃，你要不要尝一个？"

沈肆不爱吃甜食，但看着童妍水润嘴唇上沾染的糕点屑，没忍住动了心思。

他没有从袋子里拿新的，而是侧首垂眸，将童妍手里吃了一半的糕点叼走了。

"哎，这个我咬过了的！"童妍忙道，有些不好意思，"说不定有口水呢，脏不脏呀？"

太甜了，沈肆微微蹙眉。

但他还是将糕点咽了下去，然后望着一脸呆滞的少女，手撑在长椅上，侧身给了她一个带着甜味的亲吻。

"哪里脏了？"他温柔地看着她的眼睛，揉了揉她的耳垂。

童妍感觉自己的心一下就飞上天了，眨巴眨巴眼睛，慢慢红了耳尖。

"你怎么突然这样啊？"她抿着唇小声说，可眼里全是藏不住的甜蜜笑意。

撩得猝不及防的，一点准备都没有。

明明前几天，他还孤零零地站在雨里说"我们已经没有关系了"呢。

沈肆看了童妍许久，才低声说："我不会唱歌，也不会弹琴，没有浪漫细胞，和我在一起无不无聊？"

童妍坐在长椅上跷了跷脚，不在意地说："我要你唱歌弹琴干什么？那都是华而不实的东西。"

而后她想起来，刚才在校门口问她要微信的男孩，就是那种会唱歌弹琴的音乐生。

沈肆还介意这个呢？

他是不是认为如果他不出现，自己就能找到更好的男人，过上更好的生活？

想到这儿，童妍将手里的甜点放到一旁，神神秘秘地对沈肆说："我告诉你什么才是真正的浪漫。"

沈肆微微挑眉。

童妍真是爱死他无意间流露出来的小情绪了。

她将手绕到脖子后，解开那条沈肆曾经用比赛奖金给她买的铂金项链，然后将上面的戒指取下来,递给沈肆。

"男生亲自把戒指戴在喜欢的女孩子手上,那才是实实在在的浪漫。"

童妍说着,伸出空着的右手,微微翘起无名指。

她暗示得不能再明显了。

沈肆看着躺在她掌心的那枚女戒,喉结动了动,沉声说:"妍妍,这种事要慎重。"

童妍等这一刻等了两年了,慎重得不能再慎重。

她眼中含笑,鼓励地看着沈肆。

沈肆在她温柔清甜的注视中败下阵来。

他起身,以一个单膝下跪的姿势臣服,然后拿起那枚小巧的戒指,沿着手指一点点推进,轻轻套在了她白皙的无名指上。

童妍的心里充斥着躁动的喜悦,她相信沈肆也是一样。

从她的角度看去,男人垂着眼睫,神情虔诚而认真。

"你的呢?"童妍问。

沈肆一顿,抬头看她。

童妍眸光澄澈,柔声说:"不要瞒我,我早上网查过了,这款戒指是对戒,应该还有一枚素圈男戒对吗?"

价格挺贵的呢,当初他一个高三学生怎么舍得呀?

"沈肆,快把你的戒指拿出来呀。"童妍温声催促。

沈肆没有法子,抬手解开了衬衫的第一粒扣子,将戴着的链子拽了出来。

童妍愣了一下,没想到沈肆的戒指和她的一样,都藏在衣服下面呢。

沈肆将项链解了下来,童妍就伸手拿过那枚简洁稳重的素圈戒,摆在掌心瞧了瞧。

好温暖,上面还有沈肆心口的体温呢。

"把手伸出来。"她吩咐。

沈肆蜷了蜷手指,依言照做。

童妍也将戒指戴在他修长有力的无名指上,严丝合缝,刚刚好。

童妍笑了起来,总是有很多天马行空的想象,捧着沈肆戴着戒指的宽大手掌说:"这要是在婚礼上,双方交换戒指就可以……"

意识到不妥,她轻咳一声,略微羞赧地抿住了唇。

下一秒,沈肆按住她的后脖颈,就着单膝下跪的姿势在她唇上轻轻一啄。

"交换戒指后,应该亲吻新娘。"他将童妍没说完的话补全了。

夏天的阳光真好啊,炙热,明亮,有着无穷无尽的蓬勃力量。

当他们五指紧扣时,两枚戒指就会轻轻碰撞在一起。

那是他们热恋的象征,是爱的印记。

他们在校园外的胡同里吃了饭,傍晚时分沈肆送她回宿舍。

路过操场时,刚好看到体育系的学生在训练,其中就有一支武术队。

沈肆瞥了那支队伍几眼,童妍知道他大概想起自己的过去了,不由得挠了挠他的掌心。

沈肆收回视线看她,目光很平静。

"他们不如你厉害。"

童妍毫不吝啬自己的夸赞,说:"我们学校的武术队一般般,不过隔壁 Q 大倒是挺强,去年还拿了全国大学生武术比赛金奖呢!"

童妍想,要是沈肆当初来了 B 大,金奖就轮不到 Q 大了。

"那种比赛含金量不大。"沈肆评价道。

"也是,毕竟你是差点进了国家队的人。"可是因为霍钧,沈肆不得不在赛事巅峰期隐退,没能冲上世界竞技舞台。

沈肆现在是 Z 大数学系的高才生,所学专业和武术相差甚远。

说起这件事,童妍就有些惋惜,叹道:"也不知道世界级比赛的奖牌长什么样。"

沈肆停下脚步。

"你想知道?"他问。

童妍怕勾起他的伤心事,忙摆手说:"就是有些好奇。"

沈肆认真地想了想,然后淡淡地说:"十二月世锦赛,我去拿给你看。"

童妍以为沈肆那句"我去拿给你看",只是开个玩笑而已。

毕竟,从现在到世锦赛只有不到半年时间了。

但夕阳下,沈肆的眼神很认真。

童妍收敛了笑意,惊讶地问:"你真的要回去比赛?"

沈肆颔首。

"可是,会特别特别辛苦。"童妍担心之余,更多的是疼惜。

沈肆已经退赛两年了,再想进入国家队,无异于从头开始。要从成千上万的运动员中脱颖而出,难度超乎想象。

沈肆碰了碰她的额头,说:"不辛苦。"

童妍叹了一口气,挠着他的掌心说:"沈肆,我不想给你压力。"

沈肆眼里的笑意浅淡而平和,像是夕阳下的冰湖荡开金色涟漪。

"你不是压力。"他捏了捏童妍的手指,告诉她,"是动力。"

他想要成为她的骄傲,干干净净地站在她身边,才能打消童家夫妇的顾虑。这是他身为一个男人,必须承担的责任。

七月中旬,沈肆搬了家。

那天童妍在寝室里和他视频聊天,瞥了一眼视频背景里的客厅:还是冷色调的装修风格,一点家的温暖都没有。

她手托着下巴,提出要去他的住处看看,沈肆没有拒绝。

新租的房子离B大很近,走路二十分钟就能到。

坐电梯上十六楼,童妍跟在沈肆身后,停在门口。

沈肆没有立刻进去,而是稍稍让开身子。

"怎么啦?"童妍问。

沈肆拉起她的右手,说:"录指纹。"

说话间,他已经推开智能锁的滑盖,按了几个键,然后引导她一根一根手指录入指纹。

他的手掌好温暖!

童妍的手指被他包裹着,从拇指开始,将她独一无二的信息留在这个家里。

门开了,浅灰色的地砖铺展在眼前。

沈肆牵着她的手进门,告诉童妍:"密码是991102。"

她的生日。

进门的感觉很奇妙,像是历经波折后有了风平浪静的归属,心里满满当当全是滚烫的情绪。

沈肆很少说漂亮话,他的爱永远更多地体现在行动上,倾尽所有地接纳怜爱着她。

沈肆弯腰打开鞋柜,将早已准备好的女式拖鞋搁在童妍脚下。

"我自己来就行。"童妍不让他给自己解鞋带,迅速换上拖鞋,感叹道,"采光真好,比我们宿舍宽敞多了。这里的租金一定很贵吧!"

"不贵,我有存款。"沈肆垂眸看她露出的白皙脚趾,指甲盖是淡淡的粉色,眸色深了些许。

以前比赛时得的奖金和津贴，除了必要的支出和沈敛的生活费，其他的都存在卡里了。

他头脑聪明，钻研的专业和在霍家积累的人脉经验，使得他有着超乎同龄人的眼界和手段，原先的存款在两年内翻了几番。再后来扳倒霍钧，他的叔叔霍铮曾给他转了一笔价值不菲的"合作佣金"。

那笔钱他没要，霍家的钱都干净不到哪里去。何况那是他自己的战争，和霍铮一点关系都没有。

童妍不知道这些，以为他现在还是靠以前的奖金生活，笑着说："是呢，我男朋友可厉害了。"

她从手提袋里拿出早准备好的礼物：一个巴掌大的摆件，白色的小猫咪举着圆形的托盘，可以用来收纳钥匙之类的小物件，还有两个色彩温暖的抱枕，搁在浅灰色的沙发上。

客厅里一下变得有生气了不少。

童妍注意到茶几上压着一张 A4 纸，上面用遒劲的字体写满了紧凑的训练计划，从早到晚，每一项动作都规划得专业而详细。

童妍将 A4 纸搁回原处，瞥见了单人沙发上躺着一个熟悉的黑色猫咪形状的U型枕——大概是经常使用摩挲的缘故，有点陈旧变形了，但洗得很干净。

童妍拿起来捏了捏，好奇地问："这个，是我高三时送你的那个枕头吗？"

沈肆正从冰箱里拿解冻的牛排，闻言一顿，关上冰箱门轻轻"嗯"了一声。

他低着头，眉眼酷酷帅帅的，要很仔细才能看出他隐藏在冷酷外表下的略微不自然。

大概是看惯了他强势清冷的样子，偶尔腼腆一下，童妍就像是抓住了什么新奇好玩的东西似的，用抱枕抵着鼻尖，低笑出声，感觉特别满足。

她走进厨房，从身后抱住了沈肆硬实的劲瘦腰肢。

沈肆下意识一僵，随即放软了身子，转身面对面，任由她将头埋入自己怀里。

"这两年你一直想着我，对不对？"

童妍在他胸口处拱了拱，带着柔软的鼻音说："我给你发了那么多信息，你一条都不回，怎么忍下来的？"

比起委屈，更多的是心疼。

在她触及不到的城市，沈肆一个人扛了太多太多。

沈肆没说话，抬手将她的头按入怀中，让怦怦的心跳代替回答。

一开始真的很难，远在异乡，群狼环伺，每天等待他的都是不一样的陷阱和危机。他受过伤、流过血，上一秒还笑着的霍钧，下一秒就有可能要他的命……

霍钧利用他夺权，他也利用霍钧收集证据，日复一日如履薄冰，暗无天日。

他偷偷去看过童妍，有好几次。

有一次是大一那年的寒假，他看见童妍一个人从餐厅离开，走过每条他们曾经共同走过的街巷，最终停在街边的橱窗下，看着挂满冰雪的圣诞树出神。

隔着一条马路的距离，他却无法上前拥抱她。

她猛然回头的瞬间，他的心跳都快停止了，借着夜色的掩护做了可耻的逃兵。

两个人安静地拥抱了一分钟。

厨房的空调效果没那么明显，抱在一起不算太舒服，但谁也舍不得先松手。童妍听着沈肆强劲的心跳声，脸颊也被传染了他的温度，微微发热。

不知道是谁的手先挪动了位置，抬头时，沈肆的唇轻轻压了下来。

他们在明亮的厨房里安静地接了个吻，从最开始的浅尝辄止到情难自禁。

童妍的眼睫一直在不安地颤抖，身躯在拥抱中紧贴，能感受到沈肆清晰硬实的肌肉线条，坚硬结实，像是被烈火淬过的铸铁。

他的手掌紧贴着童妍的腰肢和后脖颈，轻轻摩挲着，滚烫的掌心烫得她灵魂都在战栗。

每次她喘不上气来时，沈肆就会停下来缓一会儿，细碎地吻着她的眼角和鼻尖。

他的眸色那么深，眼型特别好看，里面全心全意倒映着她小小的身影，沉默而又温柔。

童妍刚从眩晕中缓过神来，沈肆的吻又落了下来。

二十出头的男人是最烈的一把火，稍一放纵，就轰轰烈烈烧成燎原之势。

兜里的电话响了，沈肆手掌下移找到手机，直接挂断。

没过几秒，铃声再一次响起。

他皱眉，还要再挂断，童妍却抵着他的胸膛轻轻推开了他。

"先……先接电话。"童妍上气不接下气，声音软得能掐出水来。

沈肆深吸一口气，吻了吻她的额头，才靠着料理台接通了电话。

"师兄。"他哑冷的嗓音里充斥着明显不悦。

"小肆，在忙什么呢？"手机里许知书的声音漫不经心的，带着调侃。

声音很小，可童妍还是听见了，顿时有种被抓包的羞怯，红着脸站在一旁平复呼吸。

沈肆看了她一眼，顺手替她理了理微乱的鬓发，沉声问："什么事？"

"我已经帮你拿到协会那边的推荐了，只是三月份的选拔赛已经错过了，你只能迂回从别的比赛入手，拿够积分。"

许知书不急不缓地说："最早的比赛是八月份的市运会，只有二十多天了，你的体能能恢复到巅峰吗？"

"能。"沈肆毫不迟疑地回答。

离开武术队的两年，他虽然没上台比赛，但一直有坚持锻炼，基本功都是烙入灵魂深处的，闭眼就能想起来。

"那就好。八、九、十月份的大小赛事排得很紧，等会儿我把赛程表和报名表发给你，你看看要是没问题的话就都报了。"说到这儿，许知书的声音稍稍认真了些，"小肆，这两年赛场上不断有新人涌出来，你一场也不能输，只有这样才能在短短几个月内完成选拔，攒够积分进入国家队。"

沈肆淡淡地说道："知道。"

"哥哥加油！"电话那头传来沈敛稚嫩的声音。

今年沈敛上二年级了，沈肆叮嘱他："要认真读书。"

童妍听着他一本正经的语气，挺有大哥的威严的，不禁莞尔。

"对了，小肆。"

电话又回到了许知书手里，他想起什么似的，有些担忧："你的腿没事吧？夏季多雨，要是照顾不好，腿伤会影响……"

他话还没说完，沈肆便匆忙挂断了电话。

他一抬头，就对上了童妍澄澈的眸子。

童妍想起了霍老爷子去世时，她在医院外看到沈肆拄着手杖的样子，不由得心一紧。

她忙问："冬天的腿伤还没好吗？严不严重？"

沈肆抬起手揉了揉她的头发，对她笑："小伤，不严重。"

下雨天都有影响了，怎么会不严重？

童妍看着沈肆难得温暖的笑容，眼眶瞬间热了，蹲下身说："让我看看你的腿。"

"不用。"

沈肆跟着蹲身制止她，眼睛没有看她，甚至是拘谨的。

童妍一眨不眨地看着他，眼里满是倔强和坚持。

僵持了一会儿，沈肆败下阵来，自己抿着唇一寸一寸卷起了左脚裤腿，露出了脚踝。

有一处发白的伤口，只有几厘米，别的看不出什么。除非……当时是伤在了里面。

"伤了骨头吗？"童妍的眼里写满心疼。

元旦节在医院外看到他后，她有发过信息询问，但沈肆没回。

沈肆摸了摸她的脸颊，低声说："没有。"

"你不要骗我。"童妍紧咬着下唇。

沈肆心都软了，有些无措地将她搂入怀里，说："真没有，不骗你。"

片刻后，他说："我一直在调查霍钧，有一次不太小心，让他起了疑。"

霍钧那个疯子知道怎么毁掉一个运动员，就像当初毁掉沈光宏的前程一样。

他让人给沈肆一个"教训"，要打断沈肆的右腿，好彻底将他驯服，双方起了冲突。

霍钧的保镖都是退役拳击手，沈肆再厉害也没法在这样的围攻下全身而退，左脚被铁棍击中。幸运的是他躲避及时，骨头保住了，只是伤到了肌腱。

短短几句话，已经足够惊心动魄。

童妍更紧地抱住了他："会不会影响比赛？"

她想说要是有影响的话，咱们就不去了。她心疼自己的男朋友。

沈肆想了想，回答："不用怕，恢复得很好。"

童妍抱着他不吭声，柔软的手指下移，小心翼翼地摸了摸沈肆脚踝的伤处，带着难以言喻的疼惜。

羽毛般的触感，令沈肆浑身一僵。

他已经很久很久没有享受过被人疼爱的滋味了，久到他都快忘了自己是个由血肉铸成的人，而不是荒原上厮杀流浪的野兽。

沈肆抓住她的手，在她耳畔吞吐潮热的呼吸。

他的嗓音特别沙哑，无奈地说道："妍妍，再摸下去，午餐就吃不成了。"

那天的午饭还是磨蹭了很久，上桌吃饭时童妍的唇比擦了口红还艳，泛着水润的光泽。

不过沈肆做菜的手艺真是一绝，牛排煎得恰到好处，男人穿着围裙挽起衬衫袖口的样子挺拔又帅气，她也就忘记刚才那些耳红心跳的画面了。

吃完饭，两个人像普通情侣一样窝在沙发上看了一场电影。

沈肆一边削水果一边喂她，童妍感觉自己就像一只好吃懒做的花栗鼠，嘴巴都被他塞得满满的。

心也被他填得满满当当。

从那以后，白天童妍做兼职，沈肆训练。

下午他会跑着去接童妍下班，两个人一个骑着共享单车，一个在一旁跑步训练体能，一起回公寓吃饭。

他们就像是真的有了一个温馨的小家。

日子过得很快，在聒噪的蝉鸣声中，总算迎来了八月的第一场复出赛。

第十二章　封神

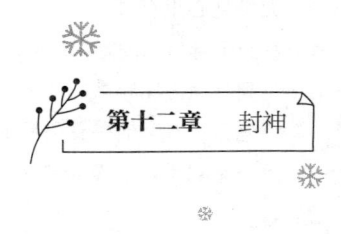

八月的第一场比赛就在 B 市，沈肆在霍家待了两年，要拿到 B 市的比赛资格并不难。

B 市是首都，其市级运动会的含金量抛开不谈，在这里崭露头角更有机会被体育局的伯乐看中，最适合作为复出的第一战了。

但压力也可想而知。

比赛前一天晚上，童妍没有回宿舍，留在公寓里陪他。

晚上空调开得太足，童妍被渴醒，迷迷糊糊从床上爬起来，却发现客厅里还亮着灯。

阳台门开着，沈肆在阳台上打电话，面朝落地窗外零星的灯火，背影挺拔，已经有了成年男人该有的伟岸。

这么晚了还不睡觉，在干什么呢？

童妍揉了揉眼睛，轻声走了过去。

"找人在网络上造势，利用民愤舆论施压，绝对不能让他上诉成功。"高层的风从透气窗灌进来，沈肆的语气压得又低又沉，"还有，我是沈光宏的儿子，不是你们霍家的人。如果哪天有人说了什么不该说的，我不介意添把火，把你的那点破事也一起曝光出来。"

电话那头的人不知道说了什么，沈肆冷嗤一声。

"有什么舍不得的？霍家不过是出了颗精子，生下了我这个肮脏的孽种而已。"

沈肆的嗓音淡漠，没有一丝起伏："以后不管他被枪决还是病死，都和我没有关系，遗产摆在眼前我都嫌脏。"

说完，他便挂断电话。

大概是心里有事，他竟然没有第一时间察觉到童妍的存在。直到在落地窗玻璃上看到了身后的倒影，才蓦地转身。

见到是她，沈肆微愣，眼里的寒意渐渐散去。

"怎么了？"他握着手机走过去，嗓音有一点哑。

"起来喝水。"童妍微笑着回答，随即小声解释，"我不是故意偷听你打电话的。"

沈肆的目光柔和起来，拉起她的手说："你永远不用道歉，妍妍。"

男人总想把自己的一切都奉献给心爱的女孩。从今往后，他在她面前没有秘密。

童妍心里一暖，又问："是……那边打来的电话吗？"

沈肆垂眼，轻轻"嗯"了一声："是现在的当家。"

那个曾经和他联手过的，私生子上位的小叔——霍铮。

童妍忽然有些生气，沈肆明天还要比赛呢！

正是需要好好休息的时候，对方却凌晨一点打来电话，未免也太不懂礼貌了！

见她不说话，沈肆轻轻捏了捏她的小手指，沉声问："你觉不觉得，我和他们一样？"

童妍一时没反应过来，眨眨眼问："一样什么？"

沈肆看着她，没有说话。

童妍明白了，他是怕自己刚才那些话吓到她，让她觉得自己和霍家人一样偏执冷血、不择手段。

童妍恨自己明白得太晚了，弄得沈肆都有些难过的样子。

"你呀！我不是和你说过吗？他们手里的权势是用来伤害人的，而你的力量却是用来保护家人，你们根本就不一样。"

她心疼得不行，抬手捧着沈肆清俊的脸颊，认真地说："你是我的英雄，沈肆。"

男人很高，童妍仰头抬首的姿势有些艰难。

沈肆眼里有极浅的波光荡漾开，而后顺从地低下头，将自己的脸颊搁在她小小的、散发着温暖热度的掌心，像是一头被驯服的野兽，期盼少女的爱抚。

沈肆用粉色的保温杯准备了热水，搁在她的床头，以便她夜里口渴时喝。

调暗小夜灯后，他并没有立即离去，而是坐在童妍床边，替她掖好薄薄的空调被。

床头的夜灯被调得很暗，可沈肆的眼睛很亮，安静而深情。

童妍被他看得很不好意思，笑着说："很晚了，你快去休息。"

沈肆没有说，从十几岁开始，他就很少有能安睡整夜的时候。

高中时还能在课堂上补补觉，离开童妍的那两年，他几乎就只与黑夜为伴。

有时候他觉得自己和霍钧很像，都有着偏执暴戾的神经，这是他体内那一半肮脏血脉赐予他的枷锁。

沈肆靠在床头看了她很久，声音低沉地说："睡不着，怎么办？"

怎么办？童妍也不知道呀！

她是独生子女，没有哄弟弟妹妹睡觉的经验。

可是这样黏人的沈肆，又让她不忍割舍。

想了想，她翻了个身，努力往旁边挪了挪，空出一大半位置来。

"嗯……要不，你上来一起睡？"黑暗里，她的声音显得轻而软。

沈肆有一瞬的愣怔。

他只是随口一说，根本没想到童妍会发出这样……诱人的邀请。

童妍说完那句话也有些不好意思，但是她又想不出别的更好的办法，只记得小时候自己怕黑睡不着，就会跑去隔壁和妈妈一起睡。

小情侣牵手、拥抱和亲吻都尝过了，唯独没有在一张床上睡过觉，沈肆一直都很尊重她。

可是，她和沈肆已经是男女朋友了，应该……不算越界吧？

黑暗里静得能听见彼此的呼吸。

半晌后，柔软的床垫微微陷下去一块，沈肆上了床，小心翼翼地躺在她身边。

床很大，两个人手臂之间隔着十厘米的距离，但童妍还是能感觉到属于男性的滚烫体温传递过来。

空调好像一下子失了效果，她脸颊微微发烫。

怕沈肆瞧出自己的窘态，童妍不太自在地翻了个身，背对着他。

身后的人也跟着动了动，似乎换了个姿势。床垫弹起又陷落，她的心也跟着起起落落，有种难以言喻的心悸刺激。

夜灯荡开一圈昏黄的光晕，在夜色中是长久的寂静。

他睡着了吗？

童妍睁着眼睛，在心里叹气：沈肆睡着了，她却失眠了。

她又等了一会儿，估摸着沈肆熟睡了，才轻轻呼了一口气，极轻极慢地转过身去。

然后，她猝不及防对上了沈肆的眼睛。

他压根儿没睡着,眼里都是童妍微微诧异的神情。

两个人鼻尖对着鼻尖,呼吸交缠着呼吸。晦暗的灯光下,他的眸里落着眼睫的阴影,特别深邃漂亮。

她还没来得及说些什么,就见那颗小痣不断凑近,再凑近。

继而沈肆伸手按住她的后脑勺,温柔地捕获了她的唇。

寂静的深夜,暧昧的光线,一切情绪都被无限放大,心里像是烧了一把火,呼吸在交错的唇齿间微微战栗。

童妍已经长大了,她其实能感受到沈肆身体的渴求。

"沈肆,你要……"

还没说完的话,被沈肆以唇封缄。

"不可以,妍妍。"男人的嗓音哑得不行,却还是保持着最后的底线和理智。

他撑着手臂自上而下看她,眼里全是隐忍和爱怜,舍不得委屈她。

因为爱,所以保护她就成了一种本能。

沈肆又在她眼皮上浅浅一吻,哑声说:"我去一趟洗手间。"

童妍脸颊绯红,都不敢睁眼看他,只轻轻"嗯"了一声。

沈肆过了很久才回来,身上带着一身清冷的水汽。童妍没敢问他怎么去了那么久,只是转身埋头在他怀里,将空调被分他一半。

没有了最初的拘谨,他们相拥着睡觉。

只是睡觉。

沈肆吻了吻她的发顶,温声说:"睡吧。"

"晚安,沈肆。"

"晚安,妍妍。"

没过多久,两个人就坠入了黑甜的梦境。

上午,童妍和沈肆一同去了比赛地点。

B市作为首都,比赛规模一点也不输于之前的省级比赛。但童妍一点也不担心,毕竟这一个月来,沈肆的努力和刻苦她都看在眼里。

更衣室旁安静的过道里,沈肆熟练地压腿热身,只是这一次他没有了省队的队服。

童妍笑吟吟地看着,忽然悄悄钩了钩沈肆的手,小声问道:"沈肆,你知道什么叫'腿咚'吗?"

沈肆眸子一动，两年多以前的记忆浮上心头。当年，少女也是用这种方式缓解紧张气氛的。

他嘴角动了动，后退一步高抬腿，长腿利落地踢过头顶，压在墙上。

然后，他垂首在她额头上轻轻一吻。

"等着，我去拿奖。"他凝望着她，低声说。

自信笃定，一如当年。

童妍看着他重新绽放的锋芒，心尖发烫，点头说："好呀。"

沈肆发挥得不错，一场下来，鲜红的 9.69 分赢来了全场热烈的掌声，当之无愧的第一名。

作为市运会来说，这个分数相当不错。连解说员都说，这是一场堪称精彩的复出赛。

沈肆拿着金奖的证书和奖杯下场时，童妍第一个冲上去抱住了他，紧紧地抱住他。

别人只看见了沈肆的荣光，可只有童妍知道，为了这场平静安全的比赛，他走了整整两年。

完美的第一战收官，接下来沈肆就要去各地参加比赛，积累成绩。

九月份，童妍开学了。

大三的课程排得很紧很繁重，她没法陪着沈肆一起去比赛，说不遗憾肯定是假的。

她晚上躲在洗手间和沈肆打电话，沈肆提出让她搬到公寓去住。

童妍有些犹豫，沈肆就说："房子租金已经交了一年，空在那儿也是浪费。而且……"他顿了一下，才压低声音说，"总不能每次和你打电话，你都躲在洗手间里吧。"

童妍微窘，寝室里人多，怕影响到其他室友学习，每次和沈肆聊天她都要躲到洗手间或者走廊上去。

有时候寝室长还会带头开玩笑，敲门让她把送戒指的野男人带过来给大伙瞧瞧，请客吃饭。这么一闹，童妍连电话也打不成了。

想了想，她点头应允："那好吧，房租我们一起平摊。"

电话那头传来一声轻而短促的低笑，只听沈肆说："妍妍，我的就是你的，不要分得这么清楚。"

他压低嗓音说话时特别撩人，仿佛就在耳边低语，童妍贴着手机的那只耳朵瞬间就红了。

她从宿舍搬出去那天，大家都挺舍不得的。

寝室长于珊打趣她："我们宿舍里谈恋爱的人中，就属你男人最神秘！都送戒指同居了，也没见他露个面，再这样下去姐妹们可不放心将你交给他啊！"

"我们从小就认识，高三还是同桌，他人很好的，就是有点忙。"童妍简单地解释了一番，说，"下次他回来，我再请你们吃饭。"

"一言为定！"于珊送她出寝室，又问，"话说你网上不还有个运动员偶像男朋友吗，你现充了，他不吃醋？"

童妍抿着笑，没说自己现实生活中的男朋友和网上的运动员帅哥是同一个人。

到了十月底，沈肆已经拿下了大小五场比赛的冠军，状态也在逐步回升中，越来越接近他当年巅峰时期的分数。

公寓被童妍布置得很温馨，阳台上多了几盆绿植，冰箱上贴着可爱的卡通贴，越来越有家的气息。

只等男主人回来了。

晚上九点，童妍在卧室和沈肆视频。

沈肆还在港城酒店里，应该是刚洗完澡，只穿着略微修身的白T恤，薄薄的衣料下肌肉线条完美清晰。

他的头发湿漉漉地搭在眉前，整个人特别清爽好看。

沈肆一边擦着头发一边坐在床上，见视频里童妍一直盯着自己看，就停下动作问："怎么了？"

童妍摇了摇头，轻声唤道："沈肆。"

"嗯？"他回应。

童妍趴在梳妆台上，脸枕着胳膊喟叹："我好想你啊，真的好想。"

她想，她一定被沈肆宠坏了，这才两个月没见，就比过去两年还艰难。

沈肆隔着屏幕看她，目光深沉平和。

童妍说完才想起来，沈肆还在外地比赛，自己这样黏黏糊糊的，怕会让他分心。

她撑起一个笑，打起精神岔开话题道："哎，我这边挺好的，就随口说说，你不要担心，好好比赛……"

"妍妍。"男人轻轻打断她的话。

他将白色的毛巾搭在脖子上，就着潮湿微乱的头发靠近镜头。

距离很近，他淡色的眼睛特别迷人，声音低沉地说："你靠近些。"

"嗯？"童妍的心蓦地一紧，眨了眨眼。

她将手机拿近一些，男人犹不满意，低声哄道："再近些。"

虽然有些不解，但童妍还是乖乖照做，几乎是撑脸自拍。

她刚想说"这么近显得脸好大呀"，就见沈肆伸出修长的手指，隔着屏幕抚了抚她凑近的脸，在她精致的眉眼处轻轻描画。

他说："我也是。"

童妍说，我想你了。

沈肆隔着屏幕抚摸她的脸颊，告诉她：我也是。

心被完美击中，童妍绽开明媚的笑容，忍不住将脸埋在手臂上蹭了蹭，悸动的心跳无处安放。

沈肆也笑了，抬手抵在鼻尖上，有些内敛的样子，目光却一直注视着她。

"哪天回来呀？"童妍红着耳朵问。

沈肆想了想，说："最后一场在十一月四号。"

"四号啊……"

童妍的声音低了下去，那会儿她生日应该过了，还是有点惋惜的。

沈肆当然知道，隔着屏幕点了点她的嘴唇，略带歉意地眨了眨眼睛。

童妍的心都软了。

还惦记什么生日？当然是沈肆比赛要紧！而且就算没有比赛，沈肆也要留在Z大学习的，和她在天南海北的两座城市呢。

她笑了笑，赶紧岔开了话题。

两个人东一句西一句地聊着，大多时候是童妍说，沈肆听着，偶尔回应两句。不说话的时候，他们就傻傻地对视。

只是看着彼此，就能感受到深入心坎的甜蜜。

最后童妍聊累了，不知不觉趴在桌上睡着了，手机也没拿稳，"吧嗒"一声掉在了桌上。

镜头里是天花板上刺目的灯光，沈肆依然没舍得挂断视频，就这样一直听着她安静绵软的呼吸。

他生性淡漠，曾对这个世界充满厌恶。

可似乎只要对方是童妍，他就可以一直一直爱下去，永不厌倦。

十一月，B市的天气十分干冷，夜晚的风吹得人脸颊疼。

童妍在准备期末考试和论文，在图书馆待得晚了些，回到公寓小区时已经是晚上八点多了。

九点是和沈肆约定视频的时间，快要来不及了，她不禁加快了脚步。

她匆匆按了指纹进门，却在见到客厅温暖的灯光时一愣。

她的第一反应是自己出门忘了关灯，而后又发现不对：阳台上错落着摆满了气球和鲜花，客厅里亮着仙气飘飘的羽毛灯，墙上还有"HAPPY BIRTHDAY"字样的气球。

童妍退出门看了一眼房间号，一时间以为自己走错了家。

直到系着围裙的男人从厨房里走出来，温柔的目光隔着客厅与她对上。

"回来了？晚饭马上就好。"沈肆将盘子搁在餐桌上，衬衫挽到手肘处，露出一截紧实强健的小臂。

是梦吗？

童妍难以置信地站在门口，呆呆地望着那道熟悉的身影。

"你……你回B市了？"太惊喜了，她说话有些结巴。

不是说要后天才能休息吗？

沈肆看着她震惊到呆滞的模样，眼里晕开浅淡的笑意，"嗯"了一声说："今天是你的生日。"

"所以，特意赶回来的？"童妍刚弯起眼睛，又想起什么，担心道，"可是，你不是还有比赛吗？"

沈肆眨了眨眼睛，回答："我进了。"

"进了什么？"童妍正在弯腰换鞋，一时没反应过来。

"国家队，我进了。"

沈肆嗓音淡淡的，好像只是在陈述什么事实："所以最后一场没必要比了，接下来一个月都会留在首都集训。"

国家队，进了……

进了？

啊啊啊！他怎么可以一脸淡然地说出这个喜讯！天大的喜讯！

童妍高兴得将手里的包扔了，拖鞋还没穿好就一路狂奔着跳到沈肆怀里，紧紧地环住他的脖子。

沈肆张开双臂接住她，环着她盈盈一握的腰肢转了一个圈，才将她轻轻放下。

"沈肆,我真为你感到骄傲,真的!"童妍激动得差点要哭了,"这是我收到的最棒的生日礼物!"

她无法表达,只能捧着沈肆的脸颊,踮起脚,在他薄而好看的唇上结结实实地亲了一口!

"啵"的一声特别响亮。

她主动的时候并不多,沈肆明显愣了一下,然后遵从本心,抬起她小巧的下巴回吻了下来。

晚餐还没正式开始,他就已经品尝到了世间最甜美的前菜。

童妍是一个很容易满足的人,吃过晚餐后拿起手机对着客厅和阳台的布置拍了几张照,就已经很高兴了。

也不知道沈肆是在哪里学的这些,不太像他平时的风格。

她挑了一张好看的照片发朋友圈,这么些年来第一次秀恩爱,配文是:全世界最好的男朋友!

当然,这条朋友圈暂时是屏蔽了父母、亲人的。沈肆正是比赛的关键时刻,她还没做好坦白的准备。

几秒钟后,沈肆给她点了个赞。

然后,一条新的动态刷新了出来。

沈肆:全世界最好的女孩,生日快乐。

配图和童妍那张一模一样,生怕朋友们不知道他的女朋友是谁。

童妍笑得不行,歪在沈肆怀里说:"你怎么盗我的图呀!"

沈肆目光柔软,任由童妍在他怀里撒娇胡闹。

沈肆的朋友很少,他们的共同好友不多,童妍看到唐也在他的动态下评论:救命!老子也好想要甜甜的女孩,甜甜的恋爱!

转眼就几十个赞和评论,童妍放下手机没理。

虽然童妍没提什么要求,但礼物还是要准备的。

沈肆从茶几上拿起一个包装精美高档的盒子,递给童妍说:"生日快乐,希望你喜欢。"

二十岁了,迈过法定婚龄的界限,意味着她从此真的是一个大人了。

童妍打开礼盒一看,是一块精致内敛的女士手表。手表设计并不张扬,很适合大学生戴,却也绝不便宜。

"试试。"沈肆解开扣子,亲自将手表戴在她的手腕上。

大小刚刚好，衬得她的手腕又白又细。

童妍刚想问会不会很贵，就见沈肆睨了过来，低声说："不贵，不许脱。"

于是童妍笑了，鼻尖蹭了蹭他的下巴，说："谢谢，我很喜欢。"

沈肆这才满意地松开她，回了一个安静的亲吻。

童妍算是瞒着父母和沈肆同居了。

一开始她还有些忐忑不安，怕童向阳和周娴生气。但渐渐地，她发现同居生活并没有想象中那么撩人……

进入国家队，并不意味着沈肆就此安稳。

中国是武术的发源地，队里优秀的人才更是数不胜数。因此秉着公平公正的原则，十一月九号内部还有一次选拔赛，以便确定最终能代表国家队参赛的运动员。

神仙打架，难度比国际赛事要大多了。大家都很重视这次比赛，沈肆也是。

十一月天气不好，降雪，湿冷。

童妍睡得浑浑噩噩，下意识往沈肆那边滚去，却只摸到一片冰冷。

她立刻醒了，眯着眼起身一看，沈肆并不在床上。

奇怪，他回自己房间睡了？

虽然开了暖气，但还是好冷。

滚了一圈，童妍索性揉着眼睛下床，打开卧室门走了出去。

沈肆的房间里果然亮着灯，从虚掩的门边漏出一线暖黄的光线。

童妍没多想，见门没关紧，就轻轻推开，探进脑袋，唤了一声："沈肆……"

"哐当"一声药瓶坠地的声音，沈肆几乎是有些慌乱地抬头，拉起被子盖住了小腿。

虽然他极力掩饰，可童妍还是看到了地上滚落的止痛喷雾和纱布……

还有那一闪而过的，微微红肿的脚踝。

寒冷的冬夜，童妍愣在门口，心都凉了。

"左脚怎么了？"她紧张地向前走去。

"妍妍！"沈肆立刻严肃起来，赶她回去，"妍妍，回房去睡觉。"

童妍怎么可能丢下他回房睡觉？

"我看看，好吗？"她想要掀开被子。

沈肆却死死地按住，哑声道："乖，听话。"

童妍看着他，眼里有水光闪烁，咬着唇说："沈肆，你连这种事也要瞒着我吗？"

她帮不了沈肆太多，但至少不想再看到他一个人躲起来舔舐伤口。

他也是人，也需要温暖和依靠。

沈肆在她的坚持中败下阵来，抿唇片刻后，松开了攥着被子的手。

童妍小心翼翼地掀开被子，沈肆不自在地缩了缩脚，眉头皱得很紧。

他的脚踝果然红肿得厉害。

童妍想起了许知书之前在电话里说的事，心里不由得酸涩，蹲身问道："是之前的伤，对吗？"

沈肆没有否认，舒展眉头，看着她浅浅地笑："别怕，不疼的。"

这样的笑令童妍心疼，她想：怎么可能不疼呢？

她后悔，也自责。

沈肆每天训练到那么晚，她来不及撑到他回来就睡着了，都没有发现他左脚早已旧伤复发。

"别哭，妍妍。"沈肆抬指擦了擦她湿润的眼角，有些无措。

别的运动员每比完一场，都有很长的时间休息调整。但他这几个月为了拼成绩，几乎是马不停蹄地比赛、比赛、再比赛，这样的强度就算是没受过伤的人也承受不住。

今天第一轮预赛晋级后，他就感觉左脚有些不对劲，忍着疼痛下场一看，才发现肿成了这个样子。

他特意回来得晚一些，等童妍睡着了才躲回房间上药，就是不想让她担心。

却没想到，还是被她发现了。

童妍吸了吸鼻子，拿起地上散落的药水喷雾，轻声说："我帮你上药。"

冰凉的药水喷雾落在脚踝上，又被她用温软的手掌一点一点按摩推开，灯光下，童妍湿润的眼睫一颤一颤的，分外认真。

地上冷，沈肆没舍得她蹲太久，单臂拉起她道："好了，可以了。"

童妍满手刺鼻的药水味，闷了半晌，终是轻声说："沈肆，咱们不比了好不好？"

比起荣誉头衔，她更希望沈肆健健康康的。

沈肆想了一会儿，才温声说："妍妍，看着我。"

冷峻的男人几乎将所有的温柔都给了她。童妍依言抬头，眼眶还有点红。

"学习武术、拿世界冠军并不仅仅是我一个人的梦想，我必须抓住这个机会。过程虽然很艰难，但只要有你在身边，我就无所畏惧。"

他耐心地低声告诉她："所以，谁都可以劝我放弃，只有你不可以。"

"可是，你那么疼……"

她的心也跟着一起疼，恨不能替他分担一二。

"嘘。"沈肆拇指摩挲，轻轻按在她颤抖的唇上，眨着眼说，"女朋友抱就不疼了。"

哄小孩子呢？童妍又羞又恼。

但她还是顺从地环住他的脖子，附带一个柔软的亲吻。

第二天，童妍请了一天假去看沈肆最后一轮选拔赛。

因为是队里内部的选拔赛，安保并不严格，沈肆只打了声招呼，就带着童妍顺利进入了首都最恢宏的体育中心。

临上场前，沈肆换上了纯白的对襟武服，坐在通道口的台阶上，用绷带一层一层地将红肿的脚踝紧紧包裹好。

童妍走过去，蹲下身帮他把鞋穿好。

她已经很小心地控制情绪了，可低头时还是不小心，让滚烫咸涩的水珠砸在了沈肆的鞋上。

沈肆似乎读懂了她的疼惜和担忧，抬手摸了摸她的鬓发，酷酷地说："男朋友要上赛场了，不笑一个？"

童妍深吸一口气，顿了一下，抬头绽开一个明媚的笑，对沈肆甜甜地说道："加油！"

沈肆眼神柔和地说："好。"

他抿唇站起来，像是一个战无不胜的将军，稳稳地朝候场区走去。

这一场比赛过后，他如果能顺利晋级，基本上就算是预定的世界冠军了。

毕竟真正的强手都在国内，连他们都能打败，国际友人根本不足为惧。

可是，他的脚……

正想着，身后传来一个男音："你男朋友的脚好像伤得不轻吧？"

童妍诧异地回头，看到了一张略微熟悉的面孔：大约三十岁的男人，也穿着天蓝色的对襟比赛服。

童妍想了一会儿才回过神来，这个人她见过。

高三那年武城的全国选拔赛，男子太极拳组，他是备受期望的老将，也是沈肆最强劲的对手。

那年沈肆得了冠军，他是亚军。成绩出来时，他还笑着向沈肆祝贺来着。

见童妍没有搭话,老将笑了笑,看着自己的腿说:"不过,运动员最好不要仗着年轻过分勉强,不然落下终身遗憾就太可惜了。"

童妍十分疑惑:"您和我说这些干什么?"

"也没什么,就是看到那个小伙子,就想起了当年的自己。"

老将从储物柜里拿出自己的运动包,关上了柜门。

走了两步,他又顿住。

想起什么似的,他回过头来,将兜里的一个小瓶子抛给童妍。

童妍下意识接过,看了一眼,不太明白:"这是?"

老将移开视线,背起包说:"美国进口的特效药,他要实在疼得厉害,就吃上一颗,别撑出不可逆的伤来。"

说完,他大步走远。

童妍拿着瓶子看了看,标签和包装都被撕了,只剩个光秃秃的白色瓶身,装着一粒白色的止痛药。

怎么感觉怪怪的?

童妍抿了抿唇,将药瓶揣入兜里,朝着候场的沈肆走去。

比赛马上开始了,童妍握紧手里的小药瓶,紧张地问道:"这样真的没事吗?"

沈肆的脸色有点白,但还是扬起温和的笑来,安慰她:"没事,不要怕。"

童妍也笑起来,仰着头认真地说:"沈肆,不管结果如何,你都是我的骄傲。"

沈肆捏了捏她的耳垂,然后从小瓶中倒出一颗药丸抛入嘴里,一边嚼碎一边拧开矿泉水瓶盖,仰头灌了几口。

捏扁矿泉水瓶隔空投入垃圾篓中,他转身迎向赛场的灯光,清寒的眼中一片沉静。

队内选拔没有解说员,也没有观众喝彩,童妍是第一次这么近距离观看沈肆的比赛。

这些年来她了解到不少竞技武术的知识,从三年前的一无所知,到现在基本一眼就能认出沈肆的每个高难度动作,仿佛她自己也成了赛场上的一员。

台上的沈肆呼吸,抱拳,起势。

音乐舒缓,他的动作游刃有余,极具力量美。可是只有童妍知道,他洒脱漂亮的姿势下,忍受着怎样钻心的痛楚。

转身击响腿时拉扯到左脚肌腱,沈肆的眉头骤然皱紧。

311

在场下观战的童妍攥紧了手指。

来不及思索，音乐节奏加快，一套腾空飞脚、腾空摆莲，D级高难度动作接连完成，沈肆的脸色已经肉眼可见地变得苍白，抿紧的唇没有一丝血色。

连接动作时，他的身形几不可察地一顿。

童妍咬唇，一瞬间心跳停滞。

好在沈肆很快便稳住了身子，没有造成大的失误。

收势，行礼，从场上下来时沈肆一个踉跄，童妍下意识跑过去扶住了他。

沈肆看起来瘦，其实身上全是紧实分明的肌肉，童妍被他沉重的身子压得一个趔趄，咬牙稳住了。

接触到沈肆紧绷的身子，童妍才知道他现在的状态有多糟糕。

他额头上全是冷汗，额发都湿透了，嘴唇苍白如纸，粗沉的呼吸在不可控地颤抖。

童妍的鼻子一下就酸了，忍着泪问："沈肆，你怎么样了？"

"没事，扶着我去一旁休息。"

沈肆几乎将话语磨碎了，一个字一个字艰难地从齿缝中挤出来。

童妍知道他是不想让别人看出自己的异常，怕伤势太严重导致无法参赛，所以才咬牙硬撑。

都走到这一步了，他不可能服输。

童妍嗓子哽了哽，努力撑起笑来，握着他的手说："好。"

她将沈肆扶去一旁的休息区，眼里是隐隐的担忧："要不要上药？"

沈肆摇了摇头说："等成绩出来。"

童妍哪还有心思在意比赛成绩？

她眼睛都红了，低头看着坐在椅子上的冷峻青年："我能做点什么呢，沈肆？要怎样才能让你好受一点？"

沈肆勾起一抹有些苍白的笑，伸手捏了捏她的耳朵说："那就……给我拿瓶水过来。"

沈肆很少笑，可他每次笑起来，都特别让人心疼。

童妍用力地点点头，没有去拿一旁箱子里的矿泉水，而是走到走廊边，从饮水机里打了一杯温开水。

打水的时候她瞥见走廊拐角处有人，等她望过去，那抹熟悉的天蓝色身影又消失不见了。

比赛成绩很快出来。

沈肆以太极拳组第二名的成绩，顺利进入了国家武术一队。

一队十六人都是全队的精英所在，也是即将代表国家参加国际赛事的队伍。

看到成绩公布时，童妍高兴得一把抱住了沈肆。

她知道沈肆有伤，这还不是他最好的成绩。沈肆的未来远比现在要精彩夺目！

但还没高兴多久，负责选拔考核的总教练就走了过来，身后还有两个检查员打扮的男人。

以及之前那个给童妍药瓶的老将——隋超。

"刚才的成绩暂定，沈肆，你跟过来一下。"总教练的表情特别严肃。

"为什么？"童妍起身问。

教练沉声说："有人检举沈肆服用禁药，需要他配合做一下药检。"

每场世界级比赛，运动员代表的都是国家的脸面，他们绝对不允许队员中出现这种违规舞弊的败类。

童妍看了一眼教练身后的隋超，心里已经有底了。

他明知那是违禁药品，却还想借童妍这个外行的手给沈肆，不是帮他，而是要害他！

因为他知道沈肆的成绩很有可能在他之上，而每个项目都有人数限制，所以他才想出这种阴招，为的是将沈肆踩下去！

亏他还装出一副老实本分、关心后辈的样子，竟然也是这样肮脏下作的人！

童妍气得不行，想说些什么，沈肆拉住了她的手。

他似乎早料到了这一刻，脸色平静地说："我跟你去。"

等待结果出来的时间异常漫长。

童妍站在监测点外，脸上一贯的笑意也没了，看着隋超冷声说："你做这种缺德事，就算赢得了上场资格，又有什么光彩的呢？"

隋超不自在地移过视线，说："是他自己求胜心切，怪我干什么？"

这种人留在国家武术队，真是玷污了这支神圣的队伍。

童妍冷冷地说道："希望你不要搬起石头砸了自己的脚。"

检测结果出来了，各项指标均显示阴性。

沈肆根本没有服用违规禁药。

"怎么可能！"听到检测结果的隋超瞬间变了脸色，慌乱地说道，"我明明亲眼看到他比赛前吃了药，怎么会检测不出来？"

"结果在这儿,你自己看!"

教练白白冤枉了沈肆,心里正烦躁着。他将检测结果甩到隋超身上,冷嗤道:"你也老大不小了,有时间琢磨怎么拉踩嫉妒队友,不如好好琢磨一下你离开国家队后的出路。"

隋超愣怔地看着手里的报告书,黝黑的脸一阵青一阵白,颤巍巍地念叨:"怎么可能,我明明看见了的!怎么可能!"

教练阅人无数,也是一个人精,稍加思考就知道了其中内情。

他换上一副温和点的表情,转身对沈肆说:"刚才的事不要放在心上,回头让队里医生给你把腿看一下,别硬撑着。今年的武术世锦赛还要靠你争光呢!"

沈肆冷冷地点了点头。

教练走了,童妍还站在原地,抿着唇愣怔地看着沈肆。

沈肆靠墙站立,受伤的左脚落地很轻,伸手摸了摸她的头顶:"怎么不开心?"

"开心!"童妍眼里荡开温柔的波光,随即又放轻声音,"也心疼。"

她看了一眼沈肆身后,那个隋超已经不在了,只剩下几张检测报告散落在地上。

童妍走过去,将检测报告一张一张捡起来,叠整齐,冷哼道:"算他跑得快,居然敢陷害你!"

沈肆的目光沉了沉。

"妍妍,在这儿等我一下。"他说。

童妍立刻拉住他,问:"上哪儿去?"

沈肆动了动嘴角,俯身与她平视,低声说:"厕所。"

童妍有些不好意思,立刻松开了手:"那你小心点脚,慢些走。"

沈肆温声说"好"。

转身的瞬间,他脸上的笑意消失不见,眼底落了深沉的阴翳。

隋超换了衣服,匆匆收拾好运动包准备离开场馆。

刚从更衣室出来,他就见一拳带着凌厉的风响砸了过来。

隋超毕竟也是武术运动员,反应灵敏,立刻抬手挡了一下。那一拳结结实实砸在他的手臂上,巨大的冲力使得他连连后退,后背狠狠地撞在冰冷的墙壁上。

隋超的手臂颤抖着,钻心剧痛,连抬起来的力气都没有了。

他有些惶恐地看着面前的年轻人,那种无数次"真枪实拳"中厮杀练就出来的强大气场,压得他几乎喘不过气来。

这才是这个年轻人场下真正的实力,一招一式的凶狠力量,根本不是他这个练花架子的套路运动员能比的。

隋超不甘心,涨红了脸艰难地说道:"为什么?我明明看见你吃了药。"

沈肆冷冷地审视他,问:"你怎么知道我吃的就一定是你给的药?"

"那个小姑娘……"似想起了什么,隋超一顿,"她没有把药给你?"

看上去单纯好骗的小姑娘,竟然有这么强的警觉性吗?

沈肆满眼凉薄。

没想到一诈就诈出来了,这么蠢还玩什么心计?当时童妍的确将药瓶给了他,毫无隐瞒。

"那个穿天蓝色比赛服的男人给了我一瓶药,说让你疼的时候吃上一颗。"

童妍虽然不是运动员,但跟着沈肆这么久了,也了解一些常识,不至于这么没有戒心。

她一脸很担心的样子,握着兜里的药瓶悄悄说:"你放心,我知道运动员对药物要求很严格,尤其是这种对手给的,连标签都没有的止痛药。不过沈肆,你在队里一定要小心点,我觉得那个人没安好心。"

沈肆一听这话就冷了脸色,对童妍道:"瓶子给我看看。"

童妍悄悄将瓶子递给他。

沈肆打开瓶子,闻了闻里面的白色药丸,皱起了眉头。

"但愿是我多疑了。"童妍看着沈肆的脸色,怕影响他比赛的心态,忙道,"我们还是把它扔了吧。"

"等一等。"沈肆按住童妍的手,眸中一片晦暗,沉声说,"妍妍,要不要陪我演一场戏?"

他索性将计就计,将药换成普通钙片,引隋超出手。

更衣室旁,听到真相的隋超脸色一片灰败,嗫嚅着问:"既然不吃药也能晋级一队,你为什么还要引我出手……呃!"

话还没落音,他衣领就被攥住,呼吸一窒。

沈肆单手轻轻松松将他按到墙上,目光冰冷地说道:"我怎样无所谓,但你千不该万不该,拿药骗我女朋友。"

要是童妍真的毫无防备地将药给了他,之后酿成什么后果,沈肆无法想象她会自责崩溃到什么程度。

所有欺骗和伤害童妍的人都该下地狱。

隋超任由沈肆攥着衣领，扯出一个颓唐灰败的笑来。

"我很抱歉，但我……真的没有办法。"

他喏嚅着，红着眼睛说："我今年三十岁了，国内奖项拿了不少，可每次选拔赛都是陪跑，除了一身伤痛，什么国际奖项都没有拿过。我已经到了退役的年纪，再上不了一队，我就再也没有机会了。"

"有时候我也羡慕别人，体育明星可以有那么高的曝光和人气，上综艺、拍节目，所有人都尊敬他、爱护他。可是我们，我们这样的运动员，不参加奥运、世锦赛这样的大赛，谁会记得我？下了赛场走入人群，都没人认识我是谁。"

说到这里，隋超的眼泪流了下来："武术是我们的国粹啊！队里八十个人，随便拎一个都有世界冠军的水平，谁都可以成为世界冠军！凭什么你长得好、人气高，你年轻能扛，队里就让你去？而我……我只能做十年陪跑，万年候补？"

沈肆听他说完，清寒的眸子里没起一丝波澜。

"有个人曾告诉过我，学习武术不是为了有能力去争抢，而是有能力去守护。"

沈肆的目光像是穿越回遥远的过去，回到儿时最无忧无虑的那段时光，爽朗憨厚的男人用粗糙的大手抚摸他稚嫩的头顶。

沈肆眸光沉沉，嗤笑道："心脏了，还配谈什么武术？"

他松开手，隋超颓然地倚着墙壁滑坐下去，满脸羞悔的泪水。

沈肆头也不回，厌恶似的擦了擦刚才揪着隋超的那只手，从晦暗逼仄的世界，走向光线明朗的走廊尽头。

童妍还乖乖在原地等他，见到他出来，抬头绽开一个明媚的笑容："好了吗？"

阴寒霎时间褪去，沈肆走到耀眼的光下，和她一起并肩。

他顺从地握住她伸来的手指，"嗯"了一声说："好了。"

接下来的几天，沈肆都在家里养伤，顺便把之前因为比赛落下的课程和论文补一补。

他在家养伤的时候，霍钧二审的结果出来了：驳回上诉，维持原判。

死缓，他这辈子都不可能出来了。

而且听说那个陷害沈肆的隋超退队了，不知道去了哪里。

不过这样心术不正的人只是个例，童妍冷哼：算是他咎由自取。

算得上双喜临门，值得庆祝一番。

周末童妍出门买菜，沈肆非要跟着一起去。

童妍哭笑不得地把还拄着拐杖的男朋友按回沙发上,说:"你就乖乖休息学习吧,之前照顾了我这么久,也该换我照顾你一次啦!"

沈肆抿了抿唇,还想站起来,被童妍压着肩膀不让动。

"乖乖的,我去买蹄筋回来炖,对脚伤好。"童妍哄着,在他脸上亲了一口。

沈肆眼睫轻颤,这才勉强坐下,叮嘱道:"要下雪了,戴好围巾和帽子。"

"好,戴着呢!"童妍应着,推开门走了出去。

平时的饭菜都是沈肆做,童妍最多陪他逛个超市什么的,基本十指不沾阳春水。头一回单独出来买菜,超市里没有新鲜蹄筋,她只好又跑去拥挤嘈杂的早市。

折腾了两个小时,总算把东西买齐了。

她提着两个袋子回家,刚要开门,就见门从里头打开了。沈肆穿着齐整的风衣,戴着围巾,曲着左脚站着,一副正准备出门的着急样。

"你去哪儿?"童妍眨眨眼问。

见到她,沈肆的神色稍缓和。

半晌后,他低声问:"我给你发信息怎么没回?"

"啊,是吗?"童妍放下手中的采购袋,掏出兜里的手机一看,果然有七八条消息。

一开始是半个小时发一次,问她到哪里了,能不能应付。

后来见她一直没回,消息就频繁起来,大概是担心她出事。

所以,他穿成这样,是准备拖着一条伤腿出门找她吗?

"大概市场太吵了,我没听见。"

童妍心中涌起一阵暖意,软声说:"抱歉啦,沈肆。"

沈肆又将外套和围巾解下来,捋顺她被风吹乱的额发,说:"道什么歉。"

他弯腰,轻轻松松将两袋沉重的食材提了起来。

"哎,我来我来!"童妍忙关门进来,"你伤还没好呢!"

沈肆一向挺有男友力的,将她轻轻推开一些,不让她提重物。

童妍叹了一口气,只好小尾巴似的跟在身后念叨:"东西我整理,午餐我来做,不许你插手。"

不许沈肆插手的结果,就是她对着电子食谱手忙脚乱。

"少许盐,少许糖,少许胡椒……"

这个"少许",似乎是中国人神秘的计量单位。

中途沈肆不放心,想进厨房帮忙,被童妍神色严肃地推了出去。

捣鼓了几个小时，总算把两菜一汤弄好了，都是有助于沈肆旧伤恢复的食材。

"嗯……卖相可能不是很好，但味道还不错，我尝过了的。"

童妍系着粉白色的围裙，大大方方地邀请沈肆坐下，给他盛了一碗清炖蹄筋。

沈肆接过碗，抿了一口。

"怎么样？"童妍眼睛亮亮的，立刻紧张地问道。

沈肆一口一口将蹄筋吃得干干净净，抿着唇浅笑："很好吃，妍妍。"

童妍立刻高兴起来，忙了一上午，什么都值了。

"但是，"沈肆抬头看她，替她抹去脸颊上沾着的一点油渍，轻声说，"我还是希望，以后由我做饭给你吃。"

童妍的手那么白嫩，一看就知道是养尊处优的少女。

而他从小就习惯了照顾家人，更舍不得她吃苦。

童妍眼睛弯弯，解了围裙坐在沈肆身边："那你可要快点好起来呀。"

本届世锦赛在海市举行，中国是东道主。童妍那一阵子刚好碰上各种考试，还来不及和沈肆见上一面，他就要随国家队提前去海市熟悉场地了。

等期末考试告一阶段，童妍马不停蹄地买了机票飞往海市。

沈肆人生中第一场国际赛事，她绝不能缺席。

下飞机时已经是下午一点，时间特别紧。

上午是世界武术锦标赛的开幕式，下午比赛才正式开始。

沈肆的枪术是第一场，现在距离比赛不到一个小时。童妍背着书包，一边看表，一边顺着人群匆匆往通道外走。

"小童，这里！"许知书牵着沈敛站在隔离栏外，朝她挥手。

"姐姐！"沈敛长高了不少，还是虎头虎脑的，手还努力举着写了童妍名字的纸板。

"许师兄、小敛。"童妍有些惊喜，小跑过去摸了摸沈敛圆圆的脑袋，"你们怎么会在这儿？"

"小肆把你的航班号告诉我了。"许知书笑道，"那小子一个中午看了十几遍手机，就怕你半路走丢了。"

童妍也笑了起来。

别看沈肆平时一副冷冰冰的模样，好像刀枪不入、无所不能，其实私下里挺黏人的。

童妍总觉得是他家人相继去世的原因，在感情方面，沈肆偶尔会有点缺乏安全感，挺让人心疼的。

许知书去停车场把车开了过来。

童妍给沈敛带了一份礼物，是B市博物馆推出的恐龙周边系列扭蛋。小孩儿果然特别喜欢，连着软声说了好几句"谢谢姐姐"，抱着礼物盒子爱不释手。

到了场馆，枪术组的决赛已经开始了。

检票进去，观众席和候场区是上下隔开的。入了场以后童妍才发现人很多，比之前任何一场比赛都多，来自世界各地的观众都有，观众席上到处都挥动着小红旗和各国国旗。

这是她第一次看到竞技武术被这么多国家的粉丝关注。

下方候场区，各国运动员正在交谈热身。童妍手握小红旗，俯身趴在二楼观众席的栏杆上，一眼就瞧见了在一旁做着准备动作的沈肆。

他没什么表情，有种独立于喧闹外的疏离冷峻，淡淡地看着台上日本选手的枪术动作。

那名日本选手童妍认识——之前在省队见过的虎牙男孩，龙宫悠二。

许知书接了个电话，回来时神色有些凝重，皱眉看着台下的龙宫悠二。

童妍看了一眼许知书沉沉的脸色，问道："师兄，怎么了？"

许知书迟疑了两秒，还是选择说实话，朝抱拳下场的龙宫悠二抬了抬下巴："那位日本选手的自选动作，几乎和沈肆设计的一模一样。"

童妍心里咯噔，雀跃之情渐渐淡了下来。

"怎么会？自选动作都是按照运动员自身的优势量身设计的，日本……"

似想到什么，童妍咬唇："我知道了，日本队曾经和沈肆在一个省队交流学习过。"

所以有极大可能，是对方模仿了沈肆的招式。

"这也是没办法的事，毕竟沈肆的枪术一直是同龄人中的标杆，很多自选动作都设计得特别漂亮，难免会被人盯上。"

说到这儿，许知书眯着狐狸眼冷笑一声："我说怎么日本选手敢和我们国家队的正面刚呢，原来是盯着沈肆偷师两年，早有准备。"

童妍听沈肆提过，这种世界级武术比赛，其他国家的运动员都会默认避开中国队，尽量不会与中国选手参与同一项目的角逐。这样一来，其他国家才有得奖的可能。

龙宫悠二在明知沈肆报了枪术的情况下，依然选择了枪术，可见他的确有自信。

"能不能换自选动作？"童妍问。

"就是这点麻烦。"

许知书解释："自选动作都是提前一个月上报审核的，不能临时更改。少一个动作、多一个动作，都是重大失误。"

童妍说："会影响沈肆发挥吗？"

"很难说。"

许知书始终捏了一把汗，压低嗓音说："日本队抽的签号在前，同样的动作再来一遍，沈肆并不占优势。"

仿佛印证他的话，电子屏幕上亮出了龙宫悠二这一场的综合评分：9.70。相当高的分数，暂居第一。

龙宫悠二朝着观众席握拳呐喊，日本队的亲友团和粉丝们疯狂鼓掌，场上挥动的白旗特别扎眼。

这种情况下，中国队的粉丝难免有点士气低迷。

下一位上台的选手是沈肆。

童妍望向台下的沈肆，许久，轻而坚定地说："师兄，我相信沈肆。日本选手模仿得再好，也只是复制品，不可能超过原创。"

说来也巧，像是有感应似的，沈肆忽地抬头，目光穿过嘈杂的人群，稳稳地落在童妍身上。

四目相对，时间仿佛有一瞬间定格。

童妍眼里荡开笑意，朝他挥了挥手里的小红旗。

沈肆嘴角有一瞬间的柔和，眸色沉静。

目光交织，千言万语化为会心一笑。那一刻，偌大的场馆内似乎只剩下他们彼此。

沈肆拿起了训练长枪，稳步走上了台。

作为第一位出战的中国选手，在场所有人都屏住了呼吸。

抱拳行礼，枪尖指地。

不知道是谁先领头助威，场上自发地响起一阵又一阵"中国队，加油"的呐喊声。

沈肆一改刚才的内敛沉静，整个人的气势像是出鞘的利刃一样，动作迅猛刚烈又极具美感。

空中转体下落,旋风脚720马步,每个动作都又飒又稳!

明明和龙宫悠二是同样的招式,可即使外行人看也能看出他们之间极大的不同。沈肆是雪原上凛冽的风,是漠漠黄沙中单枪匹马在敌阵中厮杀的少年英雄,那种深深刻在骨子里的飒爽自信,是外国人无法理解的中国式浪漫……

这才是那个赛场上的沈肆,恣意,强悍,所向披靡。

一时间场馆里只听得见长枪挥舞的呼呼风声。

一场比完,沈肆眸中的锋寒敛去,胸膛起伏平复呼吸,然后抱拳下场。

成绩很快出来了。

电子屏闪动了一下,然后亮出耀眼的 9.85 分。

童妍的心跳骤然停歇,继而热血一股一股上涌,染红了她的脸颊。

沈肆的签号靠后,除非奇迹中的奇迹,否则后面的两位运动员根本不可能超越这个分数!

场馆内安静了几秒,立即响起山呼海啸般的掌声。

"这将是中国队的首金!"

解说员在广播中声嘶力竭地呐喊:"让我们恭喜这位年仅二十一岁的世界冠军!两年沉寂,一战封神!"

两年沉寂,一战封神!

不知道为什么,听到这句话的童妍湿了眼眶,场馆内的灯光像是化为虚影,晕散在潋潋的眼波中。

只有她知道,这条路沈肆走得有多艰难。

"沈肆第一!"

"哥哥是冠军!"

童妍完全失去了理智,高兴得像个小孩子似的,和沈敛紧紧地抱在一起。

反正周围都是同样疯狂热血的人,没人在乎她的失态。

沈肆淡然地走到休息区喝水,抬起头时眼睛望向观众席的方向。

成千上万名观众,他的眼里却只看得见那抹夹在洪流般的人群中,小而坚韧的身影。

隔着这么远的距离,沈肆也能感受到她眼里藏不住的自豪,那么温柔,那么耀眼。

他终于做到了,他成了童妍的骄傲。

龙宫悠二偷师不成蚀把米,只好强撑着笑,上前和沈肆握手祝贺。

沈肆不喜欢拍照，上台领奖时，国家台的摄影师要求冠亚季军拿起奖牌拍一张合照，沈肆全程没什么表情，特别高冷。

摄影师很尴尬，快门按也不是，不按也不是。

世界冠军，怎么一副冷冰冰不耐烦的样子？

童妍看得好笑，眨了眨湿润的眼睛，拿出相机调好焦距，准备给他拍一张私藏照。

沈肆看到了她在二楼拍照的身影，目光一顿，下意识勾起嘴角，眼里荡开极浅的波纹。

童妍和摄影师同时按下快门，抓拍这一抹惊艳的瞬间。

拿了奖牌下来，各方记者追着沈肆围堵采访。

沈肆脚步很快，哪怕是国家台的记者他也没卖多少面子，简单应付了两句就挤开话筒道："麻烦让让。"

还有些记者不肯让开，他就皱起眉头，直接说："我要去见女朋友，麻烦让一下。"

这还是第一次，有运动员在镜头下直接说"要见女朋友"而拒绝采访的。

几个女记者眼里冒光，俱是笑着捂住了嘴，一脸吃到了糖的表情。

这一幕被转播到大屏幕上，许知书戏谑地朝童妍眨眼睛。

童妍脸颊通红，用手背贴着脸颊，嘴角的笑却怎么也压不下去，眼睛弯弯地看着沈肆排除阻挠朝她走来。

当沈肆在眼前站定时，童妍坐在观众席上仰起了脑袋。

高大的青年背后映着亮白夺目的灯光，身前挂着金灿灿的金牌，就这样平静而温和地注视着她。

拿奖的第一时间，他不是在镜头前夸夸其谈，也不是去找师兄、弟弟庆祝……而是半蹲在她面前，以一副虔诚淡然的姿态，将胸口的国家队徽章别在了童妍的羽绒服衣襟上。

那是他的心脏，是他的荣光。

完了，脸要爆炸了，心跳快要撞破胸膛。

童妍捂着胸口那枚小小的徽章，仰着头一眨不眨地看着沈肆，脸颊像是三月绯红的桃花。

亲昵而自然的动作，周围的观众都笑了起来，自发地鼓掌祝福。

这一幕自然也被摄像机捕捉到，成了世锦赛上一个甜得冒泡的彩蛋。

四天的比赛很快结束，沈肆为国家队夺得了两枚金牌，人气暴涨。

童妍打开给沈肆设立的微博账号时，被直线疯长的粉丝数和私信给吓到了。

托沈肆的福，童妍也在网上小火了一把，那张"我要去见女朋友"和"别徽章"的动图转发超过了万次。

还有人把三年前"送金牌"的那张背景板动图也给扒出来了，网上发出一片起哄的尖叫声。

"世界冠军又帅又深情，这是什么言情男主人设！"

"救命！没想到过了三年，我还能等到他们的后续！"

"高冷冠军和甜美少女，嗑到了嗑到了！"

但不管网上讨论得多么激烈，关于沈肆和童妍的家庭背景，没有一个人能扒出来，也没人敢扒。

即便有两三个涉及隐私的帖子，也会被立马删除，消失在更迭的信息中。

今天队里举办庆功宴，沈肆请假没去，偌大的酒店里只有他和童妍两个人。

童妍躲在沈肆的房间里，看着不断刷新的微博消息，嘴角跟焊住了似的往上扬。

沈肆从浴室出来，脖子上挂着毛巾，走过来看了一眼，问："看什么？"

"看网友给我们俩创作的衍生作品。"童妍大方地将手机给他看，拿起枕头挡在鼻子下，笑吟吟地说，"别说，我自己都被甜到了。"

沈肆嘴角微动，手撑在床垫上，俯身亲了亲童妍带着笑意的眼睛。

他眼里像是藏着话：想吃糖去网上干吗？本人就在眼前，多甜都管够。

童妍抬起下巴，任由沈肆将带着湿润水汽的吻落在她的眼角和鼻尖。

"沈肆，全世界都在祝福我们呢。"

童妍眨着眼，伸手攀着青年宽阔的肩，柔声开口："我觉得特别特别幸福，真的。"

沈肆看着她水灵澄澈的眼睛说："我也是。"

童向阳打来视频电话。

童妍想了想，她现在已经成年了，有些事迟早是要向父母坦白的，而她也有能力承担一切责任。

童妍下定决心，抿唇看着沈肆："我爸打来的视频，我接通了哟？"

沈肆抿唇，起身说："那我回避。"

"不用，回避什么？你是我男朋友呀！丑媳妇还要见公婆呢，何况这么帅的男朋友，见见岳父怎么啦？"

说着，童妍按下了接通键。

沈肆立刻从床上弹起来，躲到洗手间去换衣服。

他在周阿姨眼里的形象已经够糟糕了，绝对不能穿成这个样子出现在两位长辈面前！

童妍还是第一次见他这么紧张仓皇的样子，不禁觉得好笑。

视频响铃超时，已经自动挂断了。

童妍寻思着要不要回个电话，干脆向爸妈坦白请罪算了。

她还没想好措辞呢，童向阳的信息就发了过来。

一张动图，记录的是前两天第一场比赛后，沈肆蹲身给她别徽章的画面。

她与沈肆笑着对视，眼神里是掩盖不住的甜蜜。

童向阳：在 H 市吧？小没良心的，还瞒着你爹呢？

童向阳说：我刚和你妈商量过了，这种事必须当面说。你看小沈寒假有没有时间，叫他过来，一起吃个饭。

提前暴露了！

童妍摸不清父母是个什么态度：是默许了，还是像两年多前一样，想尽方法让他们分开？

一切都是未知数。

沈肆换好衣服出来，见她坐在床上出神，就低声问道："怎么了？"

童妍把手机给他看，小声问道："你想去吗？"

沈肆看出了她眼底的小心翼翼和期许。这个善良温暖的姑娘，既怕他受委屈，又想牵着他的手骄傲地站在父母面前。

沈肆的目光不由得一软，伸手揉了揉童妍的额发，"嗯"了一声说："不知道阿姨喜欢什么，回头我去准备。"

童妍眼眶一酸。

她知道，自己的妈妈曾带给沈肆很多阻力和不美好的回忆。可即便如此，沈肆依旧毫无怨言。

他不是真的不在乎，也不是真的不曾难受过，而是因为爱她，所以才甘之如饴。

想到这儿，童妍抱住沈肆的腰肢，将脑袋轻轻搁在他的肩上。

"不要怕，沈肆。"她说，"这次我保护你，好不好？"

窗外映着薄薄的冬阳，沈肆垂下眼睑，在她的颈窝低喃："好，有劳妍妍。"

沈肆之前参加比赛落下了两门考试，教授特意允许他延迟一周考试。

沈肆听完只是淡淡地说："三天就可以了。"

"这两门考试挺难的，你这么久没来上课，三天怕是不行吧！"孙教授笑眯眯地看着面前这个文武兼备的年轻人，问道，"这么着急考试，是赶着回家吗？"

青年清冷的面色缓了缓，语气中有了温度："是的，孙教授，我女朋友还在等我。"

虽然只多了三天的复习时间，但沈肆补考的分数照样不比天天上课的学生差，甚至还要好上一大截。

第十三章　朝朝暮暮

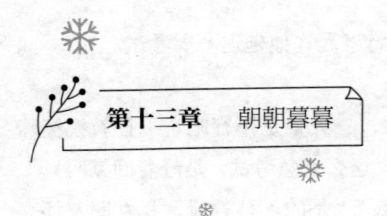

元月十七，童妍和沈肆一起回了 C 市。

沈肆送童妍回家，就像高三那年一样。

路灯下，童妍踢着小石子儿，磨蹭着不肯立刻上楼。

清冷的少年长成了英俊的青年，可他看向她的目光，还是三年前那般安静柔和。

"明天晚上六点，你要记得来。"童妍轻声叮嘱。

沈肆颔首："好。"

没什么好说的了，童妍笑着从他手里接过行李箱，摆摆手："那我上去啦。"

沈肆将准备好的礼物一起给她，说："这个给周阿姨。"

童妍都不知道他什么时候准备的这些，疑惑地说道："明天你亲自给她不是更好吗？"

沈肆说："明天有明天的份。"

童妍明白了，沈肆大概觉得周娴女士最难搞定，所以是打算加强攻势呢。

"还有什么忘了给我？"

童妍咬着下唇笑，纤长的眼睫一抖一抖，提醒他："不打算抱一下女朋友？"

沈肆笑了，垂首向前，给了她一个用力的拥抱。

千言万语，都化在这个安静的拥抱中。

童妍在沈肆的注视下进了电梯。

上楼打开门，她费力地把行李箱挪了进来，脆生生喊道："爸爸、妈妈！我回来啦！"

"闺女回来了？"正在看电视的童向阳立刻起身，高兴地说道，"哟，这么沉的箱子，怎么不叫爹下楼帮忙？"

"不用，我自己能搞定！"

童妍脱了鞋子进门，提着礼品袋，对正坐在沙发上看教案的周娴道："妈妈，这是沈肆给你……"

话还没说完，就见周娴冷着脸放下了手中的书本，起身进了厨房。

童妍将礼品袋搁在茶几上，悄悄拉了拉童向阳的衣袖："亲爸，妈妈现在的怒气值是几个度？您告诉我一声，我好有个底。"

"什么怒气？她就是拉不下那个脸。"童向阳努努嘴，"知道你要回来，她老早就在炖桃胶银耳羹了，就等着你回来喝。"

童妍走到厨房去，脸上挂着笑，试探着唤道："妈妈？"

"别叫我妈，我不是你妈。"周娴将热腾腾的桃胶羹搁在餐桌上，语气硬邦邦的。

周娴严厉起来还是挺慑人的，但再严厉，有些话也要说出来。

童妍舔了舔下唇，上前一步坦白道："妈妈，我的确和沈肆在一起了。这一步我们走了两年，我真的很喜欢他的勇气和担当。但您和爸爸同样是我生命里最重要的人，无论我有多喜欢沈肆，要是没有你们的祝福，我和他都不会开心的。"

周娴立刻打断她："不是……妍妍，你非得这时候硌硬我是不是？"

"妈妈，沈肆十一岁失去了父亲，十四岁失去了母亲，十八岁回到霍家，二十岁让他那恶贯满盈的生父受到了法律的制裁……和普通孩子相比，他的确有着不完美的家庭，承受了太多危险，但他始终没有让我受到过一点伤害。"

童妍叹了一口气，看着周娴僵硬的背影，轻声说："他是什么样的人，两年前您找他谈话时就应该明白了。如果不是真心爱着我，他怎么舍得乖乖将我送回您的身边，而一个人去解决危险？"

"从一无所有到世界冠军，命运已经给了他太多磨炼。妈妈，我们能不能……就别折腾他了？"

周娴捂着嘴，深深地呼吸。

过了许久，周娴压着疲惫的嗓音，正色道："妍妍，你叫妈妈怎么放心？"

"妈……"

"妈妈当初对他说过那么过分的话，逼他离开你，他怎么可能不记恨？"

周娴转过头来，一向强势的女人红了眼眶："他那么恨他的生父，甚至将他生父送进了监狱。以后有一天你们吵架了，他想起妈妈之前做的那些事，如果也报复你可怎么办？对你不好又怎么办？"

周娴一向干练强势，同事赞美，学生敬畏，走路的脚步声都是干净利落的。

童妍只见过她两次示弱，一次是初中母女关系紧张的叛逆期，一次是现在。

站在周娴的角度，童妍能理解她的担忧。毕竟不是每一个从天堂跌落深渊的孩子都能保持善良阳光，不被社会扭曲性格。

或许在周娴看来，自己只是一个有着圣母情结的傻姑娘。可只有童妍知道，她和沈肆之间从来都不是谁拯救谁的关系，而是念念不忘必有回响，是两个灵魂温暖慰藉的双向奔赴。

如果说，好的爱情是能够成就彼此，那她和沈肆问心无愧。

童妍和周娴聊了很久，她们有很久没有这样心平气和地谈过了。

回到房间以后，她才发现手机上有几条沈肆发来的未读信息。

一个小时前，他问：到家了吗？

沈肆：妍妍？

这条信息后面难得带上了问号，比平时更加生动。

最后一条是二十分钟前，他说：早点休息，明天见。

童妍赶紧回了过去，解释道：不好意思啊沈肆，刚刚在和我妈聊天，没看手机。

没过几秒，沈肆的信息就回了过来，问：聊了什么？

童妍：就感情的事啦。

童妍想了想，又补充道：妈妈有点介意她当初私下找你的事，怕你怨她，影响我们之间的感情。

沈肆：不会。

顿了一会儿，沈肆回复：不要因为我和阿姨吵架。

他努力维持关系的样子特别迷人，有担当，够坦荡，这也是童妍喜欢他的一个重要原因。

童妍：没有吵架！

童妍眼里映着屏幕的光，抿着笑飞快地敲字，真的很想让妈妈看到，我男朋友是一个多么温柔细腻的人。

沈肆没说话，只发了个"摸头"的表情图过来。

童妍扑哧笑了，这张图还是当初她发给沈肆的，没想到他偷偷存了起来。

哎，怎么这么可爱！

因为两个孩子还是学生，没有谈婚论嫁，因此算不上正式见面。

童向阳和周娴就没让沈肆上门，而是在常去的那家餐厅订了个包间。

童妍比沈肆还紧张，落座时不忘叮嘱童向阳："爸，等会儿你别灌他酒，也别拿长辈的架子压他成吗？他脚伤刚好，要禁糖禁酒精的。"

"行啦，你安心坐着！爸爸这么大年纪的人了，还用得着你唠叨这些？"童向阳拉开椅子笑道，"我和你妈就想多了解了解他，对方人品怎么样，一顿饭就能看出来。"

正说着，周娴轻轻咳了一声，眼睛瞥向包间门口。

童妍顺着她的视线望去，顿时一愣。

沈肆穿着深色风衣，西装衬衫一丝不苟，头发打理得很精神，整个人看起来英俊又挺拔，和平时的感觉完全不一样。

周娴和童向阳也有些愣怔。

上一次他们见沈肆，他还是一个穿着蓝白校服的高中生。转眼两年半过去，那个沉默清冷的少年已经长成一个身高腿长的俊朗青年了。

"沈肆！"

童妍忙起身迎上去，用两个人才能听到的声音小声说："你今天怎么这么帅？我都移不开眼了。"

沈肆眼里有浅浅的笑意。

"爸、妈，正式给你们介绍一下！"

童妍大大方方地挽住他的手臂，给两位家长介绍："这是我的男朋友，国家队运动员，世界武术冠军——沈肆！"

沈肆将手里的礼品盒双手递过去，垂眸道："晚辈的一点心意，还请叔叔阿姨笑纳。"

两份礼物，送童向阳的是两支价值不菲的红酒，周娴的是一个首饰盒，印着的商标是挺有名的一个珠宝牌子。

"昨天已经送了礼，今天就不用再送了。"周娴的视线落在女儿挽着沈肆的手臂上，没有接沈肆的礼物。

沈肆就将礼品盒搁在她面前的桌子上。

"小沈这孩子，就是太有礼貌了！下次再这么客气，叔叔可不敢请你吃饭了啊！"童向阳笑着打圆场，将礼品盒搁在一旁的空椅上，"小沈想吃点什么，自己点啊！"

沈肆脱下大衣搭在椅背上，顺手将菜单递过去，说："您点，我都可以。"

童向阳接过菜单，乐呵呵地说："行，那我就看着来了，有什么忌口的你和叔叔说。"

童妍看得出沈肆有点紧张，背绷得很直。

她笑了笑，拉开沈肆身边的椅子说："我坐你旁边。"

她还没坐下，就见周娴的眼刀淡淡地飞过来，严肃地说道："妍妍，坐妈妈这里来。"

"妈，你那里空调太热了，我坐这里舒服。"童妍随口编了个理由，想糊弄过去。

沈肆却是微微偏头，压低声音哄道："乖，去吧。"

童妍只好朝周娴旁边挪了挪。

周娴将他们的小动作收归眼底，眉宇间的沟壑更深了。

傻丫头的性格太软了，明显被沈肆压在下头，这样下去家庭地位堪忧。

想到这儿，周娴清了清嗓子开口："小沈现在在国家队？平时训练很忙吧，能平衡学习和生活吗？"

沈肆将头转向周娴那边，沉声说："还好。赛前会安排集训，平时就在学校学习。"

童妍的眼睛在他们中间看了一圈，心想：哎呀，岳父母看女婿，好浓的火药味！

"那很辛苦。"

周娴用消毒纸巾擦着碗筷，淡淡地问："又在两个不同的城市，还有时间谈恋爱？"

沈肆起身给长辈倒了一杯热茶，面不改色地说："现在确实有点难。"

说着，他看了童妍一眼，将剩下的一杯茶递了过去："但毕业以后，妍妍在哪儿工作，我就会在哪儿。"

童妍伸手接过茶杯，笑得两眼弯弯。

他的嗓音淡淡的，没有刻意奉承或讨好。

正因为如此，才显得格外真诚。

"小情侣在一起，不是空谈理想就能走下去的，柴米油盐哪一样不消磨感情？"

周娴说："我们家妍妍不会做饭菜，我就想她找一个工作稳定的，能照顾她的男孩子。"

"饭菜我来做。"沈肆说。

现在会做饭菜的男孩子不多了，童向阳有些诧异："你会做饭菜？"

沈肆抿了抿唇说："之前照顾家人，会做一些家常菜。"

看似完美的技能，实际上全是生活赐予他的磨难。

330

童妍怕他想起父母，忙插了一句道："沈肆做菜可好吃啦，全天下也就妈妈的手艺能和他一比！"

她这番话既是炫耀沈肆，也连带着把周娴一起夸进去了。

周娴神色稍霁，总算没有板着一张班主任的严肃脸了。

沉默了一会儿，沈肆道："上学时我的表现不是很好，换成我是家长，也不放心妍妍和这样的人交往。所以，不管叔叔阿姨说什么、做什么，我都能理解……"他顿了一下，轻声说，"因为你们和我一样，都是为了保护妍妍。"

一番话将周娴所有的担忧都堵了回去。

她知道，沈肆是想告诉她：当年的事，他并没有放在心上，她可以放心将女儿交给他。

周娴不好再说什么，给童向阳使了个眼色。

童向阳会意，干咳一声道："沈肆啊，还记不记得高三毕业那年在小区外，叔叔对你说了什么？"

沈肆点头："记得。"

他怎么可能忘记？

自己能顺利搜集霍钧违法犯罪的证据、将他送进监狱，有很大一部分得益于当年童向阳从律师的角度给了他足够多的建议。

"爸？"童妍蒙了。

她压根儿不知道，当年沈肆和她见了最后一面后，童向阳还私下找了他。

爸爸和他说了什么？

不会是什么"阻拦两个人交往"之类的交易吧？

童妍看了一眼童向阳，又看了一眼沈肆，忽然有些紧张。

童向阳没有理会女儿的眼神，只起身给自己和沈肆倒了一杯酒，说道："那时我提建议时说过，叔叔是律师，按分钟收费。现在过了这么久，赊的账是不是该兑现了呢？"

沈肆抬头，神色很认真："您开个价。"

他表面淡然，私下里却是在盘算自己的资产能不能支付得起童向阳提出的要求。

世锦赛的奖金还没下来，他卡上的现金不多，除去留给弟弟沈敛的生活费和十八岁前的教育资金，能动的只有不到百万。

实在不行，他名下还有一套房和一辆车……

他正想着，搁在膝盖上紧握的手忽地一暖。

是童妍倾着身子，借助桌布的遮掩，轻轻将手覆在了他的手背上。

她眼里满是懵懂和担心，不知道自己的爸爸瞒着她和沈肆做了什么交易。

沈肆的眼神柔和下来，悄悄反握住她的手指，捏了捏她的小拇指。

温柔而又安抚的力度，那是存在于他们两个人之间的秘密语言。

童向阳沉静且严肃地道："小沈，你考虑好，这笔律师费可不少。"

沈肆知道童家对他有很多顾虑，他以为童向阳会开出一个相当刁难的价格。

"您说。"他眸光沉静，做好了全部交付的准备。

两个年轻人严阵以待，明明什么话都没说，可他们的眼神一样坚定。

童向阳和周娴对视一眼，俱是长叹一声。

"我和你周阿姨不要钱，只要你用往后余生好好爱童妍。不求大富大贵，只要你到老、到死，都不要欺负她，也不能让她受委屈。"

沈肆一愣，倏地抬头。

身边的童妍是同样的震惊。回过神来，她没忍住，酸了鼻子。

两鬓微霜的童向阳举起酒杯，递给沈肆一杯，哑声说："这笔'律师费'将要你用一辈子来还，你敢不敢？"

沈肆抿唇站起来，双手无比郑重地接过酒杯。

他用行动代替了回答。

"亲爸！"童妍眼眶湿润，看向童向阳，"不是跟您说了吗，沈肆不能喝酒……"

"没事，妍妍。"沈肆嗓子微微发紧。

这杯酒他必须喝！

两个男人的酒杯撞在一起，发出"叮"的一声脆响，像是给承诺盖章。

一杯白酒下肚，沈肆眉头都没皱一下，又给自己和童向阳满上，举杯道："这杯我敬您和周阿姨，感谢你们的信任。"

两杯酒下肚，童向阳的脸红了，拍着沈肆的肩膀说："好，好小子！叔叔没有看错人！"

童妍手托腮看着这两个最爱她的男人对饮，没忍住笑着扭头，擦去眼里泛滥的水光。

吃完饭，周娴悄悄将童妍拉到一旁。

"他送的那些东西，你等会儿帮我还回去。"

昨天是一套高档化妆品，今天是进口红酒和珠宝，周娴还没有厚脸皮到可以收这么贵重的东西。

"为什么呀？"

童妍笑着说："那是沈肆的一片心意，您既然接受了他，再还回去不是让他伤心吗？"

"谁说接受了？只是给他一个考察期而已。他要是敢对你不好，别怪妈妈狠心逼你回来。"

周娴嘴上不饶人，不过到底没再提还礼物的事。

"不会有那一天的。"

童妍眼神干净，笑吟吟地说："您和爸爸先回去，我陪陪沈肆。"

沈肆喝了酒，她有些不放心。

周娴还想说什么，童向阳拉了拉她的胳膊，笑道："让年轻人相处一会儿，不打紧。"

周娴张了张嘴，最后只说了一句："你自己有点分寸，早点回家。"

周娴开车带着童向阳走了。

童妍站在路边，轻轻碰了碰沈肆的手："你还好吗？"

沈肆回钩住她的手指，声音微哑道："还好。"

他喝了好几杯白酒，脸色没有什么变化，眼神也还清明，只是眼尾染了点浅浅的红，特别好看。

"那我们散步回家？"她笑吟吟地提议。

沈肆眨了眨眼，微红的眼尾特别勾人，说："好。"

晚上八点半，车流不息，万家灯火灿烂。

他们走过熟悉的街角，熟悉的学校，沿着路灯暖黄的林荫道一直往前。

他们走过长长的坡道，在坡道尽头的路边安静地分享一块红豆饼。

每一缕风都带着他们的回忆，每一缕光都照着他们的未来。

这个长坡冲下来时很爽，但走上去就有些艰难。

童妍穿着厚厚的羽绒服，爬坡爬得气喘吁吁。而沈肆则轻轻松松走在前面一步远的位置，一只手散漫地插在兜里，另一只手牵着她前行。

他的手掌温暖而有力，童妍借着他的力度，爬坡轻松了很多。

两个人的影子斜斜地投在坡面上，她看着沈肆宽厚的背影，忽然笑起来。

沈肆回头，眼睫轻轻一眨，似乎在问她笑什么。

"沈肆，你觉不觉感情的两个阶段，就像这个长长的坡道？如果说'喜欢'是年少时一冲而下的刺激，而'爱'……"

她眼里盛着细碎的光，下巴埋在厚厚的围巾里，柔声说："而爱，则是你牵着我的手，慢慢爬过长坡的此时。"

凛冽的北风穿过坡道，灯影摇曳，撩动沈肆的衣摆。

他停下脚步，转身面对着童妍，那双漂亮微红的眼睛里荡着浅淡的波光。

童妍眨眨眼，还没反应过来，就见沈肆保持着单手插兜的姿势，弯腰吻住了她的嘴唇。

有点淡淡的酒味，童妍感觉自己也要醉了，从心到指尖都热得发烫。

沈肆从她的嘴唇撤离，一向淡色的唇也染了浅淡的绯红，哑声说："爱是你在眼前，朝朝暮暮。"

六月，毕业季。

B大校园里到处都是穿着学士服拍照留念的学生。

湖边柳树下，样貌出众的冷峻青年靠着栏杆站立，将安静的视线投向一旁欢笑留影的人群，似乎在等待什么。

风轻轻撩动，夏日的阳光从树叶缝隙中洒下来，他身上落着斑驳的金光，有种说不出的帅气惊艳。

"哎！你们看，那个男生好帅！"路过的女生压抑着兴奋，疯狂摇晃同伴的胳膊。

同伴顺着她的视线看去，登时翻了个白眼："他呀，你别想了！人家是炙手可热的运动员，Z大数学系高才生，早就名草有主了——青梅竹马的女朋友，在我们学校读书。"

那女生不关心体育新闻，闻言有些失落，又有些不服气："什么女朋友能配得上他这样的长相啊？"

正说着，一道清甜的嗓音传来："沈肆！"

听到声音，那个气质清冷的青年瞬间柔和了目光，下意识起身站直，将飞扑而来的女孩搂入怀中。

宽大的学士服扬起又落下，青年强健的手臂搂着她的腰肢，即便穿着那样宽松的袍子，也能看出她的身材是多么窈窕诱人……

她生着那样一张甜美漂亮的脸，笑起来比六月的骄阳还要耀眼。

路过的女生咬了咬唇,心底的那点不甘被彻底掐灭。

虽然不想承认,但的确只有这样美丽阳光的女孩子,才能和那样出色的男人相配。

湖边的风很轻柔,一点也不燥热。

童妍被晒得脸颊微红,笑吟吟地问:"她们闹着要拍照,等久了吧?"

"不久。"沈肆与她额头相抵,"毕业快乐,妍妍。"

"毕业快乐,沈肆!"

童妍和他互道祝福,又问:"对了,晚上我们寝室吃散伙饭,她们想邀请你一起来。你要来吗?"

沈肆想了想,说:"好。"

毕业的人都玩得比较疯,他得去照顾好童妍。

散伙饭肯定得喝酒,童妍只喝了两杯啤酒就开始上脸了,晕晕乎乎的。

沈肆替她挡了不少酒,眼看童妍的眼神越来越迷离,他抿了抿唇说:"抱歉,妍妍醉了,我得先带她回家。"

说罢,他不等室友们挽留,就弯腰打横抱起童妍,带她离开了包间。

当然,酒水和饭菜钱他都提前结清了。

两个人都喝了酒,没法开车。

沈肆叫了个代驾,把童妍抱上了车。

童妍其实没有完全醉,意识还在,就是有点犯困,走路都跟踩在棉花上似的。

回到家,沈肆把她轻轻搁在床上,拧开灯抚了抚她发热的额头,轻声问:"妍妍,还好吗?难不难受?"

"晕……"童妍哼了一声,翻过身夹着枕头说,"我睡一会儿,沈肆。"

不该让她喝那两杯酒的。

沈肆看着脖子都泛起薄粉的童妍,皱起眉头。

"妍妍,你先起来。"他低声哄着,"洗了澡再睡。"

他叫了好几遍,童妍才迷迷糊糊坐起来,踉跄着摸去浴室。

浴室很大,里间是个按摩浴缸,专门给童妍泡澡用的。

沈肆下意识地避开浴缸,将准备好的睡衣搁在储物架上,问道:"妍妍,你自己可以吗?"

童妍扶着墙壁,好半天才点了点头,慢吞吞地说:"可以的。"

她这副迟钝微醺的样子,脸红得像是熟透的蜜桃,说不出的诱人。

沈肆顿了顿，再开口时声音有些低哑："别洗太久，有需要叫我。"

他几乎是匆忙地离开浴室，关上门，背抵着门板深呼吸。

浴室里传来潺潺的水声，引人遐思，明明开着空调，却难以消去身体的燥热。

十五分钟后，沈肆将醒酒汤搁在茶几上晾凉。

等了五分钟，童妍还没出来，沈肆走过去敲了敲门，低声道："妍妍，好了吗？"

没有回应。

只能听到浴室里潺潺不断的流水声。

沈肆的眉头皱起来，又等了五分钟，再次敲门。

还是没有回应。

"妍妍，你刚喝了酒，泡太久对身体不好。"沈肆眼里的平静散去，沉了沉目光，伸手握住门把手，"不说话我就要进来了。"

回答他的依旧只有那阵细碎的水声。

不再迟疑，沈肆推开了门。

"妍……"

没说完的话掐死在喉咙中，沈肆看着泡在浴缸里不省人事的童妍，倏地顿住了脚步。

清澈的温水仿佛荡开了猩红的血色，尘封在心底的惨烈画面闪过脑海，他的脸色倏地变得苍白。

童妍抵挡不住困意，在浴缸里睡着了。

衣服忘了脱，水阀也忘了关。

醒来时，沈肆正蹲在浴缸边，轻拍她的脸颊，一遍又一遍压抑着颤抖唤她的名字。他的嘴唇那样苍白，一点血色都没有，淡漠的瞳仁微微战栗，倒映着她浑身湿透的模样。

童妍睁开眼睛，有点状况外的迷蒙，问道："沈肆，你怎么啦……"

怎么一会儿不见，他的脸色变得这么糟糕了？

他是在害怕吗？为什么他的身子一直在抖？

酒精麻痹了思维，她只是愣怔地伸出手，想去触摸沈肆苍白的脸。

她还未触及他的脸颊，手掌就被攥住，接着一股大力将她搂入怀中，死死地抱住。

"不要吓我，妍妍。"男人的呼吸颤抖，是少见的脆弱。

童妍被他勒得快喘不上气，意识也因为难受而清醒了一些。

她挣扎了一下，没挣开，只好抬手抚了抚男人僵直的背脊，温声道："我是不小心在浴缸里睡着了，没有吓你……"

似想起什么，她声音一顿。

这么多年了，她好像从来没见沈肆使用过浴缸。

为什么他从不用浴缸呢？

童妍感受着沈肆的脆弱和绝望，心里泛起一阵迟钝的绵痛。

为什么呢？她明明知道的呀！

刚才破门进来时，沈肆看到睡在浴缸里的她，一定吓坏了。

他一定是想起了他的妈妈。

童妍十分懊恼，在浴缸里跪坐着，调整姿势揽着沈肆的肩。

"沈肆，你看看我。"

她声音轻柔，将青年从阴暗血腥的过往中拉出来。

"我在这儿好好的，你摸摸我的脸。"童妍引导沈肆将手搁在她的脸上。

温暖富有弹性的幼嫩脸颊，充斥着年轻旺盛的生命力。

沈肆颤抖的呼吸渐渐平息，目光聚焦，落在她的脸上。

两个人身上都湿透了，衬衫贴在身上，变得非常薄。

童妍捧着沈肆的脸，用自己的吻去温暖他两片冰冷的嘴唇。一点一点，在那苍白上研磨出血色来。

暖灯明晃晃地照在头顶，散发出暧昧的光晕。

沈肆的呼吸渐渐炙热，眸中的赤红被汹涌的暗潮覆盖。

他闭上了眼睛，顺从本能的指引，反吻住童妍的嘴唇。

毫不留情的掠夺，就像是在急于确定什么，童妍被逼得不住后仰，唇齿间漏出细碎的闷哼。

从来没有一个吻像今晚这样，献祭灵魂般，热烈到疼痛。

在理智濒临决堤前，沈肆喘息着离开了她的唇。

童妍脸颊通红，发梢滴着水，一眨不眨地注视着沈肆幽深隐忍的眸子。

她不愿他忍得这样辛苦，所以颤巍巍地闭上眼睛，重新吻上沈肆的唇。

沈肆僵着不动，胸膛起伏，目光沉沉地看着她："不可以继续了，妍妍。"

"为什么不可以？"

童妍想，她无法改变过去的惨烈，但至少现在能给他留下一点美好的回忆。

她两条湿漉漉的手臂缠了上去，拥着他肌肉紧实的身躯，在他耳边低语："我冷,你抱抱我呀。"

"吧嗒"一声,最后一根理智的弦彻底崩断。

铺天盖地的吻落了下来。

童妍醒来的时候,窗外夏阳正好。

晨曦洒在飘窗上,米白的窗纱轻轻拂动,沈肆就坐在床边,温柔地注视着她。

零散的记忆涌入脑海,童妍还记得昨晚这双眼睛是怎样沉沉地锁住自己,将她引入失控的旋涡中……

沈肆的情绪好了,她却被累坏了。

脸颊不自觉地发烫,童妍将头埋入被窝里。

沈肆勾了勾嘴角,将她从被子里挖出来,问:"难受?"

童妍点了点头,随即又摇了摇头。

反正,说不清。

"不舒服要和我说。"沈肆吻了吻她的唇,嗓音低低的,"早餐想吃什么?"

童妍还记恨着昨晚的事,逮着机会可劲儿折腾他,连报了好几样早餐的名字,中式西式不重样。

沈肆什么也没说,当即摸了摸她的额发,就起身去了厨房。

童妍以为他只会随便挑一两样做,毕竟真按她的要求来,难度也太高了。

可没想到等她赖完床,慢吞吞地洗漱完出房门,厨房里已经飘满了食物的香味。

沈肆正在包饺子,手上全是面粉,系着围裙的样子又帅又居家,特别养眼。

见到她起来,沈肆手上的动作加快,说:"三明治和土豆沙拉已经好了,粥在锅里温着。还有饺子和灌汤包,半个小时能好。"

童妍蒙了,惊讶道:"你真的……全做了?"

沈肆"嗯"了一声,说:"食材来不及买齐,妍妍将就吃一下。"

童妍说不出话来,心里酸酸涨涨的。

她抿着笑走过去,抱住了沈肆的腰。

沈肆将包了一半的饺子拿开一些,不让面粉沾在她身上。

他垂眸,下巴轻轻搁在她的头顶摩挲,声音低沉地问:"怎么了,妍妍?"

童妍摇了摇头,埋头在他怀里笑:"好爱你。"

沈肆一愣,再开口时声音哑了些许:"我也是。"

饺子包了一半,早餐到底没有按时吃完。

沈肆弯腰,手撑着料理台,将童妍圈在身下亲了很久。

窗户明亮,岁月悠长。

童妍喜欢的少年从凛冬而来,有着清冷的双眸和带刺的性格。

可当他吻过来的时候,嘴唇却是如此炙热。

(正文完)

番外　校庆日

二月底,童妍和沈肆刚举行完婚礼,就收到了来自母校一中的电子邮件。

今年是一中建校四十周年,将在开学一个月后举行校庆活动,特邀沈肆作为优秀毕业生代表上台演讲。

沈肆性子孤冷,就连赛后采访他都惜字如金,更遑论要做十分钟演讲了。

童妍瞄了一眼他淡淡的神色,靠过去笑着问:"去不去?"

"不去。"沈肆搂住童妍的腰顺手一带,让她靠在自己怀里,"陪你。"

两个人磨合了许久,才定好半个月后的机票出国度蜜月,刚好和校庆的时间撞上。

"没关系呀,我们可以将蜜月往后推迟几天。"童妍搂着他的脖子,声音轻柔,"而且说不定你的出现,可以鼓励很多和你曾经一样处境的学生呢。"

沈肆望着她干干净净的眼睛,心一软,低头在她额头上亲吻:"好。"

他的唇温热,呼吸撩在头顶,微痒。

童妍笑着在他嘴角轻轻一啄,捧着他的脸笑道:"那你这几天准备一下,我去改签机票和酒店。"

三月二十日清晨,C市。

盥洗台上,摆着一粉一蓝两个情侣杯。

今天也和往常一样,童妍睡眼惺忪地起来时,她的小粉杯里必定装满了温度适宜的水,杯口横放着挤好了牙膏的牙刷,旁边叠放着整整齐齐的毛巾。

玻璃窗外阳光明媚,童妍洗漱完,沈肆刚好穿着运动卫衣推门进来,手里提着两袋热腾腾的早餐。

"沈肆，早。"

她立刻绽开笑容，上前给了丈夫一个甜甜的早安吻。

"早，妍妍。"

沈肆顺从地低头，用下巴轻轻摩挲她蓬松的头发："洗洗手准备吃早饭，我去冲个澡。"

童妍热好牛奶，将热乎的早餐一样样摆出来，就见沈肆擦着头发从浴室出来，带着湿气的眉目是说不出的英俊疏朗。

他将毛巾随意搭在脖子上，上前给妻子拉开椅子，和她一起吃了一顿安静甜蜜的早餐。

半小时后。

沈肆穿着齐整的衬衣西装，轻轻叩了叩卧房的门："妍妍，好了吗？"

"好啦，马上。"

童妍理了理头发，抓起珍珠色的小挎包小跑出来。

沈肆垂眸，只见妻子今天穿着浅绿色的小外套，配珍珠白七分长裙，头发微鬈而柔软，搭配两枚珍珠耳钉，整个人充满了春天的朝气。

她穿着裙子，不方便蹲身，沈肆就自然而然地弯腰，一只手托着浅浅高跟鞋，一只手握着她的脚掌，轻轻套入鞋中。

妻子的脚很秀气很好看，还没有他的手掌长。

童妍轻轻跺了跺脚，高跟鞋嗒嗒响着，抿着唇笑道："好了，谢谢老公。"

"和我不用说谢，妍妍。"

沈肆的嗓音低沉含笑，牵着她的手一起出门。

阔别母校多年，再次跨进一中的校门，一草一木都让童妍感到无比熟悉。

偌大的体艺馆里密密麻麻坐满了学生，面容和蔼的校长正在讲台上发言致辞。

刚进场馆，就听见二楼传来一个熟悉爽朗的声音："哟，沈肆！童妍！"

沈肆抬头，声音低沉地唤了一声："陈老师。"

"陈老师！"童妍也笑着挥了挥手。

趴在二楼栏杆上的人，正是一点也没变的班主任陈勉。

"那个就是拿了世界冠军的师兄吗？好帅啊！"

"童师姐比电视里还要漂亮！呜呜——什么神仙爱情啊！"

陈勉身后坐着的学生激动不已，捂着嘴交头接耳起来。

陈勉转身，手指向带头讲小话的几个学生："谁再讲小话，去台上站着。"

小小的骚动立刻平息下来，童妍拉了拉沈肆的袖子，眨眨眼说："陈老师还是这么有魄力。"

陈勉再转过身，脸上已经恢复了懒散的笑意，朝沈肆摆摆手道："马上就到你演讲了，去忙吧。"

"谢谢老师！"童妍略一鞠躬，拉着沈肆朝台下走去。

办公室的女老师亲自来迎接，确定好上台顺序，很快就轮到沈肆上台演讲。

"等等。"

候场区，童妍将挎包挂在肩上，伸手为丈夫整理了一番领带，笑道："加油！"

沈肆冷峻的眉目柔和下来，替她将垂下的鬓发别至耳后。

相貌英俊、肩阔腿长的沈冠军一上台，场中立刻响起了热情的欢呼声。少男少女们不吝于表达自己的喜爱，掌声几乎快将屋顶掀翻。

灯光刺眼，沈肆下意识寻找妻子的方向。

童妍坐在主席台前排的角落，正含笑给他比了个小小的心。

沈肆嘴角动了动，翻开演讲稿。

"大家好，我是沈肆，一名从一中走出去的武术运动员……"

十分钟的演讲，童妍听得很认真，一秒钟也没舍得走神。

四年前，她曾站在沈肆现在的位置，和其他高三学生代表一起在台上做百日宣誓，沈肆在台下虔诚地凝望她；

四年后，换沈肆在台上侃侃而谈，而童妍在台下微笑地注视他。

沈肆的演讲稿没有华丽的辞藻，质朴真实，简洁有力，反而最能打动学生的心，激起他们心里的热血。

演讲结束时，掌声雷动，经久不息。

沈肆从出口下场，童妍给他递了一瓶水，温声说："辛苦啦。"

沈肆拧开瓶盖喝了半瓶，然后自然地握住童妍的手。

两个人五指相扣，两枚婚戒便轻柔地贴在一起。

"时间还早，出去走走？"童妍眨眼提议。

沈肆看着她说："好。"

学生们还在体艺馆内参加校庆，学校里空荡安静得很。

一中的操场翻新过了，绿色的人工草坪绿得发亮，阳光一照，像是加了滤镜般清新耀眼。

童妍和沈肆并肩走在林荫道上，隔着绿色的围网朝里望去。

然后她想起什么似的,轻轻挠了挠沈肆的掌心问:"沈肆,你还记得高三我转学过来的第一节体育课,我们做仰卧起坐的事儿吗?"

那时沈肆还是个冷酷寡言的少年,和童妍分在一组,满脸写着"生人勿近"的疏离。

但他依然认真地为童妍赢得了比赛,免了跑步的惩罚。

也是那一天,童妍看见了他腹肌上横亘的,泛白的刀伤。

沈肆点了点头,低声说:"记得。"

有关她的点点滴滴,都是岁月赐予的甜蜜,他不敢忘。

童妍抿了抿唇,伸出细白的手指轻轻碰了碰沈肆腰侧的位置,问:"还疼不疼啊?"

沈肆知道,她指的是他那两道反抗霍钧留下的伤痕。

他捏了捏妻子的手指,声音很轻地说:"不疼。"

阳光落在他的眼睫上,洒入眸中,晕开浅淡的笑意。

于是童妍也笑起来,明明认识沈肆那么多年了,每次看他笑都有种被惊艳的感觉。

操场旁的器材室旁放着还没来得及收起的武术器械,刀枪剑棍都有。看来这两年校武术队壮大了不少,武术这门国粹也在逐渐被更多的人所了解。

再往前走,明远楼前有一条很长的"名人廊"。

长廊两侧挂着建校四十年来从一中走出去的优秀毕业生照片,有成功的商人、政客,也有知名画家和小有名气的歌手。

童妍在最显眼的位置看到了沈肆放大的照片,看衣服和背景,应该是他拿下第一个世界武术冠军头衔时拍下的。

下面一行小字写着:沈肆(1998.10—)国际级武术健将,世界武术冠军。

"我们家沈肆可棒了!"

童妍抬头看着沈肆的照片,然后转身比了个手势:"快,给我和你的照片合个影。"

沈肆勾了勾嘴角,手包住她小巧的手,将她拉到自己怀里。

"照片有什么好看的?"他的嗓音低沉好听,带着金属质感,"本人就在你面前。"

"就留个念嘛!"童妍在他怀里撒娇,"你看这些名人里,没有一个能在二十多岁拿到你这般成就的,可不得骄傲一下?"

沈肆拥着她，看着她通透的眼睛很久，说："你才是我最大的骄傲，妍妍。"

春光明媚，童妍只觉得心发烫，暖意漫遍四肢百骸。

"你也是我的骄傲。"她轻声说。

出了长廊，就见明远楼前的台阶上坐着一男一女两个学生。

女孩儿长得清秀可爱，大概不舒服，捂着肚子问男生："你不去看校庆表演，怎么也出来了？等会儿老师该骂你了。"

男生酷酷的，从宽大的校服里摸出一个保温杯说："给你，热的。"

女生愣了一下，低头接过保温杯，小声说了句："谢谢。"

两个人安静地坐着，蓝白二色的校服上落着浅金色的阳光，青葱明亮。

童妍没有上前打破这份友谊的美好，而是换了个方向，牵着沈肆的手朝校门口走去。

她好像在那两个学生身上看到了过往的影子，抿着唇笑问沈肆："你看那个酷酷的男生，像不像以前的你？"

沈肆很轻地挑了挑眉，问："我有那么冷漠？"

童妍忙不迭点头："你那个时候可冷酷啦，大家都以为你是焐不热的冰块。"

沈肆回想了一番，好像真是这样。

那时他性子孤僻暴戾，所有人都不喜欢他。

童妍看着他的侧颜，杏眸弯了弯，轻声补充："不过只有我知道，你呢，就像是冰激凌，看着冷，其实可甜啦。"

沈肆望着她温暖的笑颜，极慢地眨了眨眼睛。

"妍妍。"

"嗯？"

"想不想再尝尝'冰激凌'的味道？"他俯身低声问。

童妍盯着他张合的淡色薄唇，忽地脸颊一红。

"回去再尝。"童妍哼了一声。

柔风拂过，她的眼睛里有光，那光点亮了沈肆的岁月余生。

并且，将一直明亮下去。